甲鱼不是龟 著

大泼猴

下

西行证道

灵山劫

天地出版社 | TIANDI PRESS

目录

灵山论法

翻脸

金箍

内鬼

真假猴王

最后一战

新纪元

灵山论法

第七百二十七章

疑　心

灵山脚下，地藏王半沿着长长的台阶一步步往上。

就在那台阶侧边的凉亭里，普贤孤身一人静静地站着，看上去格外冷清。

自将随心铁杆兵交给六耳猕猴之后，他便再没踏入大雷音寺的大殿了，只是在这上山的路上静静地待着，沉默着，或者说思索着。

普贤见地藏王走过，双手合十，恭敬地行了一礼。地藏王也是双手合十，回了礼。

“地藏尊者可是外出方回？”

“正是。”

“去了哪儿？”

地藏王轻轻叹了口气，道：“去了趟狮狁国。须菩提出手了，想要在六耳猕猴身上扳回一局。”

“哦？”普贤淡淡笑了笑，若有所思地叹道，“这西行，究竟是玄奘在证道，还是我们在证道啊……”

闻言，地藏王不由得一愣。

两人默默对视着。

普贤的目光之中，充满了无奈。地藏王却微微蹙起了眉头。

“普贤尊者可是认为此事有错？”

“佛门四大皆空，哪里来的对错？”

闻言，地藏王冷声说道：“四大皆空，自然无所谓对与错，但佛法万世之惑欲解，却必须辩出个真假来。此事已是箭在弦上，不得不发！”

听他这么一说，普贤反倒笑了。他点了点头，却不再说什么。

两人之间的气氛似乎一下有些尴尬了。

地藏王沉默了好一会儿，轻声道："六耳猕猴之局，贫僧筹谋多时。莫说须菩提了，便是加上太上老君，恐怕一时半会儿也难有作为。普贤尊者不随贫僧上殿去？"

"不去了，不去了。殿上嘈杂。"普贤摆了摆手道，"贫僧就在这里等便是了。求法国一事，虽说玄奘并未真正得其要领，但贫僧以为，他已经找到了证道之节点所在，只是不得其门而入罢了。若玄奘真能证道，必由此路上山；若玄奘梦断西行路，诸佛也必从此路下山。贫僧在此等便是了。"

"既然如此，贫僧就此拜别。"说罢，地藏王双手合十，匆匆与普贤擦肩而过。

凉亭中，又只剩下普贤一个人静静等待了。

斜月三星洞中，须菩提沉默着。整个潜心殿似乎都跟着沉默了。

随着时间的推移，六耳猕猴脸上的笑意渐渐僵住，变成了忐忑不安的神情："难道连师父也……没办法解？"

须菩提淡淡瞧了六耳猕猴一眼，轻声道："有。"

"还请师父赐教！"六耳猕猴当即重重磕了三个响头，朗声道，"师父大恩大德，无以为报。六……悟空愿意今生今世，为师父做牛做马！"

须菩提稍稍低眉，注视着匍匐在地的六耳猕猴。

许久，他却只是轻声说了一句："起来吧。"

"师父答应了？"六耳猕猴连忙抬起头来。

"你既叫我一声师父，为师便不会让你泥足深陷。不过……"

六耳猕猴微微睁大了眼睛，看着须菩提。

须菩提轻轻拍着自己的膝盖，待了好一会儿，才接着说道："不过，现在还不能告诉你。有些事，你现在不知道，远比知道要好。"

"不能告诉我？"六耳猕猴一愣。

须菩提点了点头，捋着长须道："你见过清心了？"

"见过了，弟子……弟子刚送她回来呢。"

“清心的前世是谁，你知道吗？”

“前世，好像叫风铃？”

“风铃的前世呢？”

“是雀儿。”

“你知道，雀儿跟你有什么关系吗？”

六耳猕猴支支吾吾地答道：“弟子……弟子承诺过要娶她，她是为弟子而死，所以……弟子之前一直想复活她。”

须菩提点了点头道：“看来，你都知道啊。”

“弟子也是一知半解。”六耳猕猴挠了挠头道，“记忆，全没了。所以也都是从别人那里听来的，只知道有这么一档子事。师父您忽然提这个，是干吗呢？要弟子兑现诺言？”

闻言，须菩提不由得笑了出来，转而无奈叹道：“兑不兑现诺言，是你自己的事，为师管这些作甚？为师想问的是，你可知道八百年前，你脱离斜月三星洞的原因？”

六耳猕猴缓缓地摇了摇头，越听越糊涂。

“无非一个字，疑！”须菩提振了振衣袖，起身在大殿中踱起了步，缓缓说道，“失忆之前的你与失忆之后的你，是截然不同的两个人。失忆之前的你，多疑、孤僻、执念甚深，已经到了轻易无法化解的地步。这是你十年西行植入心中的种子，谁也无法改变。当你对为师起疑之时，为师说什么也都没有用了。

“当初的你认为为师不顾雀儿的死活，只一心图谋自己的大业，所以选择了脱离斜月三星洞。然而，到头来，‘雀儿’不是又回来了吗？由此可见，那疑心，本是多余。”

六耳猕猴呆呆地眨巴着眼睛，听得一愣一愣的。

须菩提转过脸，注视着六耳猕猴道：“为师只想问你，若再有一次机会，你会不会重蹈覆辙？”

此时，六耳猕猴已完全听蒙了。他好半天才缓过神来，支支吾吾道：“师父，弟子……听不太懂。”

“不懂？”须菩提微微挑了挑眉。

“不懂。”六耳猕猴道，“弟子不明白，当初弟子为何要疑师父？若是连师父都疑，那还有谁可信呢？”

“那现在你能做到坚信不疑吗？”

“能！”六耳猕猴斩钉截铁地答道。那神色之中，不存在一丝一毫的犹豫。

须菩提的眉头当即舒展开来。

很显然，这是和猴子完全不同的另一个人，无论性格还是经历。说到底，那十年的西行路，才是一切的根源啊……

想着想着，须菩提笑了出来。他指着六耳猕猴道：“这可是你自己说的！既然这样，你便先回去吧。”

“回去？”六耳猕猴顿时一愣，“师父还没告诉弟子怎么破解呢？”

“该让你知道的时候，你自然会知道。现在你只需要知道，为师不会害你。”

“啊？”

须菩提半眯着眼睛瞧着六耳猕猴道：“怎么？刚刚才说一定不疑了，这才一眨眼的工夫，马上就开始怀疑为师了？”

“不不不！弟子不敢！弟子不敢！”六耳猕猴连忙伏地叩首道，“弟子谨遵师父安排！”

话是这么说，六耳猕猴的心中却还是忐忑。

楼台上，一直对着棋盘一动不动坐着的太上老君不由叹道：“老狐狸配上糊涂虫，嘿，还真是天生一对的好搭档啊。”

眼见着须菩提已起身，跪在地上的六耳猕猴突然又开口说道：“师父，弟子答应了清心师妹，想去救沉香，不知师父可允许？”

闻此，正欲离去的须菩提怔住了。

六耳猕猴低着头，又补充道：“若师父允许，还请师父教弟子，如何救回沉香。”

捏着棋子的太上老君笑了，他一面整理着棋篓，一面若有所思地叹道：“原来是老狐狸和小狐狸啊。这是在试探呢。同为门人，如果不救沉香，又如何会救他呢？嘿嘿，须菩提啊须菩提，莫怪徒弟多疑，要怪啊，只能怪你这师父太诡谲了。哈哈哈哈。”

就这么僵持着，须菩提犹豫了许久，才躬身将六耳猕猴扶了起来，道：“这件事你去不合适。找地藏王要人，还是为师去比较好。”

六耳猕猴重重地点了点头，道：“那弟子就在狮犵国恭候师父您的好消息了。”

第七百二十八章

水

一团雨云缓缓聚到了凤仙郡上空。

所有人都仰望着，却又不见它下雨，只有一声声惊雷持续不断。

这场面与上次，是越看越相似啊。

猴子摸着下巴道："不会又是谁来捣蛋吧？我要不要上去捉个现行呢？"

"你就安心吧。"一旁的天蓬轻轻叹了口气，道，"李靖已经说了，这就是雨云没错，只是时辰还没到，再等等吧。让龙王先来，只是安一下你的心。"

"确定？"

"确定。"

"希望是真的才好。"猴子摸着金箍棒龇牙道，"要是这次再搞砸，我就去把他的南天门砸开一角，还不给修，让他们永远记住这个教训。"

猴子扭过头，看到小白龙正在一旁呆呆地望着天，那神情看上去有些怪异。

"他怎么啦？"

"来的是西海龙王，"天蓬压低了声音悄悄补充道，"他爹。"

猴子顿时了然，心中还忽然冒出那么一点点恶意，窃笑起来。

小白龙和西海龙王，也算是一对冤家父子了。上次李靖带着西海龙王来的时候，小白龙和西海龙王就那么远远地对视着，连一声招呼都没打。看那情形，真有点像断绝父子关系的架势。

就在不远处的凤仙郡里，玄奘还在奋力地挖着井。而老郡王则利用滚轮将井下的泥沙不断地运上来，倾倒在井外。

几天下来，井外已经堆起了如同小山一般高的土堆了。

老郡王看了看那土堆，又望了望天上的雨云，最终还是无奈叹了口气。

这雨云刚刚出现的时候，他着实兴奋了一把，以为佛祖终于宽恕了他的罪过，愿意给凤仙郡降雨了。可惜，时间一长，那意味就变了。

长时间不下雨，却又一直飘着雨云，给人的感觉更像是一种嘲讽。这让老郡王不由得想起了那天夜里的雨云。

“也许佛祖是在提醒老朽，罪还没赎够吧。”他低下头，继续默默地帮玄奘倾倒着废土。而那井下的玄奘似乎也对下雨这件事绝望了，只一味地埋头挖井。

黄昏时分，雨还没下，玄奘从井里爬了出来，抱着老郡王送过来的薄饼，蹲在井边默默地吃了起来，时不时地伸着脑袋朝井里张望。

那一旁，老郡王则不时地看向玄奘，又抬头望天，似乎期待着玄奘能就天上的雨云说点什么。可惜，玄奘就像完全没看见一般。

不远处，猴子喃喃自语道：“这井挖了多深了？”

“五十丈。”

“五十丈还往下挖个不停……哎呀呀，他是真的犯糊涂了。告诉他没水了，他还硬要挖，自己找罪受！”

正当此时，一旁的小白龙忽然眉头一蹙，一个翻身从屋顶上滑下来，一只手按到了地面上。这一按，他似乎感觉到了什么，吓得连忙把手缩了回来。

他稍稍犹豫了一下，才又将手按到了地面上，目光微微闪烁。

“怎么啦？”猴子伸长脖子问。

小白龙支支吾吾道：“还……真有水。马上就要出水了！”

“什么？”猴子的表情一下僵住了。

他也从屋顶上滑下去，一把揪住小白龙的衣领，恶狠狠地叱道：“你之前不是跟我说没水的吗？”

“之前是没水啊……我，我咋知道怎么忽然就有了呢？”

小白龙挣扎着想要逃开，却被猴子死死地揪住。

“什么叫忽然就有了？这水还能忽然冒出来？你他娘的真是一点用都没有。当条龙，不能打不能扛也就算了，测个水都测不准。”

“我测的时候它还没有呀，刚刚才来的水，我怎么知道水为啥忽然就出现了！”

正当两人争吵之时，屋顶上的天蓬也滑了下来，伸手去感知。

猴子修的是地煞七十二变，对于水源感知这种事情自然不在行。天蓬修的可是天罡三十六变，感知水源这种事，虽说不如龙族灵敏，但也自是不在话下。

先前，他也不曾感知到，现在为何忽然就冒出地下水来了呢？

“季节性地下河。”就在猴子与小白龙越闹越凶之时，天蓬的口中忽然冒出了这么一个词。

顿时，所有人都安静了下来。

“季节性地下河？”

“对。”天蓬点了点头道，“这下面原本应该是有条地下河的，只是因为常年不下雨，在这里没有了水源补充，所以就干涸了。不过，这河里的水也不全是本地补充的，当源头处于雨季的时候，这条地下河就会再次出现。先前我们测的时候刚好是枯水期，现在，河水来了。挖好这口井，再做一点蓄水工作，想要一年四季都有水，应该也是没问题的。”

听他这么一说，猴子无语地笑了，一把将小白龙推倒在地。

“这哪能怪我啊！”小白龙翻滚着从地上站了起来，拍拍身上的泥沙，道，“我只负责感知，感知到没水就是没水。现在有水，那也是现在的事。这种推算地下河水什么时候到的事情可不是龙族干的，应该交给悟者道的修者来干。而且……绝大部分的悟者道修者恐怕还推算不了呢。”

小白龙骂骂咧咧的，猴子却早已没心情去管他了。他抬头呆呆地望着天，忽然说道：“快！”

“啥？”

“快让你爹别下雨啊！”猴子猛地喊道，“既然能挖出水来，那还要你爹下雨干吗？让他挖就是了，反正只要一两天了。水有屁用，我们是要他证道啊！要证道啊！”

被猴子这么一吼，小白龙当即醒悟过来。他连忙点头，一个翻转腾空而起，朝那雨云飞了过去。

“瞎猫碰上死耗子，瞎猫碰上死耗子啊！”猴子哈哈大笑，“看来他还真有两把刷子，我们都白操心了。早知道，让他挖就是了，我们折腾那么多干啥。”

天蓬也松了口气，坐到猴子身边道：“玄奘法师还是有些能耐的，特别是某些我们不懂的方面。也许，我们应该多听听看他想怎么做，毕竟要证道的是他。”

“他要是每次都能这样，也省得我操心了。”猴子哼哼哈哈地笑着，心中的大石头总算放下了。

这里的事情告一段落，距离灵山也就不远了。虽然事情实在小，但算得上是这些日子以来最好的事了。猴子的心情一下好了不少。

正当此时，一辆马车从远方向凤仙郡疾驰而来。

远远地听到马车声，猴子顿时一愣。还没等他发问，牛魔王已经匆匆来到他的面前，禀报道：“大圣爷，有人来了，凡人。”

“凡人？什么凡人？”

“不太清楚，也许是路过的商人。我试探了一下，确定没有修为，就没对他们出手。”

猴子轻轻拨开牛魔王，握着金箍棒快步走上前去远远地眺望着。

此时，除了仍旧回到井下继续干活的玄奘外，老郡王，乃至于凤仙郡仅存的几个老人全都听到了车轮声，一个个观望起来。

那马车在距离老郡王不远处停下，从上面走下来一个衣衫整洁的中年男子，身旁还跟着两个带刀的侍卫和一个马车夫。

在这种沙尘滚滚的地方，衣衫整洁可不是一般人能做到的。

老郡王看见那中年男子，一下呆住了。

那中年男子看见老郡王，眉开眼笑地走了过来。他对着老郡王说道：“父亲，陛下怜悯我凤仙郡百姓，另外赐了一片封地给我们。孩儿这是接您来了！”

闻言，猴子的眼角微微抽了抽。

第七百二十九章

新领地

深井中，玄奘一锄头砸下去，顿时感觉到了什么。

他连忙丢下锄头，伸手去摸，摸到一片松软潮湿的土壤。

他瞬间睁大了眼睛，整个人呆住了。

片刻之后，那脸上才露出喜悦的神情。

在这里整整折腾了好几个月，总算有收获了。

他抬起头高声呼喊道："老郡王！要出水了！要出水了！"

玄奘低下头，又奋力挖掘起来。这一次，他使出了十二分的力量，连日来的身体疲惫似乎也都在此时不见了一般。

果不其然，不一会儿，一股清澈的泉水就从他挖掘的地方冒了出来，清清凉凉的。

玄奘顾不得那么多，连忙蹲下去，捧起泉水便饮了一口。

十分甘甜。

"太好了！太好了！只要竭尽全力，终究是能积跬步至千里，成就大道的！哈哈哈哈！"玄奘失声笑了出来，又费力转身，连锄头都忘了带，便爬上了绳索编织而成的长梯。

很快，他从井口爬了出来，那动作似乎都有些慌乱了。

远处，一众妖怪，还有猴子都在默默地看着他，面无表情。

"出水了。"一旁的小白龙小声提醒道。

"知道。"猴子简单地答了一句，依旧没多说话。

那脸上的表情似乎在告诉所有人，也许不出水，还更好。

从井口跃下的时候，玄奘摔了个大马趴，却还乐呵呵地挣扎着站了起来，跑出几步似又想起什么，连忙回头找了起来。

“他要干吗？”

“大概是要找个桶好装水吧。”

“可是这里好像没桶啊。”

议论的时候，那一众妖怪依旧是面无表情，甚至还有些疲惫。

很快，玄奘发现自己找不到桶，有些失望。他低头看见自己浑身上下湿漉漉的，又一下笑了起来，朝老郡王的居所奔了过去。

小白龙望着玄奘远去的方向，不由得长叹了口气。

“很快就会知道真相，他受得了吗？”

“要是连这都受不了，还证什么道啊。”

“我怎么感觉我们这证道好像一直在兜圈子，完全没有希望似的。”

“这怎么说呢？要是证道那么容易，早证了，哪里用得着我们在这里折腾呢。”

四周的妖怪们议论纷纷，猴子的脸色越来越难看。

玄奘风尘仆仆赶到的时候，那马车就停在郡王府门口。

玄奘看见马车，看见守在门外的两个侍卫，不由得愣了一下。

那两个侍卫见了玄奘也是一怔。

其中一个侍卫指着玄奘开口便道：“你不是凤仙郡的人。你是什么人？”

还没等玄奘反应过来，另一个侍卫赶忙拦住他的同僚，悄悄使了个眼色道：“佛门的人，不可不敬。”说着，他转身双手合十对着玄奘行了个礼，恭敬道：“我等是郡王府的侍卫，还没请教这位大师是……”

他那同僚见了，也连忙有样学样地躬身行礼。

“郡王府的侍卫？”玄奘一下呆住了。

来了这么些天，他还从没见过郡王府有什么侍卫。确切地说，整个凤仙郡就只剩下老郡王和那些都快走不动的老人而已。

其中一个侍卫见玄奘面带诧异，忙解释道：“我们是随世子回来接老郡王的。”

“接……老郡王？”

玄奘更蒙了。

正当此时，老郡王与世子结伴从郡王府里走了出来。

老郡王见了玄奘法师，一下笑了起来，连忙拉着自己的儿子走过来，介绍道："这位，就是为父方才与你说起的玄奘法师。"

闻言，世子连忙双手合十，躬身行礼道："弟子参见玄奘法师！"

"弟子？"玄奘呆呆地站着。

老郡王乐呵呵道："我这儿子虽然还没出家，却也已经入了佛门，算是俗家弟子。见了玄奘法师您，自称一声弟子，也是应该。"

"对对对。"世子附和道，"都是托了玄奘法师的福。没回凤仙郡之前，弟子也是想不通怎么会有如此好运。回来了，才知道原来都是玄奘法师的功劳啊。"

玄奘的眉头已经蹙成了一团。

见状，老郡王只得解释道："我这孩子带着一众百姓逃离了凤仙郡，这几年，可谓是颠沛流离，连个栖身之所都没有。可就在不久前，忽然遇到了一位佛爷。那佛爷让我这孩子入佛门，接着又巧施妙法，没想到……哈哈哈哈，陛下不知怎么地，忽然就关心起凤仙郡的事情来了。不单给了新的爵位、新的封地，还恩赐了不少粮草啊！"

"佛爷？"

"对，一位佛爷，什么也没说，便出手相助。弟子也是想不明白。"世子高兴地说道，"不过，现在总算明白了。父亲与弟子说起玄奘法师挖井的事，肯定是您感动了佛祖，佛祖才派出一位佛爷相助的。"

"对对对，想起那夜的雨云，还有这几日的雨云，那真是奇妙得很啊。"一旁站着的老头儿也附和道。

一下子，所有人都沉浸在欢声笑语之中。唯有玄奘微微低头，看了一眼自己身上湿漉漉的衣服。

此时此刻，还有谁关心那水井里的水呢？

"弟子这一趟来，是想接父亲去新封地。听说玄奘法师要西行，要不，就与我等同行吧？那位佛爷还在那里，说不准还能见上一面呢。"世子又行了一礼道，"那边什么都有，也不需准备了，不如我们这就起程可好？"

玄奘有些恍惚，回头看了一眼仅有的一辆马车，道：“这么多人，这……恐怕坐不下吧？”

“不碍事。”世子当即摆了摆手道，“都已经商量好了，两个侍卫留下来照看老人，弟子与父亲，还有玄奘法师先行。回头，再让他们回来接其他人。玄奘法师尽管放心！”

“对对对，玄奘法师尽管放心！”

“没事的，之前都死不掉，现在又有两个壮丁帮着，哪里还有死的可能啊？哈哈哈哈。”

在场的人都乐呵呵地看着玄奘。

然而，玄奘却只是呆呆地眨巴着眼睛看着众人。

很快，所有人都感觉到了这一冷一热之间的落差，脸上的笑容都僵住了。

原本活跃的气氛变得尴尬无比。

许久，老郡王有些不确定地问道：“玄奘法师……不愿同行？”

那世子连忙补充道：“玄奘法师大恩大德，郡王府上下无以为报。若是这都不愿意，恐怕……我们父子这辈子都会心有不安啊。”

“不，”玄奘深吸了口气，脸上撑起一丝笑意，道，“贫僧愿意同行。”

听他这么一说，众人顿时松了口气。

府邸大门外的气氛又活跃了起来，一片欢声笑语。

远处，小白龙掏了掏耳朵道：“其实这个结果也还不错，毕竟凤仙郡的那些难处都迎刃而解了。不过，他们就没有人发现玄奘法师的衣服是湿的吗？”

天蓬淡然说道：“这些都是凡人，一世也不过百年光景，随便有点风吹草动，就都归结到鬼神之上，却不知鬼神其实也跟他们差不了多少，只是用另一种形态活着罢了。你想他们多注意细节呢？”

“可不是这么说，有些凡人也挺厉害的。可有些妖怪啊，活了上千年，也还是那么蠢。”说着，小白龙有意无意地瞅了牛魔王一眼。

牛魔王当即瞪了回去。

吕六拐蹙着眉头道：“我倒觉得是有人在耍玄奘法师。你们想想几天前的雨云，还有这刚要出水，那边就来人……这都是怎么回事啊？”

“不会吧……本来证道就不容易了，还有人要从中作梗？”

“这不是早就知道的事情吗？你以为佛门的人都是吃干饭的？”

“不是说他们只能观望，不能出手吗？”

“那也不一定，也许……唉，反正佛的想法，不是你能理解的。”

一直沉默的猴子忽然站了起来，开口道：“准备一下。”

“准备？”所有人都朝他望了过去。

猴子咬着牙道：“去他们的那个什么新封地看看，顺便会一会那位……佛爷！”

第七百三十章

大雷音寺

第二天一早，老郡王父子便带着玄奘起程了。

热浪之中，一辆马车行走在茫茫的戈壁滩上。四周都是飞沙走石，后面则悄悄地跟着一大批妖怪，可谓浩浩荡荡，那景象煞是吓人。

好在郡王父子并不知情。

此时此刻，他们还沉浸在对玄奘的感恩之中。

老郡王认为一举一动都能召来风雨的必定是高僧，世子则对自己父亲的话深信不疑。两人一唱一和，几乎要将玄奘捧上天了。

这其中的尴尬，只有玄奘自己知道。

就在这赞美声中，玄奘沉默着，时不时地朝东方望去。一路向西，这些年来，他对东方念念不忘的也许就只有此刻。

在最干旱的地方，有一口自己亲手挖的水井，本来它可以拯救许多人，但现在，它只会被遗忘在那个没有人烟的角落里，也许……永远都不会有人去用那里面的水了吧。

并不十分牢固的马车在一路颠簸中不停地响着，老郡王与世子几乎是轮流与玄奘说话，就好像生怕一个不小心怠慢了玄奘，得罪了佛爷一般。

面对此情此景，玄奘也只能苦笑。

他不知道施恩的“佛爷”究竟是谁，但几乎可以肯定，那份恩德与自己有关，绝不是老郡王父子所说的因为自己“感动佛祖”。

如果佛祖真是可以感动的，自己也就没必要走这西行一路了吧。

十万八千里路，那是凡人不敢想象的遥远。可如今看来，与证道之路相比，还是不够远呀。

玄奘缓缓地闭起双目，静静等待着与世子口中的那位佛爷相见的时刻。

毫无疑问，玄奘此时的心情只剩下两个字——无奈。

不过，如果要说无奈的话，却还有一个人更甚于他。

“师父，听六耳猕猴说，您答应出手救回沉香。清心想问，师父何时出手？”说话的时候，清心可谓目光如炬，甚至口气还有些不善。

清心那一张笑脸跟苦瓜似的。

须菩提只是叹了口气抬头看天，一言不发。那一旁的太上老君都有些想笑了。

这表现印证了清心一开始的猜想，她一口恶气堵在心头，更是憋得慌。

“师父，您不会是敷衍六耳猕猴的吧？”

须菩提依旧一言不发，一旁的太上老君笑了出来。

清心当即朝太上老君瞪过去：“他不救，那师父您救，如何？”

“这……”太上老君一下有些蒙了，连忙说道：“他答应的，你找我干啥？”

“沉香也是您的徒孙啊！”

“他不是入的斜月三星洞吗？又不是老夫的兜率宫。”

“我入的还是斜月三星洞呢！”清心顿时气不打一处来，一下子站了起来，怒目而视，嘟囔道，“就知道没那么容易！我被困狮犵国的时候，你们也不管；现在沉香被带走了，你们依旧不管！我要你们这两个师父还有什么用！”

这一眼瞪过去，太上老君顿时没了脾气，只得瞧了瞧不作声的须菩提，悄悄摆了摆手，将清心拉到一旁，小声道：“你怎么能这么说话？我们那都是知道你没危险，才没出手的。沉香救是肯定会救，但不是现在。”

“不是现在，那是什么时候？”

“什么时候？天知道。”太上老君两手一摊道，“人是地藏王带走的，虽说我们两个都是他的长辈，可我们拿什么去跟佛门谈？再说了，这是涉及玄奘西行的大事，沉香，又是一个无关紧要的孩子，难不成你想我们放弃些重要的东西去把他换回来？”

“我还是无关紧要的呢！是不是有一天，你们也要把我卖了？”

“你怎么说话的？怎么说话的？”

“就这么说话，爱听不听！”清心盘起手，气鼓鼓地不说话了。

须菩提干脆把眼睛闭上了，一副不想管的样子。见状，太上老君只得扯了扯清心的衣袖，将她拉得更远一些，低声道：“丫头啊，这沉香呢，是为师的徒孙，为师其实也是很关心他的安危的。”

“真的？”清心有些怀疑地看着太上老君。

“当然是真的了。”太上老君尴尬地笑了笑，用手比画着又低声说道，“不过，他这不是没安危问题嘛。修佛而已，又不是要他的命，对吧？再说了，就算要了命，大不了复活。即使魂飞魄散……嘿嘿，也还是有办法收拢回来的，时间问题而已，时间问题而已。”

“你这说了不等于没说吗？”

“这还没说？”太上老君故作糊涂地答道，“这不是该说的都说了吗？你看，他一点危险都没有，到了佛门那边，肯定也是好吃好喝伺候着。说不定还……嗷！”

话还没说完，清心已经重重一脚踏在太上老君的鞋面上，太上老君一下叫了出来。

“你这丫头越来越不像话了，你居然……嗷！我的胡子！”

清心又重重扯了一把太上老君的胡子，回头瞪了须菩提一眼，转身就走。

太上老君连忙喊道：“此事事关西行，你可千万别让六耳猕猴知道老头儿不救沉香啊！让他知道就麻烦了！”

清心一个转身，顺势捡起地上的石头，狠狠地朝太上老君甩了过来。

太上老君倒是眼明手快一下闪过了，结果那石头正打中了他身后须菩提的脑门。

正闭目养神的须菩提被狠狠砸了这么一下，却也只是身躯微微一振，便半点儿动静也没了。

太上老君望着清心离去的背影，叉着腰长叹了口气，苦笑道：“看你惹的麻烦，唉……清心丫头，算是记恨上老夫了。这么些年，她可从没跟我发过这么大脾气。真是无妄之灾啊！”

说罢，他回头看了须菩提一眼道："都走了，还装？"

须菩提这才睁开眼睛，无奈地看了太上老君一眼，缓缓道："小女孩脾气而已，发过了，就没事了。这事也解释不了，只能硬着头皮扛。"

太上老君挽起衣袖一步步走到蒲团上坐了下去，伸手取了一个糕点放在嘴里嚼着，轻笑道："怎么我收个徒弟就没见像你遭遇这么多难堪呢？以前老觉得，自己收的徒弟不如你，还以为你教徒弟有什么高明的秘法呢。结果现在一看，纯粹运气使然！真是枉费了老夫一番期待啊！"

面对太上老君的嘲讽，须菩提选择性地忽略了。

他稍稍沉默了一下，又有些忧虑地说道："你说，她会不会告诉六耳猕猴实情？"

"不会。"太上老君摇了摇头道，"清心丫头被我们宠得胆大包天，不过，她什么都敢，唯独不敢拿那猴子的事情冒险。一旦和西行扯上边，她肯定不会乱来。当然，会不会出其他招儿，就难说了。弄不好，现在就在找人求助呢。"

说罢，太上老君呵呵地笑了起来。

那一旁，须菩提的脸色略微有些凝重。

…… ……

此时，走远了的清心悄悄摸出一块玉简握在手中，犹豫着。

许久，她却又拿出另一块贴到唇边。

有马车，有充足的水和食物，五天下来，玄奘一行便穿越戈壁滩，离开了小小的凤仙郡，来到一片翠绿的原野之中。

望见这片绿地的时候，老郡王几乎都以为自己老眼昏花了，不停地眨眼。

"这是……怎么回事？记得之前这里都是荒漠啊，怎么……怎么就变成这样了？"

"这孩儿也不知道。"世子乐呵呵地说道，"应该是佛爷神通广大吧，孩儿刚来的时候，也吓了一跳。"

远远地，玄奘看到山坡上陆陆续续出现了一座座小屋，一道道升起的炊烟。待走近了，可以清楚地看见更多的小屋还在兴建之中，工地上呈现出一派热火朝天的景象。

许多人望见马车顺着小路前来，当即放下手中的活计老远打起了招呼。老郡王也开心得将头探出窗外用力地挥手回应。

车厢内，玄奘还是静静端坐着。他抬头看见世子正有意无意地看着自己，点了点头，回以微笑。

见状，世子解释道："乡里乡亲的，都认识。这些年颠沛流离，好不容易有了个安身之所，听说弟子要去接父亲，大家伙儿都很开心啊。凤仙郡里还有几个老人，接下来就让马车多跑几趟，好让他们跟家人团聚。"

玄奘双手合十，轻声道："世子宽厚。"

马车继续缓缓前行。

很快便路过一大片农田。

这都是刚分割出来的土地，地里的作物还没来得及种呢。

随着农田越来越密集，道路两旁的人越来越多，到日落时分，马车的前方隐隐出现了一座小镇。

黑色的瓦，白色的墙，远远看去，崭新、整齐，却也朴素得很。与其他小镇不同的是，那小镇的正中建着五座七层浮屠塔。

见到那塔的瞬间，玄奘不由得愣了一下。

一旁的世子轻声道："那是镇中的'大雷音寺'塔。是佛爷施展的妙法，一夜之间建起来的。"

第七百三十一章

雷音郡

“大雷音寺？”听到这个名字的时候，玄奘稍微有些诧异。

然而，更为诧异的却是猴子。

听到这个名字的时候，他的脸色都变了。

那一旁，小白龙还在喃喃自语：“这里是大雷音寺？也太扯了吧。虽说我没去过大雷音寺，但你好歹弄座山啊。没灵山叫什么大雷音寺呢？”

“看样子是个陷阱啊。不行，不能让玄奘法师进去。”

“陷阱是陷阱，不过不是阴谋，是阳谋。”

天蓬随口的一句话，点醒了众人。所有人一下都朝他望了过去。

“是阳谋没错。”猴子的脸色有点难看。他深吸了口气，攥着拳头说道：“大雷音寺之前的大雷音寺，这是明着要我们呢。把整个镇上上下下都给老子查清了，连一只苍蝇也不准放过！”

“诺！”一声应喝，所有的妖怪当即四散，潜入了漫漫月色之中。

一下子，留在原地的就只剩下猴子、小白龙、黑熊精，还有天蓬和卷帘这原本的西行五人组了。

猴子斜着眼睛瞧了小白龙一眼，道：“你也去，联系你能联系的人，查查佛门有没有一个叫东来佛的，手下有没有一个黄眉老祖。”

“好……好。”小白龙吓得连忙点头。

此时，马车已经驶入小镇中。

沿街的孩童追着马车一阵乱跑，嘻嘻哈哈地笑着，一下将所有人的目光都吸引了过来，好不热闹。

“是世子的马车？老郡王到了！老郡王到了！”

随着一阵嚷嚷，郡王府前原本聚集的人一个个顿时踮起了脚尖，翘首以盼。

马车刚一到，就被人群团团围住了。

下了车，老郡王开始和热情的乡亲们打招呼，话家常。数年没见，老人家早已有点分不清谁是谁了，却依旧激动得老泪纵横，久久不能自已。

倒是玄奘被冷落一旁，只有世子陪着。

“玄奘法师还请不要见怪，大家都等着父亲到来呢，现在说什么估计都听不进去。等明天弟子再正式给大家介绍您。连日劳顿，今晚还请先安歇吧。”

“有劳世子安排。”玄奘恭敬地回了一礼。

热烈的气氛之中，玄奘就这么静静地看着。偶尔几个眼尖的乡民注意到了玄奘走过来打招呼询问，也被世子一一挡了回去。

不多时，众人便如同潮水一般簇拥着老郡王往里走了。

临入门之前，玄奘低声问道：“先前听世子说起镇上有一座佛寺，叫大雷音寺的，不知道……”

“哦，差点儿忘了。”世子一下缓过神来，带着歉意说道，“那是佛爷建的寺，现如今，佛爷就居住在那寺中。父亲刚刚回来，明日一早，弟子要去上香还愿。到时候还请玄奘法师同行，也好见见佛爷。”

“那就有劳世子了。”玄奘又恭敬地行了一礼。

不多时，派出去搜寻的妖怪们便将各种消息带回来了。

“这里名为雷音郡。据说，就是用镇上的寺庙‘大雷音寺’命的名。奇怪之处颇多。”

“郡上所有建筑都是新的，刚刚建成。还有许多新的建筑正在建。”

“就在几个月前，这里还是一片荒漠，什么都没有。仅仅几个月的时间，这里不仅变成了鱼米之乡，而且还建起了一座小镇。当然，这镇上的人，都是凤仙郡原本的居民，上上下下有数千人之多。”

“‘大雷音寺’乃是一夜之间出现的，并未假居民之手。寺中的和尚，人们也都不知道是从哪里来的，并不是凤仙郡人。即便有一些居民出于感激希望在这里出家为僧的，也通通被婉拒了。原因，暂且不明。”

“那所谓的‘佛爷’一直住在寺中，深居简出，平日里想见到并不容易。据说他身上有金光，估计是佛光。那应该是一个正儿八经的佛陀。”

“镇上‘大雷音寺’之外的事倒是没什么异常，暂时也没发现修者的存在。总体而言，就这么多了。”

听完部下的汇报，猴子不由得伸手摸了摸下巴，那眼睛缓缓地斜向了小白龙：“你呢？”

“东来佛没听过，黄眉老祖更是不知所云。”

“确定？”

“确定。”小白龙重重地点了点头道，“我把能问的人都问了一遍，除了……除了我父王。”

牛魔王拱了拱手道：“大圣爷，接下来我们该怎么办？”

“等。”猴子半眯着眼睛若有所思道，“等明天，看看那个什么佛爷，究竟是谁？还有，今晚把玄奘法师的住处全面监控起来，不许漏过任何一丝一毫！”

“诺！”

此时此刻，正当猴子在雷音郡神经绷得紧紧的时候，天庭的玉帝却松了一口气。

“玄奘真的离开凤仙郡了？”

“离开了。”李靖重重点了点头。

“雨没下？”

“还没。”李靖擦了擦汗，笑道，“多亏陛下提点，只要那猴子催得不急，就拖着。没想到，雨真不用下了。”

玉帝笑了：“以后那猴子再有什么要求，我们大可用这一套搪塞。只要跟西行证道、普度扯上关系，他就不敢胆大妄为了。”

闻言，在场的仙家齐声道：“陛下英明！”

见状，玉帝满意地点了点头。

说来可笑。自猴子出山以来，这还是他第一次在众仙面前扬眉吐气。

李靖稍稍沉默了一下，低声问道：“那……陛下，接下来是不是将狮犵国的雨水还回去呢？”

“不，先不下。扣着。”

“先不下？”

“对。等他来讨。”玉帝捋着长须道，“现如今，那猴子纠缠于佛门争斗，暂时没工夫闹事，我们的麻烦也就剩下一个六耳猕猴了。既然他要向善，我们干脆借此机会试探一下虚实。”

说着，玉帝意味深长地扫了一眼众仙，轻叹道：“不要怕。之前，我们就是太怕了，什么都不敢做，到头来，落得个被动局面。与其如此，我们不如冒一下险，主动出击，主动试探。说不定，能打开另一番新天地！”

这一番踌躇满志的话说下来，说得在场的众仙哑口无言。

天蒙蒙亮的时候，郡王府的马车便已经停到了大门口。

玄奘、世子，再加上老郡王，坐上马车便朝“大雷音寺”而去。

阴暗的天色下，虽说还很早，一路上却可以看到许多人已经开始忙碌起来。看到这景象，老郡王笑得合不拢嘴，一时间竟泪眼婆娑。

“老朽老啦，看到大家安安稳稳地过日子，这眼泪一下就不争气了。唉……想当初，凤仙郡也是如此，我们却不懂珍惜。人果然是要失去了才懂得珍惜啊。”

“父亲说的是。现在的凤仙郡，哪里还有纨绔子弟、懒汉流氓啊？想想没饭吃、没水喝的日子，现如今，大家都很是安分。”

“也是好事，也是好事。这一难，对我凤仙郡的百姓来说，说不定真是好事啊。”老郡王轻轻拍了拍世子的手，感慨万千地望着窗外，“上苍也算对我们不薄啊。”

这一路，玄奘只是静静地看着。

很快，马车便到了“大雷音寺”门口，门口有两座硕大的石狮。

一般的寺庙，大都建在高山上，颇有一种避开俗世的意思。与一般的寺庙不同，这“大雷音寺”却是建在了镇中。不仅如此，与一般的民居，也只是一墙之隔。

高耸的门楼，精雕细琢的屋檐，若不是门口悬挂着“大雷音寺”的牌匾以及里面高耸的浮屠塔，大概会被错认为是某位国王的王宫吧。

看到这“大雷音寺”的瞬间，玄奘的脑海中忽然浮现出两个字——入世。

这不就是自己一直所想的“入世”吗？

要行普度之道，自然不应该“避世”，避开了众生，又如何普度呢？普度之法，只能“入世”。这是与现如今的佛法截然相反的理念。

可是，这样的理念，为什么会出现在这里呢？

想着，他不由得有些疑虑。

把门的两个僧人见到马车，当即迎了上来，双手合十行礼。一行人也都默默地回了礼。

世子轻声道：“这位师父，弟子已将家父迎回。此次来，是来还愿的，顺便……”

说着，世子转身看了一眼玄奘，稍稍迟疑后问道：“这位玄奘法师，是弟子从凤仙郡迎回的。不知佛爷可在，是否方便一见？”

其中一个僧人见了玄奘，淡淡一笑，行礼道：“师父他老人家早已知道玄奘法师驾到，正在后堂候着呢。不过，师父只见玄奘法师一人。”

闻言，玄奘略微有些诧异。那老郡王父子，却是欣喜不已。

佛爷在等着玄奘法师，这不正说明当初他们的判断没有错吗？凤仙郡的事，果然是因玄奘法师而起啊！

世子连忙说道：“这……不打紧，不打紧。能有幸送玄奘法师至此，已是弟子的福分，哪还敢有怨言呢？”

那僧人往后退了一步，伸手道：“玄奘法师，请吧。”

…… ……

此时此刻，后堂之中，灵吉正把玩着手中的佛珠，嘴角带着一抹惬意的笑。

第七百三十二章

战与不战

“只见玄奘？这他娘的越来越可疑了！”猴子长叹一声，也不与周围匿藏的同伴打招呼，直接一个纵身就飞了出去。

只见白光一闪，待他从天空中重新落下的时候，已经幻化成了一只飞虫，拍打着翅膀朝步道上缓缓而行的玄奘飞过去。

瞬间，后堂之中的灵吉似乎感觉到了什么，微微愣了一下。

他身旁，一位身穿金色僧袍的高瘦僧人也连忙朝玄奘走来的方向望了过去，喃喃自语道：“他竟不隐藏气息？”

片刻之后，灵吉缓缓笑了出来，轻叹道：“为何要隐藏呢？我们不也没隐藏吗？西行证道，本就是阳谋，于我等，于他们，皆是如此。准备一下吧，迎接我们的贵客。好歹也是……金蝉子啊。”

“弟子遵命。”那高瘦僧人双手合十行了一礼，躬身退出门外。

不多时，玄奘便来到了门外。在僧人的引领下，他一步步走入后堂之中。

端坐蒲团上的灵吉，有意无意地瞧了一眼悄无声息停在玄奘肩膀上的飞虫，淡淡地笑了笑。

玄奘一步步走到灵吉身前，双手合十道：“玄奘参见佛陀！”

说罢，他便要跪下。

灵吉见玄奘作势要跪，连忙伸手一指，那蒲团即凭空移开了。

玄奘顿时愣了一下，停下动作。

直到此时，灵吉才勾了勾手指，将那蒲团又重新移到玄奘膝下，轻声叹道：“这大礼，灵吉可受不起啊。说到底，您也是金蝉子师兄啊。既然来了，坐吧。”

“谢灵吉尊者赐座。”玄奘心中顿时明白了对方的身份。他只默默点了点头，便端坐到了蒲团之上，也不多言。

那高瘦僧人很快端来了两杯热茶，一左一右，分别推到了灵吉和玄奘的面前。

灵吉轻轻拂了拂衣袖，凝视着玄奘身前的热茶道：“尝尝，这可是地道的灵山上品茶，特地给您带来的。”

“谢灵吉尊者赐茶。”玄奘又默默行了个礼，捧起了那杯热茶。

由始至终，他的一举一动都极为得体，甚至可以说，有些冷漠。

玄奘捧着那热茶，轻轻地呵了两口气，淡淡抿了一口。

这一抿，他的眉头便微微蹙起。

“无味？”灵吉轻声问道。

被这么一问，玄奘顿时感觉更加疑惑了。他缓缓地摇了摇头，答道：“无味。”

“无味就对了。”灵吉轻笑道，“佛门四大皆空，灵山的茶，又怎么会有味呢？不过，这灵山的茶最合适的，还是要用灵山的水来泡。凡尘里的水，多少还是有些杂质的，不够纯粹。好茶，当要配好水，不然就糟蹋了。”

玄奘低下头又细细品了两口，才将手中的茶杯放下，依旧一言不发平视着前方，就好像完全没听到灵吉说的话似的。

见状，灵吉又轻叹道：“佛法，跟这灵山的好茶，有着异曲同工之妙。所谓大道无痕，大法无疆，平平淡淡才是真。有些东西，一旦与世俗凡尘扯上关系，味道就变了。”

说罢，灵吉意味深长地瞧着玄奘。

好一会儿，玄奘才微微抬眼，轻声问道：“莫非，灵吉尊者意有所指？”

灵吉哑然失笑，道：“莫非，金蝉子师兄以为灵吉来这里，就是为了与您品茶不成？”

“不品茶，那该如何？”

“该论法。”

“论何法？”

“佛家之法！”灵吉双袖一振，朗声道，“灵山已在眼前，灵山之上，是大雷音寺，大雷音寺之中，是诸佛。金蝉子师兄要往大雷音寺辩法，不如先在这‘小雷音寺’中过了灵吉这一关。若是金蝉子师兄能辩得过灵吉，灵吉便随金蝉子师兄一同上山，在诸佛面前，一展金蝉子师兄您的新法；若是不成……连灵吉都辩不过，那师兄还是请回吧！”

言罢，灵吉一掌重重拍在身前地上，撑起了身子。双目瞪得犹如铜铃那般大，目不转睛地盯着玄奘，俨然一副佛门僧众辩法的架势。

这架势一摆好，便意味着辩法开始了。

与此同时，另一边，玄奘却依旧是那副冷漠的脸孔，一动不动地坐着。

瞬间，气氛似乎僵住了，大殿之内，寂静无声。

“启禀尊者，”灵山上，一僧人叩拜在如来身前，道，“玄奘到了雷音郡，见了灵吉尊者，辩法已经开始！”

此话一出，在场诸佛一片哗然。

“辩法已经开始，这怎么回事？”

“灵吉要抢在玄奘抵达灵山之前先与他辩法？”

“这灵吉也太过鲁莽了，怎就不事先与我等商量商量再去呢？”

嘈杂之中，如来只是静静地坐在莲台之上，双目紧闭，淡淡一笑。

“说鲁莽，恐怕未必。”说这话的，是文殊。

顿时，所有的目光都朝文殊汇聚过去。

他轻叹道：“玄奘道未证，此时与灵吉辩法，恐怕必败无疑吧。”

闻言，众人又朝地藏王、正法明如来望了过去。

沉默片刻之后，两人皆是点头，以示赞成文殊的说法。

人群中，有人轻叹道：“如此说来，这可是一记杀招儿啊。那玄奘凶多吉少啦。”

此时，又一僧人入殿。

诸佛以为又有消息，当即一个个望了过去。那僧人却迈着小步走到地藏王面前，轻声道：“地藏尊者，人已经送到了。”

“行了，你下去吧。”

简简单单的对话之后，那僧人便退出了大殿之外。

一时间，诸佛皆是不明所以。

此时此刻，那“小雷音寺”中，玄奘与灵吉仍旧对峙着。

一方剑拔弩张，另一方却依旧面色如常。

许久，灵吉松开了拍在地上的那只手，身子微微后仰，讥笑道：“想当初，金蝉子师兄闻道在先，灵吉见了您，免不了还要尊称一声‘师兄’。灵山辩法，灵吉也没有一次辩得过您的。莫非今日，您怕了？”

“怕？”玄奘淡淡一笑，反问道，“玄奘怕何物？”

“怕输！”

“玄奘怕输吗？”

“不怕输，那为何不应战？！”灵吉的声音顿时高了八度。

闻言，玄奘只是淡淡叹了口气，道：“玄奘今生今世，只怕一事。”

“何事？”

“怕度不了众生。”玄奘撑着膝盖，缓缓地站了起来，“灵吉尊者想要与玄奘辩法，只管在灵山候着便是了，无须多此一举。”

说罢，他转身便要离开。

见状，灵吉连忙叱喝道：“站住！”

这一声叱喝之下，玄奘停下了脚步，背对着灵吉。

瞬间，大殿之中又是沉默。两人僵持着。

许久，灵吉咬牙道：“凤仙郡光打雷不下雨，那雨云是贫僧施法造出来的。”

玄奘一动不动地站着。

灵吉深吸了口气，接着说道：“小小雨云，就能让那老郡王和一干人等欣喜若狂；雨云撤去，又感伤不已，甚至还自我安慰说是佛祖的考验。哼……如此愚昧之人，金蝉子师兄，怎么就不度呢？”

玄奘依旧一动不动地站着。

“也是贫僧托梦让国王下旨赐郡，更是贫僧让这一片荒地变得生机勃勃的。”

玄奘一言不发。

"大道三千。数千人从凤仙郡走出数年，却连个安身之所都没找到。得了恩赐，也只懂得感恩戴德，全然不知自己的福与祸，不过是因一场辩法的变幻，只要有点风吹草动，就可能随风而逝。如此浅薄之人，金蝉子师兄，怎么就不度呢？"

玄奘依旧一言不发。

"你以为他们需要的是水，其实水根本挽救不了他们！他们的懦弱与无知是与生俱来的，即便有了水，也不过是苟延残喘而已！"

灵吉深吸了口气，又道："普度，自该入世。这寺，正是依着如此理念才建在了这里。可惜啊，好好的一个寺，人来人往，却如同这杯清茶一般，纵使是灵山的茶，泡在这凡尘俗水之中，也失去了原本的味道。人来人往的寺庙，自己都做不到空了，还如何度人，谈何佛法？"

说罢，他微微仰着身子，瞧着玄奘的背影笑了起来。

片刻之后，玄奘缓缓转身，恭敬地行了一礼，道："在灵吉尊者眼中，佛法，是灵山的茶；俗世中的人，则是这凡尘的水。灵山的好茶，配上了俗世的水，浪费了。"

"难道不是吗？"

"在贫僧眼中不是。"

"那是什么？"

"在贫僧眼中，灵山的茶，是空。凡尘的水，是空。佛法，是空。即便贫僧自己，也是空。这世间，恰恰唯有众生是真，唯有灵吉尊者口中的俗世之人是真！"

闻言，灵吉愣住了。

玄奘脸上浮现出淡淡的笑。

还没等灵吉反应过来，玄奘已经一拂袖，转身而去了。那停在他肩上的猴子差点儿没笑出声来。

大殿之中，只剩下灵吉呆呆地坐着，瞪圆了眼睛。

见玄奘离去，那高瘦僧人连忙从门外走了进来，慌乱道："尊者，这玄奘简直就是强词夺理，什么叫作唯有众生是真？哪本佛经里写着唯有众生是真！"

“住嘴。”

“他肯定是怕输，才搬出这么多似是而非的东西，分明就是要避战！尊者，您……”

“住嘴！”

被灵吉这么一叱，高瘦僧人连忙闭上嘴巴，不敢再作声。

灵吉凝视着玄奘离去的方向，自言自语道：“战与不战，由不得你！”

第七百三十三章

逃不过

无人的小巷中，玄奘一个人默默地走着。

一阵轻风吹过，几片落叶飘零。

化作飞虫的猴子变回原形站到了玄奘前头，笑嘻嘻地说道："答得真漂亮，以其人之道还制其人之身。几句话，灵吉就没招儿了。哈哈哈哈。要是灵山辩法也能如此顺利就好了。"

闻言，玄奘却只是一步步与猴子擦肩而过："不过是一点小伎俩而已，真辩，贫僧必输。"

"啊？"猴子一下愣住了，连忙转身追上去，"你什么意思？你连灵吉都辩不过？那你如何应对如来？"

"贫僧已经说了，刚刚不过是一点小伎俩而已。小伎俩，难登大雅之堂。至于与谁辩，毫无关系。真就是真，假就是假。"

"玄奘法师请留步！玄奘法师请留步！"

那后方，高瘦僧人快步追了上来。

见状，猴子连忙又化作飞虫站到了玄奘的肩上。

"说说，你还缺什么，要怎么样才能辩得赢如来？"

"缺一条道。"

"一条道？你能不能再说清楚一点？"

"扬善、惩恶、入世、借力，这些无疑都是对的，都是普度的必经之路。可是，贫僧还缺一个最关键的东西。没有了那东西，一切就是无根之萍。"

"什么东西？"

正当此时，那僧人来到了玄奘身后，朝玄奘躬身行礼："玄奘法师请留步。”

玄奘回过头，默默回了礼。

那僧人轻声道：“灵吉尊者请玄奘法师在这雷音郡住些时日，也好走走看看。”

玄奘深吸了口气，却只是双手合十再次行了一礼，未置可否，转身就走。

猴子悄声说道：“我看他没安好心啊。明显是陷阱，还是走了算了。这家伙就是来挑衅的，你不在这里，他一个巴掌拍不响。”

“贫僧能离开，但凤仙郡的居民是否也能离开呢？”

这是一个令人烦恼的问题。

让凤仙郡下雨吗？要知道，那雨可是从其他地方偷来的，不得已而为之。至于那口井……即便出水再多，也养不活整整一个郡的人。再说了，就算让他们走，他们真的肯就这么离开吗？

这些问题，猴子越想越烦躁。佛与佛之间的争斗，都是玩虚的。这一套，他始终学不来。

好半天，他只得问道：“那我该做什么？有什么是我可以做，然后又能帮得上你的？”

“什么都别做。真的，大圣爷什么都别做，便是对贫僧最大的帮助了。有些路，贫僧得自己走。”

“你自己走，走得动吗？”

“从求法国至今一路，不都是玄奘自己走过来的嘛。”

“你既然可以自己走，当初为何又要我来帮？”

被猴子这么一问，玄奘顿时停下了脚步。

许久，他才再次迈开步伐，缓缓道：“当初年少气盛，以为三界之事，皆可控于股掌之间。到如今，贫僧才知道三界之中，有太多太多的不得已，太多太多的无能为力。”

猴子大吃一惊，连忙问道：“这话什么意思？你是想放弃了？”

“这条路，贫僧既然踏上了，便没有回头的道理。尽人事……听天命吧。”

“你！”

一时间，猴子竟傻掉了。

虽说猴子自己也无数次质疑过西行的可能性，但这话从玄奘口中说出来，便不是一样的分量了。

远远地，老郡王父子已经站在门外的马车边上等候玄奘了。

无奈之下，猴子所化的飞虫拍打着翅膀飞走了。独留玄奘朝两人走去。

见玄奘到来，老郡王与世子连忙行礼。

玄奘也默默回了礼。

世子道："玄奘法师见过佛爷了？"

"见过了。"玄奘微微点了点头。

见状，父子两人不由得面面相觑。

原本世子还想多问点什么的，毕竟他着实好奇那位佛爷的身份。可此刻看去，玄奘的脸色却不太好看，他只得将到嘴边的话咽了回去。

稍事整理了一番，三人便乘着马车往回走了。

半路上，望着车窗外熙熙攘攘的大街，玄奘轻声问道："世子可曾想过，往后的日子如何过？"

"如何过？"世子微微一愣，笑道，"自然是好好过了。"

"如何好好过？"

"这……礼佛。"

"礼佛？"玄奘缓缓转头朝他看过去，"还有呢？"

老郡王和世子似乎都有些紧张了。

慌乱之中，世子连忙说道："还有……每日诵经，捐资建庙，劝人信佛……"

说罢，他又压低声音小心翼翼地问道："不知如此，玄奘法师以为……可否？"

"就没有其他事情吗？"

"其他事？玄奘法师所指……"

玄奘没有说话，只是注视着他，沉默着。

许久，世子小心翼翼地补充道："只要得佛祖庇佑，什么都会有的，不是吗？连陛下的心意都可以改变，连天上的雨水都可以要到，还有什么做不到的呢？"

闻言，玄奘默默点了点头，无奈地笑了。一时间，他竟不知道该说什么好。

其实……灵吉说的，也未尝是错啊。

快抵达郡王府的时候，玄奘远远地就看见郡王府外人潮涌动。

“这是……”

“这都是来拜会您的。”世子低声道，“玄奘法师您下榻王府的事情想必已经传遍了大街小巷，乡亲们都争着抢着要见您一面。嘿嘿，昨夜到得晚，车旅劳顿，也不好安排些什么。今日，弟子已经备下宴席……”

话还没说完，玄奘便轻轻拍了拍世子的手，一下将他的话给止住了。

他轻声道：“宴席，还是算了吧。贫僧并无口腹之欲，大灾刚过，世子还得多留些粮食才是。”

说罢，玄奘又对着一旁的老郡王说道：“还是走后门吧。”

“走后门？玄奘法师不见见乡亲们？大家可都是托您的福，才有今日啊！”

玄奘只是摇头摆手，也不多加解释。

玄奘坚持，老郡王父子只得顺从。

那马车绕了一圈后便悄悄从后门进了王府。

待到玄奘回房之后，老郡王父子聚到一起，窃窃私语起来。

“父亲，方才孩儿是不是说错什么话了，玄奘法师的脸色……似乎不太好看啊。”

“应该不是。玄奘法师在凤仙郡住了许多时日了，以为父的了解，玄奘法师为人宽厚，绝不至于因一点小事而怪罪才是。”

“那接下来怎么办？”

老郡王稍稍犹豫了一下，轻声道：“既然玄奘法师说了不见客，我们照办便是了。往后的事，往后再说。”

“孩儿知道了。”

两人打定了主意，便一起来到前厅将所有宾客都挡了回去，也不解释什么，闹得那气氛都隐隐有些不愉快了。

此时此刻，玄奘早已将自己关在了屋里。

门窗紧紧闭着，所有的光被隔绝在外，以至于大白天的，房间里却有些黑暗。

他静静地坐在窗边，借着缝隙中透入的一点点光，低头凝视着藏心石，一动不动。

“怎么啦？”

玄奘猛然回头，发现猴子站在他的身后，伸长了脖子细细瞧着他手中的藏心石。

“怎么啦？”猴子又问了一次。

“没什么。”玄奘摆摆手，将藏心石收了起来。

“怎么忽然又把藏心石拿出来了呢？不顺心？”

玄奘闭口不言。

猴子朝那透光的缝隙看了看，道：“其实，现在情况也没那么坏嘛。最起码，凤仙郡的百姓一切都还好。既然如此，赶紧跟他们道个别，离开这里吧。难道还等着灵吉出招儿不成？”

“还好吗？”玄奘摇了摇头道，“一点都不好啊。刚刚你没听见他们说的话吗？灵吉尊者，这是将整个凤仙郡的百姓，拿来与贫僧对赌啊。”

“我……我没懂。”

“刚刚世子说了什么，你应该都知道吧？”

“知道，然后呢？”

“然后？”玄奘淡淡一笑，闭起双眼，轻声道，“他凭空造就了整个雷音郡，无非是想在这里与贫僧辩法。这雷音郡里的一点一滴，都是他给的。一旦贫僧离去，那么雷音郡便失去了原本的价值，再也无法得到他的眷顾。你觉得，以现如今雷音郡百姓的心中所想而论，他们会沉沦至何地呢？”

玄奘稍稍沉默了一下，叹道：“灵吉尊者的这个局，看来贫僧是无论如何也逃不过啦。”

第七百三十四章

成不了佛

“逃不脱，放不下。逃不脱，放不下。逃不脱，放不下……”

孤灯暗影之下，玄奘握着那块藏心石喃喃自语。他目光渐渐黯淡，神色之中充满了无奈，甚至有一些慌乱。

那场景，竟有一种说不出的悲凉。

有那么一瞬，猴子忽然想起了死在恶龙潭的老白猿……那个明明微不足道，却又想要一肩扛起，到头来，身首异处的老好人……

如果不是知道玄奘的前世是金蝉子，猴子大概会怀疑玄奘的前世会不会是他吧。

许久，猴子淡淡笑了笑，道：“从前，有人跟我说过一个佛门的故事。”

闻言，玄奘微微抬眼，静静地注视着猴子。

猴子稍稍顿了顿，接着说道：“说这个故事的人，是我的八师兄。一个修佛之后又跑来修道，有些莫名其妙的家伙。

“故事是这样的：从前，有一个女人，抱着自己刚满月的孩子一边喂奶一边吃饭，这时候一只蚊子飞了过来叮在她的脖子上，当即被她一掌打死。过了一会儿吃完饭，她将剩余的残羹倒掉。循着味道，一条骨瘦如柴的野狗跑了过去想要吃，却被她痛骂，用石头打走。”

说罢，猴子静静地注视着玄奘。

玄奘微微仰头，轻声接道：“于是，佛陀指着那女人告诉众门徒，‘这女人全然不知，被她打死的蚊子便是她的母亲投胎转世，被她打走的野狗便是她那老父亲投胎转世。而她抱在怀里的孩童，却是她恨之入骨的杀父仇人转世。’”

“你知道这个故事？”

“每一位佛门中人，都知道这个故事。”玄奘凝视着空无一物的前方，用朗诵般的语气复述道，“佛陀用这个故事告诫他的门徒，勿杀生。同时，也隐喻了凡人的肉眼凡胎，不辨真假。以及，凡尘的苦，人情的虚无……这就是佛门证的道。”

说到这儿，玄奘苦涩地笑了笑，道：“大圣爷忽然提起这个故事，是读懂了吗？”

“我可没读懂，也没工夫去读。”猴子伸了伸懒腰道，“哪有那闲工夫成天跟你们一样琢磨这琢磨那啊！我一诞生，就忍饥挨饿，老虎要吃我，猎人要杀我。要拜师学艺，既得躲避天军围剿，还得想各种办法经营花果山。嘿嘿……认真去思考这些东西，远不及直接挥棒来得快。说不定想还没想清楚呢，自己便已经身首异处了。是我那八师兄凌云子读懂了。”

“他怎么说？”

猴子淡淡叹了口气：“他说，佛门明明可以阻止这件事，却牺牲了一个女人的孝道，只为成全自己的至高理论。他自认做不到，所以他不修佛了，改修道。”

闻言，玄奘微微一愣。他低头寻思了许久，轻叹道：“凌云子，倒是个妙人。”

“他妙？”猴子一下笑了出来，咧嘴道，“大概吧。我倒觉得，你才是真的妙。你们都是看穿了这一点的人，区别是，我那八师兄选择了当逃兵。既然此路不通，那就改走别的路。你，却选择了坚守。”

“所以……贫僧永远成不了佛啊。”玄奘低头注视着手中的藏心石，笑了。那是发自内心的笑。

那种感觉，就好像证道之路不再孤独了一样。

“你不是成不了佛，而是你成了佛，却又无法袖手旁观。其实，这样挺好。”猴子长舒了口气，龇着牙说道，“眼下发生的，可不就跟这个故事一模一样吗？凤仙郡的居民，全部都成了故事里的那个女人，变成了证道的筹码。”

玄奘依旧目不转睛地注视着手中的藏心石。

猴子抿着唇，随手将金箍棒扛到了肩膀上："行了，我出去了，你自己慢慢想办法吧。他要是敢直接对你出手，我一定打得他满地找牙。不过，要是他来文的，不来武的，可就得你自己应对了。"

玄奘双手合十，躬身行礼道："玄奘替凤仙郡百姓谢过大圣爷。"

走出门外的时候，猴子发现，天蓬正端坐在庭院中的一棵小树下静静地瞧着他。

猴子微微一愣，随口问道："干吗？"

"佛也有好人啊。"

"你这话什么意思？偷听我们说话了？"

"你连禁音术都没施，就这么点距离，我就是不想听也会听到，算不得偷听。"天蓬顿了顿，轻声道，"我现在发现，其实每个族群里都有不同的人。妖怪里有恶妖，也有善妖。神仙里有恶神，也有善神。人有恶人，也有善人。佛也一样啊。"

"佛不一样。"猴子一步步走到他身旁歪歪斜斜靠坐了下去，望着玄奘房间的方向说道，"佛，不是人。能成佛的，都是一张脸孔，就像同一个模子出来的一样。所以，佛没有善佛，也没有恶佛。玄奘永远成不了佛，除非……我们输了。"

时间一点一滴地流逝着，从月上梢头，到明星东启。

一整夜，玄奘都将自己锁在房中对着那块藏心石喃喃自语。猴子和天蓬守在门外。至于其他妖怪，则悄无声息地遍布在整个雷音郡。

就如同撒开了一张大网一般，他们试图将整个雷音郡都摸个透，甚至不允许有一丁点儿的意外发生。

然而，意外终究还是发生了。

天蒙蒙亮的时候，雷音郡一户人家的院子里聚集了十几只妖将，牛魔王和吕六拐也在其中。

很快，猴子也到了。

猴子拨开围成一团的众妖，看到了躺在院子正中的两具妖将的干尸。

“大圣爷，我们到的时候已经是这样了。”一旁的牛魔王低声道，“是这户人家先发现的，女主人一大早就尖叫……还好我们先赶到，及时将他们全部捉了起来，又分头幻化成他们的模样将左邻右舍搪塞了过去。”

猴子回过头，看了一眼捆成粽子一般、整整齐齐丢在大厅中的十几口人。

“都问过了吗？”

“问过了，什么也没问出来。”牛魔王小心翼翼地说道，“只说看到个影子，可惜速度太快，天色又暗，具体是什么，也没看清。”

“这些人全部继续捆着，好吃好喝招待着，等我们离开了再放。”

“诺！”

很快，吕六拐朝猴子走了过来，躬身拱手道：“启禀大圣爷，几乎找不到打斗的痕迹。两人皆是顷刻间毙命，全无还手之力。而且，他们都被吸干了血和精气，这手法像是六耳猕猴干的。”

猴子的眼睛缓缓地眯成了一条缝，淡淡道：“知道了。”

此时此刻，“小雷音寺”的后堂之中，沉香正蹙着眉头，握着毛笔一个字一个字地抄着佛经，时不时抬起头来看一看前方端坐的灵吉。

“光头先生，我……我什么时候可以去找我师父？”

灵吉随手指了指沉香笔下的宣纸道：“这个字，多了一横。重写。”

灵吉扇了扇扇子，又接着说道：“找你师父作甚？你师父能教你的，贫僧都能教你。还有，什么叫光头先生；贫僧灵吉，你这刚入门的弟子，该称贫僧一声灵吉尊者才是。”

“可我不想剃光头。”

“多少人想剃光头入佛门还没机会呢，别身在福中不知福啊。”

两人正言语间，那高瘦僧人匆匆从门外走了进来，叩拜下去。

“启禀尊者，昨夜雷音郡中，死了两只妖怪。”

“哦？”闻言，灵吉嘴角微微上扬，悠然笑道，“这下子，有好戏看喽。”

第七百三十五章

祈　福

“咣”的一声，玄奘的房门被推开了。

还没等玄奘反应过来，猴子已经一个箭步来到了他身旁，手一扬，从玄奘身上抽走了什么东西，直接丢给了身后的吕六拐。

毫无心理准备的玄奘一下蒙了。他定睛一看，才发现握在吕六拐手中的，是六耳猕猴给他的那块玉简。

“大圣爷您这是……”

“玉简借我用用。”

猴子只随口答了一句，便跟着吕六拐走出门外，转眼之间两人便已消失得无影无踪。匆匆追出门外的玄奘望着空荡荡的院落，无可奈何。

聚满妖怪的庭院中，吕六拐小心翼翼地将灵力输入玉简，细细地感知起来。

很快，他睁开了眼睛，轻声道：“大圣爷，六耳猕猴在狮犵国。”

“在狮犵国？那就不是他了呀。”

“不，也可能他没将玉简带在身上。”

“这还不简单？让人装成玄奘法师的声音试一试不就知道了。他应答了，就说明玉简在身上；如果没应答，就说明玉简不在身上。”

“就算玉简在身上又如何？”天蓬环视四周的众妖，蹙着眉说道，“狮犵国距离这里多远，以他的速度，一个晚上可以跑多少个来回？就算是他干的，他也有足够的时间跑回狮犵国去。”

这一席话说出来，所有人顿时都沉默了，一个个朝猴子看了过去。

由始至终，猴子只是盘着手站在一旁，静静地注视着倒在地上的两具尸体，细细思考着什么。那四周的妖将看到猴子这副表情，隐隐有些不安。

许久，吕六拐伸长了脖子小心翼翼地问道：“大圣爷，我们接下来该怎么做？”

被他这么一问，沉浸在思绪之中的猴子才被唤醒。

猴子深吸了口气，开口说道：“所有人加强戒备，切记不可单独行动。吕六拐去把尸体安葬好，天蓬留下来，其他人该干吗干吗去，都散了吧。”

“这就……散了？”

“还要我再说一遍吗？”

“诺！”

很快，原本拥挤的庭院中便只剩下天蓬和猴子两人了。

一阵晨风吹过，树叶轻轻摇晃。

天蓬盘着手，轻声问道：“你怎么看？”

“你刚刚说的是对的，除非刚好定位出他就在附近，否则，定位在哪里，都不能说明问题。”猴子抿了抿唇，说道，“我现在考虑的是两种可能性。首先第一种……真是他做的，那他为什么要这么做？破坏西行吗？他不是说了不破坏吗？就算真要破坏，杀两只妖将又有何用？这道理上有点说不通。当然，也可能有些什么其他原因，这就不好说了。”

“第二种可能性呢？”

“第二种可能性比较高。我觉得，有可能是灵吉搞的鬼。”

“灵吉？”天蓬微微一愣。

“对。如果我和六耳猕猴直接冲突，对谁最有利？毫无疑问，对佛门最有利。所以……”

“谁受益，谁就是始作俑者？”

猴子默默点了点头。

一下子，两个人都沉默了。

如果是佛门的话，问题就大了。佛门准备直接对猴子出手？猴子不怕。反正几百年前已经死磕过一次，大不了再压一次五行山下。但这种事一旦传出去，手下的妖将估计就坐不住了吧。

这可是动摇军心的大事啊。

吕六拐或许还能坚守立场，其他妖怪呢？

许久，天蓬低声问道："那……你准备怎么做？"

"加强防备，先抓出行凶者再说！"

雷音寺中，一位僧人带着沉香走出了后堂。

灵吉望着沉香远去的身影，淡淡笑着，随口说道："把寺里的法阵都启动了吧。"

"启动法阵？"一旁的高瘦僧人有些诧异。

"不启动法阵的话，这寺里什么秘密都藏不住的，特别是对这孩子。毕竟，该知道的人都已经知道了，不是吗？"

那高瘦僧人面露难色。

他沉默了好一会儿，低声说道："尊者，弟子不太明白。"

灵吉回过头懒懒地看了他一眼，轻笑道："你不用明白。"

闻言，那高瘦僧人一呆，连忙叩首道："弟子多嘴了，请尊者责罚！"

"责罚就不必了。"灵吉伸了伸懒腰问道，"玄奘呢？玄奘在做什么？"

"玄奘法师昨日回了郡王府之后，便一直将自己关在房中。"

"见过什么人没有？"

"没见过。前来拜访的，一律都被那父子给挡回去了，他们似乎真将玄奘当成救命恩人了，什么都听他的。"

"当成救命恩人，这不是很好吗？"灵吉笑道，"不过，陷得还不够深哪。陷得不够深，如何能一刀刺入心扉呢？是时候做点什么了。"

"做点什么……尊者的意思是……"

灵吉略微思索了一番，瞧着那高瘦僧人缓缓道："就让他，替雷音郡祈福吧。"

"祈……祈福？"

"对，让他把这救命恩人的戏码都做足了。"说着，灵吉已经一个转身，拿起了桌案上的毛笔……

整整一天的时间，表面上无比平静的雷音郡，实际上早已暗流汹涌。

隔着一堵墙，寺里的僧人和寺外潜伏的妖怪形成了对峙之势，随便一点点摩擦都可能导致一场争斗。

而就在这危机四伏的形势之下，雷音郡内的平民百姓却毫无察觉。

郡王父子来了几次，玄奘都没见。不过，关键的问题是，每每入定，他都会想起今晨猴子那异常的举动，心中的不安越来越强烈。可惜的是，此时他也没有任何手段可以找到猴子问个明白，只能静静地待在房中，诵经、念佛。

很快，夜幕又一次降临了。

劳作了一天的人们拖着疲倦的身体回到了家里，大街上的人影渐渐变得稀疏。一盏盏油灯点起，整个雷音郡沉浸在一片安详的气氛之中。

然而，妖怪们的好戏此时才刚刚开始。

白昼里匿藏的妖将们纷纷从角落里冒头，很快在屋顶上聚到一起，按照天蓬的部署拉开了一个笼罩整个雷音郡的防御网。猴子则静静地站在一处三层屋顶上远远地眺望着雷音郡，目不转睛。

一切准备就绪，接下来，就等着对方自投罗网了。

每一个人都绷紧了神经，打起了十二分精神。

正当此时，一辆马车从雷音寺中缓缓驶了出来，一时间，所有的目光都被那辆马车吸引了过去。

“里面是什么人？灵吉吗？”

“不好说，那马车非同一般，里面有防感知的法阵。说不准，根本就是空的。大家坚守岗位，不要被干扰！”

“诺！”

交代完一众妖将，天蓬借着建筑的阴影，悄无声息地溜到了待在三层屋顶上的猴子身旁。

“你能感知到马车里面是什么吗？”

猴子注视着那马车，缓缓地摇了摇头。

就这么在空荡荡的街道上走了好一阵，马车最终停在了郡王府门口，车上走下的，正是一直跟随着灵吉的高瘦僧人。

听闻是雷音寺里来人，郡王父子自然不敢怠慢，连忙举家出迎。

不过，那高瘦僧人却只是在门口与老郡王随便客套了几句，留下一份信函，说是灵吉尊者的亲笔书信，便又上了马车原路返回了。

猴子瞧着远处千恩万谢、不断躬身的老郡王，低声问道："看样子，已经有动静了。你猜那封信里写了什么？"

"难说。"一旁的天蓬摇了摇头。

两人对视了一眼，朝王府的方向摸了过去。

告别了僧人，老郡王父子便有说有笑地朝大厅走了过去，在大厅中拆开了那封送来的信函。

老郡王粗略地看了两眼，微微蹙起眉头想了想，笑了。

一旁的世子忙问道："父亲，可是有什么好事？"

"来，你来看看。"说着，老郡王将手中的信函向世子递送过去。

世子看了信函两眼，却只是蹙起眉头。

"怎么，看不懂？"

"不懂。"世子摇了摇头道，"方才那位师父一直都跟在佛爷身边，他送来的信，肯定是真的。只是……弟子实在不明白，佛爷为何让我们请德高望重之人祈福呢？还说只要请得一位德高望重之人祈福，便可保雷音郡百年安康太平……这实在是有点令人费解。"

"这有什么好不懂的。"老郡王眉开眼笑地说道，"德高望重之人，让我们自己去找，而佛爷昨天又才见过玄奘法师。你说，他信中所言德高望重之人会是指谁呢？"

"这……"世子稍稍迟疑了一下，有些为难地笑了出来，摇摇头道，"孩儿愚钝，实在是不懂。"

"要是随便能懂，还是佛爷吗？"老郡王当即白了他一眼，笑眯眯地将信函拿了回来，小心翼翼收入袖中，道，"走，咱爷俩这就去求见玄奘法师！"

"让他帮雷音郡祈福？"远远地听到这句话，藏在屋顶上的天蓬和猴子不由得一愣。

凡人祈福，那是因为真的相信只要虔诚，神仙就会赐福。一个佛陀，让人去祈福？这是什么意思？

“不能让他去。”

虽然看不懂，但只一瞬，两人便得出了一模一样的答案。

一个转身，他们已经先一步朝玄奘居住的院落悄悄飞了过去……

第七百三十六章

明知是计

此时，玄奘正在房中细细地翻阅着典籍。

大概是因为这样能让他获得一点点安慰吧。虽说每一本他都早已倒背如流，但每当无奈、想不通、迷茫的时候，玄奘依旧喜欢一遍遍地翻阅，尽管他早已无法从当中再找到什么。

正当玄奘聚精会神查阅典籍的时候，一个毛茸茸的脑袋忽然出现在了他的面前。

毫无心理准备的玄奘一下愣住了。

“他们让你祈福，你可千万别去。那是灵吉出的主意，准没好事！”说完，猴子一个转身便不见了。

还没等玄奘反应过来，门外就传来了叫门声。

“玄奘法师，玄奘法师睡了吗？”

这是世子的声音。

想起猴子方才的话，玄奘顿时有些迟疑。不过，也仅此而已。在稍稍沉默之后，他还是放下了手中的典籍，起身朝房门走去。

房门打开了。

门外，郡王父子恭敬地行了一礼道：“这么晚还来打搅，实在抱歉。”

玄奘深吸了口气，回礼道：“哪里，两位客气了。不知深夜前来，有何要事？”

“呃……是这样的。”世子淡淡笑了笑，犹豫着说道，“凤仙郡的百姓历尽劫难，承蒙佛爷恩典，方得以安居雷音郡，心中感激之情，无以言表。为此，我们想……请玄奘法师为我们雷音郡百姓祈福，求一个来年安泰。”

说罢，世子与老郡王对视一眼，两人便齐齐地朝着玄奘拜了一拜。

“祈福？”玄奘的眉头微微蹙起，诧异地瞧着眼前的这父子俩。

两人互相对视了一眼，世子连忙开口说道：“不知玄奘法师，可否答应呢？”

玄奘的眉头蹙得更深了。他开口道：“若是有什么能帮得上百姓的，玄奘绝不推辞。只是……这祈福意义何在，贫僧不是很懂啊。”

闻言，躲在屋檐上的猴子顿时气不打一处来：“什么叫绝不推辞？刚刚不是才跟他说了不要答应嘛。”

一旁的天蓬无奈叹了口气，道：“祈福的好坏玄奘法师肯定是知道的，你就别瞎着急了。”

“能不着急吗！明知是坑，难不成他还要跳下去？”猴子恨恨地唾了一口，却也无可奈何。

此时，听闻玄奘愿意帮忙，郡王父子顿时眉开眼笑。

老郡王道：“我凤仙郡百姓能大难不死，全凭佛爷的恩德。此时祈福，自然是为了向上天表明心迹。”

玄奘面带疑惑地问道：“若是想表明心迹，佛爷就在雷音寺中，为何不直接前往呢？祈福，岂不是多此一举？”

被玄奘这么一问，两人顿时有些蒙了。世子忙开口答道：“那……那是因为，我们要感谢的不仅仅是佛爷，还有上天，还有佛祖啊。”

“若是如此，请雷音寺中的佛爷祈福，不是更好吗？贫僧何德何能呢？”

“这……”世子被玄奘问住了。

正慌乱之际，一旁的老郡王抢答道：“雷音寺中的佛爷毕竟是佛，我们是凡人，若要感谢，自然还是请玄奘法师您来代表更为合适啊。”

“若要说凡人，那雷音寺中也有不少未成佛的高僧。他们整日追随在佛爷身旁，更容易聆听佛爷教诲。玄奘不过是一路过的游僧，若要代表，恐怕还是请他们更合适。”

世子顿时失笑道：“雷音寺中的高僧又如何能与玄奘法师相提并论呢。”

“如何不能？”

“您可是得到佛爷单独召见的人啊！”

“他们每日跟随佛爷身旁，难道就没有被单独召见过？”

“此召见如何形同彼召见？”

“如何不能形同？”

“佛爷为了玄奘法师您收留了凤仙郡百姓，难道这还不足以证明吗？”

“凤仙郡百姓能转危为安，皆因众生福祉。佛爷何时曾说过是为了贫僧？”

眼前的两父子呆住了，一时间竟无言以对。

片刻之后，两人才恍然发现这往来的言语已然变成了一场辩论，惊出了一身冷汗。

老郡王重重扯了扯世子的衣袖，怒道：“你这孩子，如何与玄奘法师说话的！”

还没等玄奘反应过来，世子已双膝跪地，叩首道：“弟子鲁莽，请玄奘法师恕罪！”

这一幕来得太快，心中还在为祈福一事拿捏的玄奘，一下有些反应不过来。正当他伸手想要搀扶世子的时候，那老郡王却一个箭步拦在中间，睁大了眼睛看着玄奘，正色道：“老朽教子无方，恳请玄奘法师宽恕我这逆子！”

“这……”玄奘顿时慌了，连忙说道，“老郡王言重了。不过一点言语激辩而已，何来宽恕一说？”

然而，老郡王却仿佛没有听到玄奘的话一般，转身对着世子就是重重一脚，直接将他踹翻在地，怒斥道：“玄奘法师对我雷音郡百姓恩重如山，若今日你无法求得玄奘法师原谅，以至于玄奘法师不肯为我雷音郡祈福，看为父如何处置你！”

闻言，那世子响头一个接一个地磕，哭喊道：“弟子知错了！弟子知错了！求玄奘法师原谅！”

这一幕，看得玄奘呆住了。一时间，他竟不知如何是好。

屋檐上，猴子恨恨地骂了一句：“老狐狸！在凤仙郡的时候我怎么没看出来呢？早知道，就该让他神不知鬼不觉地归天！”

“到底是郡王啊。”天蓬无奈摇了摇头道，“原本只是祈福去与不去的问题，现在一下转嫁成了玄奘法师愿不愿意原谅的问题，这辩术之高，不修佛还真是可惜了。莫说玄奘法师了，即便是换了谁，都得着他的道。”

“你的意思是……我该换他去取经？”

“那怎么是一回事！”天蓬道，“他能占主动，是因为玄奘法师心怀慈悲。若是换上一个不管世子死活的，你看他说这些还有没有用？”

“那倒是。”猴子长叹了口气，继续往下看，无奈叹道，“人算不如天算啊。”

世子的额头都已经磕出了血。那点点鲜红染在地面的砖石上，看上去可谓是触目惊心。

此时此刻，玄奘再也看不下去了，只得推开老郡王大步向前，伸手去扶世子。

世子抬起头，呆呆地问道：“玄奘法师原谅弟子了？”

“本就没有怪罪，何来原谅？”

“既然如此，玄奘法师答应为雷音郡祈福了？”

玄奘顿时呆住了。

“看，果然使出这招儿了。”屋檐上的天蓬顿时笑了出来，万般无奈，“你不觉得，佛门最擅长的就是这招儿吗？当初你也是输在这招儿上。”

天蓬淡淡看了猴子一眼，补充道：“你心怀怜悯，而玄奘法师，则是心怀慈悲。”

听他这么一说，猴子的脸色顿时有些难看，他死死地盯着下方的玄奘。

豆大的汗珠从额头缓缓滑落，玄奘的手顿在半空中。

眼前，是一脸诚恳的世子。余光扫过之处，是伸长了脖子等待回复的老郡王。

许久，玄奘终究还是点了点头。

“你是有病吗？明知是坑你还跳！灵吉的坑你跳，如来的坑呢？我怕你还没到灵山就已经粉身碎骨了！”紧闭的房门内，猴子声嘶力竭地怒吼着，随手将桌子一把掀翻了。

若不是施了禁音术，他这一番举动怕是早把郡王府全府上下都招来了。

由始至终，玄奘只是盘腿坐在卧榻上一动不动。

一旁的天蓬，目光不断地在猴子与玄奘之间来回。

“你说！这麻烦你要怎么解决？”

玄奘面无表情地答道：“兵来将挡，水来土掩。”

“好一个‘兵来将挡，水来土掩’！你知道来的是兵还是水？老子的花果山就是这么活活给他们耗没的！”

玄奘不再说话了，双目平视前方，如同一尊佛像一般。

猴子的牙齿咬得咯咯作响，却也无可奈何。

许久，一旁的天蓬轻声道：“事已至此，吵也没意义，还是想想灵吉想做什么吧。”

“能知道他想做什么，我们还用得着在这里吗？”猴子一声咆哮，随手又摔了一张椅子，转身就走。

房间里只剩下玄奘和天蓬了。

天蓬稍稍犹豫了一下，拱手作揖也出了房门。

房间里唯独留下玄奘一人，他依旧沉默地坐着，手中紧紧握着那枚藏心石。

第七百三十七章
黑　影

“其实，这也不能怪玄奘法师。就刚刚那情况……”

“不怪他怪谁？怪我吗？”猴子转过身来对着天蓬怒吼道，“明知是坑他还跳，还能不能再傻一点啊！”

被他这么一吼，天蓬不禁蹙了蹙眉头。

两人就这么对视着。猴子的眼睛瞪得都要出血了。

好一会儿，他才深吸了口气，转过身去。

“真能怪他吗？”天蓬淡淡叹了口气，道，“几百年前，你不也一样，落入了佛门的圈套吗？”

“我跳那是不得已，如来用整个花果山要挟我！”

“现在佛门又何尝不是用凤仙郡的百姓在要挟玄奘法师呢？”

“能一样吗？如果他连这种情况都应付不了，还要他作甚？”猴子声音顿时又抬高了八度，叱喝道，“还能指望他西行辩法吗？”

说罢，他重重一拳砸在身旁的树干上，直砸得落叶纷飞。

猴子唾了一口：“狗娘养的灵吉！”他攥着拳头一步步朝前方走去，消失在黑暗之中。

天蓬望着猴子消失的方向，叹了口气。

“吵架了？”小白龙不知从哪里冒了出来。

天蓬斜了小白龙一眼，轻叹道：“提到了一些不太好的事情。”

“不太好的事？”

“我想，应该是我说错话了吧。如果不把玄奘法师跟他进行类比，或许他就不会那么生气了。或者说……焦虑。”

说罢，天蓬转身静悄悄地走了，小白龙呆站在原地，蹙着眉头怎么都想不明白：“类比一下就发脾气？莫非猴哥这阵子脾气又变臭了？”

此时，猴子正拄着金箍棒，盘腿坐在一处三层小楼的屋檐上，远远地眺望着雷音寺，眼角一抽一抽的。

许久，他自言自语道：“咋都是修佛的，我这边这修佛的，就想不出什么阴损的招儿呢？从来都是对方出招儿，我们只有接招儿的分儿。就这样，到了灵山，真能辩得赢？”

想了好一会儿，猴子抬手揉了揉自己的脸，揉得特别用力。

“娘的……到现在普度还连根毛都没看见，可千万别告诉我到了西天是如来把玄奘给度了啊……”

忽然间，他稍稍愣了一下，想到了一个极为可怕的事情。

“成佛……”

《西游记》里玄奘最终的结果是啥？玄奘成佛了……

他忽然联想起玄奘不久前刚跟自己说过的话：“贫僧……成不了佛……”

人有百相，仙有百种，可是佛，只有一类……

猴子顿时惊出了一身的冷汗。

一直以来他都努力保护玄奘，甚至在找队友这件事上，也尽量按照《西游记》中的人选去找。那是因为他知道，《西游记》里的玄奘最终取经成功了。可是具体是怎么个“取经成功”法，他却一无所知。

如果结果是如来辩赢了玄奘，玄奘成佛，带着如来“给”的经文返回东土大唐的话……

一股深深的恐惧感瞬间将猴子的心整个包裹。

他越想越忧心。

猴子再也坐不住了，拎着金箍棒就朝雷音寺摸了过去。

“如果最后都是输的话，我还不如杀一个痛快！”

正当猴子朝雷音寺偷偷摸过去的时候，雷音郡的另一个角落里也有一个身影在朝雷音寺摸去。

“娘的，他怎么带了这么多妖将啊，到处都是……这镇上的居民都是傻子吗？上百只妖怪潜伏居然没人发现？佛门就这么由着他们？”

“都死了两个了，闹那么大动静还没半点儿反应，他们是怎么做到的？”

漆黑一片的角落里，那黑影一闪而过。仅仅不过十丈的距离，站在屋檐上四处巡视的黑熊精丝毫没有察觉。

雷音寺里都是灵吉的人，但雷音寺外面，都是猴子的人。

此时此刻，镇上绝大多数的凡人都已经入睡，就算是还醒着的大概也不会没事走到窗前眺望吧。即使看到了，一闪而过，谁又能说得清是不是自己眼花了呢？

在这样的小镇上活动，猴子其实并没有多少顾忌。

转眼之间，他已经绕着雷音寺跑了好几圈，最终在大门前停下了脚步。

“还真是滴水不漏啊。四面墙上都有法阵，顶上又有防御……实在不行，要不遁地吧？”

不过，遁地好像也不行。

万一对方在地底下也埋了法阵，到时候连反应的时间都没有了，直接就触发。那可就真是偷鸡不成蚀把米。

想来想去，猴子有点拿不定主意了。

不多时，那黑影已经摸到雷音寺的墙边了，偷偷摸摸地观察着。

正当此时，他忽然察觉到了什么，身形微微一震，惊慌地朝四周看去。

“动手！”一道神识瞬间传遍了整个雷音郡每一只妖怪的脑海。

顿时，原本无序散落四处的妖将们迅速集结，竟对那黑影形成了合围之势。

慌乱之中，那黑影一跃而起，迅速破开雷音寺的法阵进入寺内。

整个寺庙当即响起了喧哗声。

不过，很快又平息了，就像什么都没发生过一样。

此时，大批妖将才聚到那黑影原本站着的地方，被黑影破开的法阵已经闭合。

匆匆赶到的猴子迅速从大批妖将之中找到了天蓬的身影，拉着他问道："发生了什么事？"

"我也不太清楚。"天蓬摇了摇头。

一只妖将骂骂咧咧地说道："那家伙肯定就是凶手，和我早上看到的身影像极了，一定就是！"

猴子轻声问道："看清楚是谁没有？是不是六耳猕猴？"

"没看清楚。"天蓬道，"修为很高，我们是借着他一时疏忽才发现他的。结果，竟然连脸都没看到就让他跑了。"

猴子扭头向已然寂静无声的雷音寺看了一眼："他逃进去了？"

"对，进去了。"

"大圣爷！大圣爷！"吕六拐急匆匆地拿着玉简蹿到猴子面前，道，"玉简的位置没变！"

"别提玉简了，人家也许根本就没带在身上呢！现在的重点是他进了雷音寺！"有妖怪嘟囔道，"这不就说明是佛门的人吗？不是佛门的人干吗要进雷音寺？难道里面比外面安全？"

"刚刚他进去的时候不是强行破的法阵吗？如果是自己人，应该可以轻易解开法阵。"

"胡说八道！以前花果山的法阵你能解开几个？况且刚刚时间极短，破开法阵肯定比解开更快。里面喧哗，应该只是有些意外他这种进入的方式而已，根本不能说明他就不是佛门的人！"

顿时，所有妖将都议论了起来。七嘴八舌地，却半天没能讨论出个结果来。

"要不，大圣爷，我们直接找佛门要人吧？兄弟们的血债不能就这么算了，最起码，也得知道究竟是谁杀的啊！"

"呆子，佛门是那么好说话的吗？你找他们要人，就不如直接杀进去！反正都是一样的结果，还省了被羞辱！"

"杀进去就杀进去，谁怕谁啊！"

"有勇无谋，莽夫！"

"你他娘的不是莽夫？你他娘的就是只妖怪而已，你以为你是谁啊？"

“都给我闭嘴——！”一声咆哮之下，乱成一锅粥的妖将们总算都安静下来，一只只怔怔地看着猴子。

猴子咬牙道：“这件事自然不会就这么算了。他不可能待在里面一辈子不出来，都给我盯紧了，一只苍蝇也别放过！”

“可是……大圣爷，我们的修为怕是……”

“我也一起盯！我就不信他能逃过我的眼睛！”猴子狠狠地唾了一口，憋了一肚子火的他一跃而起，隐了身形飞到雷音寺之上，睁大了眼睛一动不动地待着。

此时，就在雷音寺的后堂中，六耳猕猴端坐着，与灵吉四目相对。

灵吉伸手提起放在一旁的水壶，默默满上一杯茶，将茶杯向六耳猕猴推了过去，道：“大圣爷深夜到访，怎么也不走正门呢？不知道的还以为灵吉怠慢了大圣爷呢。”

闻言，六耳猕猴咧嘴冷笑了一声，道：“我也是逼不得已。你这样卖乖，有意思吗？看在你今夜没出卖我的分儿上，喝完这杯茶我就走。不过，你要是不把沉香交出来，这事没完！”

第七百三十八章

彼此利用

“没完？”闻言，灵吉顿时眉开眼笑，笑得六耳猕猴都觉得有些憋得慌了。

“你笑啥？”

“没什么。”

“什么叫没什么？”六耳猕猴挺直了腰杆子，龇着牙道，“有话，就不能一口气说完吗？非得这样遮遮掩掩的吗？”

“真没什么。”灵吉继续掩着嘴笑。好一会儿，直到六耳猕猴的磨牙声都已经异常清晰了，他才正色道，“大圣爷……就那么看重那个小毛孩子？”

“谁说我看重他了？”

“不看重，那你宁可跟我佛门起冲突，都要将他救回去？”

“我是答应了某人要将他救回去，所以才来的。”六耳猕猴掏了掏耳朵，很是不耐烦地说道，“再说了，重点应该不是我看不看重他吧？重点是……老子看不看重你们。”

“哦？”灵吉伸手将给六耳猕猴倒的茶微微往前推了一点，笑道，“此话怎讲？”

“怎讲？这得问你们了。”六耳猕猴白了灵吉一眼，也不去碰那茶，别过脸去说道，“如果不是师父给我分析，我还真就被你们牵着鼻子走了。反正我就是再服服帖帖，你们也不会考虑我的利益。我就是再狂妄，只要那另一个还在，你们也不会动我。既然如此，老子凭啥跟你们客气！”

六耳猕猴朝灵吉看了一眼，挑了挑眉，意味深长地问道：“你说，对吧？”

“有理，有理。”灵吉点了点头，表示赞同。

然而，接下来他却是一副若无其事的表情。

六耳猕猴不禁有些失望。

本想着在佛门面前说出这些，也算是耀武扬威了一把，没想到，对方却完全没反应。

佛门，果然是不能按常理推断啊。

想着，六耳猕猴缓缓地站了起来。

“大圣爷这就走了？”

“怎么，不行啊？”

灵吉伸手指了指那茶杯，轻笑道：“茶都还没喝呢。再不喝，就冷了。”

六耳猕猴又翻了个白眼，随手拿起那茶一饮而尽。他转过身，拄着铁杆兵一步步地朝大门走去。

然而，就在他踏出大门的瞬间，那脚却猛地缩了回来，连忙抬头望向屋顶。

“怎么啦？”灵吉若无其事地问道。

被这么一问，六耳猕猴顿觉有些难堪。不过，他还是拄着铁杆兵又走了回来，坐回原地。

“口渴，想多喝几杯，你应该不至于不舍得吧？”

“哪里哪里，”灵吉又将那空空的茶杯满上，笑道，“大圣爷想喝多少，贫僧都舍得。不够了，贫僧再让人去灵山取。”

此时，猴子还孤零零地悬在雷音寺顶上的云层里。

一阵阵寒风吹过，他身上的绒毛却连一丝丝晃动都没有。那神识早已将雷音寺上上下下都覆盖住了，只要有一丝动静，他就能察觉到。

时间就这么一点一滴地流逝着。

雷音寺内，僧人们紧闭双目盘腿而坐，看似一如往常，实际却是一个个绷紧了神经。雷音寺外，凡人熟睡，妖怪们则一只只睁大了眼睛紧盯着雷音寺，时刻握紧了手中的兵器。

就在这剑拔弩张的气氛之中，一夜过去了。

这一整夜，猴子没有移动分毫，笼罩着整个雷音寺的神识也丝毫没有放松的迹象。那六耳猕猴则在后堂之中，一杯接着一杯的喝茶，喝得自己都有些不好意思了。

不过，不好意思他又能怎么着？难不成就这么出去吗？

不用说，只要他在这里一露面，猴子肯定是不会放过他的，少不了又是一场大战，到时候引来的麻烦可就是一堆堆的了。

这简直就是……憋得慌啊。

由始至终，灵吉倒是一副悠闲模样，看上去就像早已将六耳猕猴滞留的原因看穿了似的。

不过，这种态度也让六耳猕猴更加不爽了。

“别担心。”灵吉微微抬起头，透过窗帘望向已渐渐泛白的东方，轻声叹道，“等天亮，天亮了，他就得走。”

“天亮他就得走？什么意思？”

“因为天亮有很重要的事情。”说着，灵吉笑嘻嘻地瞧了六耳猕猴一眼。

六耳猕猴一时间有些蒙了，双眼缓缓眯成了一条缝，道：“你在筹谋什么？”

“筹谋？算是吧。”灵吉点了点头道，“当然，他也可能不走。不过如果是那样，就更好了。”

闻言，六耳猕猴的脸色不由得为之一变。

“你在算计玄奘法师，还他娘的把我当棋下了？”

“也可以这么说。”

六耳猕猴一时急火攻心。他几乎想都没想，那手中的铁杆兵已经带着疾风朝灵吉扫了过去。

只听“锵”的一声，铁杆兵被灵吉稳稳接住了。

…… ……

这一声刺耳的声响瞬间扩散出去，悬在雷音寺上的猴子听得一清二楚。他伸长了脖子，更加仔细地盯着雷音寺。

后堂内，六耳猕猴依旧维持着那横扫而出的架势，怒视灵吉。

灵吉抬头望了一眼屋顶，轻声道：“别动怒，你要出手再重一点，屋顶可就掀翻了。到时候，什么都穿帮了。”

“你这个秃驴！”

灵吉注视着怒火中烧的六耳猕猴，眉目带笑地说道：“刚刚不是你说的吗？你不用对我们客气，因为客气了也没好处，不客气，也没坏处。大家不过是互相利用的关系。其实反过来，又何尝不是呢？既然是互相利用的关系，那大家不如放开点，都别往心里去。”

六耳猕猴的眼角不由得抽了抽。

此时，天还没完全亮，郡王府中却早已是人声鼎沸。

玄奘法师即将为雷音郡百姓祈福的事情传遍了大街小巷。昨天还没对玄奘投以多少关注的百姓们，如今纷纷拥向郡王府，只为能先一步见一见这位能为雷音郡祈福的僧人。

“佛爷就在此地，玄奘法师能在此地为雷音郡祈福，那说不定……他很快也是佛了呀！”

“雷音郡刚刚创立便有佛陀在此修成，这可怎么得了？”

熙熙攘攘之中，玄奘却只是将自己锁在房中，默默地诵念着佛经。

第七百三十九章

祈福台

老郡王轻轻敲开了玄奘的门，恭敬地行礼道：“玄奘法师，时间就定在午时，不知道……可否？”

面对老郡王那张堆满了笑的老脸，玄奘却是一脸的木然。他呆呆地点了点头，话都没多说半句，便将房门关上了。

此情此景，看得那门外站着的几人一愣一愣的。

世子不禁问道：“父亲，玄奘法师是不是……不高兴啊？”

“应该不会吧。”老郡王稍稍收了收神，看着玄奘紧闭的房门道，“佛爷让我们请玄奘法师祈福，说明请玄奘法师祈福肯定是对的。那位佛爷身边的大师又叮嘱无论用什么手段，都要达成。这……也总不会有错吧？咱不就是照着这个做的吗？”

“对对对，听佛爷的，不会有错的。”那四周站着的长者纷纷点头赞同。

此时，他们并不知道，房中的玄奘正透过窗棂的缝隙静静地注视着他们。

许久，他微微张口，吐出了两个字：“愚昧。”

“嗯？”身后的天蓬抬头看向玄奘。

玄奘面无表情地说道：“这是灵吉尊者给他们下的定义，‘愚昧’。”

闻言，天蓬淡淡笑了笑：“谁不愚昧呢？谁又真的能大彻大悟呢？有时候想想，前世的我跟他们，又有什么区别呢？说到底，都是站在一个固定的位置，一叶障目，以至于看不到远方的风景。”

“元帅前世，可是天庭一等一的忠臣良将啊。”

“因为是忠臣良将，就不愚昧了吗？”天蓬无奈地看了玄奘一眼，道，“玄奘法师就别安慰我了。自己什么情况，我知道，不需要安慰。这还得感谢哪吒啊，没让我吞下那枚丹药，否则……今生怕是又要步前世的后尘。”

玄奘的目光停在了空无一物的桌案上，许久，他轻叹道：“可并不是每个人，都有元帅这种际遇。所以，世间还是需要有人去普度。”

天蓬点点头，却只说出一个字：“难。”

玄奘祈福，这可是雷音郡的大事。当然，重点是这件事，是灵吉亲自开的口。

一时间，整个雷音郡都被动员了起来，里外忙活，一派喜庆景象。仅仅半日时间，那高高的祈福台便搭建了起来。虽说简陋，每一个细节却也都透着雷音郡百姓的心意。

不多时，在老郡王的带领下，迎接玄奘的队伍便到了房门外。

此时此刻，房中的玄奘早已梳洗完毕，换上了干净整洁的袈裟，戴上了万佛冠。那衣着与当初面见唐皇时一般无二，只是面容，却沧桑了许多。

好在，初心未改。

“大圣爷呢，他不打算一起去吗？”

“不好说。”一旁的天蓬轻声答道，“昨天夜里，雷音郡里出了一点事，他现在还在盯着雷音寺呢。”

“昨天夜里？”

“其实不只昨天夜里，前天也出事了。”天蓬稍稍犹豫了一下，又道，“也许他稍后就到吧。我会一直跟着您的，确保不会出意外。另外，还有十几只妖将会过去，他们会装扮成凡人的模样，尽可能守在接近祈福台的位置。”

玄奘有些乏力地点了点头。

随着天蓬躲到屏风之后，房门敞开，一大批民众鱼贯而入。简单的拜礼之后，他们引着玄奘往外走。

待他们走后，同样躲在屏风后的吕六拐才低声问道：“元帅啊，您说派十几只妖将装扮成凡人……我怎么没听说呢？这雷音郡中居民皆是原本凤仙郡的，出现生人，恐怕不太好吧。”

“不是有现成的吗？”天蓬看了吕六拐一眼，道，“之前不是有两只妖将身陨了吗，然后我们控制了十几个知情的百姓，现在用我们的人代替他们。”

“哦……哦！”吕六拐恍然大悟，道，“您是说他们啊！”

“当然是他们，也只能是他们了。”天蓬轻叹道，“一来他们负责保护玄奘法师正好合适；二来……他们本身也必须去，否则，街坊邻居怕是要生疑。”

“对对对！我这就去安排！”吕六拐嘟囔着，化作飞虫从窗户飞出去。与此同时，天蓬也化作飞虫朝玄奘离去的方向追了过去。

此时此刻，猴子继续悬在高空之中监控着雷音寺。而在雷音寺的后堂之内，灵吉和六耳猕猴仍旧对峙着。

“你究竟使了什么计？”

“好计。”

“什么是好计？”

“不妙，但奏效的计，就叫好计。”

“说！”六耳猕猴一下吼了出来，“究竟是什么阴谋！”

“不可说，不可说。说了，就不灵了。”灵吉眉开眼笑地说道，“不过话说回来，他们其实是可以识破的。只可惜，那猴子警惕有余，记性……却不是太好啊。”

狭长的街道上，百姓分列两旁，一个个双手合十，默默地等待着。

玄奘走在正中。

他身后，紧紧地跟着数十名刚刚剃度的僧人。在他们的手中，无一例外地托着盛有从雷音寺中请来的法器的盘子，那神情可谓是虔诚无比。

很快，大队人马便抵达了一片空地。空地的正中早早地竖起了由竹子搭建而成的祈福台。

玄奘停下脚步。

他抬头望去，望见的是一片灰蒙蒙的天。阵阵微风吹过，高耸的祈福台顶端的竹子轻轻颤了颤。

远处，小白龙小声说道：“这竹台看上去怎么有点不结实啊。你说，他们会不会是故意弄一个不结实的竹台，回头好弄塌了，伤及玄奘法师呢？”

“元帅不是跟着吗？”一旁的黑熊精道，“再怎么样，他也不至于让一个竹台伤了玄奘法师吧？再说了，我们的兄弟还潜伏在里面呢。别说是竹台，就是有人朝玄奘法师射箭也伤不到他。”

“那你说，那个灵吉摆这么大阵仗是要干什么呢？不可能是摆着玩吧？”

黑熊精摇了摇头，表示不解。

玄奘深吸了一口气，一步步地迈向那高台。

此时此刻，没有人注意到，那被放置在高台四面的法器正闪烁着光芒。

第七百四十章

故技重施

“兹有大唐游僧玄奘，发宏愿行十万八千里，西行取经。今至雷音郡，向天祈愿……”

高台上，玄奘循着前人的路子缓缓唱了起来。

高台下，无数百姓伏地叩首，围成了一个巨大的圈。整个世界安静得只剩下单调的木鱼声伴随着玄奘的唱诵。

十余只妖怪假扮而成的百姓，早已借着各种理由挪到了前方最靠近玄奘的位置，以防万一。而天蓬幻化而成的飞虫也落到距离玄奘不远处的平台上，屏息以待。

“一祈众生向善，人人以自食其力为乐；二祈世间向善，众生以和睦相处为乐；三祈三界向善，万物和谐，融融而乐；四祈轮回向善，六道大同，善恶因果皆有报；五祈……”

“玄奘法师这是唱的什么啊？怎么从来没听过？”

“也许是我们没见过的高僧佛经吧，毕竟人家可是佛爷钦点的高僧啊。”

“对对对，高僧哪能有错？要错了还是高僧吗？”

短暂的议论声之后，广场又一次恢复了宁静。

面对这新鲜的言辞，百姓难以理解，倒是妖怪们有些动容了。

小白龙蹙着眉头道：“六道大同，善恶因果皆有报……这倒是个办法，说不准，普度就这样实现了呢。只可惜，天庭没兴趣，佛门也不会听我们的，说是这么说，做，却不会这么做啊。”

一段唱罢，玄奘拿起一旁的锣锤轻轻敲在锣上，洪亮的声响瞬间传遍了每一个角落，那匍匐在地的百姓一个个抬起头来。

“玄奘法师真是高啊！”世子感叹道，“这些时日以来，孩儿也算是遍阅佛典，却从未见过这些言辞。难怪佛爷要让他给雷音郡祈福，原来是另有深意啊。”

一旁的老郡王微微蹙眉，有些呆了。

“父亲，您怎么啦？”

“没，”老郡王一惊，连忙答道，“没什么，只是……”

“只是什么？”

“没什么，没什么。”老郡王一阵摇头摆手，望着玄奘的目光看上去却更加诧异了。

一位僧人匆匆步入后堂，叩首道：“启禀尊者，玄奘法师的祈福大典已经进行的差不多了。”

灵吉微微点头，示意知道了。一旁的六耳猕猴有些错愕，疑惑地问道：“你让玄奘法师去祈福？”

“对。”

“有何意义？”

“意义可就……”灵吉抬起头，长叹道，“深远了。他不是要证道，要宣扬他的为善之道吗，贫僧给他这个机会。”

六耳猕猴听得一愣一愣的，目光微微闪烁。

高空中，猴子还在静静等待着，那注意力在雷音寺与远处玄奘的祈福台之间不断转换。

“一切还顺利吗？”

“还顺利，就是有点……太顺利了。”玉简的另一端传来了天蓬的声音。

“总之，提高警惕。”

“知道了。”

猴子放下玉简，继续打起精神死盯着雷音寺不放。他试图用神识直接侵入雷音寺中探查。然而，灵吉的法阵却不是那么简单。更重要的是，猴子对佛门法阵并不了解，以至于几经尝试，却没有半点儿成果。

隐隐地，猴子都有些焦虑了。直觉告诉他玄奘祈福，灵吉一定是使了手段的。但是，好不容易将凶手困在了这雷音寺里面，他真不愿意就此放手。

豆大的汗珠已经从额头上缓缓滑落。

他只得咬着牙，对自己说道："再试一下，再试一下，实在不行就放弃。反正这秃驴不是还在雷音寺里吗？就几个虾兵蟹将的话，天蓬应该是能应付的。"

饮了一杯清茶，一声洪亮的锣声之后，玄奘的祈福再次开始。

四周的百姓依旧静静地聆听着。

"我不明白。"六耳猕猴半眯着眼睛道，"你人在这里，怎么可能干预得了祈福？"

"难道贫僧去了，就干预得了吗？"灵吉轻笑道，"你也未免太小看对手了吧。跟齐天大圣硬碰硬，灵吉可没把握啊。当初若非佛祖及时出手，说不定，三界都真要为那个叫风铃的小女孩陪葬了呢。"

灵吉淡淡看了六耳猕猴一眼，装出一副恍然大悟的样子道："抱歉，差点儿忘了您也是齐天大圣啊。"

那"也"字特意加重了音调。

六耳猕猴的眉头立即蹙起，死死地盯着灵吉。

灵吉低下头继续泡着茶，随口道："话说回来，沉香的师父叫清心，好像就是风铃转世啊。"

六耳猕猴的眼中瞬间充满了浓浓的敌意："你想说什么？"

"没什么。"灵吉仰头淡淡笑了笑，道，"只是觉得这样，大圣爷索要沉香，就顺理成章了。毕竟，您也是大圣爷，不是吗？"

那"也"字，又一次特意加重了音调。

六耳猕猴的眼角抽了抽，那眼神就如同要将灵吉生吞了一般。然而，灵吉依旧是一副若无其事的样子。

"镇定，镇定。"许久，六耳猕猴只能不断地在心里默念着，告诉自己，"别发怒，别发怒。这家伙明显是有用意的，他在挑拨，他在挑拨！不能中了他的计！”

过了不久，玄奘的祈福接近尾声。

出乎意料地，由头到尾竟是一片风平浪静。一来没有人现场捣乱，二来，也不见灵吉从雷音寺里出来。

“就这么结束了？”

不仅仅是猴子，所有的妖怪此时此刻心中都生出了这样的疑问。

“难道是因为我们戒备森严，他们改变主意了？如果是这样，那就最好不过了。可是……”

猴子犹豫着该不该离开雷音寺的上空去护送玄奘最后一程。

此时，玄奘敲响了最后的锣声。

他缓缓起身，双手合十朝四面叩拜，口中念念有词。

那些百姓一个个也都配合地随着玄奘向四面八方叩拜。

神经早已绷到极致的妖怪们总算可以松口气了。

“看来，不过是虚惊一场啊。”小白龙眉开眼笑地说道，“佛门的招儿也不是每次都灵的。你看，这次他们就没找到出手的机会啊。”

黑熊精在一旁静静地听着，目光依旧紧盯着玄奘不放。

正当此时，祈福台忽然发出了“咯吱咯吱”的声响。

“什么声音？”人群中，那些隐藏的妖将抬起头，一脸的纳闷儿。

不仅仅是他们，四周那些普通百姓也都听到了，一个个面面相觑。

小白龙微微一愣，一下子紧张起来，喃喃自语道：“不会……真的是祈福台要塌吧？这么无聊的招儿谁想出来的？”

那声响变得越来越明显了。

忽然，只听“啪”的一声，支撑祈福台的几十根竹子在相同的位置同时爆裂。下一刻，就在所有人的注视下，祈福台微微倾斜，眼看着就要塌了。

站在台上的玄奘不得不伸手抓住一旁的围栏才勉强站住。

远处的高空中，猴子也吃了一惊，却还没有实质性的动作，一双眼睛紧紧盯着摇摇欲坠的玄奘。

“不好，台要塌了！”人群之中瞬间有人尖叫了出来。

毫无心理准备的老郡王完全呆住了。

说时迟那时快，整个祈福台已经倾斜，向人群砸了过去。

大概是因为竹子有韧性的关系，那速度并不是太快。

后堂之中，灵吉饮了一口茶，轻声叹道："好戏，要开始了。"

…… ……

一片尖叫声中，化身飞虫的天蓬不断地绕着玄奘飞行，将混乱中刺向玄奘的竹子悉数挡开。

台下的百姓迅速分成了两拨。绝大部分的百姓已经惊慌失措地逃散。但是，这当中却有那么十几个人，反其道而行，朝祈福台飞速冲了过去。

一眼望去，天蓬顿时安心了不少。

区区祈福台，有那些潜伏的妖将在，暂时是不需要他直接出手了。虽说场面混乱，但平白出现一个所有人都不认识的人，毕竟也不是什么好事啊。

就在祈福台即将砸倒，站在上面的玄奘扶着围栏整个悬空的时候，那些妖将已悉数聚到了玄奘身下，纷纷伸出双手随时准备接住玄奘。

这时，祈福台重重砸倒在地，并迅速崩裂了。慌乱之中，玄奘一松手，整个人落到妖将聚集的圈子里被稳稳接住。

"玄奘法师，您没事吧？"

"没事吧？"

一声声问候在玄奘的耳边响起。此时此刻，他还晕头转向的，只是本能地伸出手去抓住一切能抓住的东西。

这一幕在四周的百姓看来并没有什么不妥。

然而，紧接着匪夷所思的一幕发生了。

正当刚从错愕中惊醒过来的老郡王迈开脚步，小跑着准备前去查看玄奘情况的时候，就在玄奘的身边，一只幻化成百姓的妖将身形猛地涨大，足足涨到一丈高，化出了原形！

黑漆漆的鳞片，长长的上下颌之间遍布着尖利的牙齿，巨大的手臂……那是一只鳄鱼精。

瞬间，那四周原本担心玄奘伤势的百姓们全都呆住了，一张张脸一下子全变白了。

不仅仅是百姓，其余的妖将，包括天蓬、猴子，所有人都呆住了。

…… ……

后堂之中，灵吉若无其事地饮着茶，随手一个响指道：“这招儿，贫僧在高老庄不是已经用过了嘛！真是不长记性啊！呵呵呵呵……”

…… ……

下一刻，尖叫声迅速覆盖了整个雷音郡。

第七百四十一章

摊开了

后堂中，六耳猕猴瞪大了眼睛呆呆地望着门外。

此时此刻，悬于雷音寺顶部的猴子同样目瞪口呆。

天蓬幻化的飞虫拍打着翅膀犹豫着要不要上前。百姓们竞相奔逃，纷纷往远处闪躲。而此时此刻，玄奘还没从高处掉落之中缓过神来。他紧闭着双目猛地甩头，晕晕乎乎地还没弄清楚究竟发生了什么事。

当他在混乱之中又伸手触摸到另一只没现形的妖怪时，先前的景象再一次重现。

那妖怪惊恐地看着自己被玄奘触摸的手臂猛地缩小，现出黑色的鳞片。紧接着，这种变化迅速蔓延到了全身。

这是一条……蛇精。穿着铠甲，凶神恶煞的蛇精。

还站在原地的老郡王简直不敢相信自己的眼睛。他呆呆地望着玄奘，望着玄奘身旁现出原形的两只妖怪，双腿一软，整个人跌坐在地，口中不断念叨着："不可能，不可能……怎么，怎么会这样？"

世子连忙从远处连滚带爬地跑过来搀扶。

事情似乎还远远没到结束的时候。

很快，没有被玄奘触碰到的妖怪也一只只嘶吼着现出了原形，一时间，广场的正中站满了各种高矮不一的妖怪。当中身材高大一些的足有一丈多，站在那里，就像一座小山一般。

百姓的尖叫声此起彼伏。

缓过神来的玄奘看着周遭的一切，整个人呆愣无语。

"快！"小白龙连忙吼道，"快让他们离开玄奘法师！现形没关系，千万不能连累玄奘法师！否则，一会儿连辩驳的机会都没有了！”

在慌乱中猛然惊醒的吕六拐连忙低头吹了一声哨子。顿时，所有妖怪会意地朝四面八方逃散而去。

高空中，猴子的拳头攥得咔咔作响。那瞪圆的眼睛缓缓转动，却依旧是望向雷音寺。

此时此刻，后堂之中的气氛似乎已经发生了不一样的变化。

六耳猕猴瞪大了眼睛死死地盯着灵吉，牙咬得咯咯作响。

对面，灵吉却依旧眉目带笑。

“怎么，大圣爷觉得贫僧这一计，使得不漂亮？”

六耳猕猴微张的口中发出了充满敌意的低吼声。

“贫僧这可都是在为大圣爷您着想啊。”灵吉轻笑道，“事到如今，有些事也不怕明说了。无论你们谁胜，我佛如来，最终肯定都是会出手镇压的。不过您也得想清楚，现在陪玄奘西行的是他，若是让他走得太轻松，羽翼渐渐丰满了，到时候，还有您什么事呢？”

六耳猕猴的额头上青筋暴起，他咬着牙缓缓说道：“看来师父说得没错，佛门，不可信任！”

他微微低头，从腰间摸出那块与清心联系的玉简看了一眼：“对付你们的唯一办法，就是什么都不要和你们谈！”

话音未落，他已挥棒朝灵吉砸了过去。这一次，不遗余力！

“咣”的一声巨响，半个雷音寺的建筑都被扫塌了。溅起的沙尘飞速蔓延，瞬间覆盖了所有的一切。

依旧悬浮在高空之中监控的猴子傻了眼。

这是什么情况？

顷刻间，他几乎凭着战斗的本能，握着金箍棒迅速朝雷音寺冲去。

……

广场上，玄奘孤零零地站着，四周百姓的目光都被吸引到了雷音寺的方向。

还没等猴子冲入翻滚的沙尘之中，一个身影从那废墟之中冲了出来，与猴子擦肩而过。

目光交错之际，双方似乎都愣了一下。

六耳猕猴有些慌乱地看着猴子，猴子则一脸错愕地看着他，还有被他抱在怀中的……沉香。

“果然是你——！”丝毫没有犹豫，盛怒之下，猴子的金箍棒直接朝六耳猕猴扫了过去。

“住手！”六耳猕猴连忙一抬手，用铁杆兵接下了猴子这一击。然而，他的力量本就比猴子稍弱一点，此时此刻，又单手抱着沉香，哪里可能在力量上与猴子相抗衡呢？

这一棒是接住了，然而，他自己连带沉香却都被扫飞了。

“娘的！你没看到沉香吗？这是清心的徒弟啊！风铃的徒弟啊！”

“你以为你绑架了他，我就会手软吗？”

六耳猕猴一路骂骂咧咧，猴子则毫不犹豫地冲了上去。

“谁说我绑架他了？我是来救他！来救他的！他被佛门给绑了，是清心拜托我来的！”

“要救也该我救，你算个什么东西！”

“你非得在这时候和我打吗？”

“老子抽你还用分时候吗？”

一时间，两人在天空中飞速追逐起来。猴子挥舞着金箍棒疯狂地追打着六耳猕猴，六耳猕猴则玩儿命地闪躲，实在躲不掉的，只能硬扛。

这一幕，看得地面上的百姓都呆住了。

“这是……两只猴精？”

“好像有一只是刚从雷音寺里跑出来的，是他破坏了雷音寺。”

“你认得出哪一只是从雷音寺里跑出来的吗？”

“认不清了……”

玄奘定了定神，往老郡王的方向跨了一步。

一时间，早已经平息的尖叫声再度四起。所有人都惊恐地望着玄奘。

玄奘的脚顿住了。

他从所有人的眼中读出了一个相同的意思——恐惧。

“刚刚那些人……是被他碰到才变成妖怪的吗？”

“好……好像是。”

“这么说，这个玄奘法师，其实是妖喽？”

“胡说，他是妖……他是妖，佛爷怎么会让他为我们祈福？”

“也许佛爷是故意用这种方式拆穿他，一定是这样的，一定是！”

所有人不约而同地往后退了一步，包括老郡王在内，都在设法拉开与玄奘法师的距离。

玄奘只能呆呆地站在原地，睁大了眼睛平视前方，一动不动。

恍然间，他明白了灵吉设下这个陷阱的目的。

此时此刻，猴子与六耳猕猴的战斗进入了白热化。

怀中的沉香吓得死死地抱住六耳猕猴，紧闭双目不敢动弹，六耳猕猴则拼命地闪避猴子的攻击，而猴子，依旧紧追不放。

“别打了！别打了！你能不能听我把话说完？”

“我有说过不让你说吗？”

“师父认下我了！”

“什么？”

“若沉香死了，你怎么跟清心交代！”

“呵呵，原来如此啊。难怪你突然开始关心起斜月三星洞的人的生死了，原来想救了沉香回去证明你才是真的啊！”

“我本来就是真的！”

“你找死！”

这一言一语之间，猴子的棍棒力道反而加重了几分。六耳猕猴急得满世界乱窜。

“别打了，你到底是不是要护玄奘西行啊？”

“嘴上说担心西行，还来吃我两个手下！”

“那是不得已。”

“抽你也是不得已！”

重重的一击之下，六耳猕猴如同流星一般从天空中直接砸了下来。数十栋民房顷刻间化作飞灰，掀起的沙尘更是席卷了半个雷音郡。

猴子气喘吁吁地悬在半空中，瞪圆了眼睛死死地盯着六耳猕猴落下的位置。

许久，沙尘总算散去。

瓦砾堆里，六耳猕猴浑身是伤，却依旧紧紧地抱着沉香，将他护在胸前。

此时此刻，沉香都快要哭出来了，他呆呆地看着这个一直被自己嫌弃的师伯。

“师伯……放我下来吧。放我下来，你就能打得过他了。”

“小屁孩废话多！”六耳猕猴唾了一口，仰头望向猴子，咬牙道，“今天无论如何要带你回去！娘的，要是被清心瞧不起，那多没面子啊。”

“还想带他走？”猴子紧紧地攥着金箍棒，“今天，连你都要交待在这里！”

“嘿嘿，老子还有招儿呢。”六耳猕猴缓缓咧嘴，露出了獠牙。

下一刻，他的目光朝一旁扫去。

这一瞬，猴子也愣了。因为他发现六耳猕猴望向的，竟是玄奘！

一时间，所有人都呆住了。

“对不住了，玄奘法师。”一个声音在玄奘的脑海中响起。

“不好！他要对玄奘法师出手！”天蓬吼了出来。

与此同时，六耳猕猴出手了。他单手挥舞着铁杆兵横扫而出。

猴子顿时傻眼了。

慌乱之中，他只得掉转身形朝玄奘的位置飞驰而去。

骤然伸长的铁杆兵在大地上扫出了一个巨大的弧形，所过之处，房舍全都被拦腰斩断。

瞬间，那些百姓一个个全都吓傻了，甚至连惊叫都忘了，只是呆呆地站着。

被当成目标的玄奘睁大了眼睛。这瞬息万变的形势，甚至没有给他足够的时间去思考，以至于他除了站立，什么也做不了。

就在那横扫而来的铁杆兵即将击中玄奘的时候，猴子握着金箍棒挡在了玄奘身前，摆出了迎战的架势。

然而，意料之中的碰撞并没有发生。

铁杆兵卷起的狂风从玄奘与猴子的身旁横扫而过，然而，它本身却凭空消失了。

随之一同消失的，还有远处的六耳猕猴与沉香。

顷刻间，整个世界安静下来，唯独六耳猕猴远远传来的话在猴子的脑海中回荡：“嘿嘿，这一局，我赢！”

第七百四十二章

离　去

长空中，昏厥过去的沉香渐渐醒来，看见六耳猕猴正紧紧地抱着自己。

一身的铠甲在与猴子激战之后变得破烂不堪，六耳猕猴的嘴角却带着笑意。

“师伯……”

“嘿嘿，已经赢了。”六耳猕猴直视前方，咧嘴笑道，“我就说我一定能赢嘛，邪不胜正。哈哈哈哈。”

沉香不解地看着六耳猕猴。

“很快就到家了，回去之后，你可要记得跟你师父说我的好话啊。”

“为何？”

“什么为何？我救了你，你帮我说好话不是很正常吗？”

“呃……好吧。”

“这才对嘛。好师侄，以后想要啥，尽管跟你师伯我说。”六耳猕猴的心情越发好了。他挥舞着铁杆兵疯狂地加速，一路尖啸，如同孩童一般，逗得沉香咯咯直笑。

此时此刻，一抹夕阳照耀下的雷音郡格外宁静。

一张张神情呆滞的脸庞，一个个身穿破烂衣衫的身影，在夕阳余辉中静静伫立，而他们四周，已是一片废墟。

百姓全都面无表情，玄奘也是一样。

他站在空荡荡的广场之中环视着，举目望去，望见的是一双双眼睛，目光全都如同尖刺一般，刺入了他的心底。

此时此刻，几乎每一个人都在看着他。

在不远处，猴子摊了摊手道："其实呢，也不是什么大事，对吧？不过是几座房子嘛，几个时辰我就让人全给修复了。"

没有人回应他。

特别是玄奘，他的脸色隐隐地已经有些难看了。

"父亲！父亲，您怎么啦？"

一声惊呼传来，无数的百姓迅速聚到一起，形成了一个圈圈。

从混乱的思绪中被惊醒的玄奘也赶忙跑了过去。

可还没等他走近，那些百姓便惊呼起来："走开！别过来！别过来！"

一下子，原本围成一圈的百姓散开成一个更大的圈，一个个惊恐地望着玄奘。

处在那圈正中的，是世子，还有老郡王。

此时此刻，老郡王躺在世子的怀中，十分虚弱。

面对四周百姓充满恐惧的眼神，玄奘稍稍放缓了脚步。

"你别过来！"这一次喊出声的，是世子。

相距两丈的距离，玄奘最终停下了脚步。两人默默对视着。那看起来已经快不行了的老郡王也是半眯着眼睛，看着玄奘。

此刻，整个世界仿佛都静默了。

许久，玄奘又抬腿迈了一步。

"别过来——！"世子又一次吼了出来。

玄奘那迈开的脚只得顿在空中，缓缓地收了回来。他双手合十道："世子，贫僧略通医术，还是让贫僧帮郡王看看吧。"

世子瞪大了眼睛，支支吾吾地说道："不……不用你看！你是妖怪！"

"贫僧不是妖。"

"那他们是怎么回事？好好的人，怎么一个个都变成妖了？"

"贫僧真的不是妖。"

"谁信你啊！"

话音未落，老郡王轻轻握住了世子的手。世子将耳朵凑到老郡王的嘴边，静静地聆听着什么。

说话的时候，老郡王的目光始终锁定在玄奘身上，可惜，并不是什么善意的眼神。

少顷，世子重重地点了点头，低声道："孩儿谨遵父亲教诲。"

说着，他将老郡王扶起来，在四周百姓的帮助下背到了背上。

在百姓的簇拥下，他快速朝雷音寺的方向走去。

不多时，广场上的人走得一干二净。若说还有，那便只剩下一双双躲在墙后悄悄注视着玄奘的眼睛了。

玄奘默默地站着，望着世子走去的方向。那神情，仿佛瞬间失去了什么一般。

"他说了什么？"

"老头儿跟儿子说，让他别跟你较劲。"一旁的猴子轻声道，"他说，你是他带过来的，必须跟你划清界限，否则连他们一家子都没办法在这里待下去。但也不能跟你较劲，因为你是妖怪，万一一个不高兴……把他也变成妖怪，就全完了。"

玄奘无奈地摇了摇头，笑道："他真的相信……相信贫僧是妖？"

猴子也不答话，只是在一旁漫不经心地瞧着玄奘。不一会儿，他又道："别担心。老头儿就是受了些惊吓，情绪不太稳定而已，死不了。"

玄奘深吸了口气，紧闭双目，长叹道："灵吉尊者这是在向贫僧证明众生的愚昧吗？"

斜月三星洞中，清心火急火燎地跑出山门外。

"师父！"

第一眼看见清心，沉香便撒腿冲上石阶，一个飞身直接扑入清心怀中。

"没事吧？"

"弟子没事。"

清心抱着沉香，连忙上下检查了一番。直到确定沉香身上没有任何受伤的痕迹之后，她才稍稍放下心来。

沉香牵着清心的手，支支吾吾地说道："弟子没事，不过……师伯有事。"

直到此时，清心才注意到站在不远处抓耳挠腮、浑身上下狼狈得不成样子的六耳猕猴。

她稍稍犹豫了一下，撑起笑脸道："谢谢你。"

听她这么一说，原本就心情不错的六耳猕猴笑得更欢了。他连忙有些不好意思地摆手道："嘿，不过小事一桩，没什么大不了的。"

他一笑，清心顿时就不笑了。六耳猕猴也忙收起了笑脸。

"那……我回去了。"

六耳猕猴默默点了点头。

清心转过身，牵着沉香一步步往回走。

沉香回头望了一眼六耳猕猴，发现他正蹙着眉头盯着自己，连忙开口说道："师父啊，是另一个师伯将师伯打成这样的，不是佛门。"

听沉香这么一说，六耳猕猴悄悄向他竖起了拇指。

"另一个师伯？"

"对，就是……就是那个很坏的师伯。"

"他……为什么要打呢？"

"不知道。当时师伯来救我，他不由分说就开打了，还说就算师伯绑了我也没用。下手好狠哪……就像，要杀了弟子一样。"

"应该是误会吧？"

"不是误会，他真是往死里打的！"

清心无意间回头看了一眼，正巧看到六耳猕猴在向沉香使眼色。

六耳猕猴发现清心回头，连忙左顾右盼，然后一个翻转，腾空而起。

此时此刻，玄奘已经回到了郡王府，静静地整理着自己的行囊。府里的人一个个都躲得远远的。

门外，猴子与天蓬大眼瞪小眼。

好一会儿，天蓬走到猴子身边坐下，轻声道："沉香不是在他手上吗，你怎么……还动手？"

"怕什么，弄死了，大不了以后复活就是了。反正我也不喜欢他。"

"复活？佛门肯吗？"

"等扳倒了如来，他们不肯也得肯。"猴子远远地瞅了玄奘的房间一眼，揉了把脸道，“要是西行出了意外，那可就没以后了。”

“这次你确实有点过了。不过，就算你没动手，估计情况也好不到哪里去。”

“再说吧。”猴子随意回了一句，低下头不再说话。

小白龙站在他们身前看着两人，努了努嘴，也不说话。好一会儿，他晃晃悠悠地走进玄奘的房间，随口道：“为什么不解释呢？”

“解释什么？”

“解释你不是妖怪啊。你是不是妖，应该很好证明吧。”

玄奘将最后一本书塞入行囊之中，紧闭双目，长叹道：“没什么好解释的，贫僧确实与妖怪为伍。”

说着，他也不管小白龙，背起行囊就往外走，随口道：“离开，是最正确的选择。”

“你不度他们了？这样走了，那你可就输了。”

“留下来，贫僧才是真的输了。贫僧离开就是最好的度。若是留下来，灵吉尊者肯定还会利用他们跟贫僧辩法的，到时候也许……”

玄奘没再往下说了。他迈着大步，仰着头，快步走出了郡王府的大门。

“启禀尊者，玄奘法师……走了。”

闻言，灵吉翻了个白眼，一脸的无趣。

“尊者，那些百姓还在门外求见，是否……见上一面？”

灵吉稍稍犹豫了一下，轻叹道：“行吧，见一见。”

第七百四十三章

玄奘走了

雷音郡的百姓全部聚集到了雷音寺外，一个个匍匐在地，一圈一圈的，仿佛没有止境一般。

在两旁的建筑都已变成废墟的街道上，玄奘背着行囊，一只手提着袈裟缓缓地走着，轻轻迈过满地的瓦砾。

他脸上的神情透着迷茫。

在他身后不远处，连同猴子和天蓬在内，一众妖将都远远地站着，看着。

许久，黑熊精按捺不住了，小跑着追上去，喊道："玄奘法师，玄奘法师，您是不是再考虑一下？就算您不打算跟佛门起冲突，至少也给点时间，让我们把毁坏的建筑全部修复吧，毕竟那是……"

话音未落，玄奘缓缓地摇了摇头，依旧小心翼翼地往前走。

黑熊精将到嘴边的话一下咽了回去，只得改口说道："玄奘法师，您要真就这么走了，恐怕跟我们西行的本意不符啊。咱这一路，为的是普度众生，现在雷音郡的百姓未度，您却走了。这……"

黑熊精依旧紧紧地跟着。玄奘走上斜坡，他就走上斜坡，玄奘跃过沟渠，他就跃过沟渠，寸步不离，口中更是喋喋不休说个没完。然而，玄奘甚至都没回头看他一眼，只是一味地埋头赶路。

黑熊精有些不知所措，可他没有放弃。好不容易来到一条稍微宽敞一些的路上，他赶紧走到与玄奘并肩的位置上，低声道："没错，这件事是大圣爷不对，不过他也不是有意的。而且，我们也确实能很快将一切恢复过来。玄奘法师您或许可以……"

"贫僧没说他不对。"

冷冰冰的一句话，直接将黑熊精满腹的辩解之词都塞回了喉咙里。瞬间，黑熊精有些呆住了。他支支吾吾地说道："玄奘法师您说……不是大圣爷的错？"

"怎么会是他的错呢？"玄奘捋着自己肩上的背带，一步步地走着，轻叹道，"他只是让一切提早爆发出来而已。若说真有错，错的也是贫僧，是贫僧选择了请大圣爷护卫西行。"

"真的走了？"

"真的走了。"前来禀报的僧人重重地点了点头。

灵吉顿时失笑。他翻了个白眼，道："真是的，这才刚刚开始呢，他就跑了。就这个样子即使到了灵山，恐怕也没好戏看了吧。"

那僧人弓着身子微微抬头，小心翼翼地问道："尊者，那……那些百姓还在外面呢，想请尊者帮他们恢复被毁坏的房舍。这件事，该怎么处理呢？"

"怎么处理？还能怎么处理？"灵吉努了努嘴道，"让他们自己解决，谁有空关照他们啊。"

"让他们自己解决……尊者不是说，要让他们依赖我佛吗？"

闻言，灵吉顿时一愣，脸上的神情渐渐冷漠下来，叹道："人都走了，依赖给谁看啊。哎呀呀……还真得赞叹一声了。这一走，还真是走得妙，赢不了，但也不至于输得太惨啊。"

灵吉目光低垂，干脆说道："收拾一下吧，回灵山。至于那门外的人……给他们找这片天地，已经够意思了，还想怎么着？让他们回去……不，不用让他们回去，就让他们在那里待着，自己去悟。能悟就悟，悟不了，也是天意。"

那跪在灵吉身前的僧人深深拜服，轻声答道："弟子遵命。"

"玄奘法师，您别这么说，您可千万别这么说啊。"

玄奘停下脚步，转过身来。

追急了的黑熊精差点儿整个撞上去，他连忙停下脚步，静静地盯着玄奘。

玄奘的目光绕过黑熊精，远远地落在了猴子身上，与猴子对视着。

许久，他轻声道："贫僧没别的意思。真的怪贫僧，因为贫僧力量低微，所以必须请大圣爷护卫西行，以至于……关键时候连帮你们说句话的资格都没有。的确是贫僧的错。"

他将目光移到了黑熊精身上，道："放心吧，贫僧真没事。事实，只能承认。灵吉尊者不过是向贫僧展示了一个事实罢了。没有绝对的力量，普度，就是空谈。不过……这样也好，贫僧走后，雷音郡的百姓大概会断了对那位佛爷的念想吧。"

说罢，玄奘转身踏上绵延的山路，继续向西。

"这……这……"黑熊精慌了。他犹豫着腾空而起，很快落到了猴子面前，眨巴着眼睛道："大圣爷，您快劝劝玄奘法师啊。"

"劝什么？他说的不对吗？"猴子顿了顿，又接着说道，"而且……我也不知道怎么劝他。走一步算一步吧。"

四周的妖将纷纷隐去身形四散，又将玄奘周遭的一切监控起来。

夕阳下，绵延的山道上，玄奘背着行囊，依旧孤孤单单地走着。

然而，猴子却只是站在原地远远地看着。

一旁的天蓬问道："怎么，不走吗？都走了十年了，成不成……最好走下去，看个结果也好。"

"你们先走。"

"我们先走？"

"对。"猴子龇着牙道，"刚刚你也听到六耳猕猴说了什么。我想……去斜月三星洞一趟，亲自问问死老头儿是什么意思。"

说话的时候，猴子满脑子想的却是清心。

清心拜托六耳猕猴救沉香……为什么呢？沉香出事，如果要求助，难道不应该是求助自己吗？怎么会……

天蓬有些错愕地看着猴子。

少顷，猴子金箍棒重重一顿，腾空而起，朝斜月三星洞的方向飞去。

此时，刚刚回到斜月三星洞的沉香早已梳洗完毕，换上了新衣裳在清心面前蹦蹦跳跳的，很是雀跃。然而，清心却一点欢喜的意思都没有，甚至还有些落寞。

狮狔国的齐天宫里，六耳猕猴正拉着山羊精不放。

他提着笔，两眼放光地说道：“还有什么其他的吗？她还喜欢啥？”

“大圣爷，小的真的不知道了呀。小的在花果山只是一个小卒子，哪里能知道风铃小姐的喜好？若说真有什么喜欢的，她就喜欢大圣爷，整个花果山都知道。”

“这个跳过，其他的呢？比如爱吃什么，喜欢什么头饰之类的？”

“这个真不知道。要不，大圣爷您问问其他人吧，他们或许知道。”

“不，我就要问你。其他人我不相信。”

“谢……谢大圣爷信任，不过……臣真的不知道啊。”

闻言，六耳猕猴只得无趣地放下了握在手中的笔，说道：“行吧，看你的样子也不像骗我。这样，你去查，给你两天时间，一定要上上下下查个透。记住，要多问几个人，然后把所说的全部弄到一起，细细推敲，可千万别漏了什么。”

“诺……诺。”无奈，山羊精只得躬身应下差事。走出大殿的时候，他只觉得两腿都有些轻了。

虽说这是个不错的结果，不过……变化这么大，他真的还没适应啊。

就在离开的时候，山羊精悄悄回头，看见六耳猕猴正拿着那张纸咯咯地笑。不知为何，他忽然又担心起来。

看这情形，好像不只是对对方“好”那么简单了。这世上可还有另一个大圣爷啊，说不准，这两人还得为这件事再打一架。

“唉……”

山羊精无奈地叹了口气，低头匆匆赶路。

其实，局早被佛门布在了那里，整个三界都挣脱不了，又如何是他这小小的妖怪能说得上话的呢。

第七百四十四章

师　徒

御书房中，一位天将单膝跪地，拱手道：“启禀陛下，玄奘离开雷音郡了。”

闻言，玉帝的眉头微微蹙起。他细细思索了一番之后，问道：“没发生点什么？”

“没有。”前来禀报的天将摇头道，“灵吉佛奚落了玄奘一番，然后……他就离开了。”

“被奚落，然后就离开了？”御书房里的众仙家一个个面面相觑。

一位仙家压低声音抢着问道：“那……那妖猴呢？”

天将支支吾吾道：“也离开雷音郡了，去向……不明。”

“去向不明？”

“不会吧。被奚落了，以那妖猴的脾气居然咽得下这口气？”

“会不会还有什么情况是我们没掌握的，或许……那妖猴和佛门之间还发生了些什么呢？例如，达成了协议，跟灵吉妥协了？”

“不可能不可能，绝不可能！”

“怎就不可能了？不然你说，还有什么可能性能让那妖猴咽下这口气？”

“那妖猴和佛门有不共戴天之仇，这是举世皆知的事情，他们之间哪有妥协的余地？”

“谁说的，送玄奘西行，不就是妥协了？难道金蝉子就不是佛门中人了？”

“那怎么能一样？金蝉子和如来可是死对头。”

“嘿，那不就说明那妖猴恨的是如来，不是整个佛门。既然如此，只要不是如来授意，那妖猴和灵吉之间达成些什么，也不奇怪啊。”

“你这是强词夺理！”

“这哪里强词夺理？佛门是佛门，如来是如来，怎能一概而论？”

一众仙家七嘴八舌地议论着。

龙椅上，玉帝的眼睛缓缓地眯成了一条缝。他看向一旁的李靖，捋着长须道：“李爱卿，你觉得呢？”

闻言，李靖拱了拱手道：“陛下，我等先前猜测，灵吉佛出现在雷音郡，玄奘也到了雷音郡，肯定是要出点什么事情的。结果，却什么都没发生。臣以为，这本是好事，却又有可能……不是好事。”

“不是好事？李爱卿有何高见，但说无妨。”

李靖干咳了两声，道：“首先，灵吉佛不可能无缘无故出现在雷音郡，只单纯为了奚落玄奘……”

此时，刚从雷音郡返回的灵吉已经攀到了灵山半山腰，望见了凉亭，以及亭中专心泡茶的普贤。

两人相视而笑。

不同的是，普贤是淡淡的笑，灵吉却是无奈苦笑。

“白跑了一趟吧？好不容易布了个局，结果人家玄奘根本就不接招儿，到头来惹得自己一身骚，还要给凤仙郡的百姓找新的安身立命之所。”

被他这么一说，灵吉当即收起脸上的苦笑，仰头高傲地说道：“谁说的？贫僧此行，那功劳可是极大的！”

“怎么个功劳极大？”普贤又淡淡笑了笑，沏上一杯茶推到桌角，敲了敲一旁的石凳道，“要不，坐下来说说？”

“说说就说说！”灵吉振了振衣袖，走到石凳旁坐下，一脸得意地说道，“此行，贫僧可是轻而易举地分裂了西行队伍！”

闻言，普贤笑得更欢了。

他这一笑，反倒让灵吉不自在了。灵吉愠怒道：“怎么？不信？”

“信信信。”普贤一边点头一边笑，那态度，看得灵吉眉头越蹙越紧。

就在二人于灵山山腰闲谈之时，猴子已急匆匆赶到了斜月三星洞，坐在潜心殿中一动不动。

那是不久之前六耳猕猴所坐的位置。

远远看去，那一脸严肃的表情任谁都看得出来者不善。

“师尊，悟空师叔已经在潜心殿里等了好些时候了。”

“跟他说为师不在。”

“他说他知道您在，若是您不肯见他，他就一直等着。”

“那就让他一直等着吧。”说着，须菩提撩开衣袖，落下一子。

太上老君瞧着放置在棋盘上的黑子，不由得笑了。

“怎么？这一子，有那么好笑吗？”

“这一子肯定不好笑，老夫笑的是你啊。”太上老君轻叹道，“本来嘛，你按兵不动，这事也就与你无关了，可你偏要去招惹六耳猕猴。那一个才刚走不久，这一个又杀上门来。六耳猕猴还好说，毕竟初出茅庐，虽说脾气暴戾，但至少还比较好忽悠。这一个，你想跟他说什么？”

“不说什么。”须菩提面无表情地答道，“这么多年了，他一路走过来，多的是逆境，应该知道怎么渡过。”

“是吗？”太上老君稍稍挑了挑眉，随手拈起一子，慢悠悠地放到棋盘上，道，“老夫倒认为，他不知道。莫说他了，老夫也不知道。难道……你知道？”

须菩提微微抬头瞧了瞧太上老君，也不说话，只是盯着那棋盘。

“你怕是也不知道吧？”太上老君缓缓盘起手来，意味深长地看着须菩提道，“也真难得，什么都不知道，竟敢将所有的赌注都压在金蝉子身上。有你这么一个知己挚友，金蝉子也算死而无憾了。”

须菩提依旧不说话，只静静地坐着，就像没听到一样。

太上老君接着轻声笑道：“不过，你愿意将所有的赌注都压在金蝉子身上，不见得别人也愿意啊。”

潜心殿中，猴子放在膝盖上的手渐渐攥紧了。随着时间的流逝，那神色之中的怒意越来越明显。

“师父还没来吗？”

“师尊他……” 守在一旁的于义犹豫着没敢往下说。

猴子抬起头，厉声道：“他究竟来不来，给个准信！”

说罢，猴子的目光朝于义斜了过去。

无奈之下，于义只得低着头支支吾吾道：“要不……师叔您还是先回去吧。”

“让死老头儿出来见我，我就回去。”

“悟空师叔……”

“我说让他出来——！”

猴子一声咆哮，一拳重重砸在地板上。一时间，木屑横飞，原本光洁的地板上被猴子砸出一个破洞来。

他咧开嘴，露出獠牙，怒视于义。

“师尊，您要不见他，悟空师叔恐怕……会把整个道观都拆了啊。”

前来禀报的道徒已是汗如雨下。

坐在一旁的太上老君也不说话，只是笑嘻嘻地瞧着须菩提。

许久，须菩提才深吸了口气，道：“行吧，为师这就去见他一面。”

翻脸

第七百四十五章

八百年的愤怒

树荫下，刚刚回到斜月三星洞的沉香兴致极高地来回折腾着。

清心在一旁默默地看着。

少顷，她仰头朝潜心殿的方向望去。

轻风拂过，那遮挡在潜心殿前的树叶微微晃动着。

“悟空师叔来了。”坐在桌子对面的雨萱轻声提醒道。

“是……哪一个？”

“原本的那个。”

“哦。”清心淡淡应了一声，便没再说什么，只是继续静静地注视着沉香，那眼神空洞得就如同一下被吸入了记忆的深渊一样。

狮狏国的齐天宫前，人来人往的广场上大大小小的礼物堆积如山。

六耳猕猴拿着礼物清单来来回回地走，不厌其烦地清点着，笑得合不拢嘴。

“这件衣服你觉得她会喜欢吗？应该和你说过的那件紫霞仙衣一模一样了吧？

“你觉得她会喜欢夜明珠吗？

“这法器的来历可是不简单哪……”

听着六耳猕猴唠唠叨叨个没完，山羊精本想说：“风铃小姐是须菩提祖师的入室弟子，又是太上老君的爱徒，这些东西应该都是不缺的。”结果话到嘴边，却又变成了：“只要是大圣爷您送的，风铃小姐怎会不喜欢？”

山羊精边说边赔着笑脸，那笑可谓十分尴尬，却被六耳猕猴选择性忽略了。

“真的？”

“当然是真的。臣什么时候……骗过大圣爷您呢？”

“是，我也觉得。嘿嘿，上次我把沉香送回去，虽然嘴上没说，可我看得出她可高兴了。来来来，随我再从头点一遍，可不能漏了什么。要是惹得她不高兴了，你们谁都没好日子过！”

山羊精小心翼翼地提醒道：“大圣爷……您已经检查三遍了。”

“啊？已经三遍了？”

“完整的已经三遍了，单独小类的，足有五遍了。”

“哦……这样啊。”六耳猕猴略微想了想，摆了摆手道，“那行吧，抬起东西，我们现在就出发！”

“诺！”

很快，一大群妖将便担负起搬运的任务，将大箱小箱都扛到了肩上，浩浩荡荡地出发了。远远看去，那队伍就像一条划过天际的长龙一般。

这一幕，看得被冷落一旁的妖王们目瞪口呆。

“这难道是要……迎亲了？”

“不会吧？不是才头也不回地跑了吗，这么快就回心转意了？”

“天知道，我又不是成天跟在他身边。再说了，咱这大圣爷，那心思谁能摸得清呢？”

正当几位妖王议论纷纷的时候，鹏魔王悄悄地与其他人拉开距离走到角落里，从身上摸出了一块玉简。

此时此刻，潜心殿中，猴子与须菩提默默相对。八百年的师徒，到如今，坐到一起，彼此之间剩下的，竟只有沉默。

重重的喘息声将整个大殿的气氛都逼到了一个极为紧张的状态，好像只要有一丝火苗，大殿就会炸了一般。

须菩提低垂着眼，意味深长地瞧着地板上被猴子砸出的破洞，一动不动地坐着，仿佛已经意识到了什么。在他对面，猴子的牙则咬得咯咯作响。

“你什么意思？”

须菩提瞧着那破洞，嘴角微微上扬，露出一抹看不出真伪的微笑，像是得意，却又无比苦涩。

“你究竟是什么意思？！”

一掌重重拍在地板上，只听“咣”的一声巨响，整个大殿都微微颤了一下。猴子猛地吼了出来：“今天，你必须给老子说清楚！”

猴子保持着身体前倾的姿势，微张的口中缓缓吐气，显然已是急火攻心。

须菩提淡然问道：“你想说清楚什么？”

“说清楚你这些年都做了些什么事！说清楚……”猴子咬着牙，一下站了起来，俯视着盘腿而坐的须菩提恶狠狠地说道，“说清楚，你为什么承认六耳猕猴？！”

闻言，须菩提稍稍收了收神，闭起双目。半晌，他才又睁开眼，依旧只是凝视着空无一物的地板，若无其事地轻叹道：“为师，难道做得不对？”

“难道对吗？”猴子瞪圆了眼睛。

“难道不对吗？他仅仅是比你少了些记忆而已，难道，他就不是孙悟空了？”须菩提的目光终究还是迎向了猴子。他脸上的神情由始至终没有分毫的改变，如同一尊冷冰冰的雕像。

猴子怔住了。片刻之后，他缓缓地笑了出来，那是滋味复杂的苦笑。

猴子一步步后退着，短暂的苦笑之后，他道：“是，他是孙悟空。那敢问师父，我是谁？”

须菩提没有回答，只是静静地注视着猴子。那一瞬，殿内的一切仿佛都静止了，没有一丝一毫的声响。

两人就这么对峙着。猴子的目光像是要将须菩提当场撕碎一般，而须菩提却依旧是冷冰冰的态度，沉默以对。

猴子呆呆地看着须菩提，又重复了一次方才的问题：“敢问师父，我，是谁？”

“他是孙悟空，你也是。”须菩提避开猴子的视线，目光低垂，道，“你们是……一体的两面。”

“一体的两面，好一个一体的两面，好一个一体的两面。哈哈哈哈！”那一双注视着须菩提的眼睛布满了血丝。猴子一步步往后退，笑着，笑中渐渐带了些许癫狂："八百年了，你知道我当初为何不听八师兄的规劝，执意离开斜月三星洞吗？又为什么要孤身一人流落在外，你知道吗？"

须菩提缓缓抬起头，有些错愕地看着猴子。

"因为，我知道你跟我不是一条心。我知道你想利用我，或许……你并不会害我，但为了达到你的目的，你一定会害雀儿！否则，你为什么不告诉我真相？"

猴子捂着胸口，憋足了一口气怒吼道："因为你知道，一旦我了解了真相，就一定不会听你的——！"

这一声咆哮蕴含着澎湃的灵力猛地横扫了出去，瞬间，天地都为之颤动。

山间的雀鸟被惊上了天空。

斜月三星洞中所有的人，包括清心都停下了动作，一个个呆呆地望着潜心殿的方向。

整个世界仿佛屏住了呼吸在聆听一般。

潜心殿内，猴子微微喘息着，怒视须菩提。他身上的每一根毫毛都竖起了，微张的口中，獠牙更是清晰可见。

这是足足积攒了八百年的愤怒……

"你一直在利用我，利用我反天，利用我打破太上老君的天道，为的就是给金蝉子的西行证道造势！你知道这一路走下去我会是什么结果，我会失去什么，然而，你还是毫不犹豫地将我压到你的赌桌上，将我推到深渊里去！"

"这些，我都知道，一直都知道，只是不愿去想，不愿去问而已！"猴子的每一句话都是声嘶力竭地喊出来的。每一句话，也都传遍了整个斜月三星洞，每一个道徒，包括清心、于义、雨萱全都听得清清楚楚。

"我还是愿意叫你一声师父，还是顺从了你的心意，陪玄奘西行！虽然我早就憋了一肚子气，想过杀如来，想过杀太上老君，却唯独没有想过杀你！

"因为……因为我没有忘记，是你打开那道门，让我走了进来！虽然什么都没教，但你始终是我的师父。一日为师，终生为父！虽然你时时刻刻都在利用我，但毕竟……我一直都安慰自己，最少最少，你没真正要我死，你只是为了你的……你的目的！可是今天……呵呵呵呵……他和我之中，只能活一个啊！这一点，你是心知肚明的！”

猴子微张着嘴，那一声声干笑传遍了大殿的每一个角落。从一开始的干笑，变成大笑，变成狂笑，到最后，变成一连串撕心裂肺的咳嗽声。

那身形都已经摇摇晃晃了，仿佛就要被这怒火吞噬一般。

由始至终，须菩提只是面无表情，静静地注视着猴子，注视着他那张渐渐变得狰狞的脸。

聆听着猴子的嘶吼，斜月三星洞沉默了，只剩下风在呼呼作响。

那猛烈的咳嗽声渐渐平息。

短暂的沉默之后，猴子重重地喘息着，看着须菩提，颤抖着说道：“为什么清心会和他搅和在一起？我亲自送她回来的，如果没有你的默许，清心根本不可能跟他搅和在一起。呵呵呵呵……还记得我的九位师兄吗？现在你承认了他，是不是以后被天劫吞噬的，就可以是我了呢？你倒是说啊——！”

这一刻，须菩提也不禁呆住了。大殿之中，一片死寂。

庭院中，清心低着头，双手紧紧地攥着自己的裙摆，一时之间竟不知道说什么好。

楼台上，太上老君捋着长须笑了出来：“须菩提，你也有今天啊。还真是……天道有轮回啊。哈哈哈哈。”

…… ……

此时此刻，就在距离斜月三星洞不远的地方，六耳猕猴正带着自己的一众部下悬停在半空中，静静地听着，那嘴角一抹笑缓缓上扬。

第七百四十六章

条　件

在场的妖将全都呆住了。另一只猴子也在斜月三星洞，这是什么局面？即使不说，他们心里恐怕也都清楚。

其中一只妖将凑到六耳猕猴身边，低声问道：“大圣爷，要不我们先回去吧？”

那声音带着丝丝颤抖。

一双双眼睛不约而同地朝六耳猕猴望了过去。

“不。”六耳猕猴手一扬，随心铁杆兵已握在手中。他龇着牙，凝视着远处潜心殿所在的方向，说道：“要回，也应该是他回！”

此时此刻，他身上的绒毛一根根竖了起来，俨然一副随时准备战斗的姿态：“我们这就上山，看戏去！”

说着，六耳猕猴带着自己的一众属下朝斜月三星洞飞了过去。

远远地看到六耳猕猴一行浩浩荡荡地朝斜月三星洞而来，站在树荫下的清心竟有些不知所措。

…… ……

潜心殿中，须菩提半眯着眼睛，静静地注视着愤怒到极致的猴子。

应该说，这一刻是他早已预料到的，只不过比预想的更早一些罢了。

“你没有别的选择。保护玄奘西行，是你唯一的出路。”

“你是在威胁我吗？”

“这不是威胁，是忠告。”

“哈哈哈哈，忠告！说得真好听！”猴子瞪大了眼睛，怒斥道，“那我是不是应该好好感谢你呢，师父？”

须菩提依旧一动不动地坐着，看着猴子，那张脸上仿佛涂了厚厚的凝霜一般，没有任何的情绪波动。

两人就这么僵持着，任时间一点一滴地流逝。

六耳猕猴一行来到斜月三星洞山门前，清心已经带着雨萱在那里等着了。

见到清心，六耳猕猴可谓是眉开眼笑。见到六耳猕猴，特别是在这个时候，清心的脸色却是阴云密布。

“你来做什么？”

冷冰冰的一句话，顿时将六耳猕猴脸上的笑意抹了个干净。他收了收神，一脸无趣地叹道：“怎么，我不能来吗？我可是你师兄啊。”

“不是不能来，我只是问你……来做什么。”

“特地来给你送点礼物。”

闻言，清心脸色一黑，十分干脆地答道：“不要。”

“不要？你还没看是什么呢。兴许会喜欢呢？”说着，六耳猕猴回头摆了摆手，示意身后的妖将们将礼物放下。

一众妖将当即照做，七手八脚地将箱子一个个打开，向清心展示礼物。不过，清心连看都没看一眼，只是面无表情地盯着六耳猕猴道：“无功不受禄，任何礼物我都不收。你带回去吧。”

“为啥不收？”

“都说了无功不受禄。”

“非得有功吗？我不是你师兄吗？师兄送师妹东西，不是很合情合理吗？”

清心紧张地回头往潜心殿的方向看了一眼，有些慌乱地说道：“说了不收就是不收，谁的礼物我都不收。”

六耳猕猴伸长了脖子也往潜心殿的方向看了一眼，晃悠着脑袋笑嘻嘻地说道：“不收礼物也行，那我就赖在这里不走了。”

“你！”清心急得一下子脸都红了。

“今天我就是来摊牌的。”猴子随手抽出了耳中的金箍棒，重重一戳，自己却盘腿坐了下去，用极为不善的口气接着说道，“那些旧账，我就不跟你计较了。但是你必须答应我几个条件，否则……没错，太上老君的天道已经破了，现在早已不是当初那个非我不可的形势，但，我自有我的办法对付你。”

猴子没再说下去了，只是死死地盯着须菩提。

“行……行。”清心猛地眨巴着眼睛，支支吾吾地说道，“我……全部收下了，你可以回去了。”

“你还没看是什么呢？”

“什么我都收，你回去吧。”

六耳猕猴低眉看了看清心紧了又紧的手，笑道：“没事，收了就好。怎么收，由你决定。”

说着，他并没有如清心想的那样转身离开，而是一个箭步与清心擦肩而过，直奔山门而去。

清心顿时吓蒙了。好不容易缓过神来，她忙转身追上六耳猕猴，将他拦下。

“你要干吗？不是说了回去吗？”

六耳猕猴瞧着惊慌失措的清心，似笑非笑地说道：“回去是肯定要回去的。不过，大老远来一趟，我怎么都得跟师父请个安吧。咱跟某个不肖弟子可不一样啊。”

清心连忙说道：“师父……师父不在。”

“师父在。”六耳猕猴面无表情地答道。

那语气之中充满了不可辩驳的意味。

清心一下怔住了，睁大眼睛，有些错愕地看着六耳猕猴。

六耳猕猴低下头，在她耳边轻声说道：“我不只知道师父在，而且，我还知道他也在。所以，我就更要进去看看了。”

说罢，也不等清心反应，六耳猕猴绕过她，继续一步步地沿着山道攀爬。

清心算是彻底呆住了。

短暂的错愕之后，她转身喊道：“你给我站住！”

六耳猕猴回过头慵懒地答道：“你阻止不了我。别的都好商量，这事，不能听你的。”

六耳猕猴转过头，继续沿着山道攀爬。

“站住站住站住！”清心火急火燎地追了上去。

然而，她哪里阻止得了六耳猕猴呢？

在绝对的实力差距面前，清心只觉得在六耳猕猴与她之间隔了一堵墙，无论她怎么做都无法穿透。她只能徒劳地折腾着，眼睁睁地看着六耳猕猴一步步接近潜心殿。

那些在山门外的妖将见此情形，互相对视了一眼，连忙搬着箱子跟了上去。

此时此刻，潜心殿中，还没意识到六耳猕猴到来的猴子依旧死死地盯着须菩提。

面对气势汹汹的猴子，由始至终，须菩提只是静静地注视着他。

他有办法对付自己？

如今的局势，猴子除了西行，还能怎么做呢？

须菩提实在想不出来。

不过，他也明白，如果和猴子彻底撕破脸，将给西行带来极大的不确定性。

须菩提犹豫了许久，最终轻叹道：“说吧，说说你的条件。”

猴子攥紧了戳在一旁的金箍棒，朗声道：“一，清心绝不能入局，任何情况下都不能！你必须设法断绝她与六耳猕猴的一切联系，在西行有结果之前，最好……不让她离开斜月三星洞！这一条如果你不同意，那我们之间就没什么好谈的了！”

须菩提微微抬头瞧了猴子一眼：“说，接着说。”

“二，三界之中，孙悟空只有我这一个。另一个，无论他是何来历，都只能是假的！你也不能对他有任何示好，或者帮助的举动！”

须菩提轻轻捋了捋长须道：“下一个。”

“三，西行若是失败，无论如何你必须设法保护好婵儿……还有清心。我不知道佛门会不会报复，总而言之，你必须想办法，不能让她们有任何闪失！

“四，一旦形势突变，你必须开放山门让我的那些兄弟避难，并且设法保他们一命！”

猴子憋足了一口气，咬着牙说道：“我要你以自己的道心发誓，绝不食言！”

话到此处，须菩提已是诧异地看着猴子。

这四个，与其说是条件，倒不如说是遗言。很显然，猴子对西行……已经没剩下多少信心了……

留下遗言，也许才是他此行最重要的目的吧。

须菩提稍稍犹豫了片刻，点了点头道：“后两个可以答应。”

“那前面两个呢？”

“前面两个，恕难从命。”

闻言，猴子的声音一下抬高了八度，他高声吼道：“你不答应，我就不再保护玄奘西行！”

正当此时，突然从远处传来一个声音：“你不保护，有人会保护。比如，我！”

第七百四十七章

怒　火

大门轰然打开。

六耳猕猴迈着流星大步，转眼之间已经来到须菩提与猴子面前，简单地对着须菩提行了个礼，他高声喊道：“弟子悟空，参见师父！”

洪亮的声音在空旷的大殿中缓缓回荡。

须菩提微微挺了挺腰杆子，轻声道：“来啦。”

猴子的眼角不禁抽了抽，一只手暗暗攥紧了手中的金箍棒。

一个转身，六耳猕猴将手中的铁杆兵轻轻一顿，歪着脑袋瞧着猴子道：“你以为只有你一个人可以护玄奘法师西行？”

此时此刻，两人都在有意观察着对方手中的武器，大殿里的气氛格外紧张。

直到此时，清心才匆匆赶到。看到猴子与六耳猕猴的对峙，她不由得一惊，停下脚步远远地看着。

猴子的目光缓缓移向清心所在的方向。六耳猕猴也慢慢回头，朝清心望了过去。

六耳猕猴挑了挑眉，开口道：“你说的话，我都听到了。怎么，照顾不了自己的女人，还不许别人插手了？”

猴子脸上的肌肉都在抽动了，他瞪着六耳猕猴的眼睛犹如铜铃一般，手中的金箍棒更是咯咯作响。

所有人的目光都被猴子攥着金箍棒的手吸引了过去。

须菩提不动声色地观察着。清心睁大了眼睛，屏住了呼吸。六耳猕猴也瞪大眼睛死死地盯着猴子，笑嘻嘻地说道：“抱歉，我说错了。她本来就是我的女人。不只是她，杨婵也是。须菩提祖师是我师父，护送玄奘法师西行取经的，也应该是我……”

话音未落，只听“嗡”的一声，猴子的脑中有什么东西炸开了。一股热血瞬间涌上天灵盖，吞没了所有的理智。

他怒视六耳猕猴缓缓地笑了出来，那笑容格外狰狞。

须菩提也睁大了眼睛，不自觉地攥紧了拂尘。

在场的几个人中不为所动的只有六耳猕猴。然而，他瞪着猴子，也已经做好了迎战的准备。

渐渐地，那笑声止住了。猴子睁着布满血丝的眼睛，咧着嘴用极为沙哑的声音慢慢地说道：“我，要你的命！”

清心怔住了。

此时此刻，三十里开外，元始天尊与通天教主正远远地望着斜月三星洞的方向。

“两只猴子都到斜月三星洞去了，你说，太上老君和须菩提这两个老鬼究竟是想做什么呢？”

“你以为他还是八百年前的太上老君啊！也许他们也已经没招儿了。这局势，哪里是说控制就能控制的。”

“要不我们再靠近一点吧？这么远什么也观望不到啊。”

“再靠近……两只猴子还好说，你当那两个老家伙是死的吗？”

话音未落，只听远处“咣”的一声巨响，潜心殿整个被掀上了天。

两人一下都呆住了。

“啊哈哈哈哈，恼羞成怒了吗？想杀我，哪有那么容易！”

狂乱的气流中，潜心殿如同秋日里飘零的枯叶一般缓缓散去……

“容不容易，试过才知道——！”

金箍棒冲天而起，捅穿了天空中的云彩，又猛地下落砸在地面上，硬生生刮出了一条巨大的深谷。

连地形都被改变了……

暗藏在灵台方寸山中的护山法阵一个个被强行激活，五颜六色的灵力升腾而起，瞬间照亮了整个天空。

慌乱之中，毫无心理准备的斜月三星洞众门徒只得没命地奔逃。

远处，通天教主和元始天尊缓缓后退。

猛烈的冲击之下，一阵接一阵的气流横扫而出，所过之处，房舍摧枯拉朽地被毁坏了。

参天巨木在这狂风之中竟连一刻也撑不过，一株接一株地被甩上了天。

雨萱抱着沉香死死地趴在地上一动不敢动，她运足了灵力拼命抵抗朝自己席卷而来的气流。

若不是一开始就有心理准备，如此之近的距离，也许清心也会被掀上天。以她的修为加上身上的一件件法器，站在激斗的正中央，清心使出十二分的力量仅仅是控制住身形。

整座山都在崩塌，此时此刻，唯一的安全之所，也就只剩下慢悠悠地喝着茶、一副事不关己态度的太上老君端坐的楼台。他不由得轻叹了一句："玩火自焚。"

无论外界的狂风灵力如何肆虐，由始至终，他所处的楼台都没有受到丝毫影响。

"这到底是……怎么回事？"通天教主看得都有点傻眼了。

"大概是……一个已经不够他利用了，准备两边都沾，结果其中一个不同意了。"元始天尊无奈地苦笑。

一片混乱之中，须菩提气急败坏地喊道："住手——！你们都给我住手！谁准许你们在斜月三星洞动手的——！"

"滚！"

骤然伸长的金箍棒如同一条长鞭在天空中划出长长的弧线，朝须菩提甩了过去。

这一棒，猴子没有丝毫犹豫。

须菩提顿时呆住了。短暂的错愕之后，他只得握紧了拂尘去抵挡。然而，哪里抵挡得住呢？

论修为，猴子早已与他齐平。更重要的是，猴子是行者道，而须菩提是悟者道……

猛烈的撞击之下，须菩提被狠狠地甩了出去，如同一片飘零的落叶。

“师父——！我来救你！”一个翻滚，六耳猕猴迅速绕到须菩提的身后，稳稳地将他接住。

这一幕落到猴子眼中，更是让他急火攻心。

“住手……别打了，住手……”清心的声音断断续续地在猴子耳边响起，然而，事情到了这份儿上，哪里能说收手就收手呢？

猴子如同离弦的箭般冲了出去，扬起的气流沿着地表疯狂地扩散。

此时此刻，清心也快要撑不住了，不得已之下，她只得匍匐在地。

“老子今天……非宰了你们不可——！”

金箍棒一刻不停地朝六耳猕猴砸去，那无处不在的棒影远远看去就如同一张巨网，没有死角。

在那网中，六耳猕猴可谓是疲于奔命。他不得不一只手护着一声不吭的须菩提，另一只手挥舞着铁杆兵勉强招架。金箍棒的每一击，都激起如同惊雷一般的火光。

“你这是要欺师灭祖啊！你这个不肖弟子！就你这样的家伙，凭什么当齐天大圣？我才是真正的齐天大圣！哈哈哈哈！”

然而，无论六耳猕猴说什么，猴子的目光却一直锁定在须菩提身上。

“你知道，老子这一路是怎么走过来的吗？

“死了多少兄弟！

“吃了多少苦！

“八百年了！整整八百年！你算计了老子整整八百年！

“整个花果山都覆灭了，我憋着一口气西行，就为了你的大计！

“今时今日，一句话，不肯站在我这边，你就是我的敌人！

“是敌人，就绝不留情！

“就算是师父又怎么样？你以为我不敢杀你吗？你以为我会怕三界中人说我什么吗？居然想让他取代我！老子就是一只妖猴又怎么样？忍你很久

了——！”

每一声质问，都夹带着重重的一棒；每一棒，都拼尽了全力。猴子喊哑了嗓子，铆足了劲头，杀气腾腾已是肉眼可见。

一路追击，猴子丝毫没有留情的打算。须菩提怔怔地听着，那神情如同受到惊吓一般，一时间竟思绪纷乱，一路只是任由六耳猕猴背着走……

转眼之间两人已经战了十里地，在这十里之内，所有的一切都如同被放入绞肉机中一般，绞了个粉碎，各种碎末在狂乱气流的侵袭下漫天飞舞。

渐渐地，六耳猕猴有些撑不住了。他的修为本来就不如猴子，如今带上须菩提，更是差了一大截，明显落了下风。

无奈之下，他借着一个机会将须菩提放到一片山坡上，又转而冲上去继续迎战猴子。

两道金光又交织在一起。他们从地面战到天空，又从天空战到地面，如此反复不断。

元始天尊悄悄拉了拉通天教主的衣袖道："走吧，看来要出大事了，万一被卷进去就不妙了。"

通天教主默默点了点头。两人转身便化作两道光悄然消失了。

与此同时，一直端坐楼台之上细细品茶的太上老君却笑了。他撑着膝盖，缓缓起身，朝双方激斗的方向望去。

恰在此时，束手无策的清心匆匆赶到了太上老君面前。

"师父……"

"怎么，终于想到师父了？"太上老君捋着长须轻笑道，"放心吧，须菩提会想办法收拾残局的。只是，以后的日子该怎么过，就难说了。呵呵呵呵。"

"师父……"清心呆呆地说道，"帮帮他。"

"帮谁？他们本来就是生死对头，你的意思是让为师帮一个杀另一个吗？"

"这……"

"行了，为师自有分寸。"太上老君深吸了口气，腾空而起。

第七百四十八章

螳螂捕蝉

长长的石阶上，一位僧人提着裤腿奋力攀爬着，身上已是大汗淋漓。

普贤缓缓走出凉亭，伸手将他拦了下来。

“出什么事了？”

那僧人有些慌乱地看着普贤，连忙后退一步，躬身行礼道：“启禀普贤尊者，出事了，他们撕破脸了。”

“撕破脸了？”灵吉兴奋地从凉亭中走出来，随口问道，“那妖猴和玄奘？”

“不……”僧人连忙解释道，“是那妖猴和须菩提祖师。”

闻言，灵吉不由得愣了一下。

普贤回过头去，淡淡笑了笑，道：“看来事情未必如意料一般。也许……这仅仅是个开始，还会有许多出乎意料的发展。”

金箍棒横扫而过，天空中的云彩都被划出了道道波纹。不受控制，也不愿控制的灵力在每一个角落肆虐，激起的道道闪电在天空中轮翻炸裂，虽是晴天，却早已如同狂风骤雨一般。

斜月三星洞的道徒们都躲到了上百里之外，却依旧能清楚地感受到战斗的激烈。

面对眼前的这一切，恐怕天地间任谁都无能为力吧……

远处的天空中，两道金光冲撞在一起。只一瞬，强烈到扭曲了光影的波动来到道徒身旁，他们不得不一个个伸手遮挡。

整整百里的距离，连身为修仙者的他们尚且如此，若是凡人，恐怕已经直接殒命了。

长空中，太上老君捋着长须一点一点地靠近战场。

凌厉的风从身旁扫过，吹拂着他的鬓发。在猛烈的气流和灵力的碰撞之下，身旁的云雾以极快的速度生成，又飞速被吹散。战况早已进入白热化，然而太上老君却似乎一点也不着急。

“陛下！”李靖急急忙忙地冲入御书房中，在场的仙家乃至玉帝都怔了一下。

“陛下！那妖猴和六耳猕猴打起来了！”

“又打起来了？”站在龙案边上的太白金星挺直了腰杆子道，“又不是第一次了，有什么可担心的？”

李靖蹙着眉头说道：“这次不同，他们是在斜月三星洞打起来的。”

“斜月三星洞？”一时间，那些仙家全都愣住了。

玉帝有些迟疑地问道：“须菩提祖师呢？”

此时此刻，如同狂风骤雨一般的战场中心，须菩提呆呆地站着。

狂风卷着沙石从他的身旁刮过，摧毁了一切触碰到的物体。他脚下的地形在这激战之中不断改变着。

然而，须菩提却依旧呆呆地站着，双眉紧蹙，内心似乎已经慌乱了。

“师父！助我——！”一个声音在他的脑海中响起。

他抬起头，看到六耳猕猴被猴子硬拽着，从高空中重重甩下，砸在地面上，瞬间激起了巨大的涟漪。须菩提不由得一怔，那握着拂尘的手攥紧了。

“老子今天就宰了你这祸害，宰了你这狗杂碎——！”

还没等须菩提反应过来，猴子已经自上而下一棒砸下，金箍棒骤然伸长，重重落在六耳猕猴坠落的地方。

须菩提脚下的大地猛地颤了一下。

“你凭什么！我也是孙悟空！凭什么被天劫收走的就一定是我！”六耳猕猴的嘶吼声在天空中回荡着，很快被狂风淹没。

"就凭我是你爷爷——！"丝毫没有犹豫，猴子一个纵身冲入六耳猕猴激起的沙浪之中。紧接着，猛烈的轰鸣声——他们在地底战斗。

放眼望去，大地竟如同暴风雨中的海面一般在翻滚。山谷瞬间隆起变成山脉，又顷刻间被推平。河流变成瀑布，又在下一刻断流。绵延的山川在这场激战中，竟如同豆腐做的一般。

整个世界都在颤抖，若是任由他们继续这样下去，也许会一直战到阴间去……

此时此刻，在场的每一个人脸色都隐隐有些发紫了。

这是从未有过的激战，即使六百多年前的那场大战也不及。两个顶级行者道之间，毫无克制，单纯的力量碰撞。

圣母宫中，杨婵呆呆地看着自己桌案上不断颤抖的茶杯。她猛然回头，望见窗外狮犵国中的每一栋建筑都在颤动，妖怪们争相奔逃。

"发生什么事了？"

一只妖将出现在杨婵身后，躬身拱手道："启禀圣母大人，似乎是斜月三星洞方向传来的。大圣爷今天好像点了人马出去，正是前往斜月三星洞。"

闻言，杨婵的目光眯成了一条缝。

"查清楚究竟发生了什么事！"

"诺！"

轰鸣声中，六耳猕猴冲天而起，悬停在天的正中央。

他微微颤抖着的手握着铁杆兵，一身的铠甲早已破损不堪了，身上更是伤痕累累。他重重地喘息，望着下方的眼神之中，带着丝丝恐惧。

整个世界都安静了。

一阵狂风掠过，吹开了下方弥漫的沙尘，猴子的身影缓缓地现出。

碎石堆上，他握着金箍棒，浑身上下的衣服同样破损不堪。不同的是，他身上并没有见到多少伤痕。

身上的每一根毫毛都竖着，他睁大眼睛，以一副狰狞的面容望着六耳猕猴。额角的鲜血、口中的獠牙，还有那带着癫狂意味的笑容之中透出浓浓的杀意。

“呵呵呵呵，怎么，不敢战了？刚刚不是说要取代老子吗？”

六耳猕猴的身体颤抖着，目光转向了不远处的须菩提。

一个声音在须菩提的脑海中响起。

“师父，帮我！如果我死了，还有谁去保护玄奘法师？”

闻言，须菩提身体微微一震，目光缓缓斜向立在碎石堆上的猴子。

与须菩提对视着，猴子轻轻挪动脚步，摆出了戒备的架势。

“我可以继续西行，但他必须死。还有，我提的那些条件，你必须一个不少地答应！”

此时此刻，须菩提的目光微微有些闪烁。

而不远处，太上老君正捋着长须默默地看着。

“启禀尊者，六耳猕猴和那妖猴在斜月三星洞动了手，似乎准备拼个你死我活。”

顿时，殿上诸佛一片哗然。

“在斜月三星洞动手，这似乎有点……”

“看来，是须菩提祖师玩过火了。”

“妖猴就是妖猴，劣性难驯，将赌注押在妖猴身上的时候，便已经注定了今日的结果。”

“今日看来，当初地藏尊者那招儿实在是高啊！”

议论纷纷之中，所有人的目光都转向了地藏王。然而，他却只是静静地站着，一动不动。

那前来禀报的僧人仰头道：“尊者，若任由他们这么打下去，整个西牛贺洲都有可能被摧毁。是不是……”

说着，他望向如来。

所有的目光一下又汇聚到了如来身上。

许久，如来缓缓地摇了摇头道：“不出手。”

“师父，只要您帮我，弟子发誓今生今世唯师父之命是从！”六耳猕猴咬着牙说道，“只要师父您肯帮我，西行大业，就成功了一半！没了他，所有的妖怪都会听命于我！”

须菩提还在犹豫，目光在猴子与六耳猕猴之间来回。

猴子向后退了一步，攥紧了金箍棒。

豆大的汗珠一滴滴从额角滑落。

如果六耳猕猴和须菩提联手，他就只剩下一条路可走。那就是，立即重拾天道修为！只要重新登顶天道，须菩提的助力就可以忽略不计了。可是……如果这么做，他将不得不面对如来……

眼看须菩提有些犹豫，六耳猕猴猛地呼喊道：“师父！机不可失，失不再来啊！留着他，难道他就会按照您的想法继续西行吗？只有弟子才会完全听命于您啊！”

瞬间，须菩提似乎有了主意。他握着拂尘缓缓转向猴子，口微微张开，似乎想说什么。

就在此时，太上老君的身影挡在了猴子面前，他淡淡地笑着。

一时间，在场的三个人，包括还置身远处的清心都呆住了。

西方大雷音寺中，如来的眼睛睁开了，双眉缓缓蹙起。

“太上老君？”

殿上的佛陀全都睁大了眼睛，似乎想到了什么。

…… ……

“太上老君介入了？”玉帝看上去也若有所思。

御书房中一片死寂。

…… ……

凉亭中，普贤仰头望着那山顶，轻声叹道：“螳螂捕蝉，黄雀在后。其实谁是螳螂，谁是黄雀，不到最后，也未可知啊。”

一阵微风吹过，沙尘如同退却的潮水一般在大地上荡开奇妙的轨迹。

太上老君淡淡地笑着，瞧着须菩提。他看着须菩提的目光渐渐变得深邃，深不可测。

这一刻，须菩提睁大了眼睛，有些错愕地望着太上老君。

弥罗宫中，通天教主与元始天尊默默对视，也呆住了。

“好一招儿以退为进啊，漂亮，着实漂亮！”许久，元始天尊仰头无奈叹息，“收清心为徒，六百多年淡泊名利，不问世事。呵呵呵呵……骗过了所有人，竟然弄得我们都忘记了，那猴子想要击败如来，其实还有另一招儿。就是……让太上老君恢复天道‘无为’啊。”

通天教主狠狠地唾了一口：“这只老狐狸！”

第七百四十九章

代价

“这不可能！不可能！绝对不可能！”灵吉愤然怒吼道，“太上老君的修为怎么可能恢复？他的天道石不是……不是已经粉碎了吗？碎末儿到现在还藏在兜率宫呢，根本就没任何变化。他怎么可能……怎么可能……”

普贤面无表情地注视着气急败坏的灵吉，一言不发。

渐渐地，灵吉也不再说话了，只是脸上的神情依旧慌乱。

“若是太上老君重掌三界……”玉帝撑着龙案一动不动地站着。四周的仙家一个个小心翼翼地望着他。

若是太上老君重掌三界，那么，玉帝将变回昔日的玉帝，天庭也将变成昔日的天庭。风光可期，可是……这真的是他想要的吗？

刚刚解放了权力的玉帝再重新成为三界最大的傀儡？

想着，他不由得笑了，那是苦涩的笑。

“调集大军固守南天门，然后……密切留意三界各方动向。”

这也许是身为玉帝的他唯一能做的了吧。

所谓的玉帝，璀璨的光环之下，也不过是湖面上漂浮的落叶罢了，不知道什么时候一个波澜，就会沉入湖底，永世无法翻身。

上一任的玉帝不正是如此吗？

在场的仙家个个神情肃穆。太白金星微微躬身道：“诺。”

风轻轻地吹着，窗外的枝叶随风摇曳，一如玉帝此刻的处境——身不由己。

“太上老君这是什么意思呢？”须菩提意味深长地瞧着他。

“没意思。”太上老君远远地看了清心一眼，轻叹道，“老夫是个言而有信的人，既然答应了庇佑他，就一定会庇佑他。”

清心呆呆地望着太上老君，一阵酸楚涌上心头。

猴子的眼珠缓缓转动，朝太上老君斜了过去。

太上老君若无其事地看了他一眼，轻笑道：“怎么，不信？”

“小女孩或许会信。”

“不信也好。不谈感情，我们就谈利益吧。”

“谈什么利益？”

“先走吧，这里不是说话的地方。”说着，太上老君脚尖轻轻一点，退开。

猴子还在远远地看着清心。

“别担心，老夫保证她没事。这么多年了，老夫对谁的承诺都没有失信过。即便对你，也一样。”说着，太上老君转身朝远方飞去。

猴子犹豫了一会儿，终究还是跟了上去，但仍旧时不时地回头，望向清心。

见两人离去，六耳猕猴还想追上去，见须菩提铁青着脸没有任何动作，只得又退了回来。

“师父，就这么放他们走吗？”

“太上老君的修为究竟恢复到什么程度，为师不知道，不过……我们加起来，恐怕不是他们两人的对手。”

“我们不是他们的对手？”六耳猕猴道，“我们不是他们的对手，那他们为何要走？”

“因为螳螂捕蝉，黄雀在后，他们不想当螳螂，想当黄雀。”

“什么螳螂蝉黄雀的！师父，您是不忍心对他下手吧？这是放虎归山啊，师父！只有将他彻底除了，弟子才能安心保护玄奘法师西行啊！”

六耳猕猴一通叫嚣，须菩提只是淡淡地看了他一眼，也不说话，直接腾空而起。他手中拂尘一扬，点点微尘洒落，被毁得面目全非的大地开始一点一点地恢复了。

无奈，最后看了一眼太上老君和猴子离去的方向，六耳猕猴只得咬了咬牙转身跟上须菩提。

“太上老君的修为还可能恢复吗？”

“这……若是太上老君的修为能恢复，那六百多年前我们做的又有何意义呢？”

“不可能，这绝对不可能！绝对不可能！”

一石激起千层浪。

大雷音寺中，诸佛炸了锅。他们吵吵嚷嚷，却没能吵出一个结果来。高坐莲台之上的如来自始至终一言不发，无形之中又将辩论推向了一个新的高潮。

站在正法明如来身边的文殊低声问道：“你觉得，太上老君的修为还能恢复吗？”

“能肯定是能的。若是不能，他当初又是怎么修出来的呢？”正法明如来轻叹道，“只是，除了他之外，没有人修出过天道‘无为’，自然也就没人知道如何恢复。更不会有人说得清，他现在的修为已经到了何种程度。”

“如果他真恢复了，那就糟糕了。那妖猴已经彻底融入三界，即便是六耳猕猴，也是记忆全失，再构不成干扰。到时候……三界必重现八百年前的光景。”

正法明如来紧蹙着眉，许久，只吐出四个字：“静观其变。”

长空中，猴子渐渐追上了太上老君。两人并肩飞行。

“你想达成什么协议？”

闻言，太上老君笑了，笑得像个老顽童。

猴子憋了一肚子的气，轻叱道：“你笑什么？故弄玄虚！”

“没什么，就是想笑而已。”太上老君望着前方轻叹道，“这都多少年了，你终于知道主动和老夫谈谈了。还是那句话，老夫，才是三界之中最可信的人。”

猴子抿着嘴也不说话，只是一双眼睛时刻盯着太上老君，一丝一毫不曾移动。

太上老君望着天边的晚霞，意味深长地说道："'无为'，其真意为'顺势而为'，由'无为'至'无所不为'。万事万物，皆有其内在规律，所有的'果'都是在一开始就注定的。要改变'果'，就要洞悉'果'的内因。"

"所以呢？"

"所以在和别人谈判之前，首先要了解局势，了解自己的处境。若是没办法做到透彻，到头来，必然会作出错误的判断，害人害己。"

"啊？"猴子的眉头蹙得都能拧出水来了，"我……我不是很明白。你能再说清楚一点吗？"

看猴子一脸懵懂的模样，太上老君捋着长须呵呵直笑，道："说了你也不懂，你要是懂，修成天道'无为'的就是你了，不会是老夫。说实在的，今天这事，出乎须菩提的意料，也出乎老夫的意料。所以，老夫也是不得已啊。经此一事，往后可就有无数双眼睛盯着老夫了，再也无法像先前那样悄悄行事喽。毕竟……老夫身份特殊啊。"

猴子越听越蒙，忍不住一个纵身直接将太上老君拦了下来。

被他这么一拦，太上老君的眉头蹙成了八字。

"你只需要告诉我，该怎么做就行了。"

闻言，太上老君摇摇头道："还是你自己决定该怎么做吧，六百多年前，老夫想尽了办法想让你按着规则走，最终的结果又如何呢？"

"啊？"

"这样，等你把一切都想清楚了，咱们再谈。不过，老夫得提醒你一句，真要与老夫合作，代价会很大。"说着，太上老君拍了拍猴子的肩，也不管猴子的反应，轻轻绕过他，一个纵身消失得无影无踪。

猴子呆呆地悬在原地，一脸的尴尬。

"这说的都是……云里雾里的。代价……什么代价？"

正当此时，玉简亮起。另一端传来了吕六拐紧张兮兮的声音："大圣爷！鹏魔王说六耳猕猴也去了斜月三星洞啊！"

闻言，猴子无奈甩了甩头，道："现在才来说啊，老子早跟他干了一架了！"

"啊？那现在怎么样了？"

"当然是赢了。"

“那……大圣爷什么时候回来？”

“怎么，有事？”

玉简的另一头，吕六拐支支吾吾地说道：“有点事……关于玄奘法师的。”

猴子顿时气不打一处来，狠狠地唾道：“娘的，这个玄奘真麻烦！也不知道老头子是不是瞎了，怎么就那么相信他一定能成功呢？”

说着，他一个转身朝玄奘所在的方向飞去。

消息一个个传来，整个三界似乎都已经闻风而动。然而，却没有任何有关猴子和太上老君进一步行动的消息。

可即便如此，灵吉仍是心神不宁。短短一个时辰的时间，他问了普贤不下十次：“你觉得，那猴子会跟太上老君结盟吗？”

每一次，普贤的回答都是：“会不会结盟，要看西行和与太上老君结盟，哪一个对他来说代价更低。”

“代价？”

“毫无疑问，想要达到那猴子的目的，最简单的办法并不是保护玄奘西行，而是让太上老君恢复天道‘无为’。可是……若真那么简单的话，太上老君早就恢复了，何苦等到现在呢？”

“那咱是不是应该在太上老君完成之前，先行动手？”灵吉挽起衣袖，做了一个下切的手势。

“动手？怎么动？”普贤无奈笑了笑，道，“那猴子和太上老君，两个都是不死之身。况且，你知道他重归天道的条件是啥？小心弄巧成拙啊。”

听他这么一说，灵吉顿时如同泄了气的皮球一般。

普贤望着远处天边的流云，轻叹道：“风雨欲来啊。这个世界，有着太多说不清的对与错。那是天道修者之间的战争，你我，还是坐在这里悠闲品茗，静候结果吧。天塌下来，不也是先砸到高个的吗？”

想了许久，灵吉最终还是点了点头道：“行吧，听你的。”

此时此刻，熙熙攘攘的大雷音寺中，如来的脸色越来越难看。

第七百五十章

聊一聊

西行是什么？

西行，是玄奘的证道之旅；是佛门的内斗，佛法之争；是玄奘、如来、孙悟空三人之间的对赌。这是三界人尽皆知的事情。虽说带着六百多年前那场灾难的余波，但充其量，也就是一场局部战争而已。

现在，这棋局上又多了两个棋手，一个是须菩提，另一个是太上老君。如此一来，性质就彻底变了。

短短几个时辰的时间里，斜月三星洞所发生的一切便传遍了三界每一个角落。

四海龙王召集了自己分散在各地的部从。

十殿阎罗将阎罗殿整个封得如同铁桶一般，对每一个进出地府的魂魄都严格把控。

名义上乃最高行政中枢的天庭，更是将南天门封得严严实实的。就连散在各地的佛门中下层修者也开始往灵山聚集。

然而，这些都是悄悄进行的。每一个人都绷紧了神经，每一个人都不愿意成为第一拨被卷入旋涡中心的人，连佛门中人也一样。

猴子不可怕，真正可怕的……是太上老君，是能够克制所有天道修者的“无为”。它会如同枷锁一般，将所有的一切都牢牢捆住。

短短的时间里，那阔别了六百多年、曾经掌控三界长达万年的身影似乎又再一次笼罩了世间万物，将所有的一切压得透不过气来。

然而，正当那一双双眼睛都在尽可能地睁大，细细查看着所有的一举一动之时，身处旋涡中心的猴子却还是一头雾水。

返回的路上，太上老君说的那些云里雾里的话在猴子的脑海中不断重复着，到最后，就剩下“代价”两个字了。

“代价……指的是什么呢？”

他喃喃自语，脑海之中闪过无数画面。

在长达八百年的光阴里，他似乎无时无刻不在付出代价，为了得到想要的，自愿或者被迫割舍了许许多多的东西。然而，最终也不过是孑然一身罢了。

可是，纵使如此，难道他就可以拒绝吗？

想着，猴子不由得苦笑起来。

摆在他面前的，从来就没有回头路。

人生在世，最可怕的，不是“选择”，而是“没有选择”。是明知错，却还得咬着牙继续往下走。一直走，一直走，直到两条腿都麻木了，依旧不敢停下来。只因一旦停下来，便会粉身碎骨。

在这种情况下，太上老君都没有明说，大概是因为这代价着实沉重吧。沉重到即使在目前的处境之下，猴子也不一定会答应的地步……

想到这儿，他的心不禁凉了半截。

他忽然产生了一种想法，此时此刻，抛下所有，找个地方躲起来，什么都不再管了。就像当初被压在五行山下一样，装疯卖傻六百多年，明明随时可以离开，却又不敢离开，浑浑噩噩地过着如同行尸走肉一般的日子。

虽然可悲，但不正是因为他没有离开五行山，所以在这数百年的光阴里三界才安享太平的吗？

真是一子错，满盘皆落索。

当初只因玄奘给予的一线希望，他就决定赌上一切，拼死一搏。然而，眼下的结果却似乎变得比原本更坏了……这一次若落败，他大概会魂飞魄散，彻底消失。然后，就不会有人再记得他了。

猴子一路胡思乱想，短短千里的路程，却足足飞了一个时辰。他抵达的时候，天上已是满天星斗。

远远地，猴子看到玄奘点起了篝火端坐在一条干涸的小溪边上。其他人则聚集在相隔十丈开外的小溪的另一边，一个个窃窃私语，时不时地朝玄奘所在的方向张望。

见猴子回来，他们连忙小跑着迎了上来。

“发生什么事情了？”

“大圣爷，”吕六拐支支吾吾地说道，“玄奘法师让我们走……”

“哦？”猴子笑了一声，道，“我以为你想说他改变主意要让咱们留下来呢，这应该才算事吧？他哪天没让咱们走了？”

“这次不一样。”一旁的牛魔王插嘴了，却又只是张着嘴半天没下文，不断回头望向玄奘。

其他妖将也都眼巴巴地看着猴子，那眼神与去雷音郡之前明显不同。

大概……他们也都对西行没有信心了吧。

猴子向一声不吭的天蓬看了一眼，随意地拍了拍手，道：“行吧，我跟他谈谈，也是时候摊开来谈谈了。”

说着，他迈开脚步朝玄奘走了过去。

远远地看到猴子到来，玄奘不由得愣了一下，然后眨巴了两下眼睛，双手合十，依旧一动不动地坐着。

猴子一步步走到玄奘身前，弓着身子坐了下去。

“听说，你赶他们走？”

玄奘随手拿起一根树枝，丢到篝火堆里，道：“贫僧只是让他们去过自己的日子。”

“嘿，”猴子抬手揉了揉脸道，“他们是我的部下。”

“人无贵贱，妖亦如此。”玄奘轻叹道，“没有人该为别人的梦想去死。”

猴子抬头看着玄奘，努了努嘴道：“你想说什么？”

“雷音郡，大圣爷您有好几个部下死于非命吧。贫僧觉得，留下他们，只会徒增伤亡。”

闻言，猴子一下笑了出来，是冷笑。

“说这些有意思吗？从离开花果山那天起，我自己的命就是挂在腰带上的，随时都可能没了。这个世界，就没有不死人的事情，只要你想活。”

玄奘目光低垂，没有接话。

两人就这么沉默着，许久，猴子轻声说道：“我知道你想让我们走。其实说白了，你这一路上好几次都是因为我们的介入才……求法国、雷音郡，都是如此。你不说，因为当初是你请我出山的。有些话，一旦说了，就是撕破脸。这个我明白。不过，今天我还是得问个清楚，希望你能老老实实地回答我，正面回答。”

说罢，猴子悄悄瞄了玄奘一眼。

玄奘轻声道：“大圣爷请讲。”

“我不想再赌了，我要一个切实的答复。西行证道，究竟进行到哪一步了？你到底有几成把握？”猴子睁大了眼睛注视着玄奘，慢慢地说道，“给我一个准信，好让我知道下一步应该怎么走。”

第七百五十一章
命运的原点

夜风轻轻吹过，篝火腾起的火苗随风摆动。

玄奘神情落寞地凝视着前方，一动不动地坐着，一声不吭。

远处，妖怪们静静地注视着篝火边上的两人。

许久，猴子叹道："失败了，对吗？"

"还……没有失败。"玄奘低垂着目光道，"只要没到灵山，就还没失败。"

说这话的时候，玄奘的手轻轻捋了一下握在手中的佛珠。

"没到灵山就还没失败？"猴子哑然失笑，"你的意思是，我们要永远在这条路上待着吗？哦，不对，不可能永远。"

说着，猴子随手捡起一块石头，一咬牙，铆足力气朝远方扔了出去。

那石头如同一颗流星一般划破了夜空，消失在无尽的黑暗之中。

不远处的小白龙不由得怔了一下，低声道："谈崩了？"

"不知道。"天蓬摇了摇头道，"总归不是什么好事就对了。"

闻言，小白龙意味深长地瞧着天蓬道："我看你怎么一点都不着急似的，大家可都在一条船上，翻了，对谁都没好处。"

"着急有用吗？"天蓬反问道。

小白龙直接就给问倒了，只得努了努嘴，继续远远地看着两人道："我还等着西行成功了，请大圣爷上天下地帮我找媳妇呢。"

天蓬无语地笑了笑。

在他们身后，一只匆忙赶来的妖将正与吕六拐细细说着什么，说得牛魔王与吕六拐都震惊得睁大了眼睛。

“这和失败有什么差别呢？不过就是苟延残喘罢了。编一个谎言，骗三界，到最后，大家都变成一个笑话。”猴子抬手揉了揉睛明穴，有些不耐烦地说道，“按照你现在的速度，到灵山也就是这三个月里的事。你还有什么招儿吗？说出来听听。我要切实可行的，不想再听那些有的没的、不靠谱的东西了。”

面对这质问一般的话语，玄奘双手合十，轻叹道：“只要心诚，贫僧相信总有一天，能证道普度。”

“你相信……”猴子龇了龇牙，接道，“总有一天，那究竟是哪一天呢？”

玄奘没有再答话，只是紧闭双目，静静地坐着，如同一尊佛像一般。

“总有一天……呵呵呵呵，说得真漂亮。听上去，就像是在乞求怜悯一样。”猴子仰头望着星空，笑道，“老子反天反了一辈子，你现在跟我说要求怜悯。有趣，有趣！真他娘的有趣！”

话音刚落，他已经一拳重重砸在身旁的石头上，偌大的石头顿时四分五裂。

巨响之下，远处的妖将们都被吓得缩了缩脖子。

“翻脸了？”

“不会吧。我们一路保护玄奘法师过来，就算真的……也不需要动手啊。”

一时间，妖将们你看我我看你，原本烦躁的情绪顿时消散无踪，转而替代的，是那么一点点忧虑。

猴子撑着膝盖缓缓起身，头也不回地走了。

斜月三星洞中，六耳猕猴有意无意地看了一眼身旁面色凝重的清心道：“师父，刚刚让他们走了，真的是放虎归山啊。”

六耳猕猴说这话的时候，清心一直在瞪他。

被清心这么瞪着，六耳猕猴可谓是浑身不自在，跪坐着的腿挪了又挪。倒是坐在另一边的须菩提似乎想什么想入了神，好半天没说一句话。

“师父，师父。”六耳猕猴伸出手在须菩提的眼前晃了晃。

须菩提顿时醒过神来，深吸了口气，道：“你……你先回去吧。”

“我先回去？师父，就这么放着他们不管啊？”六耳猕猴伸手挠了挠腮，笑道，“他们俩这一去，指不定会做出什么事来。就这么放着不管的话，西行大业，说不准就全毁了。”

须菩提低头呆呆地眨巴着眼睛，短短的时间里，那心绪竟不知又飘到哪里去了。

“师父……”

六耳猕猴又想伸出手去。一旁的清心连忙一把捉住了他的手腕，轻叱道：“师父让你回去你就回去，怎么那么多话啊。”

“怎么，生气啦？”

“我生什么气？”

“生我的气呗。”六耳猕猴摇头晃脑地说道，“不就因为我不听你的话，硬闯了道观嘛。”

清心也不答话，只是死死地盯着六耳猕猴。

六耳猕猴懒懒地朝须菩提看了一眼，撑着膝盖缓缓地站了起来，长叹道：“行吧，既然这样，我就先回去了。有什么事招呼一声。”

说完，他拄着铁杆兵一步步朝门外走去。正巧一只妖将赶到，在他耳边耳语了几句。

闻言，六耳猕猴的脸上顿时浮现出些许喜悦的神色，看得清心一愣一愣的。

干涸的小溪旁，玄奘依旧在篝火边静静地坐着。那些妖怪仍被晾在一旁。

猴子一言不发地将天蓬拉到了小溪的另一边。

天蓬见猴子的脸色极差，低声问道：“听说你和六耳猕猴在斜月三星洞动手了？”

“对，不只动了手，而且我那师父……那个死老头儿，居然帮六耳猕猴，甚至想用六耳猕猴取代我。”说这话的时候，猴子的牙咬得咯咯作响。

说罢，猴子有意无意地瞧了天蓬一眼，只见他神色如常。

“看来你早猜到了。”猴子无奈一笑。

天蓬点了点头道：“意料中的事情。如果……如果现在有记忆的是六耳猕猴的话，他也会选择帮你的。”

“什么意思？”

“只要有记忆，就会跟如来死磕。因为那是无法化解的深仇大恨。没记忆的就难说了……没记忆的一方，他自然要想办法拉住，避免让他靠向如来那边。”

“所以，我们的师徒关系算是名存实亡了，对吗？他心中只有西行证道。”

“应该……可以这么说吧。你的九个师兄，不都是这样死的吗？这是三界皆知的事情。”

猴子凝视着早已干涸、漆黑一片的河道，咧开嘴缓缓笑着，却没笑出一点声响。月色下，他那布满血丝的眼睛反射出微弱的荧光。

两人就这么静静地站着。

好一会儿，猴子拍了拍天蓬的肩，道：“说句实话，其实我之前一直想你死，我是说，几百年前。你和恶蛟并列，是我最想杀的人。”

“哦？”天蓬面无表情地瞧着猴子。

“西行之后，我知道你身上有南天门的玉简，只是因为不想撕破脸，才没说破。”

天蓬低头掏出藏在腰间的玉简，用拇指轻轻摩搓两下，又放了回去。

“不过，那都是过去的事了。”猴子拄着金箍棒叹道，“谁又能想到呢？关键时候，我能找来商量的人居然只有你。看来，我的为人确实不怎么样啊，连一个能谈心的朋友都没有。”

“怎么这么说呢？”天蓬淡淡笑了笑，道，“吕六拐不是吗？”

猴子远远地看了吕六拐一眼，笑道：“我才知道，他隐瞒了清心和六耳猕猴接触的事情。这种事，他居然都敢隐瞒。你是不是也早知道了？”

天蓬低下头没有接话。

清心之前身陷狮狔国的事情，其实天蓬也知道。隐瞒猴子，是他、吕六拐、牛魔王共同的决定。

猴子沉默了好一会儿，接着说道：“旁观者清，我想让你替我分析一件事。”

“什么事？”

“太上老君的‘无为’，似乎还有机会恢复。如果他能恢复修为的话，显然比普度听上去更靠谱。我想靠向他那边。当然，你放心，答应你的事情我一定会做到。即使普度没有成功，不过……太上老君说有代价，而且是要我付出的代价。逼到这分儿上才告诉我，可以预料这代价不小啊。我想知道……会是什么？”

天蓬望着待在对岸的妖怪们，轻声问道：“你最在意的是什么？”

猴子半眯着眼睛道：“我想让如来死，彻底死透。”

“还有呢？”

“清心、杨婵，她们不能卷进来。”

“还有呢？”

猴子微微仰头，瞧着对岸的妖怪们道：“还有他们，我的兄弟们，我不希望再有人死了。”

“再有呢？”

“还能有什么？”猴子道，“如来死绝了，清心和杨婵没事，他们也没事。这还不够？能这样，我就过我的逍遥日子去了，还需要什么？”

天蓬犹豫着说道：“我想……‘代价’就是这个了。”

猴子顿时一愣，回头看向天蓬。

“你是说……”

“自由，你的自由。”天蓬慢慢说道，“你是天外来的魂魄，因为你，才毁了天道石，破了太上老君的修为。六耳猕猴没有记忆，他构不成威胁。构成威胁的只有你，或者说……你的自由。我想，‘代价’应该就是这个了。至少是，包含了这个。”

瞬间，猴子的脑海中闪过三个字：紧箍咒。

整整八百多年了，那本《西游记》就如同魔咒一般，是他无论如何挣扎，如何闪躲，如何将这个世界整得面目全非都无法摆脱的，终究还是要回到原点去。

也许，这才是普度无以寸进的根源吧。他凑齐了西行的所有人，却唯独少了这关键的一件物品……

月色下，猴子咬着牙，攥紧了金箍棒，无奈地笑着，笑出了眼泪。

第七百五十二章

风雨欲来

当太上老君抵达南天门外的时候，不知何时，大批仙家已经在这里聚首。见太上老君到来，他们一个个恭敬地行礼。

太上老君淡淡扫了一眼众仙，从中找出雀儿，将她叫到身旁，掏出一块令牌轻声道："替为师走一趟斜月三星洞吧……"

灵山大雷音寺中依旧乱哄哄的，诸佛为该采取什么手段制止太上老君恢复修为争吵不休。

短短的时间里，太上老君显然已经取代玄奘成了佛门最大的威胁。

莲台之上，如来盘腿而坐，那神情如同钢铸的一般，看不到半点儿变化。

一旁，站立不动的正法明如来目光却微微闪烁起来。

许久，他一步步走到大殿正中，朝着如来拜了一拜，躬身退出大殿。

一下子，殿堂之内的诸佛皆面面相觑，不明所以。

狮狖国的校场上，数百妖将分列两旁静静地站着。早已换上新衣裳的六耳猕猴双手叉腰乐呵呵地往来检阅。

山羊精弓着身子紧紧地跟在身后，轻声道："大圣爷，这些可都是我们狮狖国的精英骨干啊。有他们在，再加上您亲自坐镇，除非佛门大举动手，否则谁也别想动玄奘法师一根汗毛。"

"这么厉害！"六耳猕猴随口问道，"那如果动手的是那只猴子呢？"

"这……"被这么一问，山羊精一下呆住了，竟不知道该说什么好。

六耳猕猴回头看了看被问蒙了的山羊精，懒懒地摆了摆手道："行啦，你就别说漂亮话了。自己的手下有几斤几两重难道我还不知道吗？这次去，咱又不是要跟他正面冲突。”

说罢，他又自顾自地检阅起来。

山羊精咽了口唾沫跟了上去，低声道：“大圣爷，要不带上九头虫和鹏魔王他们吧？带上他们，比较可靠一点啊。”

“不带。”六耳猕猴翻着一只妖将的腰带检查，说道，“全带去了，谁守狮狏国啊？再说了，人多不见得是好事。这次那边不就是因为人多才连内讧的事情都让我们知道了吗？也好……嘿嘿，等他们闹翻了，咱就堂堂正正过去担负起保护玄奘法师西行的任务，看谁还觉得老子不是齐天大圣！”

闻言，山羊精的眉头微微蹙了蹙。

担负西行重任，就是真正的齐天大圣了？这里面的逻辑他实在没想明白。不过，自家大圣爷这么说，他也不便反驳。

不多时，六耳猕猴回过头问道：“他走了没？”

“这……”山羊精连忙尴尬地四下张望。

正巧，一只妖将从远处匆匆赶来，单膝跪在两人身前奏道：“启禀大圣爷，那……那猴子不知怎么地，跟玄奘法师闹翻了，却又没有走。现在他拉着天蓬在说着什么。”

“说了什么？”

“没……没探到。”

“再探！”

“诺！”那妖将行了个礼，躬身退开了。

六耳猕猴瞧着那妖将远去的身影，龇着牙一脸不悦地自言自语道：“他不会……又不走了吧？要是不走可就麻烦了，我可不一定抢得过他啊。”

此时此刻，干涸的小溪边上，猴子和天蓬静静地站着。

天蓬轻声问道：“如果助太上老君恢复天道‘无为’的代价是要放弃自由，完完全全地成为天道正轨之中的那个孙悟空，你还会答应吗？”

猴子呆呆地答道：“我不知道……”

天蓬远远地看了玄奘一眼，低声道：“你之前说过，太上老君的‘天道’里没有玄奘法师的西行。也就是说，这两件事只能二选一。最好的结果，当然是玄奘法师西行证道成功。可是，这件事我们现在谁都没底。万一到时候失败了，太上老君这边的路是否还在……真不好说。”

“二选一……二选一……”月色下，猴子用力地抱紧了脑袋，不断地喃喃自语。

远处，妖将们依旧静静地等着，等着最后的决定。

然而，猴子却只是不断来回踱着步，叹息着，纠结着。

这一次，他是无论如何不能选错了。

“他走了没有？”

“启禀大圣爷，还没走。”

“再探！”

“诺！”

…… ……

“他究竟走了没有！”

“大……大圣爷，他还没走……”

“再探！”

“诺！”

…… ……

“他还没走？”

“启禀大圣爷，他……还没走。”

“那他现在究竟在做什么？”

“在……发呆。”

“发呆？”

一时间，六耳猕猴感觉自己的脑袋都有点卡壳了。眼看着就要到手的好形势，怎么忽然就卡住了呢？

“在发呆？他不会是不走了吧？”

“应该是不走了。”

一旁妖将们的窃窃私语落入了六耳猕猴的耳中。本来一次次令人失望的回复就已经让他怒火中烧，渐渐失去了耐性，现在再加上这些莫名其妙的话语，更是如同火上浇油。

恼怒之下，六耳猕猴叱喝道："准备！出发！"

"准备出发？"山羊精猛地吓了一跳，连忙说道，"大圣爷，他……还没走啊。"

"没走又怎么样？他总会走的，我们现在就出发！"

说罢，也不管山羊精说什么，六耳猕猴一个转身腾空而起。妖将们只得跟了上去。

在远处的楼台之上，杨婵远远地望着这支浩浩荡荡的队伍，道："已经出发了……是收到什么消息了吗？"

"应该还没有。"她身后的妖将低声道，"末将探听到的消息，是没有。他们这一去，怕是要两方人马撞个正着。"

"撞个正着也没什么。"杨婵苦涩地笑了笑，道，"两个都是曾经的天道修者，除了天劫，谁又能拿他们怎么样呢？只是苦了底下的人。"

身后的妖将微微点头，没说什么。

沉默了好一会儿，待到六耳猕猴及手下的妖将都走远了，杨婵才转身朝自己的书房走去，边走边交代道："查查各方的反应，要细一点。特别是太上老君，还有须菩提这两方。这两只老狐狸……算了，尽量吧，想来你们也很难查到什么有用的东西。"

"诺。"

长长的石阶，正法明如来一级级地往下走，远远地便看到了端坐在凉亭之中的灵吉和普贤。

普贤笑着起身行了一礼，扯着嗓子喊道："尊者这是要到哪里去啊？"

正法明如来也笑着，扯着嗓子回应道："去救火——！"

闻言，普贤笑得更欢了。他高声喊道："西行一路，尊者就开了个头，后来便不曾出手。如今是因何故啊？"

正法明如来淡淡叹了口气，道："贫僧想看看西行的结果，若是兴师动众到头来却看不到，岂不可惜？"

普贤也不答话，只是一味地笑，笑得连身旁原本神情肃穆的灵吉都跟着笑了。

待走到两人跟前，正法明如来双手合十，行了一礼道："两位和贫僧一起下山可好？"

"不去不去，这浑水不好蹚。"普贤摇头摆手道，"正法明尊者这么有兴致，您去便是了。我俩就在这儿等您的好消息了。"

正法明如来淡淡看了普贤一眼，又看了看一旁的灵吉，轻叹道："好吧。"

默默对行了一礼，正法明如来迈开脚步，继续沿着山路往山下走去。

潜心殿中，全观弟子都聚到了殿内，却只是看着须菩提不断地叹气，再叹气。须菩提走到窗前，凝视着，似乎要伸手去触碰窗外的景色。然而，那手却又收了回来，他走回原位。如此往返，迟迟都没有说出半句话来。

这是一个始料不及的结果。太上老君的介入，瞬间将这盘棋的棋手变成了三个。而这三个棋手之中，最终只有一个能获胜。

更糟糕的是，太上老君这些年伪装得太好了，以至于没人对他有所提防。至今为止，无论佛门还是须菩提，所有的布局都是针对对方，这反倒给了太上老君一个极佳的切入时机。甚至有可能，将猴子彻底推向太上老君。

这是一个须菩提绝对不能接受的结果。

可是，事到如今，他还能怎么做呢？

只有猴子才拥有另一个世界的记忆，这意味着他在太上老君的棋盘上，有着无可替代的位置。可须菩提一旦站到猴子一边，则意味着六耳猕猴将彻底倒向佛门。到时候，佛门会指引着他做出什么事呢？

猴子是决定太上老君能否恢复天道修为的关键，六耳猕猴又是猴子的克星。站到猴子那边，给予他更多的选择，肯定可以断绝了太上老君的念想。可是这样一来，在西行的问题上，面对佛门他们必将处于劣势。彻底抛弃猴子取得六耳猕猴的信任，这样与佛门博弈虽说占据了优势，却又无法保证西行的成功，到头来，还给了太上老君一个极大的机会。而这个机会，甚至有可能在关键时候成为西行证道的唯一拦路虎……

想着想着，须菩提都有些头昏脑涨了。他端坐在蒲团之上，紧紧地闭起双目细细思索，一滴滴的汗水从额头上缓缓滑落。

八百年的筹谋，此时此刻，胜负就在一念之间。这叫他如何能不焦虑呢？

身前的道徒们一个个不知所措地看着须菩提。

不多时，于义从门外走了进来，躬身道："禀师尊，六耳猕猴带着部下寻玄奘法师去了。还有……兜率宫的雀儿总管来了，她拿着太上老君的令牌，说要见您。"

闻言，须菩提微微一惊，睁开了眼睛。

抉择的时刻，到了。

第七百五十三章
选 择

一路上，六耳猕猴带着一众妖将缓缓地飞着，时不时地回头朝山羊精望去。

刚开始的时候，山羊精还会向他禀报猴子那边的消息。随着六耳猕猴的脸色越来越难看，到后来，山羊精只能用点头和摇头来回答，连话都不敢说了。

当然，从头到尾，只有摇头。

距离玄奘所在地一百多里的时候，六耳猕猴顿住了身形，他身后的妖将们也纷纷悬停。

就算他再肆无忌惮，也知道继续往前面对的将是一场战争，最关键的是，他并没有必胜的把握。

六耳猕猴龇着牙沉默了好一会儿，伸手将其中一只妖将叫了过去，拿出一块腰牌塞到对方手里。

“你去斜月三星洞一趟求见师父，就跟他说，那猴子已经不可能担负西行重任了，我现在就要接手。不过，接手的时候可能会有一点问题，想他老人家帮个忙。记住，一定要当面说！”

“诺！”

那妖将干脆地应了一声，转身就要走，哪知六耳猕猴眼珠子一转，又将他叫住，叮嘱道：“你在斜月三星洞的所见所闻，回来必须一一向我如实禀报，特别是师父的态度，不可错过一星半点儿！懂了吗？”

那妖将呆呆地点了点头，这才又转身离去。

山羊精瞧着那妖将离去的背影，小心翼翼地问道：“大圣爷，若要向须菩提祖师求助，用玉简不是更方便吗？”

“你不懂。”六耳猕猴冷冷地答道，“有些话，还是得靠人来传的。”

能得到须菩提的认可，六耳猕猴打心底里开心。可是，这种认可究竟能到什么程度呢？

虽说在斜月三星洞的时候须菩提站到了自己这边，可他毕竟没有直接对猴子出手。

有些事，还是得逼上一逼啊。

带着一众妖将，六耳猕猴就这么在距离玄奘百里开外的地方等了起来。在场的妖怪一个个面面相觑，不明所以。

此时此刻，一身翠绿装扮的雀儿在于义的引领下走入潜心殿中。

殿中的道徒早已散去，唯独须菩提一人端坐着。他沏上一壶茶，看似悠闲，但眉宇之间的那丝忧虑，却是无论如何也藏不住的。

“弟子雀儿，参见须菩提祖师。”

闻言，须菩提微微抬头看了她一眼，目光很快又回到了茶壶上，轻叹道，“太上老君这不是刚走吗，怎么又把你派过来了？”

“大概是师父觉得，有些话不方便当面说吧。”雀儿淡淡笑了笑，道，“所以，就让雀儿走一趟了。”

“坐吧。”

须菩提手一挥，一个蒲团摆到雀儿身后。

“谢须菩提祖师赐坐。”雀儿行了一礼，躬身坐了下去。那脸上，依旧挂着礼貌性的微笑。

天蓬远远地看了玄奘一眼，低声道：“这些事，你跟玄奘法师谈过了吗？”

“没有。”猴子努了努嘴道，“跟他说有什么用，他还能帮得上什么不成？他就是个凡人而已。”

“即便是凡人，大家也是共患难一路走来。我觉得，无论你最终的决定是什么，最好还是跟他说一声。直接丢下他走人，毕竟不是那么稳妥啊。”

闻言，猴子只不屑地哼了一声，不置可否。

正当此时，吕六拐远远地朝猴子奔过来，口里嘟囔着：“大圣爷，不好了！六耳猕猴带人离开狮驼国往这里来了！”

天蓬的眉头一下皱了起来：“他来做什么？”

“还用说！来接班，向死老头儿邀功呗。”猴子恨得牙痒痒，金箍棒用力一顿，冷冷说道，“既然他那么希望我走，我还就偏不走了。有本事，他来抢啊！”

夜风轻轻地吹着，扬起潜心殿内的垂帘。

须菩提满上一杯清茶，缓缓地推到雀儿面前。

须菩提轻声道：“他有什么话，你就说吧。”

雀儿捧起清茶，一边呵着气，一边随口说道：“师父让弟子过来，接清心师妹到兜率宫暂住几天。”

闻言，须菩提眉头蹙起，道：“到兜率宫暂住？哼！这又是什么意思？如此局势之下，兜率宫可不见得比我斜月三星洞安全。莫说清心本人，就是老夫，也不见得会答应。”

“师父并没说祖师您一定会答应，师父只是让祖师您选。”说着，雀儿轻轻抿了一口茶。

“让老夫选，怎么个选法？”

“师父说了，他要重归天道，绝不可能绕过大圣爷那道坎儿。若是大圣爷彻底倒向师父，那么，祖师您的西行大计就泡汤了，三界必定重归往昔。”

须菩提冷冷地瞥了雀儿一眼，道：“这些，不用你教老夫。”

“师父的意思是，让弟子过来找祖师您要人，若是要到了，便带回兜率宫严加保护起来。兜率宫虽说未必比斜月三星洞安全，但至少六耳猕猴去不得。这么做，是要给大圣爷一份安心。”雀儿注视着须菩提，淡淡笑了笑，接着说道，“若是要不到，就绕道与大圣爷说一声，告诉他，须菩提祖师不放人，好让他彻底对您死了那份儿心。雀儿说的话，大圣爷应该是信的。”

“你！”须菩提猛地瞪大了眼睛，手一颤，竟不慎碰翻了自己身前的茶杯，茶水洒了一地。

兜率宫。

一应前来拜访的仙家无论何种理由，全部被拦在了门外。小小的阁楼里，只剩下太上老君、通天教主、元始天尊三人。

通天教主可谓是坐立不安，那双眼睛时不时地向太上老君看去。相较而言，元始天尊则淡定许多，只是用余光注意着太上老君的一举一动。倒是身为主角的太上老君好似什么事都没发生一样。

他用道童打来的清水洗了脸，又细细地擦着，然后烧水，泡茶。那动作看上去和往常一点区别没有。

由始至终，更是半句话都没说。

终于，通天教主忍不住了，微微挺直了身子道："你想瞒到什么时候啊？"

"瞒？"太上老君笑着说道，"怎么说得像老夫骗了你们似的，老夫可从不骗人。"

通天教主半眯着眼睛狐疑地说道："你的修为真能恢复？"

"能修出来的修为，自然也是能恢复的。这不是三界皆知的道理吗？"

说着话，太上老君的手却一刻没停，泡好的两杯茶被推到两人面前。

通天教主瞧着那茶杯，深吸了口气，道："行吧，恢复也好。这些年的窝囊气，也受够了。你重掌天道，道门可重拾昔日的辉煌。至少，不用像今天一样全都躲天庭来。天庭还他娘的不安全……嘿，想想也是可悲啊。"

闻言，太上老君笑嘻嘻地瞧了通天教主一眼："想通了？"

"想通了。"

太上老君又扭头朝元始天尊看了过去："你呢？"

元始天尊没有直接回答，犹豫再三，还是点了点头。

即便不愿意承认，但这几百年，道门真的是每况愈下……说到底，难道不是当初太上老君失去"无为"的结果吗？

见状，太上老君呵呵地笑了起来，随口道："人哪，都是不见棺材不掉泪。失去了，才懂得珍惜。老夫其实也不例外，只不过老夫早早知道了失去的结果罢了。

"大能想打破老夫的天道石，以为没了天道石，他们就能成就天道修为。结果，还是没有。

"妖族想打破老夫制订的秩序，以为没了天庭的镇压他们就能过上好日子。结果，没了天庭，他们还不是要面对同族的屠杀，到头来活得好的仍旧只有那些大妖。"

太上老君微微抬了抬下巴，朝门外使了个眼色道："天庭的仙嘛……一直认为老夫处处限制他们，现在让他们自治了，却是每况愈下。也好，没尝过的都尝尝，现在都尝过了，是时候收收心了。不过啊，光你们同意不行，还得那关键一人同意才好。"

说着，太上老君意味深长地笑了笑。

通天教主与元始天尊皆是一动不动地坐着。许久，两人对视了一眼，伸出手去，同时端起茶杯，一饮而尽。

面对须菩提明显的失态，雀儿只是淡淡地看着，并不多置一言，脸上笑容依旧。

好一会儿，须菩提才缓过劲来，怒道："若是老夫答应了呢？若是老夫答应了，对他又有什么好处？他以为握着清心，就可以要挟那猴子，让猴子与他合作吗？"

"师父说了，同样的错，他不会犯第二次，也不屑犯第二次。"雀儿看着被碰翻的茶杯，缓缓说道，"祖师您若是答应，对师父的好处便是，一来可以让自己的徒弟置身事外，不至于再次深陷其中。二来，师父方才答应过大圣爷，清心师妹不会有事，也算是履行了诺言。师父他老人家，向来是言而有信的。"

雀儿弓下身子，朝着须菩提拜了一拜，道："师父还托雀儿带了另一句话，'他与您不同，请须菩提祖师不要以小人之心度君子之腹'。"

这一句话说下来，直接便将须菩提说得面红耳赤。

这哪里是让他选择，这根本就是让人来羞辱他啊！

此时此刻，须菩提的拳头已经攥得噼啪作响了。他咬着牙，缓缓说道："他就那么自信能得到猴子的信任吗？若不是老夫棋差一着，他怎能得到这次机会？"

雀儿看着须菩提，甜甜地笑了笑，答道："这雀儿就不知道了，师父没说。”

简简单单的一句话，配上那说话的神情，又如同一盆冷水当头浇下。一时间，须菩提简直觉得急火攻心，一口老血都要喷出来了。

金箍

第七百五十四章

愤 怒

整整一夜过去了，天明时分，六耳猕猴派出的妖将才匆匆赶回来，脸色似乎不太好看。

在众妖的注视下，他来到六耳猕猴身边，低声耳语了几句。

转瞬间，六耳猕猴原本慵懒的神情变得恼怒无比。

这变化来得太过突然，以至于他四周的妖将都怔住了。

六耳猕猴一把掐住妖将的脖子，怒斥道："你再说一遍！"

这一声，他几乎是吼出来的。

此时此刻，那微张的口中獠牙已是若隐若现，浑身上下的毫毛更是一根根竖起。

四周的妖将全都看呆了。

"大……大圣爷，末将说的都是实话啊！"

"老子让你再说一遍！再说一遍！"

说着，那掐着妖将脖子的手已经开始用力了。

山羊精上前劝阻，却被六耳猕猴一把推开，摔了个满地找牙。

慌乱之中，那妖将只得一面挣扎，一面高声呼喊道："须菩提祖师不愿见末将，还……还有，兜率宫把清心小姐接走了——！"

这妖将使出浑身的力气喊出了这段话，喊得震耳欲聋。

六耳猕猴身体微微颤抖着，嘴角扬起了一丝让人毛骨悚然的笑："他让太上老君接走了清心？"

"兜率宫接走了……怎么回事？"

"太上老君不是才跟须菩提祖师闹翻吗？怎么须菩提祖师忽然又……"

“不会是……须菩提祖师又反悔了，不想站在咱这边了吧？”

“好……好像是这样的。”

在场的妖将纷纷议论起来。

下一刻，六耳猕猴眉头一蹙，还没等在场的众妖反应过来，那妖将的头颅已经飞了出去。

他的身躯歪歪斜斜地倒下，鲜血流了一地。

这一幕来得太快，四周的妖将全都傻了眼，一只只呆呆地望着六耳猕猴，目光中透着深深的恐惧。

六耳猕猴呆呆地站着，攥紧了的拳头有些抖，额头上的青筋早已根根暴起，沾染了鲜血的脸变得越发狰狞。

“师尊，这样真的好吗？”潜心殿内，于义叩首道，“方才六耳猕猴派人来过，现在，肯定也已经知道清心师叔被接走的消息了。”

“早知道，晚知道，都是会知道的。”须菩提缓缓闭上双目，脸上的皱纹似乎比之前加深了许多。

许久，他伸出手去想要端起茶杯，手却颤抖着，竟不慎又将茶水碰翻了。

这是今天洒掉的第二杯茶了。八百年了，潜心殿里，也就洒过这两杯茶而已。

于义看了那茶水一眼，轻道一声：“弟子帮师尊清理。”

说着，他往前挪了挪，伸手将杯子扶正，那洒在地上的茶水也瞬间没了踪迹。

于义做完了这些，又恭敬地跪回原地。

然而，须菩提的目光却依旧停留在那洒了茶的地面上。不多时，他笑了笑，轻叹道：“为师看来真的是老了。也许，真的该退隐山林，不问世事了。到底不是太上老君的对手啊。”

于义微微抬头看了须菩提一眼，依旧跪地，叩首，一动不动地等着。

潜心殿中一片寂静，这道观仿佛也如同它的主人一样，在顷刻间老去。

“师尊，接下来，您打算怎么办？”

须菩提面无表情地答道：“等，耐心地等。若上天垂怜，总会给老夫一个机会的。”

猴子凝视着远方，斜靠着金箍棒，高傲地仰头道：“你说，他们想等到什么时候才进攻？”

“你就那么想和他打吗？”一旁的天蓬说道，“你死不了，他也死不了。即便打了，又如何？”

“不能如何也要打，揍他一顿我开心。”猴子冷哼一声，道，“最好，把那躲在背后的死老头儿也一起打出来。我就不该去听那些玄而又玄的东西，男人的事情，就应该用拳头解决！”

天蓬回头看了猴子一眼，无奈地叹了口气。

四周的妖将全都握紧了兵器，屏息以待。

远处，黑熊精依旧默默地守着玄奘。

玄奘缓缓睁开眼睛，轻声问道：“发生什么事了？”

“不知道。”黑熊精摇了摇头道，“大圣爷好像说，六耳猕猴要来了。”

“六耳猕猴要来？他不是说……”

“他说的话不能当真。”黑熊精面色凝重地说道，“玄奘法师您还记得吗？上次在雷音郡，他就对您出手了。”

“他那是急于脱身，况且，他怀中还有个孩子，不能怪他。”

“那也不能对法师您出手啊。”

玄奘摇了摇头，轻笑道：“总之，贫僧觉得，六耳猕猴并不像外界传闻的那么坏。”

面对玄奘的固执，黑熊精唯有轻轻一叹。他紧握手中的黑缨枪，道：“法师宽宏大量，老黑佩服。只是……嘿，算了，不说了。无论如何，请法师放心。别人我不知道，但他六耳猕猴要动您，非得从我老黑的尸体上踏过去。只要我还活着，就一定护您周全。”

玄奘注视着一脸严肃的黑熊精，淡淡笑了笑，道：“谢谢。”

“看来，那老头儿果然是骗我的！从头到尾都是骗我的！这时候将清心交给兜率宫，分明就是打退堂鼓了。他说的那些话，通通都是屁话！通通都是屁话！”

空荡荡的山谷中，六耳猕猴歇斯底里的咆哮声回荡着。

他将手中的铁杆兵重重一顿，脚下的地面龟裂，四周的妖将吓得猛地后退了一步，一时间不知所措。

六耳猕猴环视一圈，咬着牙道：“没必要再等下去了，再等也不会有人来帮忙。咱现在就动手，抢了玄奘，不怕那死老头儿不就范！”

“这……”

“硬……硬抢？”

“抢得过吗？”

妖将们低声议论起来，脚步纷纷不自觉地向后挪。

见状，六耳猕猴手中的铁杆兵又重重一顿，狞笑道：“不想去也行，那就死在这里！挑一个吧！”

闻言，在场的妖将全都倒吸了一口凉气。

所有人都沉默了。

猴子要杀他们易如反掌。六耳猕猴要杀他们，又何尝不是呢？最重要的是，他们在这两人那儿的价值，也就是聊胜于无。

这就是两头大象吵架，老鼠跟着帮腔的结果了……

此时此刻，摆在他们面前的，似乎只剩下一条路了——死路！

山羊精身体颤抖着说道：“可是……大圣爷，眼下的形势实在是……抢，我们肯定是抢不过的。与其如此，不如……”

“抢不过，就杀了！”六耳猕猴将山羊精拎了起来，冷冷地说道，“不为别的，就为了出口恶气！老子要让他后悔一辈子！”

闻言，山羊精吓得说不出话来了。

六耳猕猴将他又一次丢到地上，转身喝道：“所有人准备！记住了，玄奘能抢则抢，不能抢，就杀了！要连魂魄一起销毁！听懂了吗？”

“听……听懂了。”在场的妖将们呆呆地点了点头。

很快，这上百妖将纷纷腾空而起，跟着六耳猕猴以极低的高度掠着地面，朝玄奘和猴子所在的方向飞去。

在他们身后的高空中，正法明如来正静静地看着。见这群妖怪腾空，他连忙伸出二指点在太阳穴上，一道微不可察的光芒悄悄地从眉心射了出去，瞬间没入远方天际。

此时此刻，猴子依旧不耐烦地等着。

就在距离此处千里之外的地方，云雾之中，清心与雀儿正缓缓地飞着。

忽然间，一道光芒没入清心的后颈，她猛然顿住身形，回头朝猴子所在的方向望去。

“怎么啦？”雀儿随口问道。

清心稍稍沉默了一下，有些不确定地说道：“好像……有什么不好的事情要发生。我有一种不太好的感觉。”

闻言，雀儿笑了：“怎么说？”

清心的目光闪烁了几下，开口道：“不行，我得过去！”

说罢，也不管雀儿的阻止，她便朝那方向飞驰而去。

第七百五十五章

疑

干涸的小溪旁，猴子的眼睛缓缓地眯成了一条缝。

“来了。”

“来了？”四周的妖将紧张地握紧了兵器。黑熊精、小白龙、卷帘三人将玄奘护在正中。

下一刻，只听一声惊天动地的嘶吼，一个金色身影从地平线上跃起，那身后跟着一众妖将，如同一阵流星雨般呼啸而来。

“宰了你！宰了你老子就是唯一的孙悟空了——！”

“试试看吧。”猴子缓缓咧开嘴，松了松筋骨，摆开迎战的架势，“这么多年了，什么腥风血雨没碰到过，就凭你！”

裹挟着金光的狂风在天空中炸开，金箍棒与铁杆兵死死地架在一起。而四周，两拨妖将蜂拥而上，各色灵力照亮了天空，也照亮了玄奘的脸。

他略带错愕地看着发生在眼前的一切。

“师父！清心，清心她……”

“知道了。”

…… ……

兜率宫中，太上老君将手中的连牍放下，提起茶壶继续泡茶，缓缓道：“两只猴子动手了。佛门，似乎也动手了。比老夫预料的要早，大概是忍不住了吧。应该是正法明如来。”

通天教主问道：“他是怕西行得不出最终结果？”

“大概是吧。”

“那接下来会怎么样？”

太上老君放下茶壶，仰头眨巴着眼轻叹道：“须菩提已经表了态，六耳猕猴必定急火攻心，出手干扰西行可说是意料之中的事。如来不会出手，须菩提无以出手，正法明如来却难以袖手旁观。说起来，若是玄奘出事，那猴头儿断了西行的念想，便只剩下一条路。如此，倒也好。不过，怕是不会那么容易，只能说，姑且一试吧。”

通天教主随口问道：“六耳猕猴有可能杀得了玄奘吗？”

“有可能。”一旁的元始天尊道，“有一定的可能性。毕竟，他跟那猴子的实力差距并不大，若是那猴子还得保护玄奘的话，便算是扯平了。甚至，六耳猕猴的胜算还要大些。”

“所以，正法明如来是害怕玄奘死了，西行就无法证道了？”

“那个倒也未必。”元始天尊缓缓闭上双目，轻叹道，“他只是怕无法以正常的方式得出一个结果而已。说白了，佛门中人本身也分成多派。一种，是坚信现有佛法，不齿玄奘的，比如如来；一种，是希望纷争越激烈越好，即便玄奘身死，也可当作西行的一个结果的，比如地藏王。这正法明如来属于后一种，也是最偏向玄奘的一种。他希望玄奘能安安稳稳地走到灵山，至于能否证道，应该是他与如来辩法之后再看。”

“大概是这个意思吧。只是，不知道赶不赶得及。我等，姑且观望吧。就和六百多年前一样，出手的机会，永远只有一次。谁越坐不住，就越被动。”说罢，元始天尊低头抿了口茶，闭起双目，静静地等着。

金箍棒挥舞而出，几乎横扫了半个天空。

六耳猕猴的身影如同飞舞的萤火虫一般，绘出诡异的弧线巧妙地闪避过去。

下一刻，猴子已经出现在他的身前，径直就是一个冲刺，却依旧被避而不战的六耳猕猴闪过。

转瞬之间，六耳猕猴化出十二个分身朝四面八方逃窜。猴子也化出十二个分身追踪而去。一时间，四面八方都是猴子与六耳猕猴的身影，看得众妖眼都花了。

正当所有人的注意力都被漫天飞舞的身影吸引过去时，玄奘缓缓地回头望向自己的身后。

就在他的身后，黑暗之中，一个身影静静地站着。他抬腿迈开一步，让火光照到了自己毛茸茸的脸上。

六耳猕猴瞧着玄奘缓缓地笑了出来，握着铁杆兵道："不好意思，我化出的是十三个分身。"

正当六耳猕猴准备一个箭步冲到玄奘身边将他擒住的时候，还没等玄奘反应过来，一个什么东西从天而降，重重地撞在六耳猕猴身上。

轰鸣声中，狂风卷着沙石瞬间覆盖了所有的一切。

"发生了什么事？"

"保护玄奘法师——！"

妖将们呼喊起来。

下一刻，翻滚的沙石之中六耳猕猴冲天而起，悬停在半空中。他身上的铠甲被撕扯得破烂不堪。

他怔怔地低头望去。

狂风席卷而过，沙石散去。那正中显现的，是猴子的身影。

猴子抹去嘴角的鲜血，懒懒地掏了掏耳朵，笑嘻嘻地说道："老子化了十八个分身，你以为这招儿就你会玩？"

潜心殿中，须菩提来回不断地踱着步，不住地叹息。

这时，于义匆匆进门，跪地道："启禀师尊，六耳猕猴已经和悟空师叔动手了。"

"然后呢？"须菩提急切地问道。

"然后……还没结果。不过清心师叔不知怎么地，也在往那里赶。"

"清心在往那里赶？"须菩提仰头思索了一下，轻叹道，"应该是正法明如来来了……看来，他也坐不住了。"

毫无疑问，有猴子在，想要强抢玄奘根本就是不可能的。

有天蓬和牛魔王等妖将在，引开猴子强抢玄奘也是不可能的。

如此一来，就只剩下一招儿了。

见状，六耳猕猴咬了咬牙，向远处的山羊精使了个眼色。

山羊精会意地点点头。

紧接着，六耳猕猴转身朝远处飞去。

“这就要走了？”猴子不由得有些纳闷儿了。

就在他犹疑之际，只见六耳猕猴刚飞出一小段，却又猛然折回，手中的铁杆兵出其不意地一挥，骤然伸长，朝猴子砸了过去。

“就知道你不会那么轻易走！”丝毫没有犹豫，猴子一跃而起，强行架住了呼啸而来的铁杆兵。紧接着，他反手一打，两人的身影又交织在一起，在天空中你来我往，激战不断。

与此同时，在山羊精的统领下，六耳猕猴一方的妖将们向玄奘所在的方位冲了过去，一时间，双方的人马也交织在了一起。

天蓬瞧着杀红了眼的漫天妖将，喃喃自语道：“我感觉……好像有什么不对。”

“什么不对？”一旁的黑熊精问。

“我感觉，他们不是来抢玄奘法师那么简单。就他们这实力配比，想要强夺玄奘法师根本没有可能。”

“不是要抢玄奘法师，那他们来干吗？”

天蓬沉默了好一会儿，缓缓地摇了摇头道：“不知道。我统兵多年，以我的感觉，他们更像是在找机会杀玄奘法师。可是……如果斜月三星洞发生的一切是真的，六耳猕猴应该不可能在这时候想杀玄奘法师啊。”

玄奘也是不解地望着那漫天飞舞的妖将。

眼看着猴子与六耳猕猴已经互相追逐着奔向远方，山羊精高声呼喊道：“玄奘法师！须菩提祖师与您的前世金蝉子乃是挚友，我们大圣爷奉须菩提祖师之命前来与您商议西行要事，绝无恶意。那猴子不肯，无奈之下方才出此下策！请玄奘法师容小的代我主将面呈事由！”

“商议要事？”闻言，玄奘不由得愣了一下。

“对！那猴子没与玄奘法师您说起今日在斜月三星洞发生的事情吗？”

一声声呼喊之下，天空中的战斗似乎也缓和了一些。

此时，玄奘想起了在雷音郡猴子拿走了自己与六耳猕猴联系的玉简，之后迟迟不愿归还的旧事。他朝天蓬看过去，低声问道：“今天在斜月三星洞发生了什么事吗？”

“是发生了一些事，不过……我也说不清。”天蓬扭过头，朝山羊精喊道，“有什么话，这样说就好了！”

“不行，事关西行，小的身受大圣爷之托，怎可如此草率？”

还没等天蓬拒绝山羊精的要求，玄奘已经握住了他的手腕。

“西行事关重大，还请元帅成全。”

长空中，清心还在奋力飞行，狂风吹乱了她的鬓发。

…………

此时，已经与六耳猕猴战到十里开外的猴子猛然回头，顿时愣了一下。

他看到后方的战斗悄然平息，双方的人马分成两拨站在小溪的两边。玄奘正在天蓬与黑熊精的护卫下朝小溪的正中央走去。而从另一边走来的，则是山羊精带领着的两只妖将。

“这是要干吗？”

就在这短暂的迟疑之际，铁杆兵裹挟着狂风呼啸而来，重重地打在猴子的肩上，直接将他扫了出去。

“娘的，这是要耍诈啊！”

猴子忍着剧痛，迅速翻转身形朝玄奘冲了过去。

“想走？哈哈哈哈！没那么容易！”

原本的攻防之势瞬间逆转，猴子不顾一切地朝玄奘冲去，六耳猕猴则在背后猛地追打。两人依旧一路纠缠着。

干涸的小溪中央，山羊精从衣袖中取出一卷竹简，轻声道：“我家大圣爷想与玄奘法师说的话，小的都写在这竹简上了，玄奘法师一看便明。”

说着，他往前跨了一步。

“站住！”

被天蓬这么一喝，山羊精只得停住了脚步。

此时此刻，他与天蓬相距不过一丈距离，与玄奘和黑熊精相距也只两丈有余。

天蓬伸出手，冷冷地说道：“东西给我就行，你不用过来。”

山羊精当即朝玄奘看去。见玄奘微微点头，他稍稍犹豫了一下，只得双手奉上，轻声道：“此物，只能玄奘法师看。你，看不得。”

“行。”天蓬一把接过竹筒，道，“我只是检查检查这东西有没有问题，绝不看内容。”

说着，他捋开了竹筒。

说时迟那时快，还没等天蓬开始审视，他手中的竹筒“砰”的一声炸了。红色的烟雾直接迷了他的眼睛，甚至都没给他时间反应。

天蓬惨叫一声，猴子这一方的妖将们全部傻了眼。

“动手！”山羊精高喊一声，抽出藏在衣袖中的匕首，带着身后早有准备的两只妖将，绕开天蓬朝玄奘冲了过去。

第七百五十六章

争 夺

眼前的态势，任谁都看明白了，对面这一伙人根本不是来抢玄奘的，他们要的，是杀！

双目传来剧痛，天蓬感觉整个人都错乱了，只能捂着眼睛痛苦地哀号。

趁着这空当，山羊精带着两个属下迅速朝玄奘围了过去。孤军作战的黑熊精一面将玄奘护在身后，一面抗击来者。短短的时间里，他身中数刀，彻底落了下风。

率先反应过来的六耳猕猴一方的妖怪们拿着兵器冲了上去。短暂的错愕之后，牛魔王也带着自己的部下冲了上去。

然而，远水救不了近火。在毫无心理准备的情况下，这种程度的近身肉搏决定胜负，仅仅需要一瞬罢了。

还没等牛魔王的支援赶到，山羊精带的两只妖将已经将伤痕累累的黑熊精压倒在地。而山羊精自己，则握着匕首快速绕到了玄奘法师的背后。

面对这突如其来的变故，玄奘只问出了一句话：“能知道你们为什么要杀贫僧吗？”

答案，只有四个字——“奉命行事”。

此时此刻，山羊精与玄奘之间的距离不足五尺。玄奘甚至都能清楚地看见对方眼中布满的血丝。

惊恐、错愕，退无可退。

慌乱之中，玄奘只得举起自己的法杖试图抵挡。不过，这有用吗？

即便有前世的因果，即便能拨动佛门脆弱的神经，他也不过是一介凡胎而已。无论如何，他都不可能抵挡得了身为妖怪的山羊精，哪怕只是一击，也不可能。

所有人都惊恐地看着。

吕六拐已经吓蒙了，那双脚如同长了根一般扎在地面上，寸步未挪。

小白龙条件反射似的往后闪躲，却又犹豫不已。

卷帘操起伏魔杖嘶吼着往前冲，哪里赶得及呢？

牛魔王慌乱地朝玄奘伸出手，一道灵力已经丢了出去。他试图用这种方式稍稍延缓眼前发生的一切。可惜的是，山羊精根本不会给他这个机会。

山羊精死死地握着匕首，拼尽全力往前冲。

“四尺，三尺，两尺！”

山羊精的指尖几乎能够得着玄奘的衣角了。以他的修为，了结玄奘只需要一瞬。

此时此刻，玄奘的脑海中已是一片空白。

然而，就在所有人都断定玄奘必然身死的一刻，奇迹发生了。

一道金光从远处飞来，准确地扎在玄奘与山羊精之间。下一刻，翻滚的气浪席卷而出，山羊精与玄奘皆被抛上了天。

天边，猴子维持着抛物的姿势，手中空荡荡的。

这一刻，所有人蒙了，全都停住动作呆呆地看着。

率先清醒过来的是小白龙。他咬了咬牙腾空而起，一把接住了玄奘，转身就往后飞。

很快醒悟过来的卷帘也跟了上去。其他人迅速反应过来。

六耳猕猴一方的妖怪也顾不得其他，蜂拥而上。

一时间，形势变成了猴子这边的人马被六耳猕猴的手下追着打。不过，好在玄奘暂时没有生死之忧了。

沙尘散去，龟裂的地面上金箍棒微微颤动着。

云端上，正法明如来松了口气，将自己手中的术法又收了回来。回首望去，他看到天边失去了金箍棒的猴子陷入苦战之中。

“为什么要救他呢？”六耳猕猴狂笑着，一棍重重地朝猴子砸了过去，嘶吼道，“他死了不是更好吗？你不是已经跟太上老君结盟了吗？为什么还要救他？！他的生死跟你有什么关系？！”

“要你管！你个假货！”猴子直接用手腕去挡这一击。

只听“啪”的一声闷响，猴子的身形整个后挫。

剧痛袭来，猴子痛得脸都变了形。

武器，果然还是很重要的。

猴子握着自己扭曲的手腕，飞速降低高度朝金箍棒所在的位置掠行而去。可惜的是，六耳猕猴一个翻转跟了上来。他对准了猴子的背部，又是重重一击砸了下去。

这一击没有打中猴子。

猴子已经试过一次，再也不会蠢到直接硬扛了。他闪避着遁入了一处山谷之中。六耳猕猴追上去，两人在山谷中展开了追逐战。

“我是假货，那你是什么？嘿嘿，要不，我们来商量一下如何？我看他们每个人都不爽，你也不见得喜欢太上老君。不如这样，我们联手，把他们全都弄死，然后我们再分胜负如何？”

“有病！”对于这种莫名其妙的说法，猴子只是简单地唾了一口，转身直接绕到一座小山后面。

六耳猕猴一棍横扫而出，轰鸣声中，整座小山被夷为平地。

“到时候，胜利者就是三界之王，再也不用活得这么憋屈了！哈哈哈哈。你认真考虑一下我的建议，如何？”

转眼之间，六耳猕猴又追上了猴子，手中的棍棒一刻不停地向他招呼过去。

在这击打之中，大地为之颤动，碎石沙尘冲天而起。

猴子只能不断闪躲着。

“不是死老头儿派你来的，死老头儿绝对不会想杀玄奘。你究竟想做什么？”

“没什么，老子就是看他们不爽，想把他们全部端了。你我联手，击败如来和太上老君不敢说，但摧垮三界应该是不在话下的！哈哈哈哈！就让他们在虚空之中发呆去吧！”

翻滚的沙石之中，六耳猕猴又是一棍朝猴子扫了过去。不过，这一次猴子并没有闪躲，而是用双手稳稳地接住了。

顿时，双方各握着铁杆兵的一端，进入到单纯的力量比拼。

猴子忍着手掌的剧痛，气喘吁吁地说道："你疯了吗？如来、太上老君我不管，但清心和婵儿，还有我那帮兄弟，他们必须好好地活下去！"

六耳猕猴咧着嘴轻笑道："舍不得孩子套不着狼啊。什么都不想失去，这就是你最大的弱点了！"

"那是因为你没有记忆，什么都没经历过，所以能说得这么轻巧！"

一声怒喝，猴子将铁杆兵连同另一端的六耳猕猴一同举了起来，朝一旁砸过去。

一时间，又是沙石翻滚，山川、树木，乃至大地都摧枯拉朽地崩坏了。

然而，六耳猕猴却依旧死死地抱着铁杆兵狂笑着。这种程度的伤害，对他来说就像挠痒痒一样，反倒是猴子有些承受不住如此的消耗，气力渐渐有些不支。

到最后，猴子干脆顺着铁杆兵朝六耳猕猴冲了过去，两人皆是一只手握着铁杆兵，另一只手与对方展开肉搏。

这是赤手空拳的搏斗，扭打在一起看上去就像街头混混的斗殴一般，却也是最后的办法了。

彼此两人，谁松开兵器，谁就必然落下风。而一只手握着兵器，又无法使出全力，搏斗似乎变成了一场遥遥无期的消耗战。

另一边的战场，猴子一方的妖将们护着玄奘落入了极为被动的境地。论实力，即使天蓬暂时无法参与战斗，猴子这一方也还是有优势的，但若是带着玄奘，那便是另一番情况了。

云端上，正法明如来静静地注视着事态的发展，那目光悄悄移向了立在干涸小溪正中央一动不动的金箍棒。

他稍稍犹豫了一下，伸手一指，金箍棒瞬间化作一道金光朝猴子所在的位置飞了过去。

"砰"的一声，在距离猴子与六耳猕猴不远的地方，沙石炸开。

两人都不由得愣了一下。

下一刻，似乎感觉到了什么，两人握着铁杆兵，几乎同时向沙石炸开的地方冲了过去。

第七百五十七章

诱 惑

“你给我滚——！这是我的兵器！”

“是谁的还不一定呢！”

“老子宰了你！”

“来呀，来呀，哈哈哈哈！”

轰鸣声、叫骂声，接连不断。一下子，本已渐渐散去的沙尘又一次升腾而起，厮杀声中，四周山坡上的岩石被震得一块块翻滚而下。

长空中，清心此时才匆忙赶到，茫然地望着眼前早已千疮百孔的大地。

好一会儿，她稍稍收了收神，眨巴着眼睛向猴子与六耳猕猴所在的地方飞了过去，落到距离他们不远处的山坡上。

“你们住手——！住手！”

厮杀声一下平息了。

微风拂过，沙尘渐渐散去。显现在清心面前的，是一脸狼狈的猴子与六耳猕猴。

此时此刻，两人早已伤痕累累，浑身上下的衣物更是破损不堪，却还都执拗地各自握着金箍棒与铁杆兵的一端，对峙着。

两双眼睛不约而同地朝清心望了过去，那态度，却是各不相同。

猴子只是微微一愣。如果说有什么想不通的地方，他也只是不太明白为什么须菩提会让清心在这个时候出现罢了。

不是须菩提怂恿六耳猕猴来的吗？

六耳猕猴则怔住了。他好半天才反应过来，疑惑地问道：“你怎么在这里，不是去兜率宫了吗？”

“我……”清心微微张了张口，忽然意识到眼前的事情跟自己有着某种关系，连忙又将到嘴边的话咽了回去。

猴子似乎也想到些什么，目光在清心与六耳猕猴之间不断来回。

一时间，三人都僵住了。

他们这一僵，一直在远处悄悄注视着这一切的正法明如来明显有些坐不住了。

那一边，猴子迟迟没有取得优势回援。这一边，两方妖将的对决之中，由牛魔王统领的一方且战且退，已经明显落了下风。

要知道，保护和单纯的厮杀可不同，特别是被保护的对象，还是手无缚鸡之力的玄奘。只要一个疏忽，就可能落得满盘皆输的下场。

混乱的局面之中，当卷帘奋力挡下几只妖将的合力一击，又被一柄战锤迎面砸中，朝着地面坠落而下的时候，正法明如来再也忍不下去了。

他挽起衣袖准备出手。

正当此时，一只手拦在了他的身前。

正法明如来扭头看去，看到地藏王面无表情地伫立在自己身旁。

“别急，天蓬就快恢复过来了。尊者现在出手救玄奘，西行就彻底变成一个笑话了。”说着，地藏王的目光微微滑动了一下。

顺着地藏王的目光望去，正法明如来发现在干涸的小溪正中、中了山羊精毒烟的天蓬缓缓睁开了发红的眼睛。

紧接着，他看到天蓬提着九齿钉耙迅速朝战场冲了过去。

地藏王轻叹道：“论单打独斗，妖将普遍要比天将高出不少。可一说到协同，特别是干这种保护人的活儿，妖就实在是不堪入目了。这天蓬前世乃是天庭的元帅，这方面，应该难不倒他。”

果然，两人正言语间，天蓬已经加入了战斗，迅速取代了牛魔王的位置。

在他的指挥下，猴子一方的妖将们迅速稳住了阵脚，将被小白龙背在背上的玄奘里外三层地护在正中。

一时间，山羊精一点办法也没有了。

山羊精做梦也没想到，一直被他忽略的天蓬，竟有这么大的作用。很显然，六耳猕猴的计划，到此时已经彻底宣告失败了。

眼看着危机已经解除，正法明如来稍稍定下心来。他轻声问道：“地藏尊者怎么也来了？”

“您都来了，贫僧怎能不来。”

“地藏尊者总不会和贫僧一样，是来确定玄奘能否安全抵达大雷音寺的吧？”

“贫僧是为另一人而来。”

说着，地藏王的目光已经朝六耳猕猴望了过去。

此时，另一边，三人还在僵持着。

六耳猕猴微微睁大了眼睛，迫切地想从清心口中得到一个答案。清心却支支吾吾地不知道该不该说。

猴子的目光则是不断闪烁着。

为什么说清心要去兜率宫？这是什么情况？

为什么打了这么久须菩提还没出现？难道六耳猕猴真的是单纯来杀玄奘的？

刚刚把金箍棒移过来的人是谁？金箍棒极重，妖将之中能拿得起运得溜的屈指可数，能将金箍棒投射这么远距离的，更是少之又少。更何况，为什么事先没有一点迹象，也没有一声知会？

很显然，这不是清心能做到的事。

可是，不是清心，又会是谁呢？

原本只是准备跟六耳猕猴狠狠对战一番罢了，现如今，事情却变得扑朔迷离，猴子不得不重新审视整个过程。

难不成，又发生了什么变故吗？

猴子趁着六耳猕猴一个不注意，忽然松开铁杆兵，双手握紧了金箍棒，抬脚就朝六耳猕猴握着金箍棒的手踢了过去。

慌乱之中，六耳猕猴只得松开握着金箍棒的手，拿着自己的铁杆兵闪开。

这一闪，两人终于分开了。

一个声音悄然而至：“大圣爷，事情败了。”

六耳猕猴握着铁杆兵，一步步后退。他重重地喘息着，随口说道：“别骗我。你为什么会在这里，你不是去兜率宫了吗？”

清心依旧没有回答。

许久，六耳猕猴微微点了点头，缓缓地喘了口气，笑道：“行了，我明白了。”

说着，他腾空而起，摇摇晃晃地朝狮狔国的方向飞去。见状，激战之中的六耳猕猴一方的妖将也纷纷脱离战斗跟了上去。

一下子，战场上只剩下猴子一方的人马了。

“走吧。”地藏王道，“现在，是他最需要我们的时候了。”

说罢，他化作一缕青烟消失在空中。

见状，正法明如来也缓缓后退，消失无踪。

看着六耳猕猴已经远去，猴子一步踉跄，跌坐了下去，重重地喘着粗气。

他远远地注视着清心，一声不吭。

那些早已伤痕累累的妖将也终于松了一口气，先后降落到山丘上。

玄奘从小白龙的背上爬了下来，跌坐在地。

天蓬轻声道：“是我大意了。”

“不，是贫僧过于轻率了。”玄奘抹了一把额角的汗，叹道，“都怪贫僧。”

一旁的牛魔王举起手高喊道：“清点一下伤亡！”

长空中，六耳猕猴一脸颓丧地飞着，面如死灰。

“大圣爷，没事的。”山羊精小心翼翼地说道，“这次不成，还有下次。他们总有疏忽的时候。那玄奘手无缚鸡之力，但凡我们任何一个人能近身，都可取他性命。再说了，那个……那个假货，也不可能永远守在他身边。下次只要……”

“住嘴。”

“啊？”

“我让你住嘴！”

被这么一吼，山羊精吓得连忙将话都咽了回去，再不敢吭声。

杀玄奘，真的那么重要吗？

不，杀玄奘，不过是为了泄愤罢了。六耳猕猴的心里清楚得很。

最最关键的，是他已经退无可退了。

如果太上老君、须菩提，甚至清心都站到了对面，那自己的身边还剩下什么呢？就算杀了玄奘又如何？杀了玄奘就能让天劫收走对方吗？

什么都没有了，所有的一切都没有了，连自己的身份，很快都是假的了……

他只能无奈地摇头，笑着。

最可怕的事情，不是绝望，而是曾经有过希望，却又彻底失望。现如今的他，不正是如此吗？

他紧紧地攥着铁杆兵，一股恶气堵在心头，却又无可奈何。这，才是最可悲的。

正当六耳猕猴浑浑噩噩之际，一个声音在他头顶上方响起。

“不如听听贫僧的意见，如何？”

他猛然抬起头，看见正法明如来和地藏王悬在前方。

地藏王轻声笑道：“说不定，我们可以达成某种共识。”

第七百五十八章

金　箍

此时，天已经蒙蒙亮了。

整整折腾了一个晚上，猴子一脸疲惫地走到清心身边，与她并肩坐了下去。

远处，一抹朝阳之中，雀儿这才匆匆赶来。

“师父让你去兜率宫？”

“是……另一个师父。”

“太上老君？”

“嗯。”清心点点头。

猴子忽然想起太上老君最后的保证，说清心不会有事，不由得无奈笑了，长叹道：“弄了半天，最讲道义的是太上老君啊。连自己的师父都靠不住，倒是他这对头，很讲信用。”

清心呆呆地眨了眨眼睛，问道：“你还会保护玄奘法师西行吗？”

“我也不知道。”

“不知道？”

“嗯。”猴子挠了挠头，道，“你一上天，保护玄奘的事情看上去又有那么点意义了。可是这事由太上老君促成，我这么做，似乎又有点……愧对他啊。”

清心连忙说道：“你不用顾忌我。”

“不是顾忌你。”猴子瞥了清心一眼，痞笑道，“老头儿这是在表态啊，准许你上天，其实就是还想修复和我的关系。应该说，在太上老君忽然来了那么一手之后，他有点软了吧。不过，太上老君干吗要给他这个机会呢？我有点想不明白。”

清心淡淡地笑了，轻声道：“你不明白，我可明白。”

“明白啥？”

“他老人家才是真君子。若非看破，又如何能以‘无为’执掌三界呢？虽说他做得并不算很好，但……世上没有任何人是无所不能的，不是吗？”

“你就那么相信他？”

“不只我相信，风铃当初也相信他，至死不悔。还有雀儿……”

说着，清心指了指远处刚刚落地的雀儿。此时，她正快步朝这里走来。

“她不是，你才是。”猴子随口道。

“谁是，谁不是，真的有那么重要吗？”清心望着雀儿，道，“你到底在追求什么？这世间，真正符合‘雀儿’这个标准的，其实只有她。转世了，就变成了另一个人。前世的一切，都该断去；新的人，有新的人生，不应该继续拘泥于过往。而你……”

“我怎么啦？”

“你却执意追求。其实你为的是自己内心的一份愧疚，不是为了我。”

闻言，猴子不由得一愣，扭过头错愕地看着清心。

“怎么，我说得不对吗？”清心淡淡笑了笑，道，“清心这个名字，取自清心寡欲，其实是太上老君师父起的。为的是让我早日走出困局。其实我也早看透了，只是一直……不太放得下。说到底，还是那份记忆的关系。所以，记忆才是最重的。而‘雀儿’姐姐拥有全部的记忆，那心应该很痛苦吧。”

正当此时，雀儿赶到两人跟前，福身向猴子行了一礼，却并未说话。

清心缓缓地站了起来。

猴子也跟着站了起来，轻声道：“你说的话，我会认真考虑的。”

清心笑了笑，算是回答了。雀儿却是一脸懵懂，目光在两人身上不断转换，完全不知道他们刚刚说了什么。

就这么沉默了好一会儿，清心转身行了一礼。这是十分见外的举动，猴子又有些蒙了。

礼毕，她轻声说道：“我去兜率宫了。我留在凡间，会让你顾忌，所以兜率宫才是我最好的归宿。那也是……一个修道者最理想的归宿，不是吗？”

猴子默默地看着她，许久，才轻道了一声：“去吧。”

清心点了点头，随着雀儿腾空而起，渐渐远去。

不知为何，猴子忽然有一种感觉，这一次，她是彻底离开了。也许以后还会再见，毕竟三界不大。但……她真的彻底离开了。

由始至终，猴子都在远远地看着清心，而她也是一步三回头，却渐渐远去，直到彻底消失在天边那一抹朝阳之中。

天蓬从猴子身后走来，与他并肩而立。

“舍不得？”

“是啊。”

“那为什么不让她留下？”

“因为……”猴子翻了个白眼道，“我……是个傻子。”

“嗯？”

“真的，我是个傻子。”猴子伸了伸懒腰，长叹道，“她比我聪明，杨婵也比我聪明，我只是个傻子。除了武力强横，一无是处。哈哈哈哈。行了，看看收尾工作吧。”

说着，猴子转身朝自己手下那一众妖将走了过去。

看到两个佛陀忽然出现，六耳猕猴身边的妖将们顿时紧张起来。山羊精更是瑟瑟发抖地挡到了六耳猕猴身前，指着地藏王叱喝道：“滚回你们的灵山去！我们狮狏国不与佛门来往！”

话音刚落，六耳猕猴却伸手将山羊精拨开了。

一下子，四周的妖将面面相觑。

“准备达成什么共识？”六耳猕猴意味深长地瞧着两人，面无表情地一点一点往前飞，直到与地藏王相距不到五丈的地方才悬停，轻笑道，“准备给我些什么好东西吗？”

地藏王一笑，道：“好东西自然是有，就看你想要什么了。”

六耳猕猴朝身后猴子所在的方向使了个眼色，道：“帮我宰了那家伙，这共识，你觉得怎么样？”

“这样做对我们有什么好处呢？”地藏王反问道。

“好处……当然是有的了。对西行，我是一点兴趣都没有。我可以站在你们那边，破坏西行。这个建议怎么样？”

“哦？”

见地藏王似乎有些动心，六耳猕猴忙补充道：“你们不方便做的事情，就由我来。杀玄奘，轻而易举。不过，你们得帮我解决旁边的人，不是吗？这样，大家才能合作愉快啊。”

听他这么一说，地藏王顿时笑了。一旁的正法明如来却没有笑。

从出现在六耳猕猴面前开始，正法明如来的一双眼睛便一刻也没有离开过六耳猕猴，却一句话都没有说，似乎在思考着什么。

六耳猕猴神情一变，沉着脸问地藏王：“你笑什么？”

“笑大圣爷，还是一点没变啊。”

“什么变不变的，说话别绕弯子。我可不像你们这些佛陀那么有空，我还有很多要紧事要做呢。有话快说，有屁快放！”

好一会儿，地藏王才道：“大圣爷刚刚说，你不打算保护玄奘法师。其实你保护与否，贫僧，乃至于整个灵山，怕是没人会在乎。”

“哦？”

地藏王双手合十道：“贫僧四大皆空，心中只余佛法。那灵山上的诸佛，皆是如此。玄奘西行，为的是证道，是辩法，本就是教义之争。若是大圣爷你不愿保护他，他死于非命，说到底，是命数；若是大圣爷你愿保护他，最终西行得证大道，那是佛法之福。我等，皆是乐观其成。再说了，保护与否，与能否证道，本就不相干。”

闻言，六耳猕猴挑了挑眉道：“那你们到底是什么意思？是给我好处，还是不给呢？”

“给。”还没等地藏王开口，一直闭口不言的正法明如来抢先一步说话了。

地藏王稍稍愣了一下，扭头朝正法明如来看过去。

正法明如来轻声道：“贫僧可以让你拥有与那猴子一样的身体，不再受精气和鲜血制约。如此一来，与他争斗，你必可多几分把握。甚至，更胜一筹。”

“你们会这么好心？条件是啥？”

“条件是，你自愿戴上这个。”说着，正法明如来手一扬，手中顿时多了一个金箍。他注视着六耳猕猴，缓缓说道：“戴上这个金箍，你便成了我佛门的斗战胜佛，从今往后，只能做该做的事。不该做的事情，一件都做不得。哪怕动一点点心思，金箍都会缩紧，痛不欲生！”

六耳猕猴瞧着那金箍，眉头缓缓地蹙成了八字。

第七百五十九章

因 果

“怎么样，愿意戴上吗？”正法明如来轻声问道。

“我可以拒绝吗？”六耳猕猴反问道。

闻言，正法明如来淡淡笑了笑，道：“戴上之后，你就会成为真正的齐天大圣。真正地，拥有属于你的力量，不会再落下风。”

“可是，不该做的事情是指什么？”

“指佛不能做的，所有。”

“所有？”

“对。佛门，四大皆空，只余佛法。贫僧已经说过，戴上之后，你便是斗战胜佛，不是，也会是。”正法明如来说道，“与其他诸佛不同的是，你还可以去追求属于自己的身份。也就是说，你与他之间的战争，不会因此而结束。反而，是刚刚开始。”

六耳猕猴咧嘴笑了笑，道：“所以，戴上之后，我就彻底成了佛门的一条狗，对吧？”

此话一出，气氛顿时就僵住了。

长空中，对谈的双方皆是面无表情地瞧着对方。

时间一点一滴地流逝，四周的妖将全都屏住了呼吸静静地注视着。就连一开始作为谈判主角登场的地藏王，此时也是默不作声，那神情似乎对正法明如来开出的条件并不是很赞同。

缓缓地，六耳猕猴的眼睛眯成了一条缝。他细细地打量着正法明如来，目光之中充满了疑虑。

正当他准备开口说些什么的时候，正法明如来先一步开口了。他轻声道："这个条件会一直有效，你不必立即答应。"

说着，他随手将手中的金箍收了起来，转身朝西方飞去。

地藏王迟疑了一下，跟了上去。

两人就这么离开了，连平日里礼貌性的道别都没有。六耳猕猴只是默默地看着他们，目送着他们远去的身影，那目光却不断闪烁，似乎在盘算着什么。

所有人都沉默着。

许久，山羊精低声道："大圣爷，您……可千万别答应啊！"

"为什么？"

"佛门不是什么好东西，听他们的，肯定要吃亏。"

"哦？"六耳猕猴似笑非笑地瞧着山羊精。

被他这么一瞧，山羊精连忙低下头去不敢说话了。

好一会儿，六耳猕猴轻声叹道："我忽然又觉得，事情没我想的那么糟糕了。斜月三星洞里的老头儿就是根墙头草，多了个太上老君站在对面，他一下就摆过去了。嘿嘿，看来，我背后也不是什么都没有啊，起码还有个佛门。"

六耳猕猴稍稍沉默了一下，瞧着山羊精冷笑一声，接着说道："你说得对，佛门不是好东西，太上老君难道就是好东西了？说穿了，全他娘的不是好东西，能靠得住的只有自己！走吧，这件事得好好琢磨。实在没路子了，也不失为一个办法。"

"诺！"在场的一众妖将皆是躬身拱手。

此时，距离六耳猕猴千里开外的地藏王忽然悬停住身形。

正法明如来飞出五丈距离，也悬停住身形缓缓回头，朝地藏王看过去："怎么不走了？"

地藏王无奈一笑，反问道："刚刚贫僧话还没说完，尊者怎么就抢着说了？"

正法明如来淡淡叹了口气，有些落寞地说道："贫僧说的，不正是地藏尊者想说的话吗？"

“贫僧原本只是想约束一下六耳猕猴。毕竟现在是非常时期，万一一个不小心，就顺了太上老君的意，让他重掌天道也说不定。太上老君的‘天道’轨迹里没有西行。一旦让他重掌天道，西行必定是无疾而终。如此一来，这佛法百世之惑，便再也解不开了。一路走来，岂不可惜？”

正法明如来无奈苦笑道：“光是约束一下便行了？”

地藏王没有回答。

许久，正法明如来道：“孙悟空生性顽劣难以降服，六耳猕猴亦如此。说到底，二猴本是同根。光靠言语之辩，可谓是无从约束。这一点，你我心中皆明。若非如此，太上老君也无须大费周章了。要约束六耳猕猴，就必须从根本上下手。”

“金箍，贫僧可以理解，可是身体呢？尊者如何让六耳猕猴拥有与孙悟空一般无二的身体？”

“血。”正法明如来撩开衣袖，将自己的手腕示以地藏王。

地藏王怔住了。

“若贫僧没记错，地藏尊者当初是用自己的血为六耳猕猴启封的。如果由贫僧来，要让他拥有与孙悟空一般无二的身体，应该问题不大。”

“那会很多。”

“一半。”

“还要……再搭上三分之二，甚至更多的修为。”

“修为没了，再修便是。”正法明如来双手合十道，“若是看不到西行的结果，那才是真正的遗憾。”

地藏王犹豫了许久，最终点了点头，双手合十道：“尊者大义。”

一场争斗之后，在这西行的最后一段，各方的态势皆已渐渐明朗。不过，矛盾不但没有立即激化，反而迅速归于平静。甚至，比以往任何时候都更加平静，就像暴风雨的前夕一般。

显然，太上老君的忽然出现，为原本看似无望的西行证道又增添了新的变数。

虽说三界早已经暗流汹涌，只要一点点摩擦就能将一切引爆，各方却还是在这个时候不约而同地选择了蛰伏。

猴子并没有立即离开玄奘，和太上老君站到同一阵线上，而是选择了继续西行，同时密切留意各方动向。

三清高坐兜率宫，一方面对猴子抛出橄榄枝，另一方面却又按兵不动，似乎在等待事情的进一步发展，寻找最佳的切入时机。

陷入僵局之中的须菩提，摆出一副归隐的姿态闭关斜月三星洞。然而，一旦事情有变，大概没有人相信他会不出手吧。

佛门的势力更是出乎所有人意料地选择收缩到灵山，对于西行，几乎再没有任何新的动作。

不过，细细想来，也可以理解。

“无我”靠的是顿悟，“无极”靠的是武力，而“无为”，靠的却是因果。相对前两者，“无为”显得更虚无缥缈，难以捉摸。毕竟，在没有摸清太上老君的套路之前，任谁都不敢说一定能在这场博弈中占据优势，即便身为如今三界唯一天道修为者的如来也是如此。

烂船还有三斤钉，瘦死的骆驼比马大。与八百年前猴子忽然降临，太上老君被迫应战不同，如今的太上老君既然敢暴露，就说明他已经有一定的把握了。贸然出手，一个不小心，说不定就成了太上老君重掌天道路上的垫脚石。

这道理，只要稍微一想，任谁都能明白。

不过，就在各方都按兵不动的时候，却有一方陷入了分崩离析的境地，那就是狮狁国。

内鬼

第七百六十章

内　乱

六耳猕猴刚刚在自己的书房内坐定，一只小妖便迈着小步、神色惊慌地来到山羊精身旁悄悄耳语了几句。

语毕，山羊精摆摆手示意他退下，又向六耳猕猴躬身拱手道："大圣爷应该也累了，天大的事情都得养好精神再谈。要不，臣这就告退吧？"

闻言，六耳猕猴有意无意地瞥了他一眼，也不作答，只摆弄着桌案上的小物件。

时间一点一滴地流逝，保持着拱手姿势的山羊精都有些尴尬了，却也不便开口询问。

好一会儿，六耳猕猴才缓缓问道："发生什么事了？"

"回大圣爷的话，一些小事罢了。"

"什么叫一些小事？我问你发生了什么事！"六耳猕猴有些不悦地说道，"怎么，这狮犵国还有我问不得的事情？"

听他这么一说，山羊精顿时慌了，连忙跪地道："大圣爷，臣下冤枉啊。实在是事情太小，怕污了大圣爷您的耳目，臣才没说的。"

六耳猕猴一脸不耐烦地接道："我问你是什么事，怎么，还要我再问一遍？"

"不敢，臣不敢！"山羊精叩首道，"有细作来报，此次我等刚一出击，对方……对方似乎就收到了风声，怀疑有内鬼。"

六耳猕猴冷哼了一声，道："内鬼是小事吗？"

"这……"山羊精犹豫了好一会儿，支支吾吾道，"回大圣爷的话，我狮犵国常驻妖众十万，人多眼杂，此次出击又兴师动众，走漏风声本就是难免的。再者，此事以前也发生过……所以，小的才说这是小事。请大圣爷明鉴。”

“就是说，有人在我的地盘上，受我的庇护，却又干着对方要他干的活儿喽？”六耳猕猴深吸了口气，攥紧了拳头咬牙切齿道，“行，老子正愁没地方出气呢。把对方的细作挖出来，千刀万剐，就这么定了。”

山羊精眨巴着眼睛呆呆地站着，不敢接话。

许久，六耳猕猴抬起头来，见山羊精没动静，顿时气不打一处来。他正准备开口催促，又忽然想到了什么，半眯着眼睛低声问道：“这细作……不会就是杨婵吧？”

“怎么会呢？”山羊精尴尬地笑了笑，抹着汗道，“大圣爷将整个狮狔国都交给圣母大人打理，何其信任，圣母大人又怎么会……”

话还没说完，六耳猕猴双目一瞪，山羊精只得将到嘴边的奉承话全都吞了回去，低下头来。

六耳猕猴龇着牙冷冷说道：“我对她信任不假，她对我，可就难说了。老头儿把话说得那么好听，还能随手把我卖了呢，何况是她一个什么都没说过的人。走，我当面问她去！”

说着，六耳猕猴起身匆匆出了门。

见状，山羊精吓了一跳，连忙追了上去，嘟囔道：“大圣爷，千万不可啊！千万不可！”

“为何不可？”

“大圣爷，您若是直接问圣母大人她是不是……臣怕到时候……”

“够了！老子忍够了，不想听这些！”

此时，杨婵正站在阁楼上静静地往下看，刚巧看到六耳猕猴沿小道气鼓鼓地朝这里走来，身后追着山羊精。

“什么时候回来的？”

她身后的妖将低声道：“今晨，刚刚回来。”

“看模样，应该是吃了亏了。”

“可不是嘛。”妖将淡淡笑了笑，道，“听说，须菩提祖师已经站到对面去了，太上老君也是。不过，佛门中人倒是在回来的路上特意见过大圣爷。”

“说了什么？”

“这……末将不清楚。”

“你先下去吧。”

那妖将稍稍犹豫了一下，拱了拱手，躬身退开。

不多时，杨婵身后的大门“咣”的一声被打开了。六耳猕猴一脸愤怒地跨过门槛，气鼓鼓地瞧着杨婵。

他身后的山羊精一脸的惊慌，却也不知道说什么好，只能呆站着。

杨婵淡淡瞥了他一眼，道：“下去吧。”

“诺。”山羊精恭敬地拱了拱手，退到门外，顺手带上了门。

杨婵冷冷地瞧着六耳猕猴，道：“有什么事？”

六耳猕猴咬了咬牙，道：“就想问你一句话。”

“问。”

“昨天，给那猴子通风报信的，是不是你？”

“不是。”

“不是你？”

“不是。”

言谈之间，杨婵的脸上尽是冷漠，就像覆了一层冰霜，高傲到了令人发指的地步。

听杨婵直接否认了，六耳猕猴反倒有些怂了，心中的怒火也渐渐平息下来。

“我……我以为是你。”

“不是我。”

“好吧，我知道不是你了。”六耳猕猴伸手挠了挠头，开始为自己的鲁莽感到懊悔了。他憋了好一会儿，才开口接着说道：“我，还有句话想问你。”

“问。”

“你……你会选择我还是选择他？”

杨婵没有直接回答，只是冷冷地瞧着六耳猕猴。

六耳猕猴缓了好几口气，才双手比画着，支支吾吾地说道：“如果有一天，我跟他两个人一起掉水里了，只能救一个，你会救谁？”

“你们掉火里都不用人救。”

“不是……我就假设，假设我们两个都会淹死。”说着，六耳猕猴尴尬地笑了起来。

不过，杨婵并没有笑，依旧冷冷地看着他，看得六耳猕猴越发尴尬了。

许久，她才微微张口，干脆利索地答道：“那我就丢块石头，把你们一起砸死。”

“啊？”

“连水都不会的家伙，有什么资格当我杨婵的男人？”说着，杨婵一甩手，回头继续看风景去了，不再理会六耳猕猴。

“这……也是哦。哈哈哈哈，哈哈哈哈……”

这对话实在出乎六耳猕猴的意料。虽说没什么可庆祝的，但总比回答会选择另一个强不是？最起码，也算是一丝安慰吧。

他尴尬地笑着，一步步后退，开了门，退出门外，顺手将门带上了。

直到关上门，六耳猕猴才止住了笑，长长地舒了一口气。然后，他转头怒视着山羊精道：“为什么不阻止我？”

“这……”山羊精的嘴角不由得抽了抽。

“算了，不管了。总之，一定要将细作挖出来！不宰了他，难泄我心头之恨！”

说着，六耳猕猴掉头朝自己的齐天宫走去。山羊精一边擦着汗，一边跟了上去。

很快，随着六耳猕猴一声令下，山羊精带着大批侍卫开始查起了各种“可疑线索”。

说实在话，山羊精是六耳猕猴念旧情一手提拔上来的，来到狮狞国也没多长时间。在当上狮狞国的“丞相”之前，他也没干过什么了不得的事情。可以说，忠心有余，能力不足。就凭他，要想查出深藏的细作，可没那么容易。

不过，六耳猕猴可不是什么英明的主子，这一点狮狞国上下无人不知。

这不，在偷袭猴子的时候，他还随手将自己手下一个无辜的妖将给杀了吗？

对这样的人来说，根本不需要什么证据，光是怀疑就够了。反正杀错了就杀错了，连平反都没有，更别提后悔之类的事了。

一时间，整个狮犵国可谓是人人自危。这当中，危机感最强的，当属真的“有点什么”的鹏魔王了。

山羊精根基尚浅，这一点鹏魔王肯定是知道的。他与猴子那边的联系本身也极为隐蔽，想要查到他身上来可没那么简单。但是，成天看着山羊精来来往往地搜查，他心里也是别扭得很。

当然，最关键的是，没有人愿意跟着六耳猕猴这样一个杀人不眨眼的主子，而且他似乎也已彻底落了下风了。

隐隐地，鹏魔王有些蠢蠢欲动了。

就在山羊精四处搜查细作的第三天，鹏魔王带着狮犵王来到了已经下野却依旧住在狮犵国的多目怪家。

小小的别院，大门紧闭，看上去冷冷清清的。任谁也不会想到，这里竟住着曾在狮犵国显赫一时的多目怪。那感觉，就像多目怪真的归隐了一般。

蜘蛛精紫衫将两人领进院落，狮犵王看着满地的落叶，不禁蹙起了眉头，低声道：“他会不会真的已经心灰意冷了？”

“都是做给外面的人看的。”鹏魔王冷冷地瞥了他一眼，道，“真要心灰意冷了，就不会手下还留着那么多人。”

“手下还留着人？”

“他那七个师妹，还有许多原本的亲信都没有走。院子里有密道，他们夜间才外出。”

狮犵王竖起拇指，咧嘴笑了笑，道：“还是三哥知道得清楚啊。”

“本来就不太信他真的会撒手，刚巧，他师妹外出查探的时候，被我的人撞上了。这一查，就什么都清楚了。”鹏魔王深吸了口气，冷哼道，“真要归隐，就不会留在这狮犵国了。嘿，这不是一想就明白的事情吗？”

鹏魔王跨入大厅，一抬头，便看到多目怪面无表情地坐着。他叹道：“魔王总算想起我这废人了。”

第七百六十一章

谣 言

闻言，鹏魔王站在原地缓缓地笑了出来。

“多目大人，这是在等我？”

“不然呢，魔王觉得我手下的人会蠢到被你发现？”

鹏魔王瞧着多目怪，笑得更欢了。他一步步走到茶几旁，甩开衣服前摆坐了下去，不禁叹道：“我承认你有两下子，算是个人物。不过，这话有点太自抬身价了吧？”

“是不是自抬身价，魔王以后自会知晓。”说着，多目怪倒上一杯茶，伸手推了过去。

鹏魔王冷冷地瞥了笑容诡谲的多目怪一眼，顿时有些不悦。他端起茶杯一饮而尽，又“咣当”一声将茶杯放回桌上，翻了个白眼，道：“本来呢，我你是有些话想和你商量。不过，现在我还是先不说了，听你说。”

说罢，鹏魔王便摆出一副正襟危坐、洗耳恭听的样子。

“哦？”多目怪低眉瞧了一眼只剩下几片茶叶的茶杯，轻声道，“既然如此，闲人多目就猜猜魔王的来意如何？”

“说。既然你都在等我了，肯定也知道我为何而来。”

多目怪稍稍犹豫了一下，身子微微前倾，压低声音道：“魔王，应该是有反意了。”

“这是什么话！”鹏魔王把脸一板，双目当即朝多目怪斜了过去。

此话一出，站在一旁的狮狔王也顿时会意，连忙指着多目怪的鼻子高声叱道：“大胆！你竟敢污蔑我三哥！待我奏明大圣爷，将你千刀万剐，永世不得超生！”

那口水都要喷到多目怪脸上了。

一时间，狮狔王这方可谓是剑拔弩张，大有一言不合就要动手的意思。倒是多目怪这边，无论多目怪还是立在一旁的蜘蛛精紫衫，都只是愣了一下，不见惊慌，不见躁怒。

双方就这么僵住了。

好一会儿，多目怪缓缓地笑了出来。

“你笑什么？”鹏魔王质问道。

“笑魔王唱得一出好戏啊。”

“戏？”

“难道不是吗？”多目怪舒了口气，接着说道，“若不是多目早有判断，就凭刚刚那举动，怕是真要被魔王骗过去啊。”

“你！”

“别装了。”也不管鹏魔王的说辞，多目怪低头摆弄着手中的拂尘，径直说道，“魔王是早有反意了。”

鹏魔王怒目道：“何以见得？”

“魔王反过自己的结拜二哥，反过自己的结拜大哥；当初在花果山，更是打尽各种小算盘；惊天一战，又临阵脱逃。说穿了，魔王的脑后，是长了反骨了，注定要反。”

这一番话，说得鹏魔王面红耳赤。他浑身绒毛竖起，隐隐有要发作之势。

见状，多目怪话锋一转，又道：“不过，也可换个说法。”

“什么说法？”鹏魔王冷声问道。

“君子不立危墙之下。”多目怪瞧着鹏魔王，伸出一指道，“又或者，人不为己，天诛地灭；人为财死，鸟为食亡。魔王也是寻常妖怪而已。妖怪嘛，也就是想更好地活着而已。这出发点，并没有错。要怪，就怪这世道太险恶了，稍微一个不小心，就可能身首异处。”

闻言，鹏魔王的脸色总算好看一些了，却依旧不予置评。

多目怪干咳两声清了清嗓子，又接着说道：“不过，同样是妖，也有些妖不一样，例如多目。多目是死士，士，可为知己者死，也可为心中大业而死。你我，本不是一类妖。”

“常听人说，道不同，不相为谋。多目……”多目怪话到此处便顿住，鹏魔王的脸色又有些难看了。多目怪淡淡瞧了鹏魔王一眼，话锋又一转，道：“却不以为然。多目以为，道不同，只要所谋结果相同，亦可各取所需。所以，多目可与魔王坐在这里闲聊。”

说罢，多目怪瞧着鹏魔王缓缓地笑了出来。

另一边的鹏魔王可笑不出来，他的心都已经上下十几个来回了。他心中的杀意起了又熄，熄了又起，快要被整出心脏病了。一时间，鹏魔王竟不知道说什么好，只得抓起茶壶给自己倒茶，假装口渴喝茶。

一杯接着一杯，三杯下肚，鹏魔王还是没搞明白多目怪的意思。

好一会儿，等气氛终于缓过来了，多目怪才慢慢道：“多目的话说完了，魔王还有何补充的吗？”

说着，他的眼睛得意地朝鹏魔王和狮狔王扫了过去。这一眼，狮狔王倒没感觉出什么，鹏魔王却心中堵得慌。

“本王，今天就替大圣爷收了你这乱臣贼子！”说罢，鹏魔王手一扬，方天画戟已在手中，径直朝多目怪刺了过去。

这一刺来势极凶，蜘蛛精顿时慌了，正想出手，手腕却被一旁的多目怪紧紧拽住。

方天画戟最终停住了，停在距离多目怪鼻尖不到一寸的地方。鹏魔王和多目怪四目相对。

“你……”

“鹏魔王若想杀多目，不用等到现在。”说着，多目怪自顾自地别过脸去，将鹏魔王那空空的茶杯拿到身前，满上，又推了回去，缓缓道，“魔王之所以找多目，盘算的不就是一旦谈不拢，还可以杀了多目吗？”

瞬间，鹏魔王的戟尖微微颤了一下。他连忙辩解道：“你……你说什么？本王怎么可能……在这狮狔国中随意杀人，那可是重罪！”

“杀别人是重罪，杀多目就未必了。毕竟，当初猸狨王有一部分原因是因多目而死。为自己的结义兄弟报仇，这说出去，想必天下妖怪都会说鹏魔王有情有义吧？”

“这……大圣爷那边……”

“多目就是一赋闲在家的小人物，能不能捅到大圣爷那里尚且难说呢。况且，即便是捅了，只要大家都说魔王您好，大圣爷那边魔王顶多是找几个理由敷衍过去，就没事了。”

话到此处，鹏魔王那戟尖终于缓缓地垂了下来。他是服了，真服了。

他一脸颓丧地坐回椅子上，拿起茶杯，又是一饮而尽，叹道：“大圣爷真没眼光。多目大人比他们两个身边的山羊精、吕六拐，不知道要强到哪里去了。”

“那是后话了。”多目怪道，“现在，还是来筹划筹划眼下的事情吧。只要能对妖族有利，该怎么做，就怎么做。风雨欲来，也好保魔王万全啊。”

闻言，鹏魔王点了点头：“行，我听你的。”

当天晚上，大批妖怪被悄悄派了出去，很快遍布狮犵国的大街小巷。

次日一早，当山羊精带着自己的一帮侍卫再度出门、搜查所谓的细作的时候，四周向他投来的，已经是一种有别于以往的目光了。

几乎每走到一处，山羊精都感觉有无数的眼睛在偷偷看着自己。

“谁那么大胆，敢在这狮犵国跟踪我呢？一定是奸细！”

他仗着六耳猕猴的信任，当即下令让属下拿下几个人严加拷问，到头来却发现不过是普通的妖怪罢了。更重要的是，随着山羊精的这一举动，一下子，那些在暗处窥视他的妖怪似乎更多了，一双双眼睛盯得他浑身不自在。

一时间，在山羊精看来，仿佛整个狮犵国所有的妖怪都变成了敌方的细作一般。

又过了两天，各种奇奇怪怪的流言出来了。

有一传闻：“六耳猕猴其实是佛门制造出来的替代品，原本就不是被天劫收走的那个魂魄。否则，佛门为什么会屡屡放任，甚至纵容六耳猕猴，却想方设法阻拦另一个呢？说到底，佛门是怕妖族报六百多年前的仇，所以要利用六耳猕猴将妖族彻底消灭。”

又有一传闻：“所谓的彻查‘细作’，其实是因为六耳猕猴对鲜血的渴求越来越强烈，如今从外界捕捉而来的生灵已经无法满足他的需求，他不得不对自己的属下出手。‘细作’根本就不存在，那不过是一个幌子，好让山羊精能顺理成章地为六耳猕猴收集猎物，同时，又让这些‘猎物’合情合理地消失。”

紧接着，还有一传闻：“太上老君与须菩提祖师都已看穿佛门的伎俩，所以通通站到了另一边。也因此，上次夜袭须菩提祖师才没出手相助。”

更有一传闻：“如今的六耳猕猴已是强弩之末，随时可能被三清和真正的大圣爷联手剿灭，而佛门碍于玄奘又不便出手。也正因如此，山羊精才会每天带着大队人马招摇过市，为的不过是立威，避免一旦出事，整个狮犵国作鸟兽散。如此一来，六耳猕猴就没有鲜血和精力的来源了，而佛门灭绝妖族的计划也会因此出乱子……”

总之，一时间各种奇奇怪怪的传闻漫天飞，真真假假，假假真真，真要说起来，就是街边的路人也能给你举出几个半真半假的例子。

听着纷繁复杂的各种谣言的奏报，山羊精感觉自己的头都快炸了，欲哭无泪。

原本只是因为要交差，他才装作每天都在忙的样子，没想到……全都变成了真正“细作”的证据啊……

第七百六十二章

嫌 疑

六耳猕猴再度将权力交给杨婵之后，杨婵并没有像之前那样去算计。或许也正因如此，虽然六耳猕猴动作频频，但狮狔国并没有遭受特别大的震动。

每一天，杨婵都站在圣母宫依山而建的阁楼上，如同一只冷眼旁观的大雁一般俯瞰狮狔国，俯瞰每一处角落里发生的事情。

虽说杨婵没有如多目怪或山羊精那样遍及各处的情报网，也没有顶尖悟者道那样广阔的神识，但在这种日复一日的俯瞰之中，绝大多数的事情还是没能逃过她的眼睛。

这几日，山羊精明显地忙碌起来。是真忙，之前算假忙。

这一点，从山羊精出入牢狱和齐天宫的次数就可以看出来。一开始的时候，山羊精带着自己的属下招摇过市，搜证抓人，可抓来的人关到牢房里，他却很少前往，更别提亲自审问了。倒是齐天宫去得很勤快，分明没什么事，每日却有大半的时间泡在那里。

现如今呢？

现如今，山羊精看上去低调了许多，带的属下明显少了，抓的人却更多了。最重要的是，他已经没有太多的时间待在齐天宫了，而是整日整日地跑牢房，希望找到一点点线索。

眼看着山羊精擦汗、叹息的动作越来越频繁，杨婵侧身问道："查清楚都是谁在四处造谣了吗？"

"还没有。"她身后的妖将道，"四处都是流言，传得沸沸扬扬，许多线索又交叉在一起，如同一团乱麻似的。真真假假，实在理不清，卑职又不好大张旗鼓地去查。”

“就算大张旗鼓地去查，估计也查不出什么吧。”杨婵轻轻叹了一声，远远地瞧着一脸狼狈的山羊精道，“你看他，不就是大张旗鼓地在查吗？整个狮犵国的力量任他调动，也还是没查出什么来。”

“圣母大人觉得会是谁呢？”

杨婵缓缓地摇了摇头，并未作答。

不过，此时此刻，她的脑海中却浮现出多目怪的身影。

猴子身边只有一个吕六拐，不像会做这种事的。至于猴子本身，虽说也有做这种事的可能，但在五行山下困了六百多年，许多东西他早已看淡。这些年他又一直护送玄奘西行，即便想做，恐怕也没有人手。

出手之人，似乎只能是狮犵国内的妖王，而这种作风，显然更像出自多目怪之手。

那妖将沉默了许久，又问：“圣母大人，我们……是不是该做点什么？”

“不了，看着就行。”杨婵淡淡道。

隐隐地，杨婵心中多少有些忧虑。

如果是多目怪的话，一切就都能说得通了。凭他的能力，完全可以做到。目的，杨婵也可以理解。可是，按照现在的做法，显然离达成他的那个目的还有不小的差距。

如果一定要继续下去的话……那么，他势必会想办法让自己卷入。可是，这样一来的话，将有可能导致一些极为不可控的事情的发生啊……

正当此时，一妖将匆匆忙忙闯入了山羊精所在的院子，单膝跪地，拱手道：“丞相大人，大圣爷有请！”

听到这话，山羊精明显呆了一下，拿着茶杯的手微微颤了颤。

“大圣爷……找我何事？”

前来禀报的妖将抬头看了山羊精一眼，小心翼翼地说道：“末将也不清楚，不过……似乎跟最近的流言有关系。”

瞬间，山羊精倒吸一口凉气，死的心都有了……

他转过身，气急败坏地对站在自己身后的属下叱道：“怎么办？你们给我说说应该怎么办？大圣爷问起，怎么答？告诉大圣爷到现在一点眉目都没查到吗？”

一众属下纷纷低着头，不敢作声。

看着这一张张苦脸，山羊精顿时气不打一处来，真恨不得挨个扇耳光过去。

可是，这么做又有什么用呢？这帮人全都是五大三粗、出门不带大脑的货，就算打死他们，也是想不出主意来啊。

“冷静，冷静。”山羊精来回踱步，喃喃自语道，“大圣爷一定会问我事情查得怎么样。这个没查到就是没查到，混不过去的。但无论如何，至少不能完全没有眉目，至少至少……得有个怀疑的对象啊。”

山羊精闭上眼睛，紧蹙着眉头道：“这件事是细作挑起的，这总不会错。目的，肯定是分裂狮狔国。有这么大能耐的细作……只可能是几个妖王。会是谁呢？这可不能瞎猜啊，否则只会正中细作下怀。”

一位妖将冷不丁冒出一句：“会不会是九头虫？”

山羊精猛地睁大了眼睛：“九头虫？”

对！一定是他！

鹏魔王和狮狔王这两个，当初从花果山临阵脱逃就不说了。西行之后，更是勾结了对方最痛恨的佛门。再往后，又投靠了这边，怎么看怎么不像是对方的内应。

至于多目怪嘛……说白了，自家的大圣爷就是他一手扶起来的，他怎么可能是对方的内应呢？

倒是这九头虫，当初本就是误打误撞进入狮狔国的。在花果山的时候，他又是得力干将，与原本的大圣爷交情匪浅。

别忘了，那另一个大圣爷跟自家这个可不同，他可是有记忆的。在这种情况下，九头虫要冰释前嫌，也就是一句话、一封信函的事。

所以，一定是他！

想到这里，山羊精连忙挽起衣袖出了大门，快步朝齐天宫走去。

书房中，六耳猕猴轻轻挑了挑眉道：“你的意思是，放谣言的，很可能是九头虫？”

“正是。”山羊精略带慌乱地躬身拱手道，“臣也觉得不可思议，可方方面面推测下来，最可能的，确实是他。”

“有具体的证据吗？”

“没……没有。”山羊精想了想，又忙补充道，“这九头虫实在可恨，让流言在整个狮犵国传得沸沸扬扬，到头来，竟连一点痕迹都没留下。若不是细细推测，还真可能就这么一头雾水，连个查探的方向都没有呢。”

闻言，六耳猕猴摸着下巴，眼睛眯成了一条缝。

山羊精咽了口唾沫，又道：“大圣爷，九头虫是您的麾下大将，臣实在不敢贸然调查。若是您也觉得他可疑，不如接下来，臣就将他周遭的人细细调查一番？”

山羊精这话的意思是，之所以没证据，那是因为以前不敢查。为啥不敢查？是因为顾全大局，考虑到九头虫的身份。如今实在不行了，所以给您报备一声，我这就去查。

说穿了，就是打马虎眼，多争取一点时间而已。

然而，他显然错估了六耳猕猴的性格。

还没等山羊精想出另一番说辞来，六耳猕猴一拍桌子，道：“查什么查，直接抓起来。”

“啊？”山羊精一下蒙了。

六耳猕猴道：“既然都已经这么可疑了，直接拿下。”

“这……恐怕不太好吧，毕竟他是……”

“怎么，老子在这狮犵国抓个人，还用看谁的脸色？”

六耳猕猴眼睛一瞪，山羊精彻底不敢说话了。

“师兄，”紫衫蜘蛛精微微福身道，“六耳猕猴已经让山羊精带人前往九头虫的住处了。”

“知道了。”密室中，端坐椅上的多目怪轻轻摆了摆手，示意蜘蛛精退下。他朝站在一旁的妖将点点头道：“你做得不错，下去领赏吧。”

“谢多目大人赞赏！”妖将朝着多目怪拱了拱手，又意味深长地看了一眼坐在桌子另一端的鹏魔王，躬身退出了门外。

这妖将，正是方才向山羊精谏言怀疑九头虫的那个。

待到木门关上，鹏魔王才冷哼一声笑了出来："没想到，你在山羊精身边都安排了人啊。"

"这有何难？"多目怪缓缓闭上双目道，"他不过是一个初来乍到的小角色，半点儿根基都没有。若不是得六耳猕猴信任，怎么可能坐上今天的位置？要在他身边安排个人，再简单不过。"

说罢，多目怪笑了笑，又道："有些事情，当局者迷。说起来，被贬也未必是坏事啊。若是先前，公务缠身，多目也不见得有精力细细盘算这些，能将人悄无声息地安插进去，又能悄悄地给魔王以暗示，还不让其他人发现起疑。嘿，要是能集中精力一心算计一个人，其实，许多事情会比一开始想象的好办得多啊。就像当初圣母大人对多目那样，不过简单几手，就让多目乖乖待在这破落院子里了吗？"

"看来，本王还是小看了多目大人啊。"说着，鹏魔王端起放在桌案上的酒，先干为敬。

多目怪也礼貌性地端起酒杯饮了一口。

"接下来，多目大人以为，该当如何？"

"接下来，就看圣母大人的了……"

第七百六十三章

目的

“圣母大人！丞相带队将九头虫手下的几员大将拿下了，说奉的是大圣爷的旨意。”

杨婵的心不由得咯噔了一下。

“再探！”

“启禀圣母大人，丞相带队包抄了九头虫的府邸，还将狮猊王也带了过去，要九头虫束手就擒，两边正在对峙。”

“再……再探！”

密室中，多目怪依旧悠闲地与鹏魔王对酌。

“你确定圣母大人一定会介入吗？”

“鹏魔王在花果山的时候，一定是没细细观察每个人的交友圈啊。”

“这话怎么说？”

“人都要有朋友的。”多目怪伸出一手，细数道，“圣母大人的闺蜜有哪些呢？万圣公主暖暖、齐天宫都尉以素、元帅短嘴的夫人白鸽，外带一个府库总管草小花。”

闻言，鹏魔王恍然大悟。

“就算平日里不观察，花果山有身份、有地位，能跟圣母大人坐到一张桌子上的女性也就那么几个，猜总是该猜得出来的吧。”多目怪继续道，“来了狮猊国之后，圣母大人从未联系过同样身在此地的万圣公主，那是因为天下未定，她心中有顾虑。同样的，万圣公主也有顾虑。不过，一旦危及九头虫性命，万圣公主肯定是会抓住圣母大人这根救命稻草的。而圣母大人，必然也不会袖手旁观。”

“启禀圣母大人，九头虫被押入监牢了！”

“双方交手了没有？”

“没有，九头虫没有抵抗。还有……”

“还有什么？”

“万圣公主已经在圣母宫外了。”

闻言，杨婵倒吸了一口凉气，手不由自主地扶到了椅子的把手上。

果然……这就是多目怪的计谋了。这是要连自己也算计的意思啊。

“圣母大人，要不要让暖暖殿下进来？”

杨婵深吸了口气，无奈地摆了摆手道：“先让她在外间坐一坐吧。”

“可是她……”

“总之，就让她在外面坐着。告诉她，九头虫一时半会儿死不了。就算残废了，我也会想办法找到丹药医治的。”杨婵转过脸，又对一旁的另一妖将交代道，“立即通知多目怪来见我！”

“诺！”

推开密室的门，一妖将急匆匆地奔到多目怪身前，单膝跪地道：“启禀大人，圣母大人派人来邀您前往圣母宫一叙。”

闻言，多目怪得意地仰起头。一旁的鹏魔王也竖起拇指道：“论谋略，本王当真是不如多目大人万分之一啊！”

“魔王过誉了。”

“那接下来，您打算怎么做呢？”

多目怪答道：“打开天窗，说亮话。”

不多时，多目怪便跨过了圣母宫的大门，在宫中侍女的引领下，一步步朝后院走去。

多目怪踏入厅堂中，见杨婵高坐主位之上，一脸的冷漠。他躬身拱手，恭敬地喊了句：“草民多目，参见圣母大人。”

“坐吧。”杨婵摆摆手道。

一只妖将将一把椅子推到了多目身后。紧接着，厅堂内的一干人等自觉地退了出去。

坐下的瞬间，多目怪随手丢了禁音咒，将整个厅堂与外界的声音隔绝开。

杨婵轻声道：“多目大人自称草民，这是在埋怨本宫贬了你的官职啊。”

“不敢。”

“不敢？”

“被贬当日，多目确实有些愤然。不过，那都是过去的事了。也多亏了圣母大人，不然，多目也无法抽身局外，看得清楚。”

“那你都看清楚了什么？”

多目怪微微仰头看了杨婵一眼，笑而不语。

杨婵稍稍沉默了一下，道：“说吧，你究竟想怎么样？为什么要牵扯九头虫，他什么都没做。”

“圣母大人倒是快人快语啊。”

“快不好吗？你我的时间都宝贵。有什么话，就直说了吧。为什么要牵扯九头虫？”

“因为牵扯九头虫，才能扯出圣母大人您啊。”

“那为什么要扯出我？”

“为了让狮狔国大乱。”

“让狮狔国大乱？”

“对！”多目怪面无表情地说道，“多目原先以为，那西行路上的大圣爷已经与玄奘相勾结，难以再指望。而六耳猕猴，却是我妖族的救星。只要他顶着齐天大圣的名号，便可团结三界众妖，让妖族再度崛起，重现花果山昔日的繁荣。而圣母大人您眼中只有西行路上的大圣爷，并无妖族。所以，您的态度，可以不考虑。可惜……”

杨婵微微蹙了蹙眉头，并未接话。

“可惜，多目错了。”多目怪轻轻叹了口气，接着说道，“这六耳猕猴，虽有大圣爷的名号，也有那实力，却没有称王的心。那心中，更没有妖族的兴亡，他在意的，只是自己的未来。”

“所以你想怎么做？准备重新投效西行路上的那个，还是……”

“那是后话了。”多目怪缓缓地摇了摇头，长叹道，“如今的形势，当以保全狮狔国上下为本。狮狔国上下，占了三界妖族之半数，若再如此下去，迟早会跟着那六耳猕猴一同毁灭。这，绝非多目所愿啊。”

“所以？”

“所以，必须要让狮狔国上下人心动荡，必须要让众妖出逃。数十万妖怪，一旦四散，任六耳猕猴有通天的本领，也没办法挨个捉拿。更何况，他还要与西行路上的大圣爷对抗。”

言罢，多目怪微微抬头，面无表情地瞧着杨婵。

一下子，杨婵也呆住了。从多目怪的脸上，她看到的是如同死士一般的坚毅。

说到底，这多目怪与其他所有的妖怪都不同，他并不忠于任何一位“大圣爷”，他忠心的对象，只有妖族。

许久，见杨婵不置可否，多目怪又追问道：“此事，不知圣母大人以为如何？只要圣母大人愿意配合，多目可以确保九头虫安然无恙。”

“你以为我在考虑九头虫的安危？”杨婵随口道。

“难道不是？”

“当然不是。”杨婵冷眼说道，“要救九头虫，问题不大。实在不行，我亲自走一趟齐天宫就是了。大不了，闹一场，反正也不是没闹过。但是……若此计按你所说的实施，你可知道后果？”

“后果？”

杨婵瞧着多目怪，缓缓说道：“后果就是，六耳猕猴必定投靠佛门。当初我之所以选择留在狮狔国，不就是怕这一天来临吗？不然，你以为我留在这里做什么，祸乱狮狔国吗？”

闻言，多目怪不由得愣了一下。

第七百六十四章

猜　疑

片刻沉默之后，多目怪扬起衣衫前摆，跪地道：“当初花果山妖族的崛起，有一半是圣母大人您的功劳。我妖族，既是大圣爷的子民，也是圣母大人您的子民。可怜六百多年前那一役，花果山四散天下，分崩离析。如今，三界群妖，过半数居于狮狏国。若按如此局势发展，这狮狏国中的妖怪，必定都会成为六耳猕猴的殉葬品。多目请圣母大人无论如何体恤狮狏国中的万千子民，莫再让我妖族元气大伤了！多目在此谢过圣母大人的大恩大德！”

说罢，多目怪缓缓叩地，长跪不起。

四周的一切仿佛一下安静了下来。

柔和的阳光透过窗棂斜斜地照在匍匐在地的多目怪身上。那身躯微微颤抖着，祈求着怜悯。

有那么一瞬，杨婵的心似乎松动了。然而，仅仅是一瞬而已，甚至都没来得及表现在脸上。

由始至终，杨婵只是静静地站着，低头俯视着多目怪。许久，她轻叹道：“那都是过去的事了。”

多目怪高声呼喊道：“难不成，圣母大人就眼睁睁地看着万千子民丢掉性命，只换一个六耳猕猴暂时不投佛门吗？”

杨婵凝视着窗外道：“有些代价，付不付，由不得我们。”

“可我们明明可以不付这代价！只要圣母大人您愿意配合，数日之内，狮狏国必定四散。万千妖族得以保命！”

“保住了性命，然后呢？”杨婵缓缓道，“有些东西，终究是需要去面对的。六耳猕猴一旦投了佛门，西行路上必定生变。届时，失去的可能就是击败如来的唯一机会。”

“就算今天我们不将六耳猕猴推向佛门，明天他也一样会靠向佛门的！”

“那就明天再说吧！”杨婵厉声叱喝道。

“圣母大人心中就只有大圣爷一人吗？”

“对。”杨婵睁大了眼睛注视着多目怪，干脆地答道，“我心里，只有他。任何可能伤害到他的事情，我都不会允许。所以，你也不用再说了。”

一时间，多目怪怔在那里，竟一句话也说不出来。

好一会儿，多目怪才稍稍收了收神，叩首道：“多目告辞。”

说罢，他缓缓起身，弓着身子一步步后退。

“站住。”

多目怪停住了脚步。

“九头虫不用你去救，我自己会去。这次的事情，念在你对花果山一片忠心的分儿上，我不揭发你。但是，你必须立即停止正在做的一切事情，否则……”

杨婵没有再说下去，不过，多目怪也已经明了。

他再次跪地叩首，微微颤抖着说道：“谢圣母大人。”

“行了，下去吧。”

“诺。”

外殿内，万圣公主暖暖正呆呆地坐着，眼角的泪痕依稀可见。

她猛然抬头望见杨婵从内室走来，连忙快步迎了上去，福身行礼，哽咽着说道：“杨婵姐，九头虫他……”

“行了，我知道了。”还没等暖暖说完，杨婵已单手将她扶起，“走吧，我带你去救他。”

“谢杨婵姐！大恩大德，无以为报！”

带着万圣公主与一众随从，杨婵快步朝殿外走出。

密室的门缓缓打开了。

鹏魔王在密室之中无聊地喝着酒，见走进来的多目怪脸色不善，连忙站了起来，低声问道："没谈妥？"

"没有。"多目怪低声叹道，"这个圣母大人，一心只想着那大圣爷，不管不顾啊，当真是不管不顾……"

"想着大圣爷？"鹏魔王吓了一跳，问道，"那她会不会告发我们？"

多目怪冷冷地白了他一眼道："放心，她想的是西行路上的那个大圣爷。应该，还不至于告发我们。我是说，暂时。"

闻言，鹏魔王松了一口气，笑道："那还好。嘿嘿，这女人也真是的，为啥偏就想着西行路上那一个呢？两个，不都是大圣爷吗？有权有势就好了，讲究那么多干吗？"

多目怪又白了鹏魔王一眼，道："反正事情暂时就这样了。接下来，我们得换个计划了。"

"你还有其他计划？"

"当然。只做一个计划，那可不是我多目的作风。"多目怪咬了咬牙道，"换个方式，配不配合，就由不得她了！"

一只妖将匆匆来到六耳猕猴身后，单膝跪地道："大圣爷，圣母大人来了，还带着万圣公主。"

听他这么一说，六耳猕猴握着酒杯的手顿时紧了紧，斜眼朝一旁的山羊精望了过去。

"她不是说报信的不是她吗？怎么老子查细作，她也要管？"

"这……臣就不清楚了。"山羊精干笑两声，稍稍往后挪了一步。

六耳猕猴冷哼一声，道："告诉她我有事在忙，没空儿见。"

前来禀报的妖将无奈地说道："大圣爷，拦不住啊……"

正言语间，屋外传来声声骚动。

"圣母大人，大圣爷还没召见，您不能……"

"滚开！"

"圣母大人，大圣爷他……"

"我让你滚，你没听懂吗？"

只听"咣"的一声，大门被打开了。杨婵站在门外，冷冰冰的。

屋内，六耳猕猴正悠闲地端坐在自己的位置上摆弄着茶杯，一旁站着山羊精。

见状，杨婵抬腿跨过了高高的门槛，对山羊精道："出去！"

山羊精正想挪动脚步，那手却被六耳猕猴拉住了。

"留下。你是我狮狔国的丞相，没什么不能让你听的。"

无奈，山羊精只得乖乖地站在原地，头也不敢抬。

身后的大门关上了，房间里只剩下杨婵、六耳猕猴、山羊精三个人。

杨婵冷冷地注视着六耳猕猴。

六耳猕猴却是一副悠然的表情。一旁的山羊精低着头，感觉浑身都不自在了。

"今天怎么这么有空，居然跑到我这里来了，可真是稀客啊。"

"把九头虫放了。"

"为什么？"

"他不是细作。"

"你怎么知道他不是？"

"我可用性命担保，他不是。"

六耳猕猴一下笑了出来，摇头道："这不合理。反正狮狔国中是一定有细作的，而且位阶还不低。如果你能告诉我真正的细作是谁，我就相信九头虫不是细作。至于用性命担保之类的话就不要说了，这说不过去。"

闻言，杨婵也有些不淡定了。一时间，她竟不知该说什么好。

"怎么样？"六耳猕猴随手将茶杯顿在桌案上，伸了个懒腰，舒适地靠在椅背上，缓缓道，"你觉得这个建议怎么样？"

见状，杨婵咬了咬嘴唇，深吸了口气，道："只要你放了九头虫，流言问题我帮你解决。"

"嘿，真是笑话。你觉得我在乎那些流言吗？在乎一堆小虫子怎么说我？"

"那你在乎什么？"

"我就在乎是谁背叛了我。把细作找出来，弄死，这是我唯一的目的。"说着，六耳猕猴咧嘴露出獠牙，一点一点地在杨婵面前攥紧拳头。

"行了，我懂了。"说着，杨婵转身便往外走。

“怎么，这就走了？不再努力一下？”

没有理会六耳猕猴的调侃，杨婵板着脸开了门，径直跨过门槛。

门外，万圣公主迎了上来，那眼睛有意无意地瞄了房中的六耳猕猴一眼，低声道：“杨婵姐，九头虫他……”

“有什么话一会儿再说。”

言语之间，杨婵已经带着自己的侍从走远了。六耳猕猴的眼前，只剩下微微晃动的木门，门外呆若木鸡的妖将，还有从头到尾站在旁边一言未发的山羊精。

渐渐地，六耳猕猴脸上戏谑的笑意消失了，转而换上的是一副冷冰冰的脸孔。他龇着牙低声道：“我又有点怀疑她了，想办法查查她。最好把所有进出圣母宫的人都查一遍。”

“大圣爷，这……”

“还有九头虫，别手软。看看……能不能真的拷问出点什么来。”

山羊精稍稍犹豫了一下，只得硬着头皮拱手道：“诺。”

“启禀圣母大人，丞相已经对九头虫将军用了刑，要他供出同伙。”

“启禀圣母大人，九头虫将军昏厥过去。丞相派人请示大圣爷，是否继续。大圣爷的答复是，继续用刑，只要不死就行。”

“启禀圣母大人，九头虫将军又昏厥过去了。”

“杨婵姐，你一定要救救九头虫啊。我发誓，他真没有背叛大圣爷，一点都没有！”

“现在不是背叛没背叛的问题，而是……”

消息接二连三地传来，坐在杨婵旁边的暖暖都哭出声来了。杨婵却还是束手无策，只能干着急，就连事情的因由，她都没办法跟暖暖说明白。

告诉暖暖，这其实是多目怪的计谋吗？那她怎么解释自己的立场呢？

自己帮不了她，但至少……不应该将她卷入更大的旋涡吧。说到底，与鹏魔王之类的混世妖王不一样，他们不过是一对安分守己的小夫妻。

正当杨婵无奈之际，一只妖将从门外匆匆走了进来，俯身在她耳边说了几句话。

顿时，杨婵睁大了眼睛。

“鹏魔王去了监牢找山羊精，而且……还是从多目怪的府邸里走出来的？”

看来，多目怪没打算就此收手啊……

杨婵静静地注视着一旁呆看着自己的暖暖，好一会儿，低声道：“召集九头虫的旧部，我们去劫狱。”

第七百六十五章

连　坐

小山坡上，猴子叼着根芦苇草有些漠然地朝远方张望。

“怎么啦？”天蓬问。

“我右眼在跳。左跳财，右跳灾啊。”

“这不是凡人的说法吗？”天蓬笑道，“堂堂齐天大圣，也这么迷信？”

猴子努了努嘴，将嘴里的芦苇草吐到地上，缓缓道：“应该是我想多了吧。嘿，你说，最近怎么几边都没动静了呢？六耳猕猴、佛门、太上老君，全都销声匿迹了一般。”

“这不是很好吗？我们安安稳稳地走到灵山去，有什么不好的？”

“好吗？”猴子想了想，叹了口气。

灵山肯定是能走到的，但是能不能证道，就是另一码事了。如果不能证道的话……还不如出点什么事中断西游，自己也好敞开了跟太上老君谈判。

想着，他扭过头继续抬腿向西。

深夜，屋顶上一个个人影闪过。

大批妖将正悄悄地朝圣母宫聚集过去。这当中，竟没有一个是光明正大走的正门，清一色的都是越墙潜入。

街角的高墙后，一双眼睛正静静地注视着这一切。

“启禀大人，似乎是九头虫的那些手下，正在朝圣母宫聚集。”

“果然动手了。”多目怪抿着嘴唇，一双眼睛不停地转动，琢磨着。

“师兄，”一旁的蜘蛛精紧蹙着眉头轻声问道，“我们这么做，会不会将圣母大人也置于险境呢？”

“一些危险肯定是有的，不入虎穴，焉得虎子。只要迈过这道坎儿，一切就都好了。”

“万一圣母大人真的……到时候我们怎么跟大圣爷交代呢？”

“嘿。”多目怪无奈一笑，道，“你就真觉得，你师兄我打算投靠西行路上的大圣爷？”

“难道不是吗？”

多目怪注视了蜘蛛精好一会儿，道：“这狮猞国里的大圣爷，有勇无谋，自私自利，丝毫不把我妖族大业当回事。那西行路上的大圣爷又能好到哪里去呢？他不是也跟佛门掺和在一起吗？师兄我，谁的宝也不压。当初这狮猞国是我替六耳猕猴一手建起来的，今时今日，就是要弥补我当初的错误，尽可能地让妖族置身事外。”

蜘蛛精一句话都没有说，只是静静地看着多目怪。

许久，多目怪长叹道：“若是事情能圆满完成，我们就找个地方躲着，坐山观虎斗吧。以后的事情，以后再说。现如今，整个妖族就像一只受了伤流血不止的野兽一样，帮它止血，保存哪怕多一点点实力，是我们唯一能做的了。”

“师妹明白了。”蜘蛛精微微福身道，“无论师兄作出什么决定，师妹一定紧紧相随。”

此时此刻，大批九头虫麾下的妖将已经聚集到了圣母宫内的大殿之中。然而，杨婵和万圣公主暖暖却迟迟没有露面，以至于整个大殿中弥漫着一种压抑的气氛。

没有人说话，但每一个人都睁大了眼睛，警惕地对视着。豆大的汗珠从他们的额头上缓缓滑落。

“启禀圣母大人，”一只妖将跪在杨婵的面前，朗声道，“丞相大人向大圣爷谏言，要将整个狮猞国的编制全部打乱，重新编成五人一股。然后……让所有人互相监督，若有一人犯罪，五人一并入罪。”

闻言，杨婵冷哼了一声，道："果然，连坐法……这是凡间的东西，应该是鹏魔王提的建议。他以为这样就可以止住谣言吗？这些可都是妖啊。妖怪能这样压？现在早就不是当初天庭执掌之下的三界了。"

一旁的暖暖小心翼翼地注视着杨婵，一句话没说。

虽说杨婵来了狮狔国之后，她们也曾见过，却从未单独见过面，更别说私下的谈话了。杨婵在别人面前怎么样，暖暖不想去评论。但在自己面前……眼前的这个杨婵，与六百多年前的杨婵有着极为明显的不同。至少，暖暖能清楚地感觉到，杨婵有事情瞒着自己。而且，这件事与她的丈夫九头虫此次被捕，有着莫大的关联。九头虫出事，应该只是一件大事的冰山一角而已。

可惜的是，杨婵不说，她也不敢问。眼下，能帮忙救九头虫的，只剩下杨婵了。至少暖暖能感觉到，杨婵是真心在谋划着要救九头虫的。

杨婵沉默了许久，轻声道："这多目怪，看来是要将事情进行到底了。我倒是没什么关系，至少，死是肯定不会的。但是，九头虫就不一定了。所以，必须在与他们撕破脸之前，先将九头虫救出来，你们好远走高飞。"

"谢杨婵姐。"暖暖一下跪了下去，叩首道，"大恩大德，无以为报！"

"少跟我来这套。"杨婵也不去扶，只是冷冷地看了她一眼道，"没多少时间了，天亮人就会被打乱重组，到时候再想聚齐需要的人手就难了，必须立即行动。"

暖暖连忙点头道："好……好，我这就让他们准备。"

说罢，暖暖快步走出了房间。

空荡荡的房间里，只剩下杨婵一个人。她低着头，看着自己的手，缓缓攥紧。

她有些犹豫，却也无可奈何。

密室的门打开了，鹏魔王大步走入，兴冲冲地说道："哈哈哈哈，多目大人果然是神机妙算啊！那个不长脑子的山羊精当真跑去跟六耳猕猴谏言了！明日必定大乱啊！"

多目怪笑道："还有更妙的，圣母大人准备去劫狱了。"

听他这么一说，鹏魔王脸上的神情顿时僵住了:“圣母大人要去劫狱了？这……这怎么回事？”

“明日人会被打乱重组，今晚是最后的机会。过了今晚，圣母大人手中没有一兵一卒，九头虫的旧部又全都被控制住了，动弹不得。呵呵呵呵，这不是意料中的事情吗？”

鹏魔王的眼角微微抽了抽。

“意……意料中的事情？”鹏魔王好不容易缓过神来，低声道，“这，你没跟我说啊。”

“我没说吗？大概是忘了吧。顺理成章的事情，以为魔王您必然想到了呢。”

“必然……想到？”鹏魔王的脸色已经有些难看了。

见状，多目怪稍稍收了收脸上的笑意，压低声音道:“不然，魔王以为为什么要给山羊精这个谏言呢？”

“你！”鹏魔王一口气顶在嗓子眼儿，差点儿没被呛死，“我，我就问你一句话，万一那女人出事，我们怎么跟那猴子交代？”

“这一点，魔王大可不必担心。”多目怪看着气急败坏的鹏魔王，一步步走到他的身后，伸手将他往椅子上按，并在他耳边轻笑道，“开口先是大圣爷、圣母大人，回头又变成了那猴子、那女人。嘿嘿，魔王您可真够忠心的。放心吧，多目不会把自己往死路上送的。魔王坐着多目的船，自然也不会有事。”

听着多目怪的话，鹏魔王微微颤抖着攥紧了拳头，却也无可奈何。

此时此刻，趁着夜色，暖暖带着九头虫的部下悄悄地摸到了监牢外围。而与此同时，杨婵则领着自己的一众随从来到了六耳猕猴面前。

站在桌案前，杨婵恭恭敬敬地对着六耳猕猴行了个礼，看得六耳猕猴一愣一愣的。

这可是从未有过的“友好”啊。

礼毕，杨婵轻声说道:“今天大圣爷您说的话，杨婵想过了，确实有道理。此次前来，是为了另一件事。”

“为了什么事?”

“为了连坐之法。”

“怎么啦?”

“此法不可行。杨婵请大圣爷即刻召见谏言者，当面对质。是利是弊，大圣爷听一听，便有分晓。”

第七百六十六章

劫 狱

“当面对质？”六耳猕猴挺直了上身，笑嘻嘻地靠到椅背上，意味深长地瞧着杨婵，“你想做什么？”

被他这么一问，杨婵双眉蹙起，却没有急着答话，只是静静地注视着六耳猕猴。

监牢中，火盆里的火吱吱地燃烧着，四周都被照得通红。

九头虫被锁住了琵琶骨，整个挂在架子上。滴滴鲜血顺着他的双臂落到凹凸不平的石板上，聚成了一个又一个的血洼，看上去有些恐怖。

山羊精看着眼前的这一幕，却也无计可施。

“将你的同伙供出来，或许，我会让你痛快一点。”正在拷问的妖将恶狠狠地说。

九头虫低垂着脸，头发披散下来，一句话不说。

山羊精也同样一句话都没说。因为他真的没办法确定九头虫究竟是不是六耳猕猴要找的内应。

说实在的，自己在六耳猕猴面前说的话，说成是诬告一点都不过分。可谁又能想到，六耳猕猴真的二话不说就将九头虫给捉起来了呢？

山羊精真的是无奈了。所以，由始至终，他没有亲自问过九头虫一句话，只是远远地看着，既不阻止，也不催促。

好在九头虫没那么容易死，不然，山羊精可就真的头大了。狮[illegible]国说到底也是由多目怪、九头虫和原本的鹏魔王三兄弟手下的人马组成的。如果九头虫真死在这里，狮[illegible]国指不定会乱成什么样呢。

也正是因为害怕这一点，山羊精才迟迟没有下令逮捕九头虫的心腹大将，甚至六耳猕猴有这个意向，山羊精也是极力劝阻。

如果九头虫的心腹大将都被拿下了，那这些心腹大将的心腹们呢？这一级一级的，到头来得把整个狮狏国三分之一的妖怪都关到监牢里才行。如此一来，还能不乱？

更重要的是，就凭现在的情况看，九头虫还真不一定是自己臆想中的那个细作。

所以，山羊精对外放风，只说是要九头虫配合调查。好在这里的情况，外面的人也看不见。只是……嘴长在别人身上，之前都控制不住，何况是现在呢？

尽人事，听天命吧。

如果可以的话，山羊精都想找个地方烧香拜佛了。可惜他是妖怪，既不信佛，也不信神，只能信一个连自己都信不过的……自己。

书房中，六耳猕猴还在与杨婵对视着，那眉轻轻挑了挑。

“怎么，你怕我做什么吗？”杨婵微微低眉，凝视着桌案上摊开的一卷文书道，“人都在狮狏国了，你还怕我做什么呢？”

“不，你说错了。我是真怕。”六耳猕猴长叹了口气，道，“我要这狮狏国，是因为我才是真正的齐天大圣。万妖之王的称号，无论如何不能让另一个人拿走。退一步讲，我不太明白以前的我为什么要建立花果山……没有任何意义。”

杨婵面无表情地瞧着六耳猕猴。

“一百万！”六耳猕猴伸出一指道，“一百万妖军，能对付得了太上老君吗？不能。能挡住如来吗？也不能。甚至……连如来手下的四大佛陀都挡不住。说穿了，这就是一帮废物。所以，之所以要控制狮狏国，仅仅是因为我才是真正的齐天大圣。”

杨婵依旧面无表情。

六耳猕猴稍稍沉默了一下，接着说道：“但是，相比狮狏国，你的承认，其实更加重要。你明白我的意思吗？”

杨婵看着六耳猕猴，缓缓地摇了摇头。

见状，六耳猕猴嘿嘿地笑了起来，道："看来，真是近朱者赤，近墨者黑啊。跟那所谓的师父接触多了，我说话都懂得绕弯子了。你听不懂，没事。我懂就行了。"

没等杨婵反应过来，六耳猕猴拍了拍桌子，高声道："来人哪。"

一只妖将从门外走进来。

"大圣爷有何吩咐？"

"去，给我把山羊精叫来。就说圣母大人在这里等他，要跟他论一论这连坐之法。"

"诺！"那妖将看了杨婵一眼，退出了书房。

一只妖将悄悄走入监牢，在山羊精耳边低声说道："丞相大人，大圣爷派人请您过去一趟。"

"大圣爷？有说什么事吗？"

"说是圣母大人要和您论一论连坐之法。"

闻言，山羊精不由得一愣。

他睁大眼睛将四周站着的手下都看了一遍，目光最终落到了远处刑架上的九头虫身上。山羊精轻轻叹了口气，道："回复大圣爷，臣马上到。"

"诺。"

月色下，山羊精带着自己的部下走出了监牢。高举的火把照亮了整条巷子。

远处连成一片趴在屋檐上的妖怪一字排开，小心翼翼地看着。

"果然出来了，圣母大人成功了！"

"那是当然，圣母大人是什么人物啊。当初她把整个花果山都治理得井井有条，还能搞不定一个山羊精？"

"那六耳猕猴呢？"

"山羊精带着自己的部下离开了，监牢的守卫并不强，我们想要攻破可以说是易如反掌。可是，监牢距离齐天宫不远，到时候六耳猕猴会不会一眨眼就到了。如果那样，我们可就……”

顿时，一双双眼睛朝万圣公主望了过去。

气氛一下僵住了。

引开山羊精的人马确实有助于劫狱，可是，整个狮狔国难道不都在六耳猕猴铁杆兵的攻击范围之内吗？论速度，有谁能跑得过他呢？

万圣公主沉默了许久，低声说道：“圣母大人说能跑，就一定能跑。大家不要想太多，照做就是了。”

这话说得连万圣公主自己都有些不确定。四周的妖将更是满腹狐疑，却又不知道该如何是好。。

许久，其中一只妖将道：“你们上不上我不管，老子这条命都是九头将军给的。就算六耳猕猴挡不住，也得上，只当是还九头将军一条命便是了。”

说着，那妖将一跃下了屋顶，朝远处监牢的方向摸了过去。

所有人都静静地看着那背影消失在黑暗中。

好一会儿，另一只妖将站了起来，唾道：“娘的！当妖怪当成这样……妖怪怕死难道不对吗？”

说着，他从屋顶上跳了下去，朝监牢的方向摸过去。

屋顶上剩下的一干人等皆是面面相觑，其中有几个心虚得厉害的，更是涨红了脸。

又是短暂的沉默。

一只妖将站起来，转身对着其他人叱道：“你们这群狗东西！九头将军平时是怎么待你们的？狗都知道要忠心，你们呢？当妖怪当得连条狗都不如！”

说着，自己从屋顶上跳了下去。

“你什么意思？我说不去了吗？我他娘的不就是看山羊精还没走远，想再等一等吗？我错了吗？你们知道万一暴露了的话，我们可就……”

“行啦。”话还没说完，又一只妖将站了起来，随口说了句，“他现在已经走远，你可以下去啦。”

说罢，不由分说，一把将他推下楼去，自己则回头朝万圣公主拱了拱手，也跳了下去。

这一下，剩下的妖将都坐不住了。他们先后起身，跳了下去。

很快，屋顶上只剩下万圣公主。他呆呆地望着监牢的方向。

不一会儿，火光冲天而起，厮杀声惊动了整个狮犵国。

第七百六十七章

乱

当火光引起的骚动声传入六耳猕猴的书房时，山羊精刚巧一只脚跨过门槛。

他顿住身形，错愕地回头望去。

此时此刻，监牢的方向已是浓烟滚滚，半边天空被染成了红色。

每一个人都惊恐地抬头仰望。

“发生什么事了？那是监牢的方向！”

齐天宫中，无数的妖兵拥向校场，乱成一团。

书房里，六耳猕猴一动不动地坐着。他似乎愣了一下，紧接着便是一声冷哼，意味深长地说道：“这是让人劫狱去了啊。”

说着，他缓缓地靠在椅背上，表情冷得吓人。

瞬间，整个书房里的温度似乎下降了几分。

杨婵静静地站着，面无表情。山羊精一脸的错愕，一时间竟不知道说什么好。

一只妖将匆忙赶来禀报，却也被房间里的气氛吓到，僵在当场。

所有人，就这么沉默着，仿佛外面愈演愈烈的骚动与他们一点关系没有。

人群之中，鹏魔王带着狮[illegible]王慢悠悠地出现了，他装模作样地扯着嗓子喊道：“都不要慌，不要慌！有人劫狱！都随我去将他们拿下！”

这话喊得声音嘹亮，一下震住了场面，不过，那动作却始终慢吞吞的。

四面八方的妖兵都朝监牢的方向拥去。

火光中，九头虫的手下扛着浑身是伤的九头虫冲出了火海，远处跑来大批妖兵。

一时间，两方人马杀声震天。

此时此刻，狮犵国大部分的妖怪都紧闭房门，一个个死躲着没出来。

几天之前出现了那似是而非的谣言，几天之后，九头虫被捉。有说九头虫就是奸细的，也有说他只是配合调查一下的。

然而，如今的火光似乎已经给了所有人答案。

书房中，六耳猕猴低头摆弄着自己手上的扳指儿道："你有什么想解释的吗？"

来之前，杨婵想过六耳猕猴可能有的无数种反应，甚至连一旦六耳猕猴想要亲自前往的时候自己的说辞、应该如何阻止都想好了。

可是，眼下他的态度，却有些超出杨婵的意料。

身后，冲天的火光照亮了天空，甚至映红了整个齐天宫。然而，六耳猕猴居然没有立即发怒，更没有追出去的打算。他只是静静地坐着……这种反应，是非比寻常的。

"解释什么？"杨婵有点慌乱地说道，"有人劫狱，那……那还不……还不……"

"赶紧追"三个字，到最后，杨婵也没能说出口。

按照一开始的计划，应该是六耳猕猴立即就想亲自前往，而杨婵想尽办法阻止才对。可是，眼下的形势，如果阻止，那不就坐实了她组织劫狱的事情了吗？

杨婵只能僵在那里。

或许是一直以来都能够将六耳猕猴死死控制住的关系吧，以至于杨婵错以为，这一次她依旧能化险为夷。

可是，很显然，她错了。

"还记得我刚刚说过的话吗？"好一会儿，六耳猕猴轻声问道，"相比狮犵国，你的承认更加重要。可惜的是，你好像并没有承认啊。"

杨婵连忙说道："我不是没有承认，只是……"

"只是为他们营救九头虫制造便利，是吧？"六耳猕猴冷哼一声，道，"不是没有承认，却要救一个奸细。这说出来，你不觉得好笑吗？"

杨婵猛地喊道："九头虫他不是奸细！"

"那你告诉我谁是奸细？"

一声雷鸣般的咆哮瞬间横扫而出，整个齐天宫都为之一震。前一刻还骚动不已的守军顿时安静下来，回头朝六耳猕猴书房的方向望了过去。

此时此刻，书房中，六耳猕猴一改先前那冰冷的脸孔，身上的每一根毫毛都竖了起来，额头上青筋遍布。

他缓缓吐出的气在空中化作迷雾，悄然消散。

杨婵彻底呆住了，她能准确地感知到六耳猕猴身上扑面而来的灵力波动。她知道，他怒了，怒不可遏。

杨婵犹豫了许久，依旧只能呆呆地眨巴着眼睛站在六耳猕猴面前看着他，那慌乱的模样如同一个惊慌失措的孩子。

大概，她之前一直都以为六耳猕猴不过是孩童心性吧，以至于竟忽略了他的成长。当这个孩童准备跟你认真的时候，竟能让人如此措手不及。

到此时，鹏魔王才带着狮[illegible]王慢悠悠地赶到监牢。

那些劫狱者早就不在了，现场只剩下废墟、冲天的大火，以及狼狈不堪救火的妖兵。

监牢的牢头见鹏魔王到来，连忙带着自己的一名狱卒奔过来说道："启禀魔王，九头虫被他手下的一应乱党救走了！"

"往哪边走了？"

"西边！"牢头指着西边说道。

话音刚落，只见鹏魔王竟一个手起戟落，将牢头劈成了两半，鲜血溅了一地。

瞬间，四周的人全都呆住了。他们惊恐地看着倒在地上没了气息的牢头。

场面混乱，刚刚周围的人甚至都没来得及看清发生了什么事。可是，站在牢头身后的狱卒却看得一清二楚。

他腿一软，跪倒在地，瑟瑟发抖。

鹏魔王一个转身，对着四周的人喊道：“为何九头虫的手下能轻易劫狱，就是因为这个牢头与他勾结！刚刚，他已经向我坦白了！此人不死，难消我心头之恨！”

周围可谓是寂静无声。所有人都静静地看着鹏魔王，看着他演戏。

一个转身，鹏魔王又走到狱卒面前，轻声问道：“九头虫往哪里逃了？”

狱卒顿时身体一震。

一个声音在他的脑海中响起：“说，说九头虫等乱党，还在这狮狏国中，没有走远。”

那狱卒一个激灵，眨巴着眼睛道：“九头虫……九头虫……还在这城中，没有走远。”

“听到了吗？他说九头虫还在这狮狏国中，没有走远！”说罢，鹏魔王又一个转身，那方天画戟准确地从狱卒的颈部划过，头颅飞了出去。

“给我挨家挨户地搜！”

“诺！”

妖兵们向四周的房子拥了过去。

狮狏王低声问道：“为什么要……”

“扰民，懂吗？已经人心惶惶，不过，还不够。”鹏魔王大步向前，高声喊道，“事关重大，不可放过任何一处！所有嫌疑人等，一概收押，若遇反抗，就地处决！”

第七百六十八章

时 机

“说不出来了，对吗？”六耳猕猴狞笑着，一步步后退，缓缓地摇头道，“你真当我傻吗？是，我相信你不是奸细，因为你够高傲，一定不屑骗我。但你和那个所谓的师父，那个死老头儿，其实都一样。你留在这里，是另有目的，根本就不是选择了我。你也从没亲口说过，自己选择了我。而我，也不过是不想跟你撕破脸罢了。现在你袒护一个奸细是什么意思？已经准备跟我摊牌了吗？”

杨婵没有答话，只是注视着他。

六耳猕猴肆无忌惮地释放自己的灵力，整座齐天宫微微颤抖。山羊精吓得往后退了一步，那些守在门外的妖兵更是纷纷惊慌失措地跑开了，生怕被牵连。

六耳猕猴抓起桌案上的茶杯，咧嘴露出獠牙，恶狠狠地说道：“我知道你和暖暖有交情，但我就想知道，当九头虫背叛了我的时候，你会选择他们，还是选择我。现在，我知道答案了。”

说罢，他狠狠地将茶杯摔在地上，杯子瞬间碎成了粉末。

此时此刻，杨婵依旧呆呆地站着，眼中泛起了泪光。可惜这一次，泪水并没有换来六耳猕猴的心软。

黎明时分，一缕阳光穿透云层照在鹏魔王的脸上，映出那一脸带着窃喜的惋惜，散发着说不尽的虚伪神情。

他站在围栏边上，俯视着遍地哀号的狮狁国叹道：“啧啧啧啧，好好的狮狁国，就这么完了。实在可惜啊！”

“接下来怎么办？”一旁的狮狔王道，“没想到啊，六耳猕猴真的被圣母大人给拖住了。那多目怪别的本事没有，算计人，倒真是一把好手。”

“先前我也不大相信，不过现在想想，也正常。那个六耳猕猴，从来就没正眼瞧过咱，有那糟心的事了，他哪里还会管狮狔国的死活呢？”鹏魔王一回头，刚巧看到一只妖兵带着满袋的不知什么东西从不远处路过。

目光交错之际，那妖兵吓得腿一软，整个跪在地上，哆嗦不止。

“他怎么啦？”狮狔王问。

鹏魔王瞧着狮狔王，无奈地叹了口气，道：“我们站在上面看得清楚，他们又怎么知道我们都知道他们在干什么呢？”

说罢，他迈开小步朝那妖兵走去，伸手抓起妖兵掉落的麻袋。

这一抓，那妖兵吓得魂都要没了，想要伸手阻止，却又没胆量。他连忙磕头哭喊道：“魔王！魔王！小的是猪油蒙了心，下次再也不敢了！求魔王饶了小的吧！”

“你是新来的吧？”鹏魔王打开了麻袋。

那麻袋里面什么都有，尽是一些琐琐碎碎的东西，看模样……像是从哪里抢来的。

见状，鹏魔王用手抓起一把，笑了笑，道：“别说什么下次不下次的，这个算交税了。懂我的意思吗？”

说着，他将那些东西塞到一旁妖将的手中，又将手中的麻袋丢回给那妖兵。

妖兵看得一愣一愣的，一时间竟没明白是什么意思。

无奈，鹏魔王只得给一旁的妖将使了个眼色。

那妖将当即会意，快步走到妖兵身旁，抓起麻袋就往他手里塞：“魔王让你拿着就拿着，这他娘的还不懂吗？”

“谢……谢魔王。”那妖兵抱着麻袋呆呆地叩首，小心翼翼地站了起来，一步步往后退。时不时地，他还抬起头来望一眼背对着自己的鹏魔王，生怕鹏魔王忽然动手。

然而，什么都没有发生。

直到他离开狮狔王的视野范围，鹏魔王也没有任何动作。

消息很快传开，连最后的伪装也被撕毁。鹏魔王带领下的妖军开始肆无忌惮地冲入狮驼国的各处宅邸之中，打着搜捕九头虫的旗号开始劫掠。

此时此刻，远处山崖的顶端，正法明如来和地藏王正并肩而立，远远地看着这一切。

正法明如来沉默了许久，轻叹道："差不多了呀。"

"还差一点。"一旁的地藏王说道。

此时，一只妖兵快步走到鹏魔王的身后，跪地道："魔王，多目大人说您可以通知那边了。"

"通知那边？"鹏魔王愣了一下，半晌才反应过来，摆了摆手道，"知道了，你下去吧。"

狮驼王悄悄低声道："哪边？"

鹏魔王淡淡笑了笑，也不作答，只是一脸惬意地瞧着眼前浓烟翻滚的狮驼国。

雨后空旷的草原上，玄奘依旧拄着法杖一步步地走着，步履蹒跚。

远处，猴子面无表情地瞧着，一脸的困倦。

身后，吕六拐提着袍子快步跑来。那脚踩过泥浆，他身上的衣物都被弄脏了。

他急匆匆地跑到猴子面前，气喘吁吁地说道："大圣爷，出事了。"

"啥事？还能出啥事？"猴子两眼无神地瞧着吕六拐。

"狮驼国出事了，鹏魔王来报的，说是圣母大人有危险！"说着，吕六拐伸手掏出那块猴子交给他保管的玉简。

猴子明显呆了一下，下一刻，他已经转身腾空而起，在半空中盘旋了一圈，不由分说地拎起玄奘就朝狮驼国的方向直冲而去。

见状，四周的妖将们，包括天蓬、牛魔王等，也只得连忙跟了上去。

狮驼国的齐天宫中，僵持还在继续。

杨婵没再说一句话，只是静静地看着六耳猕猴。

他已经认定的事情，她又何必去辩解呢？辩解没有意义，最重要的是，她也不想这么做。

至于六耳猕猴，则是一直怒视着她，任时间流逝。

对须菩提他没办法怎么样，对杨婵，他完全有能力在瞬间夺取她的性命。可是，自己真的要这么做吗？

一只妖将匆匆来到山羊精身后，低声耳语了几句。

顿时，山羊精猛地睁大了眼睛，连忙朝六耳猕猴看过去。

杨婵冷声道："说。"

六耳猕猴依旧一动不动地站着。

山羊精略带慌乱地看了看杨婵，又看了看六耳猕猴，鼓起勇气道："大圣爷，外面似乎出事了。"

"出事了就去处理！"

"可能……可能臣处理不了啊，大圣爷您要不……"

"滚！"

山羊精缩了缩脖子，连忙往后退了一步。他默默地拱手，转身离开了书房。书房中，只剩下六耳猕猴与杨婵了。

六耳猕猴一个箭步冲上去，一把扼住了杨婵的喉咙。

"你真以为，我不敢杀你吗？老子就算不当这个齐天大圣，也不会咽下这口恶气！"

话音未落，只听"咔"的一声脆响，杨婵腰间的吊坠掉落在地，碎裂。

杨婵一惊。

抢在她之前，六耳猕猴一把抓起那碎裂的吊坠，瞧着杨婵狐疑地问道："这是什么东西？"

…… ……

"咔"，正当此时，远在数万里之外的杨戬腰间，一块一模一样的吊坠掉落碎裂。

书房中，六耳猕猴握着那碎裂的吊坠狞笑，道："报信的东西？从华山开始，就看你戴着它了。这应该是……给你哥报信的吧？好一个兄妹情深啊，哈哈哈哈，好，很好。就看他敢不敢来了，要是来了，我就当着你的面，撕了他！”

…… ……

兜率宫中，太上老君抿了抿唇，笑嘻嘻地对元始天尊和通天教主道：“差不多了。”

第七百六十九章

玩一会儿

长空中，一辆巡天府的战车在云雾之间缓缓穿行，上面的三个巡天将正目不转睛地盯着下界看。

每当高度降低的时候，那握着缰绳的巡天将都要扯一扯，稍稍抬升高度。

六百多年了，天庭早已不复当年盛况。贴近地面侦察，那是老一辈巡天将才会做的事情。现在的巡天将大多只敢在高空略微看一眼，特别是在妖怪横行的地带。这就是例行公事，回去好交差罢了。至于能不能发现什么，早已不是他们所关注的了。

其中一位巡天将稍稍愣了一下，伸手朝前方指了指。

顺着他所指的方向，其余两位巡天将看见一个身影正以极快的速度划过天际，将厚厚的云层切成两块。

“那是……杨戬？”其中一位巡天将有些错愕地揉了揉眼睛。

“不会吧？他不是一直待在灌江口吗？多少年都没管事了，这是要去干吗？”

“要不要把这件事禀报上头？”

“算了吧。现在又不是当年的陛下了，不至于成天盯着灌江口。”

“说的也是。这年头，不关我们的事，少管为妙。”

正当那驾驭战车的巡天将勒紧了缰绳，准备掉头打道回府的时候，忽然间，一阵飓风袭来，整辆战车被掀翻！

两匹天马挣脱了缰绳，也不知是跑了还是被风吹走了，直接不见了。那战车直接就往下界砸去。

飓风过去，被狠狠甩出战车的三个巡天将好不容易定住身形，一个个面色都有些发紫了。

“刚刚……那是什么？”

“不知道，好像是……一个人背着另一个人。”

“穿着僧袍的人？”

“不好！”正当此时，一直没吭声的第三人猛地指着后方尖叫出来。

他们猛然回头，看到密密麻麻一片不知什么东西正朝他们冲来，如同蜂群一般。

随着那“蜂群”渐渐逼近，三个巡天将几乎同时呆住了。他们看到的，是一大群妖怪！

这一刻，三个巡天将脑中都是一片空白，其中一个甚至手一松，握在手中的长枪脱手掉了下去。

然而，他们预想的事情并没有发生。这一大群妖怪，并不是来杀他们的。这些妖怪甚至连看都没看一眼，就从他们身边掠行而过。转眼之间，便在他们身后悉数消失。

直到此时，三人才缓过神来，一个个瑟瑟发抖。

“发生什么事了……刚刚，我好像看到了牛魔王，还有……卷帘……天蓬……”

“前面那个是那只猴子！他们和杨戬去了同一个方向！快禀报陛下！禀报陛下！”其中一个巡天将尖啸道。

齐天宫的校场上，六耳猕猴紧紧拽着杨婵的手，仰头朝东方望去。无论杨婵如何挣扎，始终挣不脱。

此时此刻，整个校场都被清空了，一个兵没有。宫外浓烟滚滚，直冲天际，狮犵国看上去就像经历了一场大战，眼下，战争仿佛还在继续一般。哭喊奔走的人有之，痛苦呻吟的人有之。熊熊火光肆虐了大半个城邦，而鹏魔王手下的那些妖兵，还在四处烧杀抢掠。

对于这一切，六耳猕猴视而不见，只是望着东方的地平线冷笑。

“你究竟想干什么？整个狮犵国都毁了，你没看到吗？”

“这不就是你想看到的吗？”

“你！”

“都走了好，走了清净。”六耳猕猴翻了个白眼，冷笑道，“至于你，我是无论如何不会让你走的。用你当诱饵，可以引出很多人。”

杨婵紧蹙着眉头怒视六耳猕猴，却也无计可施，只能尝试将他的手掰开，急得眼眶之中泛起了泪花。

她实在无法想象，如果杨戬真的来了，会发生什么事。

此时此刻，瞧着杨婵那惊慌失措的模样，六耳猕猴忽然生出一种莫名的快感。

在远处的山崖上，地藏王与正法明如来目不转睛地注视着狮[illegible]国。

“杨戬应该快到了吧？”

“嗯。那猴子应该也快到了。”

“你猜谁先到？”

“肯定是杨戬。”正法明如来轻声叹道，“那猴子一定会带上玄奘，避免中计，这样必然慢点。虽然担心杨婵，但他毕竟不信任鹏魔王。”

“这应不应该说是他们两个的区别呢？”

“算是吧。”

地藏王淡淡笑了笑，道：“贫僧觉得，这六耳猕猴的性格，倒是比较像六百多年前的那只猴子啊。只不过，时局不同罢了。”

“缺失了六百多年的光阴。人总是会长大的，只是时间、经历问题。两只猴子，一个长大了，一个没长大而已。”

闻言，地藏王意味深长地瞧了正法明如来一眼，轻声叹道：“‘人总是会长大的’？这说辞，倒是有点像玄奘要证的那个道啊。如果人终究会长大，就一定会顿悟。到时候，岂不是众生皆度？”

“可以这么说吧。只不过蟠桃就那么几个，用这种方式，能度的太少、太难，算不得普度。贫僧就想看看，玄奘能不能找到一个更好的办法。”

正言语间，地藏王缓缓朝东方望了过去，轻声道：“来了。”

话音未落，只见天边出现了一个闪烁的光点。

下一刻，一道白光径直朝六耳猕猴射了过来。他稍稍把头一偏，闪避开。

那白光落到了六耳猕猴身后台阶边作为摆设的大鼎上，只听“咣”的一声巨响，大鼎炸开！

在白光的冲击下，炸开的大鼎碎末迅速荡开，横扫了整个校场。

待沙尘消散，只见在大鼎原本的位置上斜插着一柄三尖两刃刀，微微颤动。落点处的地面龟裂成了蜘蛛网般的模样。

而杨戬，站在六耳猕猴的面前，与他相距不过十丈。

“嘿嘿，我们又见面了。”六耳猕猴笑嘻嘻地说道，“不过这次，我是真打算取你的性命。”

杨戬手一扬，落在六耳猕猴身后的三尖两刃刀凌空飞起，在半空中划出一道圆弧之后，准确地落到了他的手中。

杨戬握着三尖两刃刀，摆出迎战的架势。

“不要！不要过来！”杨婵泪眼蒙眬地哭喊道，“快点走！你打不过他的！”

六耳猕猴挑衅似的提起杨婵的手，轻轻地晃了晃。

没有任何犹豫，杨戬握着三尖两刃刀就朝六耳猕猴冲了过去！

这一击，杨戬拼尽了全力，然而，差距摆在那里。早在还没动手之前，胜负就已经注定了。

六耳猕猴微微弓下身子，单手持棍用力一甩！

冲刺之中的杨戬甚至都还没来得及看清他的动作，一口鲜血喷出！他整个人如同射出的箭矢一般被甩了出去。

与此同时，六耳猕猴却只是稍稍将棍子上扬。一股灵力瞬间把杨戬整个包裹住，硬生生将他又扯了回来，砸在距离自己不到五丈的地方。六耳猕猴挑了挑眉毛道：“起来，再打。”

杨婵怔怔地看着六耳猕猴，整个人崩溃了。她颤抖着问道：“你想干什么？你想干什么！”

“玩。杀他之前，玩一会儿。”六耳猕猴咧开嘴笑道，“我也想试试耍人玩的滋味，像你耍我那样。”

第七百七十章

恼　怒

校场上，杨婵睁大了眼睛死死地盯着六耳猕猴，满目的惊恐，一时间竟说不出话来了。

不远处，杨戬挣扎着起身，一口鲜血从口中溢出。剧痛之中，他单膝跪地，拄着三尖两刃刀才勉强稳住身形。

“哥……哥，你没事吧？”

杨婵转过头，就要向杨戬冲过去，却硬是被六耳猕猴拽了回来。

“你放开我！放开我！”

“原来你也会心疼啊？对我，咋就那么铁石心肠呢？”

“你放开我！”

“依我看，你心里压根儿就没有我吧？就算有，也是西行路上的那一个！”

杨婵咬紧了牙，拼尽全力想要掰开六耳猕猴的手。然而，那双手却犹如铁铸的镣铐一般，紧紧地锁住了她的手腕。

“现在急有什么用呢？我记得第一次和你见面，就用你哥威胁过你的。难道你就没想过，你这样对我，你哥会有生命危险？”六耳猕猴将铁杆兵重重一顿，插入校场的石板之中。他手一指，杨戬的身躯顿时失去了控制，浮到了半空中，如何挣扎也挣不脱。

“今天，我要让你看着你哥，死在自己面前。”

此时此刻，杨婵已是声泪俱下。她哭喊道：“放开我哥！我答应你，你要我做什么我都答应你！”

闻言，六耳猕猴一下转过脸来，睁大了眼睛注视着杨婵。

瞬间，杨婵呆住了。

她以为六耳猕猴同意了，同意只要自己答应他的条件，就放过杨戬。

然而，并没有。

六耳猕猴缓缓说道："伤心吗？伤心，就放声大哭吧，会好受一点的。哈哈哈哈。"

这一刻，杨婵再也哭不出来了。她猛然发现，自己招惹的就是一个彻头彻尾的疯子！

六耳猕猴转过脸庞，再一次望向杨戬，说道："手，还是脚？我数一二三，数到三，你要是还没决定，我就手脚一起卸了。一！"

杨婵依旧呆呆地看着六耳猕猴，身体微微颤抖。

"二！"

一个声音在杨婵的脑海中响起，是杨戬。

"不用求他，没用的……他是个疯子。其实，另一个也是。区别只在于他们的心中有没有你罢了。"

杨婵呆呆地转过脸，朝杨戬看过去。

此时此刻的杨戬，早已筋疲力尽，却还是强撑着用神识对杨婵说出了最后一句话："放心吧，他会来的。另一个疯子的心里，有你。"

"三！"

话音未落，只见一道金光从远处飞驰而来，重重地打在六耳猕猴的胸前。

瞬间，六耳猕猴的身形猛然后挫，朝校场的观礼台飞去。那双脚在石板上划出了两道深深的沟壑，沙石飞溅。他抓着杨婵的手也松开了。

杨戬的身形也失去了控制，杨婵奋身一跃飞扑过去。

当杨婵接住杨戬，稳稳落地的时候，猴子背着玄奘站在了他们身旁。

"跟你说了跟我回去，不听，非要留在这里。搞得全天下都以为我被戴了绿帽子……唉，公猴也会在乎名声的。"猴子瞧着杨婵，扭头将玄奘从背上放了下来。

这一刻，杨婵竟笑了。她掩着嘴，笑出了眼泪。

正当两人相视而笑的时候，"砰"的一声，远处的碎石堆中伸出了一只手。

六耳猕猴扒开压在身上的碎石，缓缓地站了起来，怒视猴子。他手中握着的，是猴子的金箍棒。

此时，猴子的身后，天蓬、牛魔王、卷帘等人也赶到了。

猴子伸手刮了一下杨婵的鼻子，轻声道："别哭了，有什么事一会儿再说。等我先把这个麻烦解决了！"

说罢，他往前走了两步，一下拔出六耳猕猴插在地上的铁杆兵，握在手中摆出迎战的架势。

此时此刻，一众妖将落在猴子的身后，远远看去，黑压压一片。

六耳猕猴猛然发现，自己身边竟一个人没有，只剩下一片废墟。就连一直以来忠心耿耿的山羊精，此时也不知所踪。

这就是这个世界最终的抉择了吗？在两只猴子之间……

"我要杀了你——！"

瞬间，愤怒吞噬了理智，六耳猕猴嘶吼着，挥舞金箍棒朝猴子冲了过去。两人重重地撞在一起。一道又一道气劲，顺着地表飞速扩散出去。

气劲从正法明如来的身旁掠过，扬起了他的衣袖，也扬起了旁边地藏王的衣袖。

当地面上妖怪们的注意力都在两只交战的猴子身上时，地藏王与正法明如来所凝视的，却是站在校场之中、与杨婵一起被护在妖群中间不知所措的玄奘。

"正主登场了。"

"嗯。"

正法明如来轻声叹道："打完这一场，西行的最终篇章，也就要拉开序幕了。要么众生普度，要么……天降大难。"

此时此刻，端坐灵霄宝殿上的玉帝接到战报，整个人都蒙了。

他犹豫许久之后，提着宽厚的袍子起身道："今天就先议到这里，有什么事，明天再论。李爱卿、太白星君，跟朕到书房一叙。"

说罢，玉帝转身就走。

"恭送陛下——！"

所有的仙家恭恭敬敬地行了个礼，一个个面面相觑，最终都看向了李靖和太白金星。这两人的眉头蹙得紧紧的。

一下子，所有人心里都有了底。

有人低声叹道："怕是……那两只猴子又出事了吧……"

凡间，两个佛陀抬头仰望着空中两只猴子的激战。

他们从天空战到地面，又从地面战到天空，不断反复，都使出全力在拼杀。这一次，没有一个想要逃离战场。

剧烈的灵力波动之下，天空中早已凝聚了如同旋涡一般的乌云，将一切都笼罩住了。但激战中两只猴子一次又一次的反复撞击，却又如同一声又一声的惊雷一般将天地反复照亮。

渐渐地，六耳猕猴有些招架不住了。他被从天空中狠狠砸落，在地面上砸出一个巨大的坑。当他再度爬起的时候，身上的盔甲已碎裂。

然而，他还想要冲上去继续战斗。

正当此时，一个声音在他脑海中响起。

"还记得贫僧跟你谈过的条件吗？"

六耳猕猴猛地呆了一下。

天空中正准备迎接新一轮冲击的猴子也愣了一下，有些疑惑地看着突然停止攻击的六耳猕猴。

六耳猕猴呆站在原地，眼珠子飞速转动着，很快锁定了神识传音者的位置，却默不作声。

"怎么样，同意贫僧提出的交易吗？戴上金箍，立地成佛，大圣爷您就不用再被现在所面临的问题困扰了。"

六耳猕猴依旧不吭声，那手中的金箍棒却不自觉地攥紧了。

"还要再考虑一下吗？"

六耳猕猴依旧保持沉默。

正法明如来不再说话了。

好一会儿，六耳猕猴又铆足劲冲了上去。那身影与猴子交织在一起，继续断杀。

“失败了吗？”地藏王轻声问道。

“不，他已经动摇了。”正法明如来道，“只是，还缺致命的一击罢了。因为他认为，自己还没有败。”

闻言，地藏王不由得笑了出来，道：“看来，果真如尊者所言啊。这就是六百多年前的那只猴子，不到最后一刻，绝不死心。这不服输的脾气，倒真是与生俱来的。”

说着，他意味深长地抬头看了一眼，又道：“还好胜出的是六百多年后的这猴子，若是六百多年前的，有这脾气，却又没了原本的记忆……一旦再登天道，当真是无人能奈何得了他啊。”

第七百七十一章

博　弈

兜率宫中，清心仰望着蔚蓝的天空。清风徐徐吹过，扬起了她的长发。

“局势，似乎又紧张起来了。”

雀儿坐在清心身旁的石椅上，静静地陪着她。

“你说，这次还会像六百多年前那样吗？”

雀儿缓缓地摇了摇头。

“不会？”

“不知道。”雀儿轻叹道，“这三界的走向，从来就不是我们说得准的。他是旋涡中心的人。我们虽然也在棋盘上，充其量不过是一枚棋子。”

“师父这次……会帮他吗？”

“也许吧。”雀儿淡淡笑了笑，道，“但至少，不会害他。因为师父还欠风铃一个承诺呢。你应该相信师父，就像六百多年前一样。道祖，是言出必行的。”

“嗯。”清心微微点了点头，不再说话。

大殿上，一位道童匆匆来到太上老君面前，躬身拱手道：“师父，陛下带着李靖李天王和太白金星前来求见。”

闻言，坐在一旁的元始天尊和通天教主一起看向太上老君。太上老君抿着唇，捋着长须，似乎在思考着什么。

“这是收到消息来求援的吧？”说完，通天教主笑了。

元始天尊倒是没吭声。

见状，那道童低声问道：“师父，见，还是不见？”

“不见。”太上老君道，“你替为师转达一句话便可。就说，‘死守南天门，天大的事，不发兵’。”

“弟子遵命。”那道童躬身拱手，退出门外。

“还是别让他们掺和了，反正也起不了什么作用。”待那道童走后，太上老君捋着长须紧闭双目，轻叹道，“接下来，将是我道门生死攸关的时刻。若是这一局能赢，也还需要他们协助收拾这三界的烂摊子，特别是接管地府，更是需要一些熟手才行。现在的天庭不比当年了，得让他们保存实力啊。”

通天教主努了努嘴，道：“话是这么说没错，但我们现在应该怎么做呢？两只猴子已经开战，四大佛陀来了两个，就蹲在狮狔国边上等着坐收渔利。我们就这么看着？”

“不要急。”太上老君道，“当年的局虽说是死局，但也并没坏到极致。反倒正是因为老夫太急了，最终才会越陷越深，到头来……呵呵呵呵，这只猴子啊，与常人不同。越早出手越被动，甚至……会满盘皆输。现在他知道老夫这里还有条路，便已经可以了。”

闻言，通天教主点了点头，叹道：“这倒是。想当年，我们围绕着他斗得你死我活，到头来……一直躲在暗处的如来和须菩提得了利，我们反倒是输得两手空空。”

通天教主忽然愣了一下，似乎想起了什么，蹙眉低声道：“如来继续按兵不动，正法明如来和地藏王想逼六耳猕猴投靠佛门，将事情闹得更大，让西行有个结果，这我们是清楚的。那须菩提呢？他可是将所有门人都赌上了，会那么安分地躲在斜月三星洞什么都不做？”

“或许是有些乱了吧。”一直没有开口的元始天尊捋着长须道，“毕竟现在的形势对他来说，确实有些突然。一时间，他怕是也想不出更好的办法。”

说着，两人都朝太上老君望了过去。太上老君眉头微蹙，似乎也是有些捉摸不透。

嘶吼声中，六耳猕猴拼尽全力挥出一棍。金箍棒在半空中骤然伸长，末端变得犹如水桶那么粗，狠狠地朝猴子砸了过去。

猴子凌空一个翻转，用手中的铁杆兵去接，却在两柄兵器接触的瞬间，身形猛然后挫了一段。

猴子咬着牙，总算死死地稳住了身形，甚至将金箍棒往回推了一小段距离。

“你以为我死了，你就可以活下去，活得好吗？就算一定要死，我也要拉着你一块死——！”嘶吼中，六耳猕猴一个转身，手中的金箍棒瞬间恢复成原本大小。而他整个人则如同离弦的箭一般向猴子冲了过去。

两个身影又一次交织在一起。这次的冲击，比以往任何一次都猛烈。炸开的冲击波甚至将地面的树木都压弯了，如同一个巨大的光球瞬间笼罩了整个世界。一时间，六耳猕猴竟压了猴子一头，占尽上风。

地藏王与正法明如来依旧静静地注视着天空中的激战。

“这六耳猕猴，已经疯了吗？”

“急火攻心了吧，到底是不曾脱离苦海的凡心啊。”正法明如来轻声道，“他这样打，虽然可以暂时占据上风，却没办法将对方真正压死。时间一长，必定后继无力。本是置之死地而后生的打法，却用错了地方。毕竟……他的对手，也很擅长这种打法啊。”

“尊者觉得他还能撑多久？”

还没等正法明如来开口，六耳猕猴已经被从高空中扫了下来，身形斜着砸落地面，贯穿了山体！

一下子，整座山坍塌了。扬起的沙尘如同海啸一般往四周翻滚而去。

正法明如来呆住了，眼睛眯成了一条缝，凝视着六耳猕猴的落点。

天空中，猴子也有些虚脱了，只是悬停在半空中气喘吁吁地看着，他浑身遍布伤痕，好在并无大碍。

许久，沙尘落定。在落点的正中央，六耳猕猴挣扎着站了起来。

他的一只眼睛已经瞎了。眼眶中只剩下一根根散乱的绒毛，眼球不知到哪里去了。

他的头擦伤了很大一块，身上更是伤痕累累。

然而，他却像什么事都没有一样，依旧抬头怒视猴子，咬着牙，发出阵阵低吼。

见状，地藏王不由得笑了出来。

“要不要再提醒他一下？”

正法明如来缓缓摇了摇头：“不。”

此时此刻，女儿国神殿的深处，须菩提静静地站着，面对着那微波荡漾的巨大翡翠。

“他们知道你在本宫这里吗？”

“不知道。”须菩提微蹙着眉，稍稍沉默了一下又有些不确定地补充道，“应该不知道吧……我布下了疑阵，除非有人直接进入潜心殿，否则应该无论如何不会知道才是。”

翡翠壁后一个巨大的身影划过，洞府之中回荡起一阵清脆的笑声。

听着那笑声，须菩提无奈地笑了。

“看来，你已经乱了啊。要不要本宫出手帮你一把？”

“不用了。”须菩提缓缓闭起双目，道，“你帮也没用。他们都会让你三分，但不包括生死攸关的时候。否则的话，这三界也不是如今的模样了。”

“几方要么是天道修为，要么是随时能达到天道修为。确实，以本宫一个被困在这里的半天道，也帮不上什么忙啊。”

须菩提淡淡笑了笑，道：“你为西行的成功，埋下了最重要的棋子，已经帮了很大的忙了。只是，我无力再保护这棵树苗茁壮成长，只能让它自己去抵御风雨了。但愿能成吧。还有……希望太上老君别那么快注意到它的存在才好，不然的话，就是再能忍，他也不会真的什么都不做的。毕竟……西行成功了，他就失败了。”

第七百七十二章

自　己

废墟之上，一阵寒风刮过，卷起的沙尘如同海浪一般沿着地面掠行。

墙角处，没来得及逃离的妖怪们吓得瑟瑟发抖。

仅仅半天工夫，天亮之前这里还是三界之中妖族治下最为繁华的狮猊国，如今，只剩下一片废墟。就连四周的山都被铲平，远远看去，就像一座经历漫长岁月、被风沙雕琢得不成样子的荒城一般。唯独那角落里的滚滚浓烟提示着人们这里的异样。

风沙中，六耳猕猴弓着身子，握着金箍棒，浑身上下都在抖，每一根绒毛都竖起来了，皮肤上如同藤蔓植物一般的裂痕清晰可见。那躯体，仿佛下一刻就要分崩离析一般。

他稍稍抬起头，看到猴子一闪而过，悄无声息地落到了对面凸起的尖石顶端，就好像他原本就站在那里一样。

此时此刻，猴子的状况看上去比六耳猕猴好许多，但他握着铁杆兵的手同样在抖，一身的肌肉时刻紧绷，似乎已经忘记了放松。他的虎口更是由于激烈的战斗而裂开，一滴滴鲜血正缓缓渗入铁杆兵的纹路之中。

他站在高处，俯视着六耳猕猴，喘息着。

那眼睛眯成了一条缝。

不知为何，他的内心忽然生出一丝忐忑。

虽然两人本就是一体分裂出来的两个灵魂，但猴子是第一次有这种感觉。觉得……跟他在战斗的，根本就是他自己，六百多年前的那个自己。

那种血腥，那种战斗直觉，那种爆发力……完全就是一个模子刻出来的，就像在跟过去的自己战斗一样。

这大概也是猴子第一次亲身体会以往对手的感受吧。

这种战斗，是很可怕的，只要稍有不慎，就可能被翻盘。即使实力占据优势，也会打得你手软。

那种感觉，就像被关在牢笼里与一只垂死的野兽作战一般。虽然野兽不断地在流血，却也越来越凶猛。即使看上去已经非常虚弱，却依旧无法准确估算他的实力，更无法预计他突如其来的爆发。

一不小心，就可能被碾成粉末。

当然，六百多年后的猴子与六百多年前的猴子截然不同。猴子清楚地知道，自己要确保战胜六耳猕猴，唯一的办法就是等。

慢慢地等，慢慢地消耗他，要有足够的耐心。千万不能激进，否则，随时可能掉进坑里。

风沙之中，两人隔着五十丈的距离，远远地对视着。

许久，六耳猕猴缓缓地笑了，咧嘴道："怎么，你不打算出手了吗？现在杀我，难道不是最容易的时候吗？过了这个村可就没这个店了。"

猴子紧了紧手中的铁杆兵，依旧冷冷地瞧着六耳猕猴，默不作声。

"嘿嘿，差点儿忘了，你打不死我。"六耳猕猴抬起头，朝地藏王和正法明如来所在的方向看了一眼，道，"对了，还有一件事忘了跟你说。佛门的人说，只要我戴上金箍投靠他们，他们就保证我能杀掉你。所以，你赢不了。哈哈哈哈。"

猴子依旧一动不动地站着，时刻提防着六耳猕猴的新动作。

悬崖边上，正法明如来轻轻振了振衣袖，轻叹道："差不多了。"

"你不打算说点什么吗？我就要投靠佛门了。哈哈哈哈。"六耳猕猴回过头，指着猴子笑了起来，"其实我也不喜欢佛门。虽然我没了以前的记忆，但到底是仇人。不过……没办法啊。我得活下去，取代你活下去。哈哈哈哈，谁帮我我就投靠谁，当条狗也比被捉回虚空之中永世不得超生强啊。你觉得，我说得对不对？"

猴子的眼睛缓缓地朝远处的山崖斜了过去。只看了一眼，他的目光便又回到六耳猕猴身上，死死地锁定着。

"我就是不服！为什么当初被捉走的是我，不是你！为什么天劫就只收我！即便我现在回来了，也还是要把我收走！凭什么？！你对杨婵好，难道我对她不好吗，为什么她就只认你？”六耳猕猴咆哮着，扬起金箍棒指向猴子，一时间又说不出话来。他只是咬着牙，微微颤抖着，笑着，不断摇头。

猴子默不作声地摆开了迎战的架势。

悬崖上，地藏王扭过头看了正法明如来一眼，道：“他下一步会怎么做？继续打吗？他应该撑不了多久吧。”

“应该会打到只剩最后一丝气力吧。”正法明如来淡淡道，“如果不战到最后一刻，他也就不是孙悟空了。”

“战到最后一刻？”地藏王笑了，“那还要出手救他？”

地藏王向四周的天空看了看，深吸了口气，道：“如果只有一个对手，只要他不强升天道，你我二人联手还是可以克制的。但现在，恐怕盯着这里的大能，颇多啊。太上老君、元始天尊、通天教主、须菩提祖师，这四个，但凡有两个站到对面……莫说营救，便是你我想全身而退都难。”

“我们，应该会有援军吧。”说着，正法明如来朝灵山的方向望了过去，道，“只要他亲口说出愿意皈依我佛。”

灵山大雷音寺。

此时此刻，大殿上一片寂静。罗汉们面面相觑。佛陀们则一个个静静地站着，甚至连眼睛都没有眨一下，就像一座座雕像一般。

…… ……

女儿国神殿中，须菩提沉默着。

…… ……

兜率宫中，三清一言不发。

“难道你就没什么想对我说的吗？”六耳猕猴重重地喘息着，无力地瞧着猴子道，“劝劝我，或者……说点什么。我还记得来狮狔国要接走杨婵那次，你不是挺能说会道的吗？我就要投靠你的仇家了，就不说两句？”

猴子深吸了口气，抬头想了想，问道：“投靠佛门？他们是让你当斗战胜佛吗？”

此话一出，地藏王和正法明如来都不由得愣了一下。

六耳猕猴脱口而出：“你都知道？”

“我全知道，比你听说的要多得多。”猴子无奈地笑了笑，道，“也许，这一切都是注定的吧。你对以往的了解，都是听别人说的。可有些事，是三界之中除了我没有人知道的。那就是个梦魇。”

猴子顿了顿，接着说道：“我们在这里为了谁是谁非争得你死我活，在三界中人的眼中，其实你我无所谓真假，只不过还没分出胜负罢了。估计，你也是这样认为的吧。不过，我要告诉你，你我之中，只有一个真正的孙悟空。不需要胜负，其实都只有一个。现在看来，似乎更可能是你……八百多年了，劝不动，也不想劝你。注定的东西，要么举手投降，要么碾过去。没有通过几句话就能改变的道理。”

六耳猕猴有些蒙了。他诧异地望着猴子，那目光微微闪烁着，似乎想到了什么，却又不是很确定。

猴子握着铁杆兵，缓缓说道：“怎么样都好吧。我们两个总有一个会活下去。我希望活下去的那个不用当狗，无论佛门还是道门的狗。”

兜率宫中，太上老君无奈地叹了口气，笑了。

真假猴王

第七百七十三章

心性的考验

“我，我不明白你在说什么……”六耳猕猴摇摇头，一步步后退，“我只知道，这一战，如果我输了就会魂飞魄散。所有的一切都没有了，连当狗的机会也不会有。所以，即使鱼死网破，我还是必须拼一把。”

说罢，六耳猕猴瞪着猴子，咧开嘴笑了，那面容如同炼狱里的恶鬼一般。

风缓缓地吹过，卷着黄沙。两人早已碎裂的铠甲在风中轻轻颤动。

杨婵带着一众妖将落到距离猴子百丈开外的地方。

远处，正法明如来的眼睛缓缓地眯成了一条缝。

“他还剩几成法力？”一旁的地藏王问道。

正法明如来缓缓地说道：“最多两成。不过，战起来，以他的情况，能发挥到四成也说不定。或许他可以强行突破到天道修为，这是他最后的底牌。”

“突破到天道修为。”地藏王一愣，顿了顿，又摇了摇头，道，“不行，不能让他突破，至少不能让他现在突破。一旦恢复天道，就得佛祖如来出面才能治得住他。可这样他如何甘心臣服？”

“应该突破不了。”正法明如来低声道，“他可不比对面那猴子，他没有记忆。对面那猴子早已从天道走过一遭，要突破，循着原路便可。他可不知道原路是哪一条，除非……我们帮他。”

“‘我们两个总有一个会活下去。我希望活下去的那个不用当狗。无论佛门还是道门的狗。’”地藏王默默念了一遍猴子方才说过的话，微微抬起头，长舒了一口气，道，“贫僧明白了，方才那番话是对我们的威胁啊……”

闻言，正法明如来点了点头，道：“不然地藏尊者以为猴子说那些做什么？交代后事吗？他是要告诉我们，如果帮六耳猕猴突破天道，他就会直接认输。到时候，我们就得不到想要的结果了。佛祖出面镇压六耳猕猴，反倒是帮了他一把；若是不出面，六耳猕猴也不见得敢杀他。毕竟……没有了他，佛祖就必然要镇压六耳猕猴。这道理，六耳猕猴只要稍稍冷静下来应该是懂的。”

“呵呵呵呵，那接下来，就得看看双方究竟谁出手了。”

这一刻，天地间的一切似乎都沉默了。

地藏王双手合十，死死地盯着前方的六耳猕猴。

正法明如来依旧一动不动地站着，呼吸似乎沉重了许多。

兜率宫中，通天教主正要起身，却被太上老君一下按住了手。

他错愕地转过头去。

太上老君平视前方，似乎在感知着什么，缓缓地摇了摇头。

…… ……

女娲石前，须菩提屏住呼吸。

…… ……

灵山，半山腰的凉亭中，普贤与灵吉默默地望着风云变幻的天空发呆。

大殿内所有的佛陀，乃至于众罗汉都沉默了。就连如来也只是紧闭双目，端坐在莲台之上，就像什么都没发生。

在场的每一个人都一动不动，却又都在悄悄地感知着四周的一切。无数的神识重叠，哪怕是一丝一毫的气流波动都无法逃过。

忽然间，一直站在台阶上的文殊猛地抬起头望向了如来。

顿时，所有人的目光都朝他汇聚过去，就连如来的眼睛也微微撑开了一条缝。

下一刻，文殊提着袍子一步步穿过人群走到大殿中央，双手合十，默默地向如来行了个礼。

所有的目光都随着他移动。每一个人都屏住了呼吸，似乎都在等着他说点什么。

然而，什么都没有。

文殊只是默默地行了个礼，顿了一顿，紧接着便转身朝殿外走去。

瞬间，每一个人似乎都松了口气。与此同时，他们的脸上又都浮现出一丝错愕。

如来只是默默地目送文殊的背影，直到他消失。

大殿之中依旧一片寂静，不同的是每一个人都在面面相觑。

又一位佛陀出列了，他同样走到正中向如来行了个礼，一声不吭地转身离去。

紧接着，还没等这位佛陀离开大殿，又一位佛陀出列。

第三个，第四个，第五个……

只一会儿，大殿上的佛陀、罗汉已经走了大半。

如来依旧静静地坐着，微微仰头，凝视着大殿顶端奢华的浮雕，淡淡地笑了笑，若有所思。

片刻之后，无数金光从灵山冲天而起，如同一道骤然出现的金色彩虹，横跨了半个天空朝猴子与六耳猕猴所在的方向飞去。

灵山脚下的僧人一个个双手合十，跪地，叩拜。

兜率宫中，太上老君冷哼一声，长叹一声。

“释迦牟尼倒是忍住了，其他人却没忍住啊。”

“我……”通天教主瞧着太上老君，道，“不太懂……”

太上老君轻声问道：“你知道，玄奘的西行，最考验释迦牟尼的是什么吗？”

“什么？”

“心性。”太上老君缓缓闭上眼睛，道，“佛门讲究的从来都是心性。悟了，可一日飞升；悟不了，修万年也是枉然。这其中的悟，其实就是对心的把握。玄奘的每一步，都是如来心头的石子。纵然一无所获，那分量却依旧存在。如来只能一直就这么看着，看完这十万八千里路。个中折磨，只有他自己才体会得到。这才是西行最高明的地方。”

“灵山的佛陀都出动了，那岂不是……”通天教主扭头对着一旁由始至终一言未发的元始天尊道，“我们三个全出动……再拉上镇元子，还有须菩提！再算上女娲！只要释迦牟尼不出动，虽说不一定能赢，但至少不至于落下风吧！”

闻言，元始天尊一下笑了出来。

太上老君也笑了。

通天教主瞧着两人，蒙了：“怎么，我有哪里说的不对吗？”

“话是没错。”元始天尊深吸了口气，撑着膝盖缓缓起身道，“但是……考虑的方向错了。”

通天教主一下子看向太上老君。

太上老君拉着他的手呵呵笑道：“你还是没听懂老夫方才那番话的意思啊。若是打打杀杀能解决问题，玄奘又何苦西行？赢了又如何，那猴子就会乖乖听话了吗？”

“不然怎么办？”

太上老君笑而不语。

云层之中，无数佛陀穿行而过，如同一根根金针刺破白色的丝绸。这一幕被天庭的巡天将准确地照入了镜中。

正从兜率宫返回灵霄宝殿的战舰中，玉帝、李靖、太白金星呆呆地看着镜中的景象，都愣住了。

他们并不知道具体发生了什么，但此时此刻，任何一个人都明白……这是大事！

“接……接下来，如何作为？”

“陛下莫慌，太上老君既然说死守南天门，我们死守便是了。定然不会有错漏！”

太白金星冷哼一声，悠悠道：“六百多年前不就是死守南天门？那时候的南天门和如今相比，如何？结果呢？”

李靖朝太白金星瞪了过去，却也只能干瞪眼。因为他这句话，无可反驳。

玉帝握着李靖的手，颤抖着说道：“召集所有人马！即使不是天军序列也全部召集起来！”

第七百七十四章

预　言

女娲神殿的深处。

须菩提重重地叹了口气，目光落在空无一物的翡翠壁上，一动不动地站着。

“释迦牟尼没出手，其他诸佛，倒是全都出手了呀……”

“这不是好事吗？出手了，便说明诸佛同样对万年不变的佛法有疑虑，只要他们心中有惑，对玄奘的西行有所期待，便是三界众生的福祉。”

“如此一来，玄奘西行的步履将更加艰难。”

“须菩提，你怎会这样想呢？”女娲笑了笑，道，“西行的艰难与否，从来就不应该是关注的焦点。若不是这条路上布满荆棘，前人怕早已经开拓了，也就不需要玄奘多此一举。太轻松的路，即使走到灵山脚下，恐怕也不过是一场空啊。”

闻言，须菩提笑了。那是无奈的笑。

“其实，有些事我从未与人说起。今日，就说与娘娘听吧。娘娘就当是老头子老糊涂了，发牢骚、说胡话便是。”

“什么事？”

翡翠壁中，女娲的身影缓缓地悬停，面向须菩提，静静地等着。

“我那徒弟，您是见过的。”

“你是说那只臭脾气的猴子？”

须菩提点了点头，道：“最初的时候，他本是来自天外的魂魄，附着在即将降生的灵猴身上，二魂共生。只因带有天外的记忆，故而才成为那天道石唯一的死穴。而后又被天劫将二魂强制分开。现如今，已经分不清彼此，但原本的记忆却是还在。”

“这个知道。然后呢？”

“这在六百多年前是个秘密，现如今已经算不上了。三界之中，凡是有些手段、地位的神仙、妖怪、佛陀，都知道这段往事。不过，有些事却是他们不知道而老朽知道的。”

“比如？”

须菩提缓缓抬起头，抿着唇轻笑道：“我那弟子所带来的记忆究竟是什么？”

闻言，翡翠壁中的女娲不禁怔了一下。

…… ……

狂风中，穿梭云间的佛陀们降低身形，紧贴着地面掠行。

他们的速度越来越快，直奔狮犵国而去。

…… ……

兜率宫中，太上老君依旧端坐，凝视着手中茶壶缓缓倒出的水，泡茶的动作可谓分毫不差，脸色却略显凝重。一份心思早已飞到远方。

一片废墟的狮犵国中，猴子与六耳猕猴依旧僵持着，远远地对视。

六耳猕猴无力地笑着，竟有一种虚脱的感觉。

他缓缓回头望向正法明如来所在的方向，笑道：“他们……应该已经来了。虽然我只是枚棋子，但至少他们还不愿意放弃这枚棋子。嘿嘿嘿嘿，当棋子也有当棋子的好处啊，你说是不是？”

猴子面无表情地注视着六耳猕猴：“你真的决定要去当他们的狗了？”

“这个问题，刚才我已经说过。没有选择，不是吗？”六耳猕猴朝猴子身后的杨婵、杨戬等人看了一眼，笑道，“你说我更可能是真正的孙悟空，但是你已经鸠占鹊巢。他们都站在你那边，无论我做什么都没用。可他们本来应该站在我身后啊……”

杨婵扶着杨戬，远远地看着。所有人都注视着六耳猕猴，默不作声。

“其实他们一点都不重要。”六耳猕猴缓缓地闭上眼睛，长叹道，“全部加起来，也不过就是一棍子的事。可我就是不甘心。还有……我打不过你，我承认。这副身躯没办法将力量发挥到极致。一样的心法，一样的修为，正面冲突，我必定会落败，而你又占尽了优势。”

六耳猕猴低下头，看了一眼自己的手。

那绒毛之下的皮肤早布满了裂痕。裂痕之中隐约可见的绒毛时刻提醒他，这不过是一具没有血肉的驱壳罢了。

用这样的身体，真的能夺回属于自己的东西吗？

“所以，我没有选择，只能当狗。”他抬起头，又一次面对猴子，露出诡谲的笑。

猴子依旧静静地站着，没有任何动作。

时间一点一滴地流逝。

六耳猕猴的身后，站着正法明如来与地藏王。只要形势不对，他们毫无疑问会出手。

猴子的身后，是须菩提、三清！然而，他们却似乎并没有让猴子一举将六耳猕猴击败的打算。

胜利的天平似乎开始向六耳猕猴倾斜。

女娲神殿的深处，须菩提捋着长须无奈地笑着，缓缓叹道：“昔日的太上老君，把持天道，威凌三界。无所不知，无所不能，是为‘无为’。即使今日，他依旧是三界之中最善算之人。可这三界之中，有些东西，太上老君却并不知晓。”

翡翠壁中，女娲没有说话。

“猴子从天外带来的记忆是谁也读不透的东西，因为那根本不属于这个世界。即使当年，老朽初遇他之时，若非他心中闪过片影，就连老朽的读心术，恐怕也读不明白。”

“那些记忆有什么问题吗？”女娲忍不住问道。

“那是另一个世界的记忆，不过与这个世界有关。”

“究竟是……什么记忆？”

“‘一个和尚，带着一只猴子，一头猪，一只河妖，西行打怪的故事。’”

闻言，女娲笑了。片刻之后，翡翠壁中的笑声戛然而止。

这一刻，洞府之中只剩下无尽的沉默。

须菩提缓缓说道："这话不是老朽说的，是那猴子跪在斜月三星洞前拜师的时候亲口说的。"

"你是说……"

"为何他只是确定了玄奘与释迦牟尼敌对就愿意出山。想要依靠玄奘一个凡人去证道，击败存在万年之久的佛门，这本是异想天开的事情。为何他一定要邀请昔日的仇敌天蓬加入，而不邀请与天蓬修为相差不多、对他忠心耿耿的黑熊精。其实……最诡异的是他为何要邀请修为尚浅又无甚特长的西海三太子敖烈？这一个个举动，难道不奇怪吗？"

听到这里，女娲彻底沉默了。

"任何人，无论修为多高，就算被压在五行山下，就算当初全无修为之时，都不可能读出他来到这个世界之前的内容。然而，娘娘您细想，一直以来指引这猴子往前的，除了他来到这个世界之前的记忆，难道还有第二个东西吗？"

须菩提深吸了口气，长叹道："为何老朽这样一个早已对三界失望透顶归隐山林的人，会忽然出山？难道只是因为金蝉子的几句话？若说老朽真的神通广大，算出了闹天宫、西行，又为何会算不出自己要赔上座下九位入室弟子？

"其实与那猴子一样。由始至终，让老朽坚信只要玄奘能走到灵山脚下就必定能证道的，都是那个故事。因为，对我等而言，那根本就是一个预言，一个来自另一个世界的预言！从水帘洞开始，到十万八千里拜师，到闹天宫，被压五行山下，再到西行！我、太上老君、释迦牟尼，我们预料到的和预料不到的，故事里的每一个节点，都在以不同的方式应验！"

须菩提顿了顿，以一种极为平缓的语气说道："面对它，我们唯一需要做的，是尽可能地控制，不要让它偏离我们想要的！不要让自己站到预言的对立面。"

六耳猕猴仰头看到一道道金光透过云层将大地映成了金色。

紧接着，片片金色羽毛伴随着一尊尊盘腿而坐的金佛从天空中缓缓降落。

这一刻，他笑了，笑得有那么一丝癫狂。

那身后，正法明如来从衣袖之中取出了一个金箍。

只一眼，猴子就彻底呆住了。

“正法明如来……就是观音，那金箍？”他低下头，看到自己手中的铁杆兵，看到六耳猕猴手中的金箍棒，瞬间起了一身的鸡皮疙瘩！

第一次……他对自己在这个故事中扮演的角色，有了质疑。

到底谁才是……那个被打死的真正的六耳猕猴？

第七百七十五章

真假美猴王

“善聆音，能察理，知前后，万物皆明……前知五百年，后知五百年……”

这是《西游记》中对六耳猕猴的描述。如今想来，这活脱脱的不就是自己吗？

之所以前知五百年后知五百年，是因为自己根本就是穿越来的。也正是因为如此，所以算不到自己被打死的结局。

真假美猴王，一个本就不是孙悟空的孙悟空，意图取代原本的孙悟空，最终被如来制止，被真孙悟空打死的故事啊。

“呵呵呵呵。”猴子无语地笑着，心已经凉了半截。

果然是，每一个节点，都在以出乎意料的方式应验啊。谁又能想到，自己当了一辈子的真孙悟空，最终却是假的呢？

此时此刻，虽然仅仅只是从细枝末节看到这些诡异之处，但猴子仿佛已经看到宿命在朝自己走来。

佛光将变成废墟的狮狏国整个照亮。

一尊尊金色的佛陀飘荡在半空中，如同漫天的星辰俯视凡尘。

眼前的一切，仿佛又回到了六百多年前花果山的那一天。

苍茫大地上，妖将们忍不住后退了一步。杨婵惊恐地看着这一切。

包围圈中，猴子孤孤单单地站着，握着本不属于他的铁杆兵，双目放空，任由夹带着细沙的风从自己的脸颊刮过。

远处的悬崖上，正法明如来捧着金箍，缓缓地跨出了一步，仿佛踏着一条看不见的阶梯一步步凌空向六耳猕猴走来。

正法明如来张口喊道："孙悟空！你愿不愿意皈依我佛，从此四大皆空，只尊佛法！"

一时间，悬浮四周的佛陀纷纷应和："四大皆空！只尊佛法！"

空灵的诵经声在天地间响起，无根无凭，无处不在。一道金光穿透云层落到了六耳猕猴身上，点点晶莹洒在他的肩头。

六耳猕猴呆呆地抬头仰望那刺眼的光辉。

"戴上这个金箍，你就是佛。"

"斗战胜佛！"

"从此将不再有回头的路！"

"你将肩负起保护玄奘取经的重任。任何阻挡你的都允许你将其彻底消灭。"

"你才是唯一的孙悟空，佛门将成为你坚实的后盾。"

猴子静静地听着，嘴角微微抽搐。

玄奘静静地听着，一脸的茫然。

天蓬静静地听着，满眼的疑惑。

杨婵静静地听着，一脸的错愕。

黑熊精、卷帘，已经彻底蒙了。

"保护玄奘法师取经……这是什么情况？"

"他们想将假取经真辩法，做成真取经假辩法吗？"小白龙悠悠说了一句。

"难怪正法明如来也掺和进来了，他原本就是支持玄奘法师西行的。"天蓬恍然大悟。

猴子依旧静静地站着，任凭风沙从自己的身旁刮过。

此时此刻，没有人更清楚这些话的意思了。

几乎整个佛门都出动了，连态度暧昧的正法明如来也来了。这说明什么？

这说明他们针对的根本就不是玄奘，而是自己。因为自己极有可能靠向太上老君一方。

一旦自己彻底靠向太上老君那方，那么西行就必定失败。如此一来，正法明如来需要一个人，继续护送玄奘西行，好让诸佛看到西行的结果。

想到这儿，猴子不由得笑了出来。那笑中充斥着嘲讽的意味。

原来，即使西行成功，也不代表自己就能解脱……这个世界其实还存在着另一种可能，那就是自己早在西行结束之前已经彻底消失了，根本看不到西行的结果。他们甚至不称呼六耳猕猴，而直呼孙悟空。

他是孙悟空，自己又是谁呢？

此时此刻，猴子紧握铁杆兵的手抖个不停。

“孙悟空！你愿意吗？”

如同雷鸣般的声音在天地间响起，大地都在颤动。

六耳猕猴微微低头，看了猴子一眼，缓缓地笑了出来。那是从未有过的兴奋。下一刻，他仰头用撕心裂肺的声音回应道：“我愿意——！让我干什么我都愿意！只要能将这家伙撕成碎片！能让我当这三界之中唯一的孙悟空！”

“从今往后，你就不再是妖族的齐天大圣，仅仅是佛门的斗战胜佛。如此，你也愿意？”

“愿意！我愿意！哈哈哈哈！我愿意！”六耳猕猴看着猴子癫狂地笑着。

那身后，正法明如来正一步步朝他走来。

道道金光从天而降，将六耳猕猴笼罩其中。他身上的伤痕正以肉眼可见的速度愈合着。

四周无数的佛陀正在给他护法，加持。

“原来如此啊，”兜率宫中，通天教主一拍脑袋，笑道，“这倒是出乎意料啊。”

“这不是理所当然的吗？”太上老君笑眯眯地说道，“难道你以为，这世间的事都要用武力解决？三界之中的每一个人都是棋子，却又是独立的一方。这场大戏就要开锣了，却不是仅仅只有两方而已。我们是一方，释迦牟尼是一方，诸佛是一方，须菩提是一方，猴子、六耳猕猴又各是一方。玄奘也是独立的一方啊。这是一盘乱棋，就看我们如何用好这局势，乱中取胜了。”

“对对对。”通天教主不住地点头，“还好方才拉住我了，不然，可就一脚踏入这泥潭之中了。”

一旁的元始天尊缓缓地捋着长须，细细思量着。

女娲宫中，须菩提静静地站着。

“你觉得，此情此景，你这徒弟会如何抉择？”

须菩提缓缓地摇了摇头。

冷风中，猴子依旧静静地站着。

他回头望向玄奘。

这一眼，不知为何，玄奘忽然一愣，不自觉地后退了一步。

天蓬连忙挡在了玄奘身前，与猴子对视着。

“现在怎么办？”吕六拐低声问道。

没有人回答。

牛魔王的目光不断在猴子与玄奘身上扫视，他似乎拼命地想读出点什么，可惜知道的太少，根本无法作出判断。

四周的妖将全都蒙了，一时间不知所措。

“你想做什么？”一个声音在猴子的脑海中响起，是天蓬。

“你想杀了玄奘法师，彻底投靠太上老君吗？

“你刚才说过如果只能有一个活下去，你希望无论如何不要当狗，无论佛门还是道门的狗！”

天蓬的声音在猴子的脑海中盘旋着。他不断地说着，可惜这话就连说话的人自己都觉得乏力。

六耳猕猴已经走向佛门。不投靠太上老君，难道猴子要单独应对佛门与六耳猕猴吗？

他还有胜算吗？

猴子没有回答，连一个字都没有说，只是静静地注视着玄奘。

双方就这么僵持着。

正法明如来手持金箍，一步步朝六耳猕猴走去。

道道金光在六耳猕猴身上汇聚。一阵剧痛传来，六耳猕猴脸色都变了。他能清楚地感觉到有一股力量在侵入他的身体，而身体里原本的力量，正在被洗涤、焚烧，彻底地驱离。

在金光的作用下，一丝丝黑气正从他身上的裂痕中被逼出，化作青烟飘散空中。

他死死地忍着，看着一步步朝自己走来的正法明如来，笑着。

就在此时，猴子缓缓闭上双目，扭头朝六耳猕猴望去，坚定地说道："对不起，我刚刚说错了，我才是真正的孙悟空。"

瞬间，所有人都愣住了。

下一刻，猴子化作一道金光，嘶吼着朝六耳猕猴冲了过去！

第七百七十六章

光　壁

“拿命来——！”

一声嘶吼，猴子手中的铁杆兵骤然伸长，狠狠地朝六耳猕猴砸过去。

他口中的獠牙在光影之中闪着寒光。这也许是这次战斗以来，猴子第一次不冷静吧。

此时此刻，背对着猴子的六耳猕猴却仿佛什么都没发生，他望着正法明如来缓缓地咧开嘴笑。

天空中的诸佛齐刷刷掐手，一面巨大的光墙在六耳猕猴的身后竖起，与铁杆兵正面碰撞！

这一幕，就连最了解内情的天蓬也完全没有意料到。所有人都怔住了，他们只是眼睁睁地看着。

天地间的一切仿佛都失去了声响。所有人都屏住了呼吸。

一道白光闪过，狂暴的气流在两者的碰撞点炸开。六耳猕猴脚下的地面凭空塌陷。四周所有的一切都在顷刻之间灰飞烟灭。

然而，这只不过是个开始。

那是匪夷所思的力道，以至于天地间的光影都被扭曲。光球夹带着热浪朝四周横扫而出，从天空中俯视，如同大地上凭空长出五彩斑斓的巨蛋，飞速扩散。六耳猕猴、正法明如来、猴子乃至于天空中的佛陀全都被吞噬其中。

下一刻，巨大的轰鸣声响彻三界！

当这“巨蛋”扩散到身前时，站在远处的杨婵等人才体会到那力道的可怖。数里的距离，它所夹带的气流，甚至连修为达到太乙金仙的天蓬都只能勉强站稳脚跟。那些修为不高的普通妖将，全部直接被掀飞了。

若不是杨戬及时撑出的气场将杨婵裹在其中，她怕是也逃不脱被掀飞的厄运。

所有人都被这突如其来的一击打蒙了。不过，那“巨蛋”正中的激战才刚刚开始。

强大的力道之下，猴子手中的铁杆兵已经打出，然而，眼前的坚壁纹丝不动。

坚壁后面，六耳猕猴静静地站着，站在一块灵力凝成的石板上。正法明如来一步步朝六耳猕猴走来。

一声暴喝，猴子手中的铁杆兵骤然收回，他一个翻转又是一击朝坚壁砸了过去！

天空中的诸佛脸色一变，连忙紧闭双目加大了诵经的声响。顿时，光墙又厚了几分。

第二轮的冲击悄然而至。

山坡被推平，山坡上原本站着的几个人早已顾不得许多，只能一个个咬紧了牙应对，甚至无暇顾及“巨蛋”的中心究竟发生了什么。

又是一击，光壁依旧，而猴子的虎口早已崩裂，身上的灵力也强化到隐隐有些失控的状态。一根脱落的绒毛在巨大力量的侵蚀下化作飞灰，飘散。

光墙背后，六耳猕猴缓缓地回头，瞧着猴子笑了笑。那笑中充满了嘲讽。

瞬间，猴子又一次发出嘶吼！

铁杆兵再一次朝光壁砸了过去。

兜率宫中，通天教主的眼角不由得抽了抽：“他这是想毁了三界？”

“毁了不至于，不过……西牛贺洲中部怕是几百年内寸草不生了。”太上老君面色凝重地说道。

女娲神庙的深处，须菩提静静地注视着身旁桌案上微微颤动的茶杯。

激战的余波，甚至连女儿国都能清楚地感觉到。

第三击，第四击，第五击！接连不断！

这一下，不仅仅是外围的杨戬、杨婵等人，就连悬浮空中的诸佛都看傻眼了。

可是，他们又能怎样呢？

从踏出大雷音寺的那一刻起，他们便没有回头路了，只能拼了命地去支撑那面光墙，与一个无限接近天道的行者道修者拼灵力！

这无疑是一件极为恐怖的事情。

刚开始的时候，诸佛拼尽全力去支撑光墙，可渐渐地，味道似乎变了，变成了光墙拼命地从他们的身上抽取力量，如同一个无底洞一般！

打到第十二击的时候，那些佛陀脸色都有些难看了。猴子的手掌早已鲜血淋漓。然而，他丝毫没有退缩的打算，反而越来越猛！

此时此刻，正法明如来握着金箍来到了六耳猕猴的面前。

“这金箍戴到头上便会同时戴进心里。只要你稍稍违背自己所承诺的，便会痛入骨髓，再没有回头路。你可考虑清楚了？”

“我考虑清楚了！”六耳猕猴甩开前摆，在猴子的面前单膝跪下，低头道，“来吧！”

正法明如来看到猴子浑身上下仿佛浸在闪电中一般，他疯狂地翻转着，一击接着一击地冲着光壁砸去。

忽然间，一位佛陀身形一晃，从空中栽倒下来。

在天空中主持法阵的文殊脸色微微变了变。他猛然向四周的同伴望去，发现他们皆面露难色。

眼看着猴子又准备一棍朝光壁砸过来，文殊猛然喊道：“解！”

顿时，光壁消失了！

“莲台佛光！”

文殊一声暴喝，六耳猕猴的身后凭空出现了一个巨大的莲台！

金色的光辉从天而降，照到了莲台上。

文殊的身影也出现在莲台之上。他扎稳马步，对着迎面而来的铁杆兵撑开双手。

紧接着，一个又一个佛陀落到了莲台之上，齐刷刷地对着铁杆兵撑开双手！

“千佛阵！定！”

铁杆兵就这么被硬生生定在了空中！无论猴子如何动作，它纹丝不动！

这一刻，莲台上的诸佛才稍稍松了口气。

六耳猕猴缓缓从正法明如来的手中接过金箍，向自己的头顶戴去。

猴子睁大了眼睛，呆呆地看着这一幕。

一个声音在他的脑海中响起。

“三界之中，没有人可以为所欲为，就连老夫亦是如此。总是有些东西，必须要牺牲，比如自由。只有牺牲了那少数的东西，你才可以守住更多的东西。”

兜率宫中，太上老君缓缓地叹息着。

“你想我杀玄奘吗？”

“杀他，是最直截了当的办法。如果他顺利向西，无论证道成功与否，都将令天道产生新的偏移。这是绝对不应该发生的。如果你实在不愿意，老夫自会找人代劳。当然，除此之外，你还必须做一些其他事情。毕竟……你是最初的天道裂痕，只有你才能让一切恢复原状。”

“嘿嘿嘿嘿。”猴子死死地拽着铁杆兵，笑了出来，“天道要求做的，就必须做。天道允许做的，才能做。天道不允许的，就绝对不能做，对吗？”

“对。无关对错，关键只在于天道的轨迹。”

“那样和跪在佛门脚下的六耳猕猴有什么差别？！老子忍西行一路，为的是万世安康，你却告诉老子要忍万世？”

太上老君沉默了。

所有的一切仿佛在这一刻定格了一般。

兜率宫中的太上老君沉默着。

女娲神殿中的须菩提沉默着。

战场之上的猴子沉默着。

所有人都呆呆地看着，等着。唯独六耳猕猴的手握着金箍，在缓缓地移动，一点一点地朝自己的头顶戴去。

“你考虑一下吧。”

“不用考虑了！”猴子猛地喊了出来，那臂膀上的肌肉在这一刻膨胀到了极致，猛地崩裂开来！如同无数缠绕在一起的蚯蚓一般，骇人。

鲜血飘散在空中，在澎湃灵力的侵蚀之下，瞬间失去了鲜红的颜色。

就在六耳猕猴手中金箍距离头顶只剩下一寸距离时，铁杆兵微微一颤，动了！

第七百七十七章

英雄的归宿

瞬间，所有的佛陀都蒙了。

“撑住！”正法明如来一声暴喝，所有人都被惊醒了。

文殊眉头一蹙，硬着头皮双手一掐，那面光壁又一次被撑起。

那些佛陀也只得一个个跟上。

相隔数里之外，地藏王咬了咬牙，也加入支撑光壁的序列。

“咣”的一声巨响，铁杆兵又一次砸在了光壁上，地动山摇！

正法明如来低下头，恍然发现六耳猕猴举着金箍的手顿住了。

“你还不快戴上！想等死吗？”

闻言，六耳猕猴只得双目一闭，心一横，将金箍扣到了自己头上。

呼啸的风声中，铁杆兵又一次席卷而至。

所有人都呆呆地看着。

兜率宫中，太上老君一动不动地注视着身前空无一物的地面。

女娲神殿内，须菩提微微地攥紧了拳头。

空荡荡的大殿内，如来缓缓地闭起了双目。

一声巨响。这一次，光壁彻底碎裂。即使地藏王加入，他们也没能再抵住猴子的一击。

众佛陀如同流星一般被甩飞了，金色的鲜血在天空中画出圆弧。

莲台碎裂，文殊后挫，好不容易才顿住身形。

猴子的身影缓缓下坠，落地的瞬间，他一步踉跄，差点儿就摔倒了。他握着铁杆兵的手在抖，一滴滴鲜血从虎口处渗出，顺着铁杆兵的纹路一点一点地扩散，流淌，滴落。

他重重地喘息，仿佛已经筋疲力尽。

他抬起头，看到跪在正法明如来身前的六耳猕猴缓缓起身。

六耳猕猴转过身，猴子看到了他头顶上那闪烁的金箍。

这一刻，猴子怔了一下。

不仅仅是因为那金箍，更是因为……他从六耳猕猴的脸上，看到了从未见过的祥和。

是的，祥和。没有一丝一毫的戾气，一个截然不同的六耳猕猴。

狂风从他的脸颊掠过，绒毛微微颤动。他静静地注视着猴子。

“你还是戴上了……”

“我不得不戴。”六耳猕猴淡淡道。

“那我为什么可以不戴呢？”猴子道，“不要为自己做的任何事情，找借口。”

六耳猕猴没有接话。

天空中无数闪电交错。不仅仅是天空中，四周的每一个角落，都依稀可见闪电在跃动。

那身后，正法明如来轻轻后跃了一步，手刀从腕处划过。顿时，金色的鲜血飘洒而出。

飘洒的鲜血在空中如同一条蜿蜒的河流一般有序地流淌着，缓缓朝六耳猕猴而去。

“你是没有肉体的，而要击败他需要一具肉体。贫僧可以用一半的修为，为你重塑一具肉体。但你首先必须皈依佛门，否则，新的肉体会与你原本的力量相排斥。这也是一定要你戴上金箍的一个原因。”

六耳猕猴缓缓回过头去看了一眼朝自己流淌而来的血的蜿蜒河流，静静地站着，不闪不避。

很快，金色血液触及他的背脊，仿佛晕开了一般，沿着背脊，他的绒毛从暗金色变成了真正的金色。

忽然间，六耳猕猴的眼眶红了，泪水一点一滴地顺着他的脸颊滑落，无论如何也止不住。

六耳猕猴用手沾了沾自己眼角的泪，轻声问道："这……这是什么？"

正法明如来道："这是你的戾气，还有记忆。"

"戾气？"

"只有排干所有的戾气，以及戾气所依附的东西，你才能真正重塑身体。"

"这是，我一直坚守的东西。"不远处的猴子开口道，"你从来就没有记忆，这些，顶多是残留的一点碎片罢了。"

那些眼泪依旧连绵不断地下坠，那是猴子的戾气，也是他的记忆。每一丝的戾气，都附着在眼泪之上。那是八百年的苦楚。

六耳猕猴用手抓住头顶的金箍，痛苦地哀号、挣扎。他嘶吼道："我不要了！把它拿走！拿走——！"

此时此刻，仅仅是百分之一碎片的爆发，就足以让他崩溃。他跌跌撞撞地奔跑着，跌倒在地，蜷曲成一团，挣扎着。

然而，身后的正法明如来并没有停手。他咬紧了牙，拼命地从自己的身体里释放出修为，混在血液中，一点一点地注入六耳猕猴的体内。

四周的河水早已断流，天空中的云层在流转，远处的山川在缓缓地崩坏。

六耳猕猴歇斯底里地哀号翻滚。他感觉所有的一切都在慢慢地褪去颜色，变成一般模样。他感觉四周的一切都在变得虚幻，无法触及。唯有那剧痛如此真切。

这种感觉和当初在那虚空之中，竟如此相似。

如果是这样，他为什么要戴上这金箍呢？

此时此刻，对他来说唯一真切的，竟只剩下眼角的泪。可那些眼泪正在离他而去。

他疯狂地嘶吼，试图阻止这一切，可惜，早已没有了回头路。

远处的杨婵等人都震惊得张大了嘴。

四周被猴子打倒在地的佛陀一个个起身，盘腿而坐。瞬间，唱诵的佛经传遍天地间的每一个角落。

恍惚中，六耳猕猴似乎感觉到在所有的一切都渐渐淡去的同时，西方有一道金光亮起。

佛经的唱诵充斥了他的双耳，前方的金光在指引着他的去路。

渐渐地，他不再挣扎了，只是呆呆地望着西方。目光空洞得如同死人一般。

猴子瞧着六耳猕猴，笑了。

前世的西游，孙悟空戴上金箍的时候，也是这般场景吗？

这就是英雄的归宿吗？

猴子抿着唇笑了，看着已经如同行尸走肉般的六耳猕猴，缓缓地闭上了眼睛。

下一刻，他猛地睁开眼睛，挥着铁杆兵朝正法明如来砸了过去。

正法明如来连忙闪避开。与此同时，他手腕间的血液却依旧源源不断地注入六耳猕猴的身体。

一棍落空，猴子拖着疲倦的身体又扫出一棍。

地藏王出手了。

他一个飞身落到正法明如来的身侧，轻轻一推，将正法明如来推开，巧妙地躲过了猴子的攻击。然而，自己却扎扎实实地挨了一棍。

好在此时猴子早已脱力，否则，地藏王就算不死也得重伤。

猴子不甘心，一声叱喝一跃而起，对准了正法明如来的天灵盖又是一棍重重砸下。

这一次，是文殊飞身将正法明如来推开的。

由始至终，正法明如来只是专心致志地向六耳猕猴注入自己的鲜血。

“还等什么？还不快趁此机会要他命——！”猴子猛地呼喊道。

闻言，远处的众人被惊醒了。众妖将连忙手持兵刃冲上来。

那些受了重伤的佛陀匆忙应战。

一时间，双方杀成一团，却彼此都早已脱力，看上去就像一群小孩在泥潭里打滚一般，完全失去了原本的气势。

站在远处的杨戬轻轻一叹，一扭头，忽然发现自己身旁除了没有加入战局的杨婵之外，还站了一个人——玄奘。

“法师……没事吧？”

玄奘缓缓地摇了摇头，眨巴着眼睛看着眼前的一切。

“法师，这里不安全，不如让我……”

还没等杨戬说完，玄奘就摇了摇头，那嘴唇越抿越紧。

许久，他轻叹道：“贫僧欲度众生，才踏上这西行一路。可是……”

他望着苍茫天地道：“众生，却因此受害。这样证出来的道，真的有意义吗？”

第七百七十八章

由不得你

牛魔王一把将一位佛陀掀翻在地，直接化出原型，变成一头巨大的公牛过去就是一阵践踏。哪知另外三位佛陀联起手来，甩出一个光圈直接将他震开了。

猕猴王在战场的四周来回地绕着，凭借着速度优势不断地偷袭着一个又一个佛陀。

天蓬与卷帘带着其他几只妖将结成战阵，很快在混战中站稳了脚跟。

吕六拐挽着衣袖在战场中央来回大呼小叫着，可惜那些佛陀即使受了伤，随便哪一个仍旧比他强，他只能瞎嚷嚷。

在场的佛陀们一个个早已负伤，虽说相比猴子的妖怪军团有着修为上的绝对优势，此时也只能被撵着跑。不过，也仅是被撵着跑而已，妖怪们并没有啃下这块骨头的能力。甚至如果对方有心应战，谁撵谁还说不定呢。

当然，这些不过是周边因素。真正决定胜负的，是战场正中央的几个人。

猴子气喘吁吁地站着，面对着还在向六耳猕猴注入自己鲜血的正法明如来，还有正法明如来旁边的地藏王以及文殊。

这当中，地藏王还是全盛状态，文殊已经受了伤，正法明如来则压根儿无法参战。可以说，对面的三人战力早已折半了。即便如此，猴子又能如何呢？

猴子自身不也是强弩之末了吗？虽说对面三个都是佛修，论直接近战不如他这极限行者道，但说到底，也是三个修为几乎与他齐平的佛修啊。

此时，就算让他单独应对一个地藏王都有些难度，更别提要同时对付三人了。

这一战的胜负，似乎早已摆在眼前，无可逆转了。大概，这才是佛陀们无心恋战的真正原因。

时间一点一滴地流逝着。侧边上，六耳猕猴只是一动不动地跪着，双目空洞，如同死了一般。他任由正法明如来的血注入自己的身体。

兜率宫中，太上老君深吸了一口气，端起茶杯抿了一口。

“接下来怎么做？”通天教主道，“佛门真的将六耳猕猴收归麾下了……那，我们该怎么做？”

“什么也不做。”

“不做？”

“对。”元始天尊接话道，“什么也不做。恢复无为的关键，是那还保有记忆的猴子。他的脾气，我们都是领教过的。除非他来求你，若是你去求他……呵呵呵呵。”

元始天尊呵呵笑着，没有再将话往下说。

太上老君无奈地摇了摇头，算是同意了他的说法。

通天教主将这一幕看在眼中，说不出的郁闷。他憋着一口气，咬牙道：“这猴子也真是不长眼睛，都到这份上了，居然还死抱着玄奘不放？那秃驴，真能证道帮他扭转乾坤不成？实在不行，要不……”

通天教主目光闪烁了一下，扭头看向太上老君，压低声音道：“要不，就让六耳猕猴赢！”

闻言，太上老君与元始天尊都不由得愣了一下。

“对！就让六耳猕猴赢！”通天教主攥紧了拳头道，“六耳猕猴赢了，天劫收走了那猴子的魂魄，天道，不就自然扶正了吗？到时候……”

“那猴子的魂魄被收走了，谁来对付六耳猕猴？”太上老君反问道。

通天教主无言以对。

太上老君接着说道：“到时候，他可多半已经重返天道‘无极’了啊。我们要让西行走不下去，就得先过六耳猕猴那一关。谁来对付他？你，还是我？除此之外，还有佛门的佛陀们，甚至……他们背后的释迦牟尼。”

闻言，通天教主只得重重一拳敲在自己的膝盖上，怒道：“若是那猴子真的吃了秤砣铁了心，就是不来找呢？我们又该如何？这次若输，可不是等个几百年再翻身那么简单了！”

“不管如何，我们现在都只有一个办法。”太上老君伸出一指，轻声道，“等。”

女娲神殿中，须菩提依旧静静地坐着，一动不动。

翡翠壁中传来了女娲的声音：“须菩提。”

“嗯？”

“你说的那个预言，自己信几分？”

“全信。”

“全信？到现在也是如此吗？”

“当然。”须菩提捋着长须道，“正法明如来刚刚给了金箍，真假美猴王，这不都应验了吗？只是，可能不是我们一开始所想象的那样罢了。总之，西行一路一定会继续走下去，是不是我们想要的结果，就不知道了。”

“既然如此，你想这一路怎么走下去呢？也和正法明如来一样，想让六耳猕猴保护玄奘继续西行吗？”

须菩提沉默了，许久才开口道：“正法明如来要的是西行有个结果，至于这道究竟证了还是没证，他并不关注。”

“所以，你希望还是由孙悟空继续保护玄奘？”

须菩提点了点头，道：“如此，自然最好。可惜这局面老夫已插不上手了。”

“你插不上手，或许……本宫能做点什么也说不定。”

听她这么一说，须菩提不禁怔住了。

僵持之中，正法明如来终于断去了持续注入六耳猕猴体内的鲜血河流。他随手一抹，手腕处的伤口便彻底愈合。

他缓缓地将手收入衣袖之中。虽说佛陀的肤色都是金黄的，从表面上看不出气色的变化，但正法明如来的佛光明显比之前暗淡了许多。甚至，已经与其他普通佛陀没有多大区别了。

四周所有的人都停下了动作，一个个静静地注视着依旧呆呆跪地的六耳猕猴。

猴子也静静地看着他。

许久，一道金光从天而降照在六耳猕猴身上。顿时，光华大盛。

他缓缓地抬头，迎向头顶的金光。

一时间，诵经声充斥了天地间的每一个角落。不过四下望去，却又不见任何一个佛陀在诵经。

好一会儿，猴子才发现那诵经声的源头竟是六耳猕猴微微颤动的嘴唇……

猴子猛地吃了一惊，正准备有所动作，六耳猕猴缓缓地起身回过头来。

那是一张没有任何表情的脸，平淡得如同一块木雕。六耳猕猴轻声道："从今天起，由我护送他西行。"

"你护送他西行？"猴子笑了，"我要是不同意呢？"

"由不得你。"这一句，六耳猕猴说得斩钉截铁。然而，那眼神却有些恍惚，就像一个已困到了极点随时都可能睡过去的人一般。

六耳猕猴手一扬，被丢在远处的金箍棒瞬间落入他的手中！

第七百七十九章

红 线

“由不得我？”猴子攥着手中的铁杆兵，缓缓地笑了。他深吸了口气，抬头仰望头顶翻滚的云层：“你是说，由不得我，对吗？”

“你是聋子吗？”六耳猕猴挑了挑眉。

猴子注视着六耳猕猴道：“那就试试吧。老子收拾不了如来，还收拾不了你？！”

六耳猕猴半眯着眼，一步步后退，与猴子拉开距离，摆出了迎战的架势。

此时此刻，四周呆呆看着的人全都不自觉地咽了口唾沫。

站在六耳猕猴身后的正法明如来一步踉跄，险些跌坐在地，好在地藏王从侧边上一把将他搀扶住。

文殊走到两人身旁，静静地站着，与他们一起注视着前方的六耳猕猴与猴子。

对他们来说，该做的事情已经做完了。接下来，便是静静地等待西行的结果。

远处，玄奘睁大了眼睛看着。他嘴唇微启，却半晌没说出一句话来。

自己才是西行的主角，可是他能怎么样呢？这两只猴子有谁会听他的吗？

对于如今的局势，他这个主角，根本就无能为力。

大雷音寺中，如来缓缓睁开了眼睛，目光朝一旁扫去。

顿时，被他一眼望到的佛陀连忙走下台阶，来到正中，双手合十道：

“尊者有何吩咐？”

“去替本座带句话给正法明尊者。”

“弟子遵命。”说着，佛陀躬身行礼，迈着小步往外走。

不多时，那佛陀快步冲出殿外，一个纵身冲天而起，朝向狮犵国的方向。

女娲神殿内，须菩提望着翡翠壁中早没了半点儿动静的女娲的身影，重重地叹了一口气。

…… ……

兜率宫中，太上老君握着茶杯的手松了又紧，紧了又松。

“杀——！”一声暴喝，猴子挥舞着铁杆兵，化作一道金光朝六耳猕猴冲了过去。

六耳猕猴猛地抬起手，横握金箍棒。

下一刻，疯狂的气流又一次炸开，沿着地表疯狂地扩散。狂风之下，四周的人一个个赶紧闭上双眼抵御风沙。

紧接着，是一阵猛烈的轰鸣声。两道金光在不到十丈的范围内反复交错，如同一个钻子疯狂地往下压。地面的岩石如同豆腐一般瞬间被撕得粉碎，化作灰烬。

仅一刹那，在他们激战的地方出现了一个深达五丈的坑，以不可思议的速度增长着。

大地在颤抖。

一道道裂痕如同疯狂滋长的藤蔓向四周不断蔓延，转眼之间，刚才在激战之中被彻底推平的大地变得千沟万壑。仅存的山体在轰鸣声中迅速崩坏。

此时此刻，这两只猴子不再是之前那般一个打一个退，或者一个追一个被动地迎战。他们是彻彻底底地在拿自己所有的力量厮杀，就为了争那个本该属于自己的名分。

“你赢不了我的！我已经是佛，拥有真正的身体！而你，不过是苟延残喘！”六耳猕猴的声音如同雷鸣般响彻天地。

“哈哈哈哈！试过才知道！大不了就是一个死！老子还真没怕过死！”

猴子癫狂地笑着。

那深坑之中，铁杆兵如同擎天巨柱般猛然竖起，直冲三重天。六耳猕猴握着金箍棒一个纵身巧妙地闪避开，落到了远处的平地上。

短暂的平静。

下一刻，铁杆兵只微微一收缩，六耳猕猴一个转身又冲了过去，直接撞在深坑侧边的岩石上——洞穿！

是的，直接洞穿过去！他没有用任何与遁地有关的法术，而是直接靠着自身强大的力量冲进岩石，直奔地底深处。

顿时，掀起的沙尘如同一股喷涌的泉水朝四周扩散。

阵阵闷响传来。

所有人都低头看着自己脚下颤抖的地面和地面上不断跳跃的沙石。

“他们这么打……会不会直接打到地府去？”小白龙小心翼翼地问道。

杨戬道：“如果打到地府，怕是六百多年前的灾难又要重演了。苍生危矣，大能们却只是看着啊。”

说着，他不由得苦笑起来。

天地间的争斗，佛也好，道也好，妖也好，仙也好，不管正邪对错，到头来，哪一次不是苦了苍生呢？

玄奘双目低垂，一言不发。

许久，他轻声道：“这里距离灵山还有多远？”

“说远挺远，说不远……其实也不远。”小白龙低声道。

玄奘转过身，面朝西天，双手合十，缓缓地迈开脚。

“贫僧，不用任何保护。贫僧自己能走到灵山，结束这一切！”

周围的人都呆住了。

远远地，所有人都看到一道金光从西方匆匆而来，落到了正法明如来面前。

前来传话的佛陀躬身行礼，道：“正法明尊者，有佛旨到。”

“佛旨？”闻言，所有的佛陀都愣了一下。

与天庭不同，灵山并不是一个极为严密的机构，在绝大多数的情况下甚至算不上机构，只能说是一个聚会的场所罢了。所以，佛陀们从灵山过来支援正法明如来，原则上是不需要经过如来同意的。当然，即便这样，灵山也还是有“佛旨”的。只不过任何一个佛陀都可以自行决定遵守与否罢了。

正因如此，“佛旨”已经上万年没发出过了。如今忽然出现，怎能不叫人吃惊呢？

正法明如来轻轻挣开地藏王搀扶的手，抖了抖前摆，躬身跪了下去，叩拜道：“正法明接旨！”

见状，四周的佛陀一个个跟着跪下去。

前来传话的佛陀从衣袖中取出一卷金色卷轴，捋开，朗声道：“天道‘无极’，祸害甚大。六百年前之事可谓前车之鉴，不可不察。”

四周的人还在竖着耳朵听，前来传话的佛陀已将卷轴缓缓卷起来。

“就这样，没别的了？”简简单单的一句话，甚至连落款、抬头都没写。一时间，所有的佛陀面面相觑，就连地藏王和文殊也面带疑惑之色。

唯独正法明如来缓缓地苦笑出来。

有人轻声问道：“这……什么意思？”

“意味深长。”正法明如来缓缓起身，轻叹道，“天道无极，不只孙悟空，还有……六耳猕猴。”

顿时，在场的佛陀皆骇然。

兜率宫中，太上老君笑出声来，手中端着的茶水早已凉透，他却一口没喝。

“这是什么意思？”

“不是已经说过了吗？”太上老君抬头轻叹道，“诸佛是一派，而那高坐莲台之上的如来也是一派。如今，不过是开口为除了他之外的所有对手划下一条红线罢了。任何人一旦跨过这条红线，那么无关辩法，如来必定出手收拾残局！”

通天教主听了叱道：“他是想看着两只猴子在天地间斗到天荒地老吗？”

“斗到天荒地老，不也比给玄奘送一个天道‘无极’的帮手强吗？”

闻言，通天教主哑然。

远远地看了一眼那些呆立的佛陀，黑熊精咬了咬牙，快步朝玄奘奔过去。

“玄奘法师，方才我们那里距离灵山不过千里，这里却相距万里！就算您要走，也应该是从那里开始走啊！”

说着，他不由分说地背起玄奘，一跃冲入云霄。

第七百八十章

最后的西行路

轰鸣声中，地府的穹顶炸开了。

猴子如同一颗陨落的流星坠落，斜穿山峰。

地府之中，一众幽魂鬼差全都惊呆了，一片寂静无声。

这洞穿的地点刚巧在生死殿附近，秦广王匆忙从大殿中跑出来，瞪大了眼睛。

转眼之间，被击穿的穹顶之中一道金光闪出，朝猴子的落地点疾冲而去。与此同时，猴子也从翻滚的沙尘中站了起来，一咬牙，迎了上去。

“这……这是怎么回事？”在看清猴子的瞬间，秦广王鸡皮疙瘩起了一身，他忙吼道，“快，快请地藏尊者！”

“诺！”身旁的鬼差吓得赶忙转身离去。

此时此刻，两只猴子已经在天空中厮杀起来。

狂风之中，六耳猕猴游刃有余地来回穿梭，猴子看上去却有些力不从心了。

一滴鲜血沾染了眼睛，虽然下一刻便被他用灵力蒸发掉，然而，还是留出了一个空当。

借着这个机会，六耳猕猴身形一晃出现在他身后，直接重重一棍将猴子从空中砸了下来。

又是一声轰鸣巨响，大地颤动。落点处的沙尘如同翻滚的波涛肆虐而出。

一名天兵急急忙忙地奔入灵霄宝殿中。

此时，大殿中已经聚集了整个天庭所有排得上号的仙家。见有人前来禀报，那些仙家连忙睁大了眼睛，忐忑地看着。

天兵单膝跪地，拱手道："启禀陛下，那两只妖猴，杀到地府去了！"

"地府？"闻言，福星咽了口唾沫，喃喃自语道，"上次出事，也……也是从地府开始啊。"

大殿之中更加沉默了。

龙椅之上，玉帝呆呆地眨巴着眼睛，半晌没说出一句话来。

见状，李靖只得出列，拂袖道："再探！"

"诺！"

天兵行了一礼，转身走了。大殿之中的沉默却还在继续，所有的仙家都是面面相觑。

"也……也不是坏事不是？"财神支支吾吾地说道，"上次地府还归天庭管，这次是那佛门的事。要救也应该是他们去救，怎么……都不会牵连到我们吧？"

他这一问，又有谁能答得上来呢？

所有的仙家都有意无意地瞧着龙椅之上的玉帝。

大战又起，堂堂天庭，却如同狂风中的烛火一样，半点儿作为都难有。更可怕的是，还随时可能一个不小心被卷入其中。

这龙椅，现在也像一块烧红的铁板，谁坐谁倒霉啊。

好一会儿，玉帝只能小心翼翼地问道："李爱卿，那南天门……"

"都准备好了，请陛下放心。"

好一句放心。闻言，玉帝只能苦笑。

一片荒芜的狮狏国中，众妖早已经离去，唯独剩下那些佛陀还静静地站着，不知道在等什么。

一位鬼差悄然出现在地藏王身后，躬身拱手道："尊者，地府……"

"贫僧已经知道了，你先回去吧。"地藏王想也不想地答道。

那鬼差却仍旧继续静静地呆站着，时不时抬头看地藏王一眼。那神情似乎惧怕到了极点。

"贫僧让你先回去。"地藏王又一次道。

鬼差鼓起勇气，问道："尊者是否有话让小的带回去？"

地藏王沉默了好一会儿，直截了当地答道："没有。"

闻言，那鬼差只得拱了拱手，转身离开。

一片荒芜的大地上又只剩下佛陀们的身影了，他们静静地注视着地藏王。

地藏王道："管不了啦，管不了啦……"

一旁的正法明如来默默点了点头。

四周的佛陀们依旧呆站着。

"玄奘呢？"一位佛陀忽然开口问道。

旁边的另一位佛陀轻声道："被那只黑熊精背走了。说是……回出发的地方去了。"

"他想一个人上路？"

"不能让他起程。"正法明如来低头咳了两声，道，"拦下他，在事情解决之前，保护好他。"

"好。"那些佛陀纷纷腾空而起。

转眼之间，便只剩下正法明如来、地藏王以及文殊。

"他们去阻拦玄奘，我们呢？"文殊轻声问道。

地藏王淡淡笑了笑，道："我们还是别去了，若是去了，该把须菩提引出来了。"

干涸的小溪旁，黑熊精缓缓地将玄奘放了下来，拱手道："玄奘法师，到了。"

玄奘看了黑熊精一眼，无奈地摇了摇头，脸上尽是复杂的笑。

他深吸了口气，回首望向身后紧紧跟随的天蓬等人，双手合十，躬身行礼道："诸位留步吧。接下来的路，还请让贫僧自己走。"

"还有一千里路呢，"天蓬轻声道，"就让我们再送法师最后一程吧。"

玄奘摇了摇头，道："十万里不也这么走过来了吗？"

"现在不同，现在……"天蓬张了张口，想说有什么不同，却始终没说出来，最终只是默默点了点头。

他这一点头，那一旁的吕六拐看愣了。

“怎么，你同意他孤身上路？”吕六拐悠悠道，“我可不能同意。”

听他这么一说，玄奘不由得朝吕六拐看去。

吕六拐接着说道：“玄奘法师，您可别怪老臣。不是老臣不想听您的，而是……大圣爷不在，若您有什么闪失，老臣便是死一百次都没办法赎罪。还请您见谅。”

说着，吕六拐朝玄奘拜了拜，算是提前道歉了。

见状，玄奘不由得苦笑。

他不仅对两只猴子没办法，对声称来保护自己的妖怪又何尝不是没办法呢？

从五行山开始，这一路，都是如此啊……

算了，深究这些，又有什么意义呢？只管走自己的路便是了。

玄奘也不说话，摇了摇头，转身便走。

正当此时，忽然一道金光从天而降。紧接着，一众佛陀出现在玄奘面前，拦住了去路。

“玄奘法师请留步。”为首的佛陀轻声道，“西行之路凶险，在斗战胜佛还没解决自己的事情之前，劳烦您在这里稍稍等一下他。”

闻言，玄奘愣住了。

“等……六耳猕猴？”吕六拐的眉头微微颤了颤，随手一摆。

顿时，一众妖将挡在了玄奘面前。双方对峙起来。

看着那剑拔弩张的局势，玄奘简直哭笑不得。有那么一刹那，他真有点怀疑，这一路真的是他自己走的吗？

他深吸了口气，拨开挡在身前的牛魔王，一步步走到那为首的佛陀面前，双手合十，躬身行礼，道：“这位尊者，还是让玄奘起程吧。若是畏惧凶险，贫僧当初干脆不西行，不就完了吗？”

“这是正法明尊者的意思，还请玄奘法师不要为难在下。”

“有何为难？”玄奘淡淡笑了笑，道，“正法明尊者的意思，不就是让玄奘安全抵达灵山吗？若是到时候斗战胜佛能赶上便赶上，若是赶不上也无关大局。可是这个理？”

“这……”

正当为首的佛陀犹豫之际，站在玄奘身后的牛魔王咬了咬牙，扬起混铁棍道："让开！这一路都是我们护送的，都快到了，你们插一杠子，什么意思？"

闻言，佛陀眉头微微一蹙，看向牛魔王道："玄奘法师若是硬要起程，贫僧自然也没有理由阻止，但……既然我佛门弟子已经出手，无论如何，也不该由你们来保护！"

第七百八十一章

上　路

虽说众妖刚刚已经和诸佛打过一架，但那毕竟是有猴子在场的情况下，而且，诸佛也并没有真正应战。现在要再打……说实在的，有点悬。此刻听到为首佛陀强硬的说辞，在场的妖怪都有些不知所措。

牛魔王的眼角不禁抽了抽。他连忙回头看向吕六拐。紧接着，两人一同看向天蓬。

在这关头，其实整个队伍里最靠谱、最让人信得过的还是天蓬。

此时，天蓬正与卷帘、小白龙静静地站在远处，那场景就像与其他众妖以及玄奘分隔开来一般。

一时间，所有的目光都汇聚到了天蓬身上，妖怪们只等他的一句话。

就连那些佛陀也朝天蓬看了过去。

天蓬稍稍犹豫了一下，往前一步，拱手对着佛陀道："那就有劳了。"

"有劳了？"吕六拐一下蒙了。那些佛陀倒是一个个满意地点头。

牛魔王三步并作两步朝天蓬奔了过去，压低声音质问道："你怎么就……"

"和他们打，你们能赢？"天蓬打断他的话。

"这……"

吕六拐也急匆匆地跑过来。

天蓬叹了口气，道："有可能赢，但更可能输。关键是，赢了有什么好处？输了，可是坏处一堆啊。"

说着，天蓬两手一摊，意思是让两人自己做决定。

其他妖怪都远远地看着两人。

牛魔王回头看了一眼那些还在等着自己下令的手下，低声问道："那接下来怎么办？我们就这么走了？"

"玄奘法师落入他们手中，到时候大圣爷回来了，我们怎么交代？"吕六拐也说道。

"他们要杀玄奘法师吗？"

"这……"

吕六拐愣了一下，回头与牛魔王对视了一眼。

天蓬干咳了两声，说道："他们的目的已经很明确了，只是保护而已，或者说就是盯着。我们也不一定要撤，最多……只是在后面远远跟着。那猴子要是回来了，大不了跟着他一起上便是了。此时生事，实在没有必要。"

闻言，牛魔王连忙点头道："对对对，元帅说的是，老牛可谓茅塞顿开啊。"

"闭上你的嘴！"吕六拐把眉一横，冷冷地道，"他们要保护玄奘法师，我们就让他们保护？你孬不孬了点啊？"

"你！"牛魔王压低声音对吕六拐叱道，"真上了，你我是不会有什么事，兄弟们的死伤怎么算？我觉得天蓬元帅说的对，根本没必要在这时候争。大圣爷若是知道了，肯定也会理解我们的。反正就这么办了，你要带着自己的人马上，老牛我就在远处看戏！要往大圣爷那打我小报告，也随你了！"

说罢，也不管吕六拐的回答，牛魔王转身一摆手，便朝远处退去。

见状，他的那些手下连忙跟了上去。顿时，原本围在玄奘身边密密麻麻的妖怪一下就少了一半。

看着这一幕，吕六拐气不打一处来，恨得咬牙切齿，却也无可奈何。

他不想撤，可又能如何呢？

天蓬见吕六拐骑虎难下，拍了拍他的肩，说道："听我一次，我的判断应该是不会错的。"

吕六拐咬着牙又犹豫了许久，才支支吾吾地说道："若是出了事，这件事老臣必定如实禀报大圣爷。"

说罢，他远远地朝自己的手下摆了摆手。

很快，围在玄奘身边的那另一拨妖怪也走了，唯独剩下一个黑熊精。

一下子，那些佛陀的目光全都聚到了黑熊精身上，像是要看他能撑到几时似的。

就在此时，黑熊精咬了咬牙，忽然往后退了一步，双膝跪地，向着玄奘叩首道："弟子黑毛，求玄奘法师收入门下！"

听他这么一说，那些佛陀都愣住了。

不仅仅是佛陀，就连玄奘也蒙了。

远处的吕六拐不由得啧啧叹了起来，道："这黑毛，真是好样的。竟然想出这种办法……只要拜入玄奘法师门下，便也算是佛门弟子了。这样一来，那些佛陀就没理由再阻止了呀。好样的，好样的，这黑熊精，应该重用！"

玄奘瞧着黑熊精，深吸了口气往前走了一步，伸手去扶，道："施主的心意，贫僧心领了。施主还是跟着他们一起后撤吧。这一路，贫僧自己能走完。"

"不！"黑熊精不肯起来，又一次叩首道，"弟子相信玄奘法师能独自走完，弟子追随，为的是自己！弟子真心向佛，还请玄奘法师收我为徒吧！无论玄奘法师能否证道，弟子都希望能伴随一路！"

黑熊精拜师……这是第几次了？

刚刚见面的时候一次，那时候，他是想找借口留在猴子身边。玄奘拒绝了。

求法国一次，那时候，看得出他是真心向佛。可惜，玄奘自己都没证道，只能拒绝。

如今，是第三次了。听着刚刚的话，玄奘顿时明白，他从来就没忘记。

想着，玄奘不由得苦笑了出来。

西行一路的队伍里，猴子是为了和如来的旧怨，天蓬是因为猴子的承诺，卷帘是为了跟着天蓬，小白龙是被猴子逼着来的……至于那众妖，其实都是因为猴子的命令。

整个队伍里，除了玄奘自身，真正没有其他目的，希望证道能成的，也许就只有眼前这只憨厚的黑熊精了吧。

黑熊精用恳切的目光看着玄奘，轻声道："玄奘法师，您就收了我吧！

黑毛真心向佛，别无他想啊！”

说罢，他又是重重一叩首。

玄奘直起身子，朝左右的佛陀看了一眼，见他们都没什么直接的表示，稍稍犹豫了一下，再次伸手去扶黑熊精。

“贫僧可以收施主为徒，但贫僧……并没什么可以教你的。”

“谢师父！”黑熊精一喜，连忙往后挪了两步，又重重叩首，道，“师父为苍生独自西行，将生死置之度外，如此气概，三界之中几人能及？弟子叫您一声师父，便是不亏！只要能陪伴师父走完全程，弟子便是死，也无憾了！”

闻言，玄奘欣慰地笑了。

黑熊精从地上爬起来，连忙伸出手去将玄奘背在背上的行囊取了下来，背到自己背上。

这份殷勤，玄奘有些不适应，却也没有拒绝。

待一切准备妥当，随着玄奘一指，两人便在四周佛陀的注目下缓缓地上路了。

夕阳下，一个和尚，带着一只身高比他足足高了一倍的黑熊精一步步朝灵山走去。谁又能想到，玄奘的西行，最终会是这番场景呢？

远处，吕六拐蹙着眉头道：“我怎么就没看出来，这黑熊精这么会演戏呢？一番话下来，差点儿连我都骗了。”

“你又怎知他说的是假的？”天蓬随口问道。

吕六拐略微有些诧异：“他说的是真的？”

“真的。”天蓬点了点头道，“别人我不知道，但他刚刚说的绝对是真的。”

此时此刻，地府的激战还在继续。

一道金光从天而降，重重砸在地府的建筑群中，掀起了遮天的沙尘。

那些鬼差和幽魂吓的四处奔走，逃散。

天空中，六耳猕猴的身影静静悬停着。

待到沙尘散去，整个城邦如同被一把巨大的扫帚硬生生扫去一块似的。

瓦砾堆中，猴子拄着铁杆兵颤颤巍巍地站了起来，抬头望向六耳猕猴。

此时此刻，他身上已经看不到一块好肉了。淋漓的鲜血混杂着地府的沙尘，变成了可怖的红褐色。

远处，秦广王怒视着传话回来的鬼差，慌乱地问道：“地藏尊者不管我们了？”

鬼差不敢答，只是晃了晃脑袋，便低下了头。

无奈，秦广王喃喃自语道：“既然这样，我们便只能自救了。”

说着，他提起自己厚重的袍子快步朝两只猴子所在的方向奔去，口中高声喊道：“大圣爷——！两位大圣爷！玄奘法师已经起程了！”

听他这么一说，无论六耳猕猴还是猴子一时都愣住了，他们不约而同地朝向这边跑过来的秦广王望去。

第七百八十二章

迎　接

这一刻，所有的一切极为难得地安静了下来。

两只猴子都望向跑得狼狈无比的秦广王。

瞬间，天地之间的一切仿佛屏住了呼吸，所有的鬼差、幽魂都静静地观望着。

两只猴子几乎同时用眼角瞥了一眼对方。

下一刻，六耳猕猴抢先一步出手了，却不是冲向猴子，而是直接破开虚空朝凡间而去。紧接着，猴子咬了咬牙也破开虚空跟了上去。

两只猴子一同离去，见到这一幕，秦广王这才稍稍松了口气。他看着满目疮痍的地府，无奈地笑了："去祸害西牛贺洲，总比祸害我的地府好啊。打吧打吧，反正，地府永远是最弱势的。"

说着，秦广王甩了甩衣袖，瘫坐在地上缓缓地抽着气。

天空中，几点金光闪烁，那是悬空的佛陀们。

苍茫大地上，玄奘拄着法杖走在前面，黑熊精背着行囊跟在后面，一步步地往西。

"师父，您还没给弟子立法号呢。"

"法号？"玄奘淡淡笑了笑，道，"为师记得当初你曾试着要拜入观音禅院的金池长老门下。"

"唉。"黑熊精伸手挠了挠头道，"那时候队伍散了，想着……找个靠山，所以就……不过师父您放心，这一次，黑毛是真心向佛，向师父您西行所求的那个道的！"

玄奘点了点头，说道：“你虽是妖，却一心向佛，实在难能可贵。为师也只有你这一个弟子，希望你以后能继承为师的衣钵。就叫……悟承吧。”

“悟承悟承……悟道，师承。”黑熊精低头默念了几次，眉开眼笑地说道，“谢师父赐号！”

灌江口，杨婵扶着受伤的杨戬一步步走入厅堂，身后跟着梅山七圣以及其他一众灌江口的将领。他们看着杨戬惨白的脸色，心惊不已。

待到杨戬在厅堂中坐稳了，杨婵才道：“哥哥好生在家里休养，婵儿还得出去一趟。”

“去……哪里？”杨戬缓缓仰头看了她一眼。

杨婵淡淡道：“胜负未定，他手下，需要一个能镇得住群妖的人。”

闻言，杨戬不由得苦笑出来：“你镇得住吗？”

杨婵干脆地答道：“镇得住。”

听她这么一说，杨戬顿时沉默了。他凝视着前方空无一物的地面，许久许久，一句话都没有说。

恍然间，他又想起六百多年前的那一幕。六百多年前，那只猴子为了另一个女人闹上了天，不死不休。而自己唯一的妹妹竟然打算在那一刻回到他的身边……

可怜他这哥哥，竟连帮自己妹妹出头的实力都没有，被他的一个分身就整得如此狼狈。

想着，杨戬缓缓攥紧了拳头。

“哥哥，婵儿会尽快回来的。”说着，杨婵便往后退了两步。

正当她要转身之际，杨戬暴喝一声：“站住！”

一声怒吼之下，屋里屋外站着的所有人都愣住了，包括杨婵在内。

杨戬一掌拍在身旁的茶几上，叱道：“将她拿下！”

“拿下？”一听这话，梅山七圣蒙了。

杨婵转身要跑，吴龙却已经一个箭步拦到了她的前面。一时间，其他将领也纷纷反应了过来，一个个将杨婵团团围住。

杨戬手下的大将，能进得了这个房间的，每一个的修为至少都是化神境。而杨婵，只是区区一个炼神境。就眼前这情况，她是绝无可能在未经杨戬同意的情况下离开灌江口的。

“哥……”杨婵回头，对上杨戬那无比坚决的眼神。

杨戬紧紧地咬着牙，低声道：“我不会任由你胡闹的。”

这一刻，杨婵骇然。

正当此时，门外忽然冲进来一名士兵，高声喊道：“报——！多目怪带着鹏魔王、狮狔王已经到了门外！”

“什么？”

一听这话，在场的将领们明显慌了神。任谁都知道，杨戬负伤，这三个家伙这时候出现在灌江口意味着什么，就连杨戬的眼角也猛然抽了抽。

“他们……来干什么？”

“他们……他们说……是来接回他们妖族圣母的。”

“放肆！”闻言，杨戬猛地一甩手，将桌案上的盘子连同里面盛放的糕点一同扫落在地，怒斥道，“谁是他们妖族的圣母？！谁是他们妖族的圣母？！”

怒斥之后，紧接着的便是一阵猛烈的咳嗽，杨戬咳得脸色都发青了，几滴鲜血洒落掌心。

杨婵一惊，连忙拨开挡在身前的将领奔了过去。

此时此刻，灌江口大门外，多目怪、狮狔王、鹏魔王正静静地站着。在他们的身后，是全副武装的数十只妖将。

而在他们身前的，则是足足数百名手持兵刃的灌江口军士。一柄柄明晃晃的军刀已经出鞘。每一张弓都被拉得满弦，对准了鹏魔王等人的头颅。

两边就这么对峙着。

“这次的事情真是个意外啊。没想到佛门居然出手了，更没想到咸鱼还有翻身的机会。”鹏魔王若无其事地瞧了一眼一旁的多目怪，压低声音悠悠道，“两位……大圣爷现在肯定是闹翻天了，他们那里我们去不得，一不小心就是一个死。不过，无论他们谁最终活下来，肯定还是会认三圣母的。我们只管守着三圣母便是了。等事情过了，好处绝对少不了，最少也不至于追究以前的事情吧。”

多目怪心中不以为意，但也不接他这话茬儿，依旧维持着冷漠的表情，静静地等着。

不多时，大门敞开，杨戬拄着三尖两刃刀，一只手捂着腹部的伤，强撑着跨过门槛。

见杨戬到来，鹏魔王连忙挺直了身子，恭恭敬敬地拜道："国舅爷，如今局势微妙，众妖混乱无首，末将是来接回主母的。还请行个方便。"

杨戬想也不想地叱道："滚！"

闻言，四周的弓弦一下绷得更紧了。

鹏魔王顿时有些蒙了，连忙回头朝多目怪看去。

多目怪向前一步，躬身拱手道："国舅爷，三圣母乃我妖族圣母。凡人尚且知道'国不可一日无君'。三圣母是唯一能让八方妖众臣服的，还请国舅爷不要为难臣下。"

"若是杨戬无论如何都不答应呢？"

"那就……"多目怪轻轻击掌。

只听"锵"的一声，顿时，身后那些听命于他的妖将纷纷亮出了兵刃，摆出了迎战的架势！

这一手，可谓杨戬意料中事。倒是鹏魔王、狮犵王以及听命于他们的妖将傻了眼。

豆大的汗珠从狮犵王的额头滚落。

鹏魔王稍稍靠近多目怪，压低了声音道："你这是干什么？你要跟杨戬动手？"

多目怪面无表情地注视着杨戬，眉头微微颤了颤，低声道："放心。杨戬已经受伤，我们能拿得下的。"

"你一开始就知道会这样？你是骗老子跟你一起来打国舅爷的，是吧？"鹏魔王一下怒了，瞪大了眼睛，却又无可奈何。

细细想来，从狮犵国谋反开始，他还真就是一路被多目怪拉着往贼船上走。虽说几次都化险为夷，但谁又知道什么时候会阴沟里翻船呢？

从来都是他背叛别人，不曾想遇到个多目怪，三番五次把他当猴耍，更诡异的是自己还真就不敢不从。

“来都来了，现在后悔太晚了。”多目怪说道，“带回三圣母，无论如何都是个保命符。若是现在撤退……嘿嘿，外面可是大风大浪，会发生什么事，真不好说啊。”

第七百八十三章

另一个人

南赡部洲西北部。

月色下，风徐徐地吹着，树木的枝丫轻轻地颤。小山坡上的一切格外宁静。

地府再度遭受严重破坏而导致的轮回混乱，现如今还没在凡间显现出来。

又是一次和六百多年前一样的乱局。

一道白光闪过，猴子的身影出现在了南赡部洲的西北部。

他脚尖轻轻点地，在一处小山坡上站稳了，手微微颤抖着捂着胸口，喘着粗气。

他浑身上下早已没有一块好肉了。鲜血从肩部渗出，顺着手臂往下流，一直流到指尖，滴落在地。

这也许是他踏上天道“无极”之后打的最艰苦的一场了，对手，是一个跟自己拥有一样修为的人。

一路走来，他不是没有过绝望。但这一次，却不仅仅是绝望那么简单……他微微仰着头，呆呆地望着西方。

一轮明月在天空中静静地悬着。夜色中，一切都是如此寂静，恍如能让人忘却所有的烦恼。

许久，他的眼睛渐渐有些模糊了。

所有的一切都是宿命，逃不开，躲不过，只能硬着头皮去死撑。

他咬了咬牙，一跃而起，催动自己早已所剩无几的灵力，化作一道金光朝西牛贺洲冲去。

北俱芦洲的西南部，同样一道白光闪过，六耳猕猴的身影出现在云间。

猛然看见那一轮明月的时候，他的脑海中忽然闪过一连串的影像。纷飞的枯叶、染血的羽毛，还有……一双吃人的眼睛。

这一刻，他的心咯噔了一下，似乎想起了什么。但下一刻，所有的影像都被驱散了，剩下的只有头上金箍紧缩带来的剧痛。

他猛地伸手去拽，金箍棒差点儿脱手了。好在那剧痛并没有持续，只是一瞬的事情罢了。随着脑海中影像的消失，剧痛也很快消失了。

他仰头呆呆地望着天："我刚刚……想起了什么？"

他用力去想，可惜什么也没能想到，就像刚刚的一切不过是幻觉一般。

他轻轻甩了甩头，深吸了口气，有些恍惚地朝西牛贺洲的方向而去。

从天庭望去，可以清楚地看见两道白光，一道从北俱芦洲出发，朝西牛贺洲而去；一道从南赡部洲出发，同样朝西牛贺洲而去。所过之处，云层让道，大海割裂。

白光沿线交汇处，正是玄奘所在的点。那里，有大批佛陀，有大批妖怪，距离如来所在的灵山只有千里之遥。

灵霄宝殿中，玉帝拿着一面古铜镜看着，一句话也说不出来。

在场的一众仙家也都沉默不语。

所有人都知道，这仅仅是一个开始。从地府开始，所有的一切都将崩坏，六道轮回将再一次彻底崩塌。

即便如此，他们又能如何呢？佛门只尊佛法，根本不会去管。号称统御三界的天庭，又拿什么能力去管呢？

许久，玉帝只能苦笑两声，将手中的铜镜狠狠地掷在地上！此时此刻，他哪里还顾得上什么形象呢？

兜率宫的庭院里，清心看着头顶依旧郁郁葱葱的绿叶。

"不要想太多了，事情到了这个地步，已经没有人能左右了。"说着，一旁的雀儿将一杯热茶推到了清心面前。

清心微微低下头看了那热茶一眼，伸出手去，却迟迟没有端起来。

“雀儿姐，你希望……谁赢？”

“啊？”

“我不想他们任何一个死，因为……他们都是猴子。”

说着，清心的眼眶中泛起了泪光。

“从来就由不得我们，不是吗？”雀儿呆呆地说道，“我们怎么想一点都不重要。”

阁楼中，太上老君捋着长须，眼睛眯成了一条缝。

“这样下去，怕是对我们不利吧。”通天教主悠悠道，“这猴子，还真是不要命了。本以为他会逃开，再徐徐图之。没想到，他真就这么去了。一口气，真的有必要争到这地步吗？”

“徐徐图之？”太上老君笑了，“他还有退路吗？你以为是八百多年前的三界啊，没人知道他孙悟空是谁，只要躲起来，就没人注意到？莫说他就是潜伏个八百年也没什么机会击败有佛门相助的六耳猕猴，就光说这六耳猕猴……那猴子不死，他能睡得着吗？这三界虽大，却早已没有了他的容身之处。”

“也许，会有其他办法呢？”说着，通天教主从衣袖中摸出了一个小小的盒子，放到太上老君的面前。

看到那盒子的瞬间，太上老君、元始天尊都不由得呆了一下。

“七巧弥云丹？你还有一颗！”

“再来一颗，无限灵力！”通天教主瞧着两人，面无表情地说道，“释迦牟尼不准六耳猕猴升天道，他现在差那六耳猕猴的不就是灵力吗？既然如此，若是那猴子有了无限灵力，你们说，谁能赢？再说了，即便再次引来天劫，那也是没有七巧弥云丹的六耳猕猴去受死！”

狂风中，猴子咬着牙朝玄奘所在的方位飞速掠行，转眼之间，已经飞跃了几万里。

剧烈的灵力运行之中，他身上的伤口正一点一点地撕裂，那剧痛的感觉就像有人在生剥他的皮。可是，走到今天，他什么苦、什么痛没有经历过，难道还会怕这一点吗?

女娲神殿的深处，须菩提缓缓起身，一步步走到翡翠壁前。

“苦了你了，‘母亲’。”他抿着唇，一动不动地站着，凝视着壁中静默的身影。

“但是……”元始天尊伸出手指轻轻点在那盒子上，低声道，“你这就是要三界众生跟着陪葬啊。两只极限行者道，甚至已经摸到天道门槛的妖猴在天地间来一场大战，直到六耳猕猴耗光灵力，会是什么结果?”

“当初我们不也跟那猴子在天地间来过一场大战吗? 六百多年的时间，天地不也修复得七七八八了。凡间六百多年，不过就是天庭六百多天而已。我们等得起。”

“如果佛门也给六耳猕猴一颗七巧弥云丹呢?”

“佛门也给六耳猕猴一颗七巧弥云丹?”通天教主愣了一下，进而怒道，“就凭他们，能做出我的七巧弥云丹?”

闻言，元始天尊啧啧笑道:“你还瞧不起他们? 好好想想吧。当初，我们不就是因为瞧不起他们才被摆了一道吗? 时至今日，无论你承认与否，释迦牟尼手下的那四个佛陀，其修为都与你我相差无几了。”

“这……”

“我已经说了，无论你承认与否。”元始天尊给了通天教主一个白眼，道，“他们不能给最好，若是给了呢? 你可想过后果? 到时候，很可能就是两只猴子将四大部洲轰得连渣都不剩! 反正都是无限灵力，他们可以没完没了地打下去!”

“这不可能!”通天教主一甩手站了起来，喝道，“不是还有天劫吗? 过度吸收灵力的结果，必然就是引发天劫! 到时候，总有一个要被收走! 这一战根本没可能无限打下去!”

“那更好。”元始天尊两手一摊，道，“两只猴子各自带着天劫在凡间乱窜，你说是什么景象? 别忘了，他之前在南天门外渡天劫，可是把半个南天门都轰了。若是在凡间，又会如何?”

正当两人剑拔弩张地要吵起来的时候，太上老君出手阻止了。

一时间，两人看向太上老君。

太上老君微微歪着头，半眯着眼睛，似乎想到了什么似的，轻声道：“有另一个人出手了！”

第七百八十四章

一路向西

“另一个人？”元始天尊微微一愣。

通天教主疑惑地问道：“须菩提吗？”

“不。”太上老君半眯着眼睛道，“他已经不在斜月三星洞了，但……不是他。”

“不是他？”通天教主转悠着眼珠子想了想，似乎也想到了什么，猛然瞪大了眼睛，“你是说，女……”

太上老君点了点头。

元始天尊顿时笑了出来，捋着长须道：“如果是她的话，倒是真能扳回一局也说不定啊。接下来的问题是，我们是否要出手制止？”

说着，元始天尊朝太上老君看了过去。

太上老君没有回答，只是抿着唇，蹙着眉头，缓缓地回过头去。

目光的落点，是那空无一物的墙壁后的炼丹房，炼丹房后是一片翠绿的庭院。

庭院之中，清心依旧仰着头，静静地望着蔚蓝色的天空。天空中鸟雀飞舞。

许久，太上老君轻声道：“让老夫……想一想。”

二郎真君府的大门口，僵持依旧。

杨戬拄着三尖两刃刀，背对着紧闭的大门，冷冷地看着前方的鹏魔王以及多目怪所部的妖将们。

对面，鹏魔王与多目怪却默默对视着。

多目怪一脸的淡然。鹏魔王则是眉头紧锁，俨然一副被逼上梁山的愁容。

就这么僵持了许久，鹏魔王微微低头干咳了两声，往前一步对着杨戬拱了拱手，道："国舅爷，要不，让我等见见圣母大人，可好？只要圣母大人说退，我等便退。"

杨戬冷哼一声，直截了当地说道："这灌江口，什么时候轮到你说想见谁就见谁？"

话音刚落，一旁的哮天犬便龇了龇牙，发出声声低吼。

见状，鹏魔王的眼角不由得抽了抽。

一下子，府外的气氛越发紧张了。

一墙之隔的二郎真君府内院，一众灌江口兵将在吴龙的带领下依旧将杨婵死死地护在正中。

感受到门外紧张的气氛，杨婵往吴龙的方向靠了靠，低声道："把门打开。"

吴龙微微低头道："圣母，真君已经交代过了，所以……恕难从命。"

"不打开，一会儿打起来了怎么办？"

"这个……属下也不知道。"说着，吴龙便将视线移开，不再看杨婵的眼睛。

门外，多目怪缓缓走到鹏魔王身边，低声道："还不明白吗？圣母大人是愿意跟我们走的，只是她这哥哥不太愿意。这种事，做了只会有功不会有过。魔王不可优柔寡断啊。卑职虽然有时候会出一些奇谋，未必合魔王的心意，但至今为止，可还没有陷魔王于险境过啊。您说是不是？"

鹏魔王紧了紧拳头，扭头对着杨戬叱道："既然国舅爷连让我等见圣母大人一面都不肯，那就休怪我等了！"

说罢，他手一挥，身后早已准备妥当的诸妖当即一拥而上！

一时间，双方杀声震天！

尘土纷飞的大地上，玄奘与黑熊精依旧缓缓地走着，一步步向西。

忽然间，天空中的云朵汇成了旋涡，道道闪电交错。

狂风吹得玄奘都要睁不开眼睛了。

黑熊精连忙放下行囊，用自己庞大的身躯将玄奘护住。

悬浮于半空的佛陀们一个个抬头四下张望。

远处，天蓬淡淡道了一句：“来了。”

“会是哪个先到？”小白龙连忙问道。

天蓬缓缓摇了摇头：“我也不知道。”

很快，北面的云层撕裂开。六耳猕猴纵身朝玄奘冲了过去。

见到这一幕，远处山坡上的妖怪们只是呆呆地站着，天空中的佛陀们同样视若无睹。

每一个人都知道，他们阻止不了六耳猕猴做任何事。

就在这电光火石之间，黑熊精连忙挺身挡在玄奘身前，紧紧地闭上了眼睛。他深知下一刻会发生什么事情。

正当六耳猕猴与玄奘相距不过百丈之时，南边的云层也被撕裂。

猴子的身影，出现在了所有人面前。

他同样以极快的速度朝玄奘冲去。

“不自量力！”

一个翻转，六耳猕猴的身影在天空中画出一道弧线，转而朝猴子迎了过去。

下一刻，两人重重地撞在一起。

又是一道强烈的冲击波炸开，如同闪电一般的光辉中，气体飞速膨胀朝四周肆虐而去。地面卷起了如同海浪一般的沙尘。

翻天覆地的激战又一次开始，双方在天空中使出了全力厮杀。歇斯底里的嘶吼声一次又一次响彻每一个人的耳畔。

“我们继续走。”玄奘伸出手去，轻轻拨开了挡在自己身前的黑熊精。

由始至终，他甚至都没有转过头去看那激战的两人一眼。任由风沙将他的僧袍高高扬起。

“是，师父。”黑熊精呆愣地点了点头，却还是回头去看了两人一眼。他背起了行囊，和玄奘师徒二人继续一步步向西，就像那激战跟他们一点关系都没有。

真的没有关系吗？

肯定是有的。

每一个人都知道，两只猴子争夺的是真正的“齐天大圣”的名号，是“孙悟空”的身份。同时，也是由谁来保护玄奘西行的权利。

同时，却又没有半点儿关系。

玄奘西行，为的是证道，为的是辩法，由谁来保护，又有什么区别呢？

一场因自己而起的争端，却又跟自己没有任何关系……玄奘不由得想笑，却只能是苦笑。

两只猴子的死斗从天空打到地面，又从地面打到天空。远远看去，就是两道交织在一起的金光不断闪烁，只不过所有靠近的一切都会被碾成粉末。

山川在玄奘的身旁崩坏，河流在他的面前断去，草木、山岩，所有的一切都在他的周遭化作飞灰。唯独他自己，毫发无伤。因为，每每危机即将波及玄奘的时候，两只猴子之中便会有一只出手帮他化险为夷。可是，仅此而已。没有人会顾及他的感受。

狂风中，玄奘一步步地走着。黑熊精沉默不语地跟着。

此时此刻，说什么都是多余的。

远处的山坡上，小白龙静静地看着，许久，他咬了咬牙一步向前。

身后的天蓬连忙将他一把拽住了。

“你想干什么？”

“我想帮他快一点到灵山。”小白龙抽了抽鼻子，小声道，“我可以当马，之前我当过的，不是吗？”

说这话的时候，他的目光似乎有些闪烁。

小白龙犹豫了好一会儿，低声补充道：“这么搞法，从这里到灵山所有的一切都会被摧毁殆尽的。”

他郑重地看了天蓬一眼。

天蓬静静地注视着小白龙，深吸了口气，道：“我送你过去吧。”

“你送我？”

“你自己去的话，说不定还没到玄奘法师身边，就死了。”

说着，天蓬拽着小白龙的手腾空而起，朝玄奘冲了过去。

见状，卷帘连忙跟了上去。

落了地，小白龙当即化作一匹白马蹭到玄奘身旁。天蓬一把将玄奘放上了马。

“一千里！用不了多久的，玄奘法师！”

小白龙撒腿狂奔，玄奘只能死死地抱住马脖子。在他身后，天蓬、卷帘、黑熊精紧紧地跟着。

从天空中望去，他们如同大地上四匹狂奔的马一般，不管不顾地朝灵山而去，一刻不停。

那些依旧悬停着的佛陀互相对视了一眼，最终选择了沉默。至于那两只还在激战之中的猴子，谁又顾得上呢？

他们依旧如同一阵狂风在这最后的西行队伍周遭来回卷动，撕碎所有的一切，唯独留下狂奔的西行众人。

灵山近在咫尺，然而，猴子的灵力也已临近枯竭的边缘。

第七百八十五章

百　里

灵山，大雷音寺。

大殿上只剩下稀稀疏疏站着的几个佛陀，空荡荡的，颇有一种人去楼空的感觉。那墙壁上雕刻的金色梵文在璀璨的光辉下显得越发冰冷。

正中央的莲台上，如来静静地坐着，微微睁开的眼睛凝视着前方，视线透过大殿的正门，穿越了前方的浮屠林直达数百里之外。

此时此刻，在那里，玄奘正紧紧地抱着马脖子绝尘狂奔。在他身后，天蓬、黑熊精、卷帘，紧紧相随。四周，两只猴子的战斗还在继续。他们所过之处，所有的一切都被撕得粉碎。卷起的沙尘遮天蔽日，如同一道覆盖了方圆百里范围的巨大龙卷风席卷而过。那风眼处正是玄奘。

跌宕起伏之中，玄奘微微睁开眼睛，他看到草木被连根拔起，掀上了天空；他看到路过的人家甚至都没来得及逃亡，便被连同房屋一起卷上了天空，身首异处；他看到陡峭的山在顷刻间被削平……

随着越来越接近灵山，他见到了越来越多的寺庙，越来越多的百姓。然而，仅仅是一眼罢了。下一刻，但凡所能看到的一切，都会被摧毁，人们甚至连哭喊声都来不及发出，就被撕得粉碎。

一个声音在他的脑海中响起，那是震耳欲聋仿佛来自世界每一个角落的声音。

“你的普度呢？”

“普度？”玄奘猛地睁大了眼睛。

“你不是要来和我辩法吗？要证道普度。十万八千里，只剩下最后的百里路。你的普度呢？”

玄奘的眼前闪过了走过的这一路，数年来的点点滴滴，所有的一切都在顷刻间爆发，在脑海中交织，在眼前闪过。每一个人的每一张脸，或痛苦，或欢笑，或狰狞。

一瞬的恍惚，玄奘差点儿从马背上摔下去，但也只是一瞬罢了。下一刻，他猛地清醒过来。他忍着灵魂深处不断传来的剧痛，依旧死死地抱着马脖子。

身下，白龙马依旧朝灵山的方向狂奔。

灵山之中，如来不由得微微愣了一下。四周所有的佛陀都在静静地注视着他。

片刻之后，如来又一次眯起眼睛凝视着玄奘所在的方向，一动不动地坐着。

每一个人都明白，辩法的时刻，到了……

然而，玄奘要拿什么跟如来辩呢?

马背上，玄奘死死地抱着马脖子，闭上了眼睛，口中不断默念着心经，试图驱散幻觉。可是，那幻觉却愈演愈烈。

地府轮回错乱的结果已经渐渐显现。相比六百多年前的那次，这一次对三界的伤害暂时来讲，要轻得许多，却仍旧是致命的。

六百多年前，猴子几乎将地府夷为平地。那时候受伤的不仅仅是地府的行政中枢，还有难以计数的鬼魂。这一次，地府的行政中枢同样几近崩溃，但那些十八层地狱的鬼魂并没有受到多深的伤害。于是，他们开始往凡间逃窜。而此时此刻的凡间，早已彻底失去了天庭的庇护。

恐怖的尖叫哀号声在玄奘的耳边响起，那里面有冤魂的号哭声，有被冤魂追赶的百姓的惨叫声，有厉鬼索命的尖啸声……震耳欲聋，摄人心魄。

与此同时，六道的投胎机制已然错乱。新生命得不到来自地府的魂魄，刚一出生便死去。原本即将成熟的庄稼更是在一夜之间全部化作枯草，百姓欲哭无泪。

惨剧在三界的每一个角落上演。纵使阳光璀璨，没有了地府的轮回，整个世界的生命力依旧在被一点一点地抽离，慢慢走向消亡。

所有的景象被一股脑儿全部塞到了玄奘的脑海中。一时间，玄奘只感觉自己的头快炸了。

“知道这是谁导致的吗？”如来的声音又一次在玄奘的耳边响起，“如果不是你逆天而行放出那妖猴，就不会有如今两猴相争的结果，更不会有这场灾难。

“他们争的是什么？

“他们争的，是谁来护送你西行。

“西行证道普度，到头来，却是由这世间最恶的力来守护，不觉得可笑吗？”

紧接着，阵阵笑声在玄奘的脑海中响起。

他听到了猴子的声音，听到了天蓬的声音，听到了卷帘的声音，甚至听到了金山寺内自己的老师父法明的声音……是的，整个世界，他所能想到的、记得起的任何一个人的声音玄奘都听到了，每一个人都在笑他。

“这就是你要的结果吗？借着普度之名，将三界毁坏到这般境地？”

又一声质问传来，如同一柄大锤重重地砸在他的胸膛上。顿时，鲜血从玄奘口中喷出。

瞬间，天空中激战的两只猴子，地面上追随的天蓬、卷帘、黑熊精，远处看着的众妖，悬空的诸佛，乃至于灵霄宝殿上的玉帝，兜率宫中的太上老君，女娲神殿内的须菩提都怔住了。

疾驰中，玄奘缓缓地松开双手，从马背上摔了下来，砸在泥沙之上。

这一刻，整个世界的声音似乎戛然而止。每一个人都停下了动作。

跑开了数丈的白龙马猛然回头，看见摔在地上一动不动的玄奘，蒙了。

女娲神殿内，须菩提攥紧了拳头微微颤抖着。

兜率宫中，通天教主急着想要说些什么，却被太上老君止住。

灵霄宝殿内，玉帝惊慌失措地看着眼前黑压压一片低头不语的仙家。

唯独如来在笑。

是的，他笑了。那笑在告诉所有人，他已经胜券在握。

可是，这不是理所应当的吗？这一路，玄奘做到了什么，证到了什么，除了一颗普度的心，他什么都没有，甚至连自己种下的恶都没办法收拾，不是吗？

他凭什么跟身为佛祖的如来辩法呢？

他甚至连八百年前的金蝉子都不如！不是吗？

所有人都静静地看着，看着这个为了一个执念走过十万八千里路来到灵山，如今却从马上栽下来一动不动躺着的僧人。

此时此刻，天蓬不知道应不应该去扶，小白龙也不知道应不应该掉头回去，让他骑着自己继续往西。

还剩下多远？

五百里？

不！

只剩下百里！只剩下百里了！西行，只剩下百里！

所有人只是静静地看着，沉默着。

这一刻，还有谁认为他能成功吗？

也许有吧。只是，谁能想象得到一个佛陀会如此狼狈呢？这是证道前夕应该有的样子吗？

许久，他们看到玄奘沾满尘土的手微微颤了颤。顿时，所有人都屏住了呼吸，睁大了眼睛。

就在这一刻，悬在半空中的猴子忽然被什么东西砸到了后脑勺，整个如同陨石一般重重地从天空中砸了下来，落到玄奘身旁。

轰鸣声中，掀起的沙尘如同一股喷泉疯狂地涌起。

一下子，所有人的目光都被吸引了过去。

待那沙尘散尽，众人才看到猴子大字型躺倒在地，连铁杆兵都掉落一旁。

此时此刻，他看上去已是奄奄一息。

他用仅存的力量缓缓地扭过头，看见六耳猕猴扛着金箍棒笑嘻嘻地站在自己身旁。透过那身影，他看到远处的玄奘缓缓地翻转了身子，一点一点地站了起来。

见到这一幕，不知道为什么，猴子忽然想笑，只是还没等他笑出声来，一口鲜血已喷出。

玄奘回过头，对着两人的方向拜了拜，微微颤抖着说道："大圣爷的……恩情，玄奘记住了。"

说罢，他缓缓地回过头，迈开脚步，依旧向西，眼神迷离得如同随时会晕过去一般。

最后一战

第七百八十六章

不如成佛

二郎真君府中，杨婵静静地站着。门外的嘶吼声、砍杀声愈演愈烈。杨婵甚至看到千年以前自己亲手栽种的巨木缓缓倾斜，轰然倒塌。

掀起的沙尘从她的身旁卷过，可挡在身前的吴龙就是不让，寸步不让。

远远地，她看见杨戬纵身冲上了天空，又手持三尖两刃刀直劈了下来，一道冲击波散开。挡在杨婵身前的墙与门都微微颤动了，好像随时会倒塌一般。紧接着传来的，是鹏魔王的嘶吼声。

门外，多目怪高声呼喊道："圣母大人！臣来接您了！"

许久，杨婵看着吴龙道："哥哥有伤在身，打不过他们的，让我出去。多目怪不忠于他们两个当中的任何一个，但他绝对忠于妖族，不会对我怎么样的。"

吴龙低声道："三圣母还是不要为难末将了。"

"让开！"

一声叱喝，门外的多目怪迅速捕捉到了杨婵的位置，一掌拍出。顿时，墙壁整个倒塌。

在那沙尘之后，杨婵、吴龙以及其他一众灌江口兵将都静静地站着。

杨婵快步与吴龙擦身而过，这一次，吴龙没有再阻止。因为他看到围墙外的杨戬已是伤痕累累，单膝跪地，鲜血从嘴角渗出，好似随时都会倒下一般。

"走！他们现在在哪里？"几乎没有任何停留，杨婵与多目怪擦肩而过的同时已经腾空而起。

见状，在场的妖将也连忙脱战。多目怪、鹏魔王以及狮狔王迅速跟了上去。

“刚刚收到的消息，他们都在西牛贺洲。”

“我们过去。”

“诺！”

一下子，所有的妖将都撤离了。一片狼藉的二郎真君府外，只剩下一众伤痕累累的灌江口将士，以及杨戬。

梅山七圣呆站着，似乎在等杨戬亲口说出那个必然的决定。

“随她去吧，没必要徒增伤亡了。”

闻言，一众将士才松了口气。

在所有人的注目下，杨戬拄着三尖两刃刀，一瘸一拐地朝府邸走去，一路苦笑。他的背微微有些驼，远远看去，充斥着满满的无力感。

谁又能想得到呢？昔日的三界战神，也有这样的一幕。

所有人都呆呆地看着玄奘，看着倒地的猴子，看着六耳猕猴，脑海之中一片空白。

此时此刻，唯独六耳猕猴在笑。大概在他的心中，无论如何，胜利都是囊中之物了吧……

玄奘的每一步都摇摇晃晃的，好像随时会倒下一般。

不远处的天蓬伸出了双手，却不知道该不该上前去扶。

猴子缓缓地闭上了眼睛，面带笑容。那是一种疲惫到了极致终于得到解脱的神情。

六耳猕猴回头看了玄奘一眼，轻笑道：“你以为他是在对你说吗？也许，他是在对我说呢？”

“对谁说，有那么重要吗？”猴子淡淡回了一句，“我累了。”

闻言，六耳猕猴不由得蹙起了眉头。

身后，玄奘还在一步步向西。

苍茫天地间，狂风卷着细沙从他的身上拂过，那上面早已沾满了斑斑血渍。

西行一路，走到这一步，还会有什么结果吗？没人知道，可是他必须要走下去。

大雷音寺中，如来面带微笑，嘴唇微微颤动。阵阵经文诵读声顿时响起。那是如同午夜细雨一般的细微声响，甚至稍微一个不注意就会被忽略。

然而，正是这样轻微的诵读声，却直达百里之外，遁入玄奘的脑海之中，如同无数的细丝将他束缚住，一点点勒紧。

又是无数影像在玄奘的脑海中浮现……

他看到自缢身亡的母亲悬在房梁上，看到浑身是血的父亲临死前不甘地望着自己，看到外祖父站在高高的台阶上对自己横眉以对……

就在所有人的面前，玄奘睁大了无神的眼睛，张大了嘴巴。

那是直抵心扉的痛。

"你想普度众生，可是，你度了自己了吗？

"你的红尘真的斩断了吗？

"父亲死了，母亲死了，还有你的师父呢？如果你倒在这里，他怎么办？"

玄奘看到一手养大自己的法明师父在佛前伴着青灯长叹，在寒夜的冷风中以肉眼可见的速度老去，直到化作一堆枯骨。

顿时，玄奘的眼泪决堤一般无声无息地流淌下来。

此时此刻，他睁着眼睛，却再也看不见周遭的事与物，那神识已经被彻底地束缚在了意识的深处。

在场的每一个人都呆住了。

脑海中，所有的景象都停止了，四周的光影暗淡下来。

玄奘呆呆地站着，微微抬起的脚顿在了半空，没有落地。

虚空之中，一把雕刻着怒目佛陀的匕首出现了，缓缓地来到玄奘身前。

"心痛吗？只要一刀。心死了，就不会再痛了。"

玄奘看着那把悬浮的匕首，微微颤抖着。

如来轻声叹道："不如，成佛吧。"

"成佛？"通天教主笑了，"玄奘成佛，他就输了。那猴子也输了。六耳猕猴，又何尝不是输了呢？"

"我们也输了。"元始天尊低头抿了一口茶，目光冷淡。

太上老君轻声道：“别急，八百年的执念没那么容易化解的。”

此时此刻，西牛贺洲战场的消息已经传遍了整个天庭。所有的眼睛都在看着，每一个人都在窃窃私语。

“玄奘成佛了，那西行不就彻底失败了吗？”

“听说那妖猴护送玄奘西行就是为了让玄奘扳倒如来佛祖。这样一来，他就彻底输了。”

“他输了又怎么样？输了对我们有好处吗？我们天庭还不是照样要看人脸色？”

“看佛门脸色总比看那妖猴脸色好吧？你是没经历过六百多年前的事情，我可是现在想起来都觉得怕。”

“那也是。唉……总比被那妖猴做大好。”

“如果输了，他最终会怎么样？”

“听说两个中会有一个被天劫吞噬，另一个留下来的会成佛。”

清心静静地听着，缓缓地站了起来，目光似乎有些恍惚。

一旁的雀儿静静地坐着，一言不发。

清心呆呆地眨巴着眼睛道：“我……想去找他。”

“去吧……”

这大概也是注定的吧。雀儿、风铃、清心，谁能安静地坐在这里等着他的死讯呢？

如果真的有，大概就是空有雀儿记忆却不是真身的自己了吧。

雀儿微微低头，抿了口茶。

“替我……跟师父说一声。”

“好。”

清心转过身，腾空而起，向下界飞去。

凉亭内，普贤遥望远处变幻莫测的天空，道：“他还会继续向西吗？”

一旁的正法明如来闭口不言，只是静静地坐着。

“等吧。”地藏王悠悠道，“无论如何，结果都快要出来了。这才第一轮呢，即便能过，也不一定是他想要的。”

此时此刻，小小的凉亭之中聚齐了佛门的四大佛陀：普贤、文殊、地藏王、正法明如来，连带还有一个灵吉。

一片黑暗之中，法明苍老的身影出现在玄奘面前，他拄着拐杖轻声道：“红尘苦海，不如成佛啊。”

转眼之间法明消失了，继而出现的是金池长老。他拿着钵，微微颤抖着说道：“玄奘法师既然能点醒贫僧，为什么自己不成佛呢？”

瞬间，法明的身影又化作昔日大唐天牢中正法明如来所化的狱卒，隔着围栏叱道：“玄奘，事到如今，还不放下执念！”

阵阵幻觉接踵而至，玄奘死死地闭着眼睛，却依旧躲不开。

莲台之上，如来微微张口，轻描淡写地又一次说道：“不如，成佛。”

顿时，玄奘的身躯微微一颤。

第七百八十七章

母 亲

下一刻，一张张脸孔一闪而过。母亲、父亲、外祖父、法明师父、金池长老、太宗皇帝……每一个人都不约而同地对玄奘重复着同一句话。

“红尘苦海，不如成佛……”

这话如同咒语一般不断重复着，好像一把把尖刀，直插入玄奘的心脏。

瞬间，来自灵魂深处的痛楚沿着血脉蔓延到了全身每一个角落，玄奘整个身形有点支撑不住了，连呼吸都不能，痛苦到无以复加。他死死地捂着耳朵，摇摇晃晃，一个踉跄差点儿跪倒在地。

没有人看得到玄奘内心苦苦的挣扎，没有人懂得玄奘此刻的苦楚，正如从开始至今，不会有人真正明白他西行的决心一般。

每一个人都只是呆呆地看着，注视着，无心也无力。

大殿中，如来嘴唇微启，不断默念着：“红尘苦海，不如成佛……”

“不……不——！”玄奘失声喊道，“贫僧成佛了，众生如何解脱！”

那万佛冠跌落在地，微微滚动。微风中，僧袍轻轻飘着，他的眼泪夺眶而出。

玄奘失态的模样前所未见。即使当初得知自己杀父害母真相的时候，他也不曾如此。

所有人都呆呆地看着，就连猴子也是如此。原本已放下的心头大石，又一次被提了起来。

“众生愚昧，若能普度，又何须你来？”如来反问道。

玄奘颤抖着蜷缩到了地上。他睁着早已经看不见的眼睛，依旧一点一点地向西挪动，口中不断复述着当日自己在大唐皇宫中与太宗皇帝说的那段话："西方诸佛不度众生我便度……西方诸佛不送经来我便去取……众生不求法我便送去……众生不度己，我度众生……"

"你度众生，你拿什么度？"如来深吸了一口气，微微仰着头，双目紧闭道，"八百年前，你质疑为师的佛法，要与为师辩法，为师依你。结果，你自入了魔障，失了佛光，本可以重修百年再登佛位，你却选择堕入轮回体会众生疾苦……

"历经八百年，十世轮回，尝遍世间苦难，本以为你会知错，回头是岸，结果你却选择了西行，要与为师再度辩法。

"西行一路，你度了谁，又证了什么道？"

此时此刻，那声音已不仅仅止于玄奘，而是传入了三界每一个生灵的耳中。

灵霄宝殿上一片寂静，众妖面面相觑，天空中的诸佛面无表情。凉亭之中的四大佛陀亦同样不发一言。

每一个人都在静静地听着，睁大了眼睛。

"车迟国，本该是安静祥和的土地，却因为你的到来，杀声四起。你度了谁？

"求法国国王一心求法，却求来了一死。百姓信你，却堕入了轮回。到来世，又是从头开始罢了。你度了谁？"

"所有的一切，皆因你而起，更别提放出五行山下的妖猴了。"如来淡淡一叹，接着说道，"看看这天地，都被毁坏成什么样子了。这一切，难道不是你的初衷所致吗？若非你的执念，这天地纵然不完美，却也不至如此。善花，也是可以开出恶果的。"

如来的话响彻三界，每一个人都在静静地聆听。

兜率宫中，太上老君低着头，轻轻揉搓着十指。

女娲神殿中，须菩提轻抚翡翠壁，默默地等着。

荒野中，浑身是伤的九头虫在万圣公主的搀扶下缓缓抬起头来。

密林里，穿着一身残破衣物的白素一脸茫然地朝四周望去。

此时此刻，清心正以最快的速度赶往西牛贺洲，杨婵带着多目怪以及鹏魔王、狮狁王，同样以最快的速度往西牛贺洲赶。

玄奘蜷曲着身子，低声呢喃道："即便……即便有可能开出恶果，难道，就不应该证道了吗？不应该为众生谋一个普度的未来？"

"应该。"如来斩钉截铁地答道，"但前提是，你要有足够驾驭这一切的能力。可是，你有吗？你没能控制住这只妖猴，却将他放了出来。你没能左右三界的局势，却又偏偏一石激起千层浪。时至今日，你还不承认，这一切都是因为自己的鲁莽导致的吗？"

玄奘死死地咬着牙，颤抖着，此时此刻，他的唇上已经没有一丝血色，一滴滴的汗珠从额头滑落。

他缓缓地伸出一只手，五指深深地扣入泥土之中。肉体的苦和心中的苦交杂在一起，早已超出了他的承受范围。可是，玄奘并没有昏厥过去，因为如来在用神识支撑着他。

他在逼玄奘。

诸佛要一个结果，如来，又何尝不要呢？

远处，猴子仰着头，缓缓地笑了。

真是巧，真是妙。当初，他不就是这样被辩得破了道心散了修为的吗？

如来缓缓睁开眼睛，又说道："世事浑浊，个中机巧，又如何是空凭一腔热血就可改变的？从选择堕入轮回之日起，你便已经失去了神通，失去了对局势的掌控，失去了证道普度的可能。"

痛楚之中，玄奘失声喊道："可，敢问佛祖，如果贫僧不堕入轮回又如何明白众生的苦，如何重拾执念，如何普度？"

"对。"如来淡淡一笑，说道，"所以，这本身就是一个死局。放下执念，才能成佛。成了佛，才能拥有神通。拥有了神通，拥有了漫长的寿命和超脱凡尘的眼界，才有可能普度世人。但成佛本身，却又意味着放弃普度，选择自度。"

玄奘微微张口，一根根青筋在额头上显现。他不停地颤抖着，瞪大了眼睛，却一句话也说不出来。

凉亭之中，四大佛陀静静地站着。

正法明如来凝视着桌案上的茶杯，长长地叹了口气。

"你要西行，要取经。本座现在就告诉你，西行的路上，没有你要的经。本座的大雷音寺里也没有。这三界之中不曾有过，往后也不会有你要的经。所有的一切，就到此为止吧。不如，成佛。”

“不……贫僧不成佛……贫僧……不能成……佛……”

在漫长的肉体与精神痛苦的交织之下，玄奘已经渐渐地麻木。

见状，如来却缓缓笑了。

“闭目，遮耳？只有执念中的人，才能这样充而不闻，视而不见。可是，你枯得了心吗？心一枯，你便成佛；心若在，你便躲不过本座的质问！”

玄奘没有回答，他没办法回答。他只能挣扎着，一点一点地依旧朝灵山的方向挪去。

岩石磨破了他的僧袍，渗出的鲜血滴落在沙尘中。

此时此刻，所有的人都明白，西行已是一败涂地。剩下的，不过是困兽之斗。

可是，谁又能怎么样呢？

所有人都只能静静等着罢了，等待着西行的最终结果，就连猴子，也缓缓地闭上了眼睛。

然而，就在此时，一道灵光闪过，就连如来也微微睁大了眼睛。一个虚幻的影子出现在玄奘身后。

人首，蛇身，庞大无比的身躯，或明或暗，没有实体。

所有人都蒙了。

女娲！

神殿之中，须菩提缓缓地笑了，凝视着翡翠壁的眼睛渐渐湿润。

就在所有人的面前，女娲伸出双手，在空中凝出一个光球，罩在玄奘的身上。

“孩子，就让我这当母亲的，护你走过这最后一程吧。去做一切你想做的事情。你是对的，没有人可以否定你，哪怕他是佛祖，哪怕他言之凿凿，都一样。”

瞬间，玄奘身上所有的痛苦都消失了，所有的幻觉都消散了！

第七百八十八章

承　诺

“女娲……娘娘？”

玄奘颤抖着，缓缓地起身。他抬头看见如同参天大树一般将所有的风云都阻挡在外的女娲的身影。

半山腰上的凉亭中，诸佛呆愣着，没有人开口说话。

远处山坡上站立的妖怪们全都张大了嘴。

女娲神殿中，须菩提苦笑着。

莲台之上，如来缓缓收起了原本的笑容。

这一刻，天地寂静。

女娲出手，又有谁能猜得到呢？也许有吧，只有那兜率宫的老狐狸猜到了。太上老君淡淡叹了口气，无奈地摇头。

“你是谁？”

女娲缓缓回过头去，面向面色不善的六耳猕猴。

六耳猕猴歪着脑袋抡起了金箍棒，指着女娲道：“我不管你是谁，总之，你打不过我。这里的事，你不要管。滚开！”

女娲笑眯眯地瞧着六耳猕猴，目光缓缓移动，落到了躺在他身后的猴子身上。

“一个名号，真的就那么重要吗？”

“不重要吗？连名字都不是我自己的，活着还有什么意思？”

“所以，你要跟我打一场？”

被这么一问，六耳猕猴反倒有点蒙了。他扭过头去，发现所有人竟都不说话了。

天空中的诸佛对此视而不见，他们不是跟自己的任务一样吗？

远处的妖怪们只是呆看着，天蓬、卷帘更是连一点慌乱的意思都没有，难道这新来的是站在他们那边的？

还有灵山的音波被彻底截断了，如来竟就这样沉默了？

种种异像都在告诉六耳猕猴，这人，来头不小。

佛门中人？不像。道门中人？也不是。那会是谁呢？

该不该打这一场，六耳猕猴确实有点捉摸不定了。

那握在手中的金箍棒落了又起，起了又落，半晌，他才犹豫着说道："你……别管闲事，你别管我就不跟你打。"

"若是本宫非要管呢？"女娲扭动着身躯缓缓往前。

闻言，六耳猕猴的眼角不由得抽了一下。

两个人就这么对峙着，四周的人静静地看着。

女娲身后，一脸疲惫的玄奘轻轻提起僧袍，依旧一步步向西。

正当此时，只见女娲身形微微一晃，消失了。下一刻，她出现在了六耳猕猴的身后，猴子的身旁！

"你想干什么？"六耳猕猴猛地呵斥，手中的金箍棒直接就朝女娲横扫过去。

女娲蛇尾一扫，身形瞬间后退，避开了金箍棒。

下一刻，所有人都发现原本躺在地上的猴子被女娲用长尾卷起，护在身后。

山坡上的众妖都吃了一惊。

"这是想做什么？"

莲台之上，如来的神情渐渐变得阴沉。

太上老君呵呵地苦笑起来。

还没等众人反应过来，女娲一个纵身腾空而起，朝东方翻腾而去。

六耳猕猴的脑海中"嗡"的一声，有些蒙了。下一刻，他连忙回头看了一眼依旧往西的玄奘，咬了咬牙，腾空朝女娲追去，口中喊道："站住！把他留下！你想干吗！"

一下子，空荡荡的沙地上只剩下玄奘和天蓬等人。

小白龙看了看六耳猕猴远去的身影，撒开马腿朝玄奘奔了过去。见状，天蓬和黑熊精也连忙跟了上去，不由分说地将玄奘抬起就放到马背上……

兜率宫中，通天教主手中的茶杯"咣当"一声掉落在地，杯中的茶水却没洒出来。

在场的三人就这么静静地坐着。

太上老君平视前方，一动不动。元始天尊低头捋须，同样一动不动。就连掉落了茶杯的通天教主也只是微微低眉瞧着那晃动的茶水，沉默着。

好一会儿，通天教主终于忍不住了，开口道："接下来怎么办？那猴子被救走了。"

"等吧。还能怎么样？"元始天尊悠悠叹道，"连释迦牟尼都不想接了，这招儿，难道我们去接？普天之下能对女娲出手的，恐怕也就只剩下六耳猕猴了。"

太上老君苦笑着，摇头，轻声叹道："要有大麻烦啦……"

"站住！你给我站住！

"无论你是谁，把他留下！不然老子宰了你！

"你他娘的没听到我说话吗？"

六耳猕猴一路追着，肆意咆哮，女娲却好像全然没听见。

他伸长了金箍棒横扫出去。

女娲紧贴着地面飞行，能清楚地看到身边的高山被六耳猕猴一棍扫平，身后的平原被捋出了沟壑，飞起的沙石如同海啸一般扩散，吞噬了所有的一切。

转眼之间，他们已经飞越了千里。

女娲神殿中，须菩提静静地等着。

…… ……

"我们真就这么看着？"通天教主攥紧了拳头怒吼道，"照这么下去，那猴子还有可能跟我们合作吗？就算到时候他肯，怕是也太晚了！"

元始天尊缓缓转过头，朝太上老君看去。

通天教主也当即朝太上老君看去。

太上老君依旧一动不动地坐着，那放在膝盖上的手微微颤抖，两只眼睛不断眨巴着。

似乎，精明如他，此刻也犹豫了。

“就这么放着不管吗？”元始天尊低头抿了一口茶。

“肯定不能不管！”通天教主高声叱道，“就算我们不想直接面对女娲，也必须想个其他办法！不能由着他们这么下去！”

元始天尊冷声道：“女娲出手，对他来说这是好事啊。”

“是好事没错！但对我们来说就是坏事！必须阻止！必须阻止！”

“可是……”

…… ……

长空中，清心已经远远地看见了西牛贺洲的海岸线。

太上老君一开口，另外的两人一下安静下来。

“可是……”太上老君顿了顿，才接着说道，“可是，老夫答应了某人，要庇护他，不能食言啊……”

“某人？”通天教主朝元始天尊看过去。

元始天尊点了点头，没说什么，那神情看上去，不认可，却也不反对。

顿时，通天教主恍然大悟：“某人，不会是指清心那丫头吧？不是……你怎么就那么不开窍呢？都到这时候了，你还惦记着这种鸡毛蒜皮的东西？”

“诺言就没有大小之分。”

“你当初答应的是她烟消云散了，才兑现诺言！结果呢？”

“她烟消云散了。”

“可咱们不是又把她救回来了吗？”

“那是我们和须菩提之间的约定了，与她无关。”

通天教主气急败坏地抓起身前的茶杯猛地摔了出去。

他的胸膛不断起伏着，却半晌没说出一句话来。

被女娲抱在怀中的猴子微微睁开眼睛，看到了女娲的脸。

“你这是……”

“救你。”

“你能救得了我吗？你连我都打不过……”猴子苦笑着。

“当然能救，只是要付出代价而已。用你这种只活了几百年的小娃娃想不出来的办法。”

沙石飞溅之中，猴子的眼睛缓缓朝前方斜去，猛然发现自己已经被带到了女儿国地界！

“你是要……”

“嘘，别说。”女娲紧紧地将猴子抱在怀中，用自己那庞大的灵力凝聚而成的身躯护着，低声道，“本宫自有办法帮你渡过这一劫。不过，你得答应本宫一件事。”

“什么事？”

“渡过这一劫之后，你要继续保护玄奘西行。你的目的不能再是击败如来，应该是想办法让玄奘证道。本宫就只有这个条件而已，答应了，本宫就救你。”

“我不是……一直在保护他吗？”

“呵呵呵呵，是不是，你心里清楚。有时候哪怕追求同一个结果，动机不同，所做的事情也会不同。如果你是一心想要玄奘证道，就绝不会跟六耳猕猴打这一场。”

猴子没有回答。

“好了，没时间说那么多了。你不说话，本宫就当你答应了。履行诺言与否，随你。”

说着，女娲的身形猛然下降，冲刺的方向是女娲神殿！

第七百八十九章
翡　翠

大地上，女儿国的臣民早已远远地撤开了。她们站在外围的荒漠中。

长空中，女娲的身形绘出了弧线，朝女娲神殿直冲而去，她神情冰冷得如同一尊雕像。

被女娲抱在怀中的猴子早已奄奄一息。

神殿的深处，须菩提轻轻抚摩着翡翠壁，双唇微颤，低语呢喃。

此时此刻，他脑海中缓缓浮现出的是六百多年前的那一幕，九个命牌在他的面前一个个爆开。

一切何其相似，这些都是代价啊……

…… ……

太上老君低下头，轻声叹息。

兜率宫中所有的一切都静默了。

六耳猕猴急急忙忙地追来。

发现女娲在降低速度，似乎已经准备落地了，六耳猕猴不禁松了口气，他攥紧了金箍棒，准备开始这最后一战。

然而，就在此时，他猛然看到女娲悬停在神殿上空。

“起——！”

一声高亢的叱喝，大地顿时缓缓地震动了起来。

六耳猕猴一下瞪大了眼睛，手中的金箍棒又攥紧了几分。

神殿的深处，碎石滚落。

须菩提注视着身前的翡翠壁一点一点地后退，直到墙角。

…… ……

凉亭中，诸佛陀静静地站着，双眉紧蹙。

女娲缓缓地回头，望向六耳猕猴。

在她身下，猛烈的颤动之中，神殿正一点一点地崩塌。那些脱落的石子十分诡异地上浮，悬停在空中。

六耳猕猴顿时一惊，不自觉地往后退了退。

他能清楚地感觉到女娲的修为很高，早已不是大罗混元大仙的境界，可也不是天道修为。最重要的是，似乎有什么东西在限制着她。若非如此，六耳猕猴大概也不敢如此大胆地追来吧。

可是，她现在忽然掉头是什么意思？

六耳猕猴想不明白。为保险起见，他只能默默地等着。

短短的时间里，四周的一切发生了天翻地覆的变化。

山岩、崩塌的神庙脱落的石头一概浮上了天空。草木被连根拔起，甚至连走脱不及的生灵也一只只被带到了空中，好像天空中有一块巨大的磁石在牵动着所有的一切。

侧边上原本平静的湖泊泛起了波澜，湖中的水也像要飞腾而起一般猛烈地翻滚着。

看着眼前这匪夷所思的一幕，六耳猕猴支支吾吾地问道：“你……你要做什么？”

女娲轻描淡写地答道：“本宫，要取你性命。”

听她这么一说，六耳猕猴顿时笑了出来。

然而，女娲却没有笑。

“你涉世未深，即使做错了什么，其实也是身不由己。这一点，本宫理解。但是，现如今的局势，必须要有人作出牺牲。所以，委屈你了。”

“我不懂你在说什么，杀我？哈哈哈哈。”六耳猕猴仰头狂笑，道，“你大概不知道吧，谁都杀不了我。就算是佛祖和道祖，也做不到。哈哈哈哈。”

说完，他朝女娲望去，却发现即使知道了这一点，女娲的脸上也没有一丝神色的变化，那表情像在告诉自己，他已经死定了。她的态度如此坚定，甚至没有一丝一毫的动摇。

顿时，六耳猕猴的笑声戛然而止，仿佛被人强行掐断了一般。他的心中忽然生出一丝不祥的预感。

此时此刻，猛烈的震动之中，两人身下宏伟的女娲神殿彻底崩坏。原本的地方隆起了一座巨大的龟裂的山丘，山丘之上一条条沟壑有数丈宽了，足够塞得下大象。

透过那沟壑，六耳猕猴猛然发现了一个远远超出他认识范畴的东西：一块巨大的翡翠！

“你……你想做什么？”六耳猕猴心中不祥的预感越发浓烈了。他不自觉地往后退着。

“本宫说了，要取你性命。”女娲的口气依旧是轻描淡写。

“这不可能！普天之下，没有任何人能杀得了我——！”

埋藏地底数千年的巨大翡翠此时被彻底抬升到了地面上，附着其上的石头一块块脱落，悬浮在半空中。

翡翠之中的东西越来越清晰。

六耳猕猴微微睁大了眼睛，呆呆地看着。

直到那巨大的翡翠悬浮在女娲身后，翡翠壁中暗淡的影子与女娲的身形重叠的时候，六耳猕猴才恍然大悟。

“这是……你的真身？”

女娲没有回答。

“我明白了，看来，你刚刚刻意匿藏了修为啊。”六耳猕猴攥紧了金箍棒咬牙道，“不过，你还是赢不了我，至少杀不了我，即便修为再高，也没有用！”

“是吗？”

女娲的怀中，猴子微微睁开眼睛静静地注视着她。

只听背后的翡翠发出“嗡”的一声，下一刻，一圈绿色的霞光迅速炸开。翠绿的光圈无声无息地顺着地表扩散，转眼之间，已经掠过天地万物。

莲台之上，如来的神情凝重到极致。这是万年来从未有过的。

四周的佛陀罗汉全都错愕地看着。

“值得吗？”一个声音在女娲的脑海中响起，是如来。

“为什么不值得？为了我的孩子，一切都值得。”女娲答道。

女娲一点一点地后退。

身后的翡翠顿时猛烈震动起来，发出一连串“嗡嗡”的声响，如同千万只蜜蜂在天地间的每个角落嘶鸣一般。

六耳猕猴心中不祥的预感渐渐演变成了一丝恐惧。他呆呆地望着女娲，咽了一口唾沫。

眼前的场面实在太诡异了。按照正常的做法，他应该先行撤退，然后再作打算。可是，他真的要就这么退回去吗？

猴子还在女娲手中，那是他做梦都想撕碎的人。这么好的机会，自己就这么放过了？

这是他无论如何都无法接受的。

六耳猕猴犹豫着，犹豫着。

时间一点一滴地流逝，“嗡嗡”声越来越大，以至于六耳猕猴觉得自己的头都要炸了。可他还在咬牙挺着。

“不要……不要故弄玄虚了。没用的，我已经查得很清楚了，我抵达过天道修为，天地间不会有任何东西能伤我性命的，你骗不了我！”

“是吗？”女娲依旧在一点一点地后退，那身形与翡翠近在咫尺，“既然如此，你一直以来那么恐惧的又是什么呢？”

被她这么一问，六耳猕猴顿时呆了。

正当此时，“咔嚓”一声清脆的声响传出，一道细微的裂痕在光洁的壁面上出现，迅速蔓延！

六耳猕猴怔住了。

千里之外，带着一众妖将风尘仆仆赶来的杨婵连忙悬停，身后的妖将们也纷纷顿住。

就在他们的前方，天的尽头，伴随着交错的闪电，一个黑点正缓缓地形成。

巨大的闪电如同一根根擎天巨柱从天空中砸下，横扫而过。所有被触及的，无论岩石还是树木，全都在瞬间化作飞灰。

望着自己头顶上正迅速成形的黑色旋涡，这一刻，六耳猕猴的脑海中一片空白。

女娲的身形依旧在一点一点地后退，在她身后，巨大的翡翠已经裂开了一个口子。

透过裂痕，可以清楚地看见翡翠之中的影子，在那张与女娲一模一样的脸上，眼睛缓缓地睁开了。

“没有错，你达到过天道，已经是不死之身。三界之中，再没有任何人、任何方法可以彻底毁灭你。可是，难道你忘记了吗？你依旧惧怕天劫，只是不知道它什么时候会降临罢了。巧的是，本宫本身，就是一个能引来天劫的人。”女娲缓缓转身，轻轻一托，一直被她护在怀中的猴子悬到了空中，缓缓地朝翡翠裂开的口子移去。与此同时，翡翠壁中面容呆滞的女娲真身也摆动着长长的蛇尾朝口子游来。

六耳猕猴彻底呆住了。这一刻，他浑身的鸡皮疙瘩全起来了。他望着头顶疾速成形的旋涡，张大了嘴巴，却一句话也说不出来。

“不要再挣扎了，孩子，让一切就此结束吧。”

与女娲的真身擦肩而过，猴子被送入翡翠之中，而女娲的真身则彻底摆脱了所有的束缚，与那魂体拥抱在一起，融合。

当一切结束，女娲缓缓地掉转身形望向六耳猕猴，轻声笑道：“不用担心，本宫会到虚空之中去陪你的。你不会孤单。”

就在六耳猕猴的面前，女娲身后那裂开的翡翠壁缓缓地愈合了。它将猴子彻底包裹其中，隔绝了所有的气息。

“不……不！”六耳猕猴惊慌失措地摇着头，“我不要再到那鬼地方去了！我不要——！”

他嘶吼着，抡起金箍棒朝女娲砸了过去！

第七百九十章

天道“无及”

翡翠壁一点一点地愈合。那壁中的猴子睁大了眼睛呆呆地看着，看着女娲巨大的背影一点一点地被遮挡。

一道道触角从翡翠的内壁上伸出，在触及猴子身躯的瞬间凝聚了数千年的庞大灵力开始疯狂地灌入他的体内。猴子身上的伤，正在愈合……

女娲的身体还处于融合之中，混混沌沌，如同一团巨大的棉花，只是初步形成了一个轮廓而已。

此时此刻，六耳猕猴也管不了那么多了，他抡起金箍棒就朝女娲重重砸去。

就在这电光火石之间，正在融合的女娲的本体与魂魄，渐渐成形，她的双目紧紧地闭着。

“忘了告诉你一件事，其实本宫也是行者道，而且是天道修为。”

闻言，六耳猕猴明显呆了一下，横扫而去的金箍棒微微顿了一顿。

还没等他反应过来，还没等那棍棒近身，女娲还没彻底融合完毕的手已经朝他伸了出去，凌空拉出了一道长长的雾痕。

那速度之快，虽说比不上当初处于天道“无极”状态的猴子，却也已经超出了六耳猕猴以往的认知。至少，从他诞生至今还从没遇到过。

只一瞬，六耳猕猴的身体已经连同金箍棒一起被女娲捏在了掌心，他只露出一个头颅，苦苦地挣扎着。

灵山的大殿之中一片静默。

如来双眼缓缓地眯成了一条缝，一动不动。

…… ……

凉亭内的诸佛一个个面面相觑，沉默着。

整个世界似乎屏住了呼吸，就连空气都凝固了。

太上老君缓缓地摇着头，轻叹道："天道'无及'啊……谁能想到，这被封在翡翠之中的天道'无及'，会有重见天日的一天呢？即使不完整，要解决六耳猕猴，恐怕也是绰绰有余吧。只可惜啊……"

元始天尊低头抿了一口茶。

一旁的通天教主脸色早已极为难看，他拳头攥得紧紧的，豆大的汗珠从额角滑落。

"天劫，天劫直接落到凡间……我们堂堂三清，难道就这么看着吗？"

…… ……

灵霄宝殿也如同死寂一般。每一个人的脸色都阴晴不定，他们沉默着，等待着。

此时此刻，除了等待，他们又能如何呢？

…… ……

翡翠壁终于彻底愈合，在猴子的面前只剩下一片绿色。整个世界仿佛都静默了。

对这些曾经高高在上的天神来说，除了等，谁还能做什么呢？

源自天劫的一道道闪电从天空中垂直落下，直接劈在女娲的身上，并且逐步加强。轰鸣声中，女娲身躯之上不禁泛起了白雾，似是有点承受不住了。

然而，女娲依旧一动不动地悬在空中。她一点一点地用力，将六耳猕猴连同金箍棒一起死死地掐住。灵魂与真身的融合渐渐完成。

"为什么！为什么要救他！他能做到的事情，我也能做到！凭什么都站在他那边！"只露出一个脑袋的六耳猕猴声嘶力竭地嘶吼着。

"因为，你已经丢失了自己的心。"女娲缓缓地睁开眼睛，淡淡地看着在自己掌心挣扎的六耳猕猴，道，“你一心想要‘齐天大圣孙悟空’的名号，你想要所有人都承认你，可你真的是他吗？从你执着于这个身份的那一刻起，你便不再是他了。”

“不——！”六耳猕猴猛地大喊，“我是孙悟空！我才是孙悟空！我才是孙悟空——！”

一道惊雷从天空中落下，正中女娲的前额。顿时，那手掌的力度锐减。同样在这一刹那，六耳猕猴使出全力挣脱了女娲的手掌，远远地逃遁了。

“你跑不了的，你也是天劫的猎物。我们两个，谁都跑不了。”

一个声音在六耳猕猴的脑海中响起。

下一刻，一道巨大的闪电从天而降，落到了六耳猕猴的身前。待那闪电消失，六耳猕猴猛然发现自己前方的陆地竟凭空消失了，变成了一个深不见底、方圆数里的坑洞。

偌大的土地，竟然在刹那间被彻底烧成了飞灰，连一点点痕迹都没有留下。海水正疯狂地灌入。眼前的景象更是因为一刹那的高温而扭曲得不成样子。

六耳猕猴连忙顿住了身形，张大了嘴巴，彻底蒙了。

狂风从他的身旁刮过，耳侧的绒毛在颤抖。

即使与猴子激战，他也从未见过如此场景。或者说，六耳猕猴根本不相信这世间有任何的人或物，能使出这种程度的术法——已经达到毁天灭地的境界了！

这就是天劫的威力啊。准确地说，是双重天劫。而如此威力的闪电，女娲刚刚扛了几道？她甚至用身体将闪电的威力全部吸收了，以至于看上去就像闪电一般。

这就是现如今自己所面对的两个敌人吗？强大的行者道天道修者和双重天劫……

“没有人能逃过天劫的。与其拖累三界，不如接受吧。”女娲的声音又一次在六耳猕猴的脑海中响起。

“不，不……一定还有其他办法，一定还有其他办法，一定还有其他办法——！”六耳猕猴猛地回头望向女娲。

准确地说，是望向女娲身后的翡翠！

这一刻，女娲彻底完成融合，正笑吟吟地瞧着他。那视线微微移动，似乎读懂了六耳猕猴的用意。

六耳猕猴瞪大了眼睛望向女娲。一股股白色的雾气从他的唇齿之间飘出，缓缓散开。他咧开嘴狰狞地笑了。

“如果……如果他出来，那被天劫收走的，就可以是你们！我说的对不对？”

女娲收起笑容，面无表情地注视着他道：“你可以试试看。”

六耳猕猴平移着身体，握着金箍棒的手攥得咯咯作响。

“轰——！”又是两道闪电从天而降，分别向六耳猕猴与女娲劈了过去。

就在这电光火石之间，六耳猕猴出手了！

他身形一晃，瞬间化出数十个身影，从各个方向朝翡翠冲了过去！

“分身术？”

“你以为你能一面应对我一面守住那么大的翡翠吗？”

女娲的嘴角微微上扬。

下一刻，女娲也瞬间化出十几个身影朝四面八方飞去，每一个身影都直面六耳猕猴的一个化身！

还没等从天空落下的闪电抵达，双方的激战已经开始。

女娲的分身和六耳猕猴的分身缠斗在一起，不过，也仅仅是一瞬。很快，六耳猕猴的分身被悉数击败，只留下一个！

两道惊雷准确无误地打在两人的背上。剧痛传来，缠斗的双方迅速分开了。

六耳猕猴瞬间拉开了一里的距离，远远地悬着。别说铠甲，他连绒毛都被焦黑了，隐约可以看见绒毛之下的血肉。

六耳猕猴的身躯瑟瑟发抖。

与此同时，女娲依旧挡在六耳猕猴与翡翠之间，庞大的身躯冒着白烟。

“不可能……你不可能瞬间就识破哪一个才是我的真身！”

“本宫根本就没有识破。”女娲道，“天道‘无及’，每一个应对你的都是真的。难道你没发现自己的分身落败得特别快吗？”

“每一个分身……都是真的？”六耳猕猴的眼角抽了抽。

这就是天道‘无及’的特色吗？

无及……无所不及？

那还怎么玩？

六耳猕猴咬着牙，握着金箍棒的手在发抖。

正当女娲已经胜券在握之时，一个声音在六耳猕猴的耳边响起。

“不如，让贫僧助你一臂之力吧。”这一次，不是女娲，而是如来……

六耳猕猴连忙瞪大了眼睛，回应道：“佛祖要助我？怎么助？”

“升天道。”轻描淡写的几个字，跨越了万里直达六耳猕猴的耳中，却足以改变整个局势！

第七百九十一章

一个时辰

“升天道？”六耳猕猴笑了，“好好好，这个我喜欢！哈哈哈哈！”

女娲眉头紧蹙，笑容缓缓地消失了，转而换上的是如同冰霜般的冷漠。

六耳猕猴与如来的对话，她只能听到六耳猕猴的部分。不过，就算没听完整，她也能猜到是谁在与六耳猕猴对话，又说了些什么。

这不是动手之前就意料到的事情吗？

当初自己亲手种下的种子，如今已经长成了大树，开花结果，树影甚至笼罩整个三界。

既然所有人都拿他没办法，那就让自己亲手……将他葬送吧……

莲台之上，如来不动声色地默念口诀。

一声声的梵文传到了万里之外，落入六耳猕猴耳中。

这是一种奇异的语言，与其说是语言，不如说更像一种术法。毫无疑问，六耳猕猴听不懂梵文，却在瞬间顿悟了当初另一个自己在达成天道过程中的种种，细到每一寸经脉的运转，好像自己又亲身经历了一次。那内容已深深地刻入他的脑海中。

一股战意在他心中熊熊燃烧。

荒原之上，白龙马憋足了气狂奔。

跌宕起伏之中，早已体力透支的玄奘用仅剩的力量死死地抱住马脖子，继续向西。

…… ……

慌乱之中，黑毛一个不小心被石头绊倒了。还没等他反应过来，身后的天蓬与卷帘已经一左一右将他整个搀了起来。一行人继续一刻不停地狂奔着。

…… ……

清心在朝女儿国赶来，杨婵也同样在朝女儿国赶来。

兜率宫内，崩塌的女娲神殿里，灵山山腰的凉亭中，每个人都沉默着。灵霄宝殿内的诸仙更是如此。

每一个人都明白即将发生什么。

也许吧，也许这都是注定的。眼前即将发生的，不过是六百多年前那一战的延续。逃不过，避不开。

天空中的闪电依旧交错，轰鸣声中，天劫的力量正在一点一点地从天外渗透进来，酝酿着更强的轰击。

…… ……

六耳猕猴深吸了口气，攥紧了拳头。顿时，天地间的灵力开始疯狂地朝他汇聚过去。

他望着女娲，狞笑着。

地府的深处，所有的鬼差都呆呆地看着远处苍穹透入的阳光。

是的，阳光。虽然微弱，但那就是阳光，绝对不应该在地府出现的阳光。

大概只有天劫有这样的威力了——直接将凡间与地府洞穿的威力。

汹涌的海水顺着缺口倾泻而下，如同一根擎天巨柱一般。正下方的一切都被冲毁了，变成一片汪洋缓缓地朝四周扩散。

与此同时，大批鬼魂正沿着那缺口逃窜。

秦广王瘫坐在地，欲哭无泪。

一片翠绿之中，被澎湃灵力团团包裹的猴子微微颤抖着，慢慢地攥紧了拳头。

…… ……

被天劫轰出的巨大缺口之中，大批黑色的恶魂发出凄厉的嘶吼声升腾而起，如同滚滚浓烟一般，四散。

六耳猕猴依旧悬浮在半空，狰狞地笑着，额头上的青筋一根根浮现。

四肢脉门处，方才凝聚的两道金光顺着经脉的轨迹缓缓地流动。

“我才知道，原来你就是女娲娘娘啊。哈哈哈哈，真是幸会幸会。可惜，我是石头里蹦出来的。你创造了生命万物，却不包括我。再加上你还要护着他，既然如此，我就更没理由手下留情了。”

女娲抬起头朝天空中巨大的旋涡望去。

旋涡之中闪电跃动的频率越来越快，甚至给人一种如同监牢栏杆一样的密集感觉，像一只凶猛的巨兽正在等待着扑向猎物的时机。

“一个时辰。”女娲缓缓地低下头，轻声道，“一个时辰之后，天劫就会凝聚出足够一举将你我拿下的力量。”

“一个时辰……足够我打破那个龟壳，让他出来替我受死。”六耳猕猴咧嘴笑着瞪圆了眼睛，道道迷烟从他的嘴角透出，飘散在炙热的空气中。

“那就试试看吧。”女娲轻蔑地笑着。

“来吧——！”一声暴喝，六耳猕猴的身影化作一道金光朝女娲呼啸而去。金箍棒骤然伸长，刺穿云层，又拖着长长的轨迹重重砸下来。

女娲瞬间侧过身去，伸出一指，指向自己身后的翡翠，一下子，原本处于金箍棒落点处的巨大翡翠凭空挪动一里的距离，离开了金箍棒的打击范围。

轰鸣声中，金箍棒重重落地。山川、河流，所有的一切都在顷刻间被碾成齑粉。炸开的沙尘如同汹涌的海啸般朝两侧蔓延。

与此同时，金箍棒连同六耳猕猴一起瞬间消失无踪。

没有任何犹豫，女娲连忙一个转身，巨大的蛇尾朝身后甩去。激起的气流形成了巨大的龙卷风，而那龙卷风的正中困住的便是六耳猕猴！

金箍棒又一次伸长了，朝女娲扫去。可惜由于四周女娲激起的气流，金箍棒的威力一下被削弱了不少，虽然依旧是移山填海之势。

就在金箍棒即将重重砸在女娲身上的时候，女娲身形一晃，化作了两个！

“又是这招儿？”

金箍棒擦着两个女娲的身影横扫而过，又一次落了空。与此同时，两个女娲则一上一下，同时向六耳猕猴冲过来。

真正的厮杀开始了。然而，两个天道修者之间的厮杀，从来就不会是硬碰硬的。

六耳猕猴挥舞着金箍棒在天上地下来回冲刺着，所过之处的一切都被摧毁殆尽，唯独那巨大的翡翠除外。

每一次当六耳猕猴将目标对准翡翠的时候，女娲总能先一步发现，巧妙地将翡翠移走。而更诡异的是，女娲一变二,二变四。转眼间，天空中与六耳猕猴激战的已经变成了数十个女娲。她们身躯庞大，却灵巧至极。任凭六耳猕猴如何折腾，都碰不着她们分毫。

无奈之下，六耳猕猴只能对着那翡翠穷追猛打。即便如此，他又能如何呢?

此时此刻，女娲的身影遍布战场的每一个角落，像有无数的女娲同时在协作一般。无论六耳猕猴的棍法如何精巧，打击的角度如何刁钻，在女娲的操控下，翡翠总能巧妙地闪避。

翡翠疯狂地位移着，远远看去，竟像有无数的翡翠同时存在。

转眼之间，两人已经激战了上千里的距离。

这是一场不管不顾的战斗。

零零散散的闪电从天而降，六耳猕猴的金箍棒，女娲不断呼唤的用来拖延六耳猕猴的旋风……山川、河流，哪怕是人类的城邦，沿途所有的一切都被摧毁了，甚至连残垣断壁都没留下。

其余的人，全部只能看着，看着这场他们无法参与的战斗。已经赶到现场的杨婵也带着一众妖将远远地看着。

除了如来、太上老君、须菩提之类的大能之外，对三界之中的任何生灵来说，这场战斗，一旦卷入，必死无疑!

肆虐的狂风之中，城墙崩塌，所有的一切都被扫上了天空。

莲台之上，如来二指轻轻一掐。

瞬间，一幕幕场景在玄奘的脑海中浮现，一声声哀号在他的耳边响起。

每一个逝去的灵魂都在向玄奘哭喊、质问，问他为什么要西行，告诉他自己不需要任何人度……

面对这一切，玄奘只能死死地咬着牙，紧紧地抱住马脖子，忍着，继续向西狂奔。

一滴滴鲜血从他的眼耳口鼻中渗出……

第七百九十二章

本性难移

“嘶——！”

一声马鸣，白龙马猛地停下。阵阵沙尘如同涟漪一般向前飘荡。

随后赶到的天蓬等人也停下了脚步。

在他们的正前方，数十名僧人一字排开，阻挡了去路。

这些僧人，没有成佛，也看不出什么修为，是灵山脚下最普通的僧人。

双方就这么对峙着。

卷帘挠了挠头道：“他们要干什么？不会是如来派他们来阻挡我们的吧？”

天蓬回头望了一眼身后紧紧相随悬在天空中的众佛陀，道：“应该不是，要派，也不是派他们。”

趴在马背上的玄奘已经奄奄一息，无力地睁着双眼看着对面。

其中一位僧人往前一步，叱道：“马背上的，可是玄奘？”

玄奘微微张口，似是想回答，却没想到身形一晃，从马背上栽了下去。

黑熊精吓坏了，连忙一个纵身将玄奘抱住。

对面为首的僧人微微挺直了腰杆子，一脸高傲地瞧着玄奘道：“玄奘法师，听说你是金蝉子转世。金蝉子，那可曾是我佛门的大能啊。西行一路，你可是感悟良多？你要证的道可是已经证了？来来来，已经走到灵山脚下，就别藏着掖着了，给我等晚辈说说。”

“对！”另一位僧人接话道，“我等可是每日盼着望着，就等玄奘法师早日到来度我们成佛啊。你可别说了不算啊。大家说，对吧？”

听他这么一说，在场的僧众顿时爆发出一阵大笑。

见状，天蓬等人蹙起了眉头。

玄奘睁开眼，扶着黑熊精，艰难地站了起来，口中的鲜血还在缓缓滴落，滴在了僧袍上。

“贫僧想请玄奘法师说说，对求法国国王之死，有何感悟，大家觉得可好？”

“好好好，贫僧也想听听。”

“唉！求法国有什么意思！贫僧想听的是凤仙郡，玄奘法师对凤仙郡有何感想？”

“这些有啥！现在法师亲手放出六百年前毁坏天地的孙悟空，这才值得一提啊！别忘了，现在这三界又在毁坏的边缘啊。”

“对对对，就说这个，就说这个！好一个普度众生，普度成这般模样，也是高了！真高！”

僧人们一个个对着玄奘竖起了大拇指。那话里面的讽刺，已是再明显不过了。

玄奘眉头一蹙，一口鲜血从口中溢出。

黑熊精脸色一变，操起黑缨枪就要冲上前去，却被玄奘用仅有的力量拉住了。

“师父！他们这般胡言乱语，您还容他们？”黑熊精忍不住吼道。

玄奘缓缓摇了摇头，道：“嘴长在他们身上，要怎么说，是他们的自由。况且……他们并没有说错。”

黑熊精一脸的气愤。倒是那些僧人，被玄奘忽然来这么一句，话似乎有点接不下去了。一时间，他们竟不知说什么好，一个个面面相觑。

莲台之上，如来静静地坐着，双目低垂。

…… ……

此时此刻，女娲和六耳猕猴之间的战斗还在继续。

天空中的闪电依旧跃动，旋涡的正中，是深不见底的虚空，如同一张血盆大口缓缓开启。

一柱海水冲天而起，瞬间化作疯狂的海啸朝四周掠去。

望见那惊天动地的海啸，清心不禁怔了一下。她侧过脸，看见杨婵带着一众妖将站在不远处。

杨婵淡淡看了清心一眼，一脸冷漠地说道："你也来啦，看着没关系，可千万别做出什么傻事来才好。"

"嗯。"清心点了点头，向他们靠了过去。

一道道闪电从天空中落下，砸在海面上，炸开的蒸汽夹带着浪花疯狂翻滚。

海的深处，女娲与六耳猕猴还在缠斗。

金箍棒搅动之下，四周的海水已经如同一把把剃刀，将所接触到的一切都撕得粉碎。唯独那翡翠还被护得好好的。

"你究竟为什么帮他？为什么！"

六耳猕猴疯狂地咆哮着。然而，女娲并没有回答。

她伸手一指，一道缺口被破开了，从海面直达海底的缺口。

下一刻，还没等六耳猕猴反应过来，数十个女娲的分身已经护卫着翡翠冲出了海面朝东北方向呼啸而去。

出乎意料地，直到女娲跑出五十里外，六耳猕猴还没有跟上来。

一下子，所有人都蒙了。打得这么激烈的一场战斗，怎么忽然就停了呢？

…… ……

灵霄宝殿上，玉帝伸长了脖子盯着铜镜。四周的仙家们一个个缩着脖子。

…… ……

兜率宫中，三清静静地端坐着，沉默着。

天空中的天劫分开成两朵，一朵追着女娲而去，另一朵则停留在原地。

毫无疑问，六耳猕猴还在这里，他并没有走。因为天劫还在这里，天劫的感知，是不会错的。

可是，他为什么没有任何行动呢？

杨婵不禁蹙起了眉头。

深海，暗涌的水流之中，六耳猕猴攥着金箍棒静静地悬浮着，似乎在思考着什么。

许久，他缓缓地笑了出来。

“明白了……嘿嘿，她这是为了玄奘啊。为了玄奘，要把我引开？不然，怎么可能舍命引来天劫呢？呵呵呵呵，她的目的是西行，我明白了，明白了！”六耳猕猴紧紧地咬着牙，叹道，“如果我必须死，那也绝不会让你称心如意！”

只听“咣”的一声巨响，海面上炸开了巨大的水花。六耳猕猴化作一道金光冲天而起朝西南方而去。与清心擦肩而过之时，他淡淡地看了她一眼，丝毫没有停顿的意思。

转眼之间，那身影已消失在天尽头。

“坏了。”女娲神殿的废墟之中，须菩提微微仰头望着天边。

…… ……

“本宫知道了。”

女娲的分身迅速聚合到了一起。她带着翡翠，掉转方向朝西牛贺洲玄奘的所在冲去。

空旷的平原。

六耳猕猴铆足了劲，掠过地表疯狂地冲刺。他身后紧紧地跟着天劫，一道道闪电落下，将他途经的地方全部毁灭。

头顶上的金箍开始一点一点地缩紧了。

剧痛传来，六耳猕猴微微张大了嘴露出獠牙，不住地咆哮。然而，仅此而已，他并没有任何改变主意的意思。

“他想……杀了玄奘？”灵吉有些不确定地问道。

“对。”地藏王深吸了口气，轻叹道，“至少，是动了心思了。不然，头顶的金箍不会缩紧。”

“顶着金箍的反噬也要杀玄奘吗？”灵吉不由得笑了。

正法明如来双手合十，淡淡叹道：“本性难移啊。”

“玄奘法师，贫僧修了三十年的佛却未成。今天就站在这里，等着你度呢。”

“玄奘法师，还有贫僧。嘿嘿嘿，贫僧只修了十年，但这修佛实在太难了。听说你能度，于是早早在这里等你。你可千万别让我们失望啊。”

玄奘口中又一口鲜血溢出。

“你们都给老子闭嘴！”黑熊精挣脱了玄奘的拉扯一下奔上前去，挥舞着黑缨枪准备砍杀那些僧人。

见此情景，天蓬一个快步上前将他制住了。

“放开我！我要宰了他们！”

“不能杀！杀了就多一个借口了！我们是普度，不是杀生！”

争执之中，忽然一声惊天巨响传来。有什么东西从天空中重重地砸在百丈开外的地方，掀起阵阵沙尘。

一下子，所有人都安静下来，呆呆地看着那个落点。

沙尘缓缓地消散了。

六耳猕猴一只手握着金箍棒，另一只手扶着脑袋，站在那里瑟瑟发抖。

那发红的眼睛，死死地盯着玄奘。

第七百九十三章

紧箍咒

“他想做什么？”卷帘嘟囔了一句。

纷飞的沙尘从绒毛上飘散。狰狞的面容，发红的眼睛，紧绷的肌肉，六耳猕猴扶着脑袋的手在抖。他看着玄奘，拄着金箍棒迈开脚步缓缓地走来。

那身形就像随时都会栽倒一般。

此时此刻，所有的一切都静默了，在场的每一个人都怔怔地看着六耳猕猴，就连玄奘也是如此。

“他怎么了？”黑熊精低声问道。

将黑熊精死死抱住的天蓬同样愣住了，呆了半天，他低声说道：“那个金箍……”

“金箍？”

众人这才注意到六耳猕猴头顶的金箍正微微散发着金光，紧缩。

大概是因为六耳猕猴本身的灵力也是金色的缘故，这么重要的细节，方才竟没人注意到。金箍在紧缩意味着什么？

违反佛门的戒律了？就这么一会儿工夫，他能违反什么戒律？

长空中，女娲的身影飞腾而过，身后紧紧相随的是巨大的翡翠，以及天劫。

海面上的海水仍旧躁动不安。

杨婵望着女娲身影消失的方向，轻声道：“走吧，跟上去。”

“诺！”

一转眼的工夫，杨婵已经带着鹏魔王等人消失了。空荡荡的海面上唯独剩下清心还呆呆地眨巴着眼睛。

好一会儿，她也深吸了口气，催动灵力追了上去。

正当其他人都百思不得其解的时候，六耳猕猴将手中的金箍棒从左手换到了右手，攥得咯咯作响。

“不好！他要杀玄奘法师！”天蓬惊呼出来。

电光火石之间，六耳猕猴出手了。他手中的金箍棒骤然伸长，朝玄奘横扫了过去。

这一击若中，玄奘肉体凡胎，是断然没有活命的可能的。幸运的是天蓬也出手了。

几乎在六耳猕猴出手的前一瞬，天蓬便松开了被他抱住的黑熊精朝玄奘扑了过去，直接将原本就已摇摇欲坠的玄奘扑倒在地。

下一刻，金箍棒已从他们的头顶横扫而过，那些先前嘲讽玄奘的僧人一个个被扫飞了，口吐鲜血。还没等到落地，他们便一命呜呼了。更有甚者，身躯直接被拍了个四分五裂，连惨叫的机会都没有。

没有先行一步反应过来的黑熊精、卷帘、小白龙自然也躲不过这一击。他们同样被拍飞了，好在有修为护身，性命无忧。

当然，也只是性命无忧。黑熊精在空中飞了差不多一里的距离，落地之后，又滑了百丈有余，在地面上捋出了一道深深的痕迹，直到将一棵数百年的巨木直接撞倒才停下。

卷帘和小白龙则没那么好运了。

卷帘刚飞出十丈不到，便重重地砸在了山体上，撞得整座山微微颤抖，等于扎扎实实将这一击里的气劲全部扛了下来，直接昏厥过去。小白龙则是被抛向天空，飞了个没影。

六耳猕猴将伸长的金箍棒缩了回来，攥在手中，喘着粗气癫狂地笑道：“躲过了又如何，还不是要死！就凭他们，救得了你吗？”

他一步步朝玄奘走来，不断笑着。那笑声到最后，变成了剧烈的咳嗽，咳出了鲜血。

“我懂了。金箍紧缩，是因为你对玄奘法师动了杀心！”天蓬挣扎着起身，伸手一吸，掉落在一旁的九齿钉耙落入掌心。他摆开架势，迎向六耳猕猴。

“就凭你？”六耳猕猴嘴角微微上扬。

剧烈的头痛之下，他整个人在颤抖，眼前的景象都有些模糊了。

山腰处，正法明如来双目紧闭，双手合十，默念口诀。

…… ……

金箍猛地缩紧，六耳猕猴握在手中的金箍棒“咣当”一声掉落在地。

远处，捂着胸前伤口好不容易站起来的黑熊精愣住了。

紧接着，他们看到六耳猕猴捂着头尖啸起来。他一个后空翻，不是腾空而起，而是重重砸在地上，痛得满地打滚。

阵阵沙尘溅起，六耳猕猴变得疯狂。

他不断地嘶吼着、翻腾着，用拳头重重捶打着地面。

正法明如来缓缓地睁开眼睛望向六耳猕猴所在的方位，默念口诀的速度隐隐地又加快了。

…… ……

岩石被砸了个粉碎，树木被摧垮，地面被撞出了深坑。六耳猕猴不顾一切地折腾着。

玄奘缓缓支起身子，盘腿而坐，就像外界所发生的一切都与他无关。

“不要念了！不要念了！”六耳猕猴猛地咆哮道。

“放下你的杀念。”正法明如来冷声答道。

“不放！”

“放下。”

“不放！”

正法明如来嘴唇颤动的频率更快了。

一声刺耳的笑声冲天而起，六耳猕猴的翻滚更加剧烈了。

“我不会屈服的！啊哈哈哈哈！什么都要忍，他娘的老子今天不忍了！只要……只要我适应了这疼痛，就再没什么能拦得住我了！哈哈哈哈！”

正法明如来嘴唇颤动的频率进一步加快。

长空中，女娲的速度已经提升到极致，可还是不够快。

“等我……千万别死！”

…… ……

正当正法明如来与六耳猕猴僵持不下的时候，黑熊精已经奔到玄奘身旁，不由分说地将他背到了自己的背上。

“师父，别放弃，还有机会的。”

黑熊精背着玄奘，撒腿继续朝灵山的方向狂奔起来。

“想走？没那么容易！”混乱中，六耳猕猴手一扬，金箍棒已在手中。

此时此刻，他的眼睛早已看不清了，但凭着感觉，他依旧可以准确地捕捉到玄奘的位置。

他手中金箍棒一下子伸长，横扫了出去！

这一击，没有打中黑熊精，更没有打中玄奘，而是打在了天蓬身上。

几乎在同一瞬，天蓬将自己的灵力催升到了极致，如同一面盾牌死死地杵在金箍棒轨迹的必经之路上。一击之下，天蓬一口鲜血喷出，却扛住了！

“元帅……”黑熊精回头朝天蓬看了过去。

“快跑——！”天蓬嘶吼出来。

没有时间再考虑了，黑熊精回过头，背着玄奘全力狂奔。

“滚！”

金箍棒的力道骤然加重，天蓬被横扫出去。

然而，当六耳猕猴往黑熊精逃遁的方向跨出一步的时候，金箍带来的剧痛又一次加重了。他一步踉跄，差点儿跪倒在地。

正法明如来缓缓地回过头，发现不仅仅是自己，文殊、普贤、地藏王乃至灵吉、山腰处的诸佛，全都双手合十，默念经文。

…… ……

“来啊！看看你们几个佛陀，能不能斗得过天道‘无极’！”

六耳猕猴咆哮着冲了出去，重重地撞在山体上。

轰鸣声中，山体坍塌了。

下一刻，六耳猕猴从那翻滚的沙尘中冲了出来，又重重地撞在另一边的山崖上。

五感被剧痛遮掩了，此时此刻的他已经到了崩溃的边缘。即便如此，他也不打算坐以待毙，而是就这么跌跌撞撞地朝黑熊精逃遁的方位跟去。

“师父，师父……挺住。咱们一定能赢的。众生一定会明白师父您的良苦用心的，一定会的，一定会的……只要师父您到了灵山，一定会证道的！”

黑熊精铆足了劲狂奔，一路上，向来话极少的他不停地嘟囔着。

浑浑噩噩中，玄奘微微睁开眼睛，注视着自己唯一的徒弟那张坚毅的脸庞。他沉默着，沉默着。

第七百九十四章

不对劲

跌宕起伏之中，玄奘已经记不清黑熊精背着他跑过了多少路，记不清黑熊精在他耳边重复了多少次：“师父，挺住！”

四周的景物疯狂地飞逝而去。身后的六耳猕猴挥舞着金箍棒，咆哮着一通乱砸，将他们途经的所有一切全部摧毁。

山川崩塌，平原隆起，河流改道……一切在六耳猕猴的绝对力量面前都不值一提。

然而，玄奘的脑海中却是一片空白。

这一刻，整个世界仿佛都清净了。萦绕在他耳边的，只剩下黑熊精不断重复的话语。

遥远的天际间，一道灵光飞射而至，正打中冲刺中的六耳猕猴。

这一击并没有造成什么损伤，却稍稍延迟了一下六耳猕猴的动作。而正是这稍纵即逝的一瞬，一道闪电从天空中重重砸了下来，正中六耳猕猴的背部。

刺耳的噼啪声过后，那身躯如同断了线的风筝一般从空中跌落下来，扬起满地黄沙。

当六耳猕猴挣扎着浑浑噩噩地起身之时，女娲带着翡翠悬在了他的面前。

“你的对手是本宫。”一个声音在六耳猕猴的脑海中响起。

“对手是你？”六耳猕猴抓着头上的金箍癫狂地笑了起来。

背着玄奘的黑熊精还在奋力地向前狂奔。

…… ……

山腰处，诸佛诵经的速度越来越快。

天空中的两个天劫又凝结到了一起，发出震耳欲聋的轰鸣声，酝酿着下一次的进攻。

女娲的脸上如同覆盖了一层冰霜。

“你说对手是你就是你，那我岂不是个笑话？”六耳猕猴的笑容渐渐扭曲了，像是在哭一样。他探寻着女娲的方位，颤抖着说道：“不过也没关系啦，反正我就是个笑话。哈哈哈哈，不过，我要让你们这些家伙……全部生不如死！”

话音刚落，六耳猕猴的身躯已经如同离弦的箭矢一般冲了出去，依旧是玄奘所在的方向。

电光火石之间，女娲只得一个转身追了上去。她水袖一挥，大片土地被硬生生剥离了地面，抛向天空。连带被抛起的还有六耳猕猴。

剧痛之中，六耳猕猴的眼睛迷离得没有了焦点，那身躯与半空的碎石夹杂在一起，向远处抛去。

看着这一幕，女娲不由得微微一愣。

这是怎么回事？在有准备的情况下，他居然连这种招数都躲不过？

“难道，七感已经彻底混乱了？”

若真是如此，那问题就不大了。

还没等碎石落地，六耳猕猴又一次攥紧了拳头，运起灵力嘶吼着朝玄奘所在的方向冲了过去。

这一次，女娲特意稍稍留意了一下。

没错，六耳猕猴冲刺的方向确实是玄奘所在的方位，但只是大概的方位，当中的偏移其实极其明显。

女娲朝灵山的方向望了一眼。

…… ……

山腰处，正法明如来睁开了眼睛。

…… ……

女娲明白了。她伸出双手隔空朝六耳猕猴重重一推，一股灵力被她推送了出去，重重打在六耳猕猴的肩膀上。

这一击，不算重，甚至没办法在六耳猕猴身上留下哪怕一丝一毫的伤痕，但已经够了。在这一推之下，六耳猕猴的方向偏转了。就在距离玄奘五里不到的距离，他却偏向了更远处。

最关键的是，他完全找不到方向，只能嘶吼着挥舞金箍棒四下乱砸一通。

女娲就在一旁静静地看着，时不时地出手，进一步搞乱六耳猕猴的方向感。

“无极”奈何不了“无及”，“无及”又能奈何得了“无极”吗？

说到底，除了号称无所不能的天道“无为”之外，同样天道修为的彼此，其实谁也奈何不了谁。

不过，套上了金箍的“无极”，已经不是原本的“无极”。现如今的状况，女娲只需要在一旁盯着，适当地出手，就可以让六耳猕猴永远都摸不到玄奘的衣角。

看穿了这一点之后，女娲总算松了口气。

时间在一点一滴地流逝着。

黑熊精依旧背着玄奘狂奔，远远地，他看到了灵山山顶上发出的璀璨光芒。

“师父，灵山就快到了！您再坚持一会儿！我们就要赢了！”

玄奘静静地趴在黑熊精的背上，面色惨白。

渐渐地，杨婵带着众妖赶到了，清心也赶到了。他们就这么远远地看着，看着六耳猕猴疯狂地咆哮，挥舞着金箍棒一通乱砸。看着女娲紧紧相随，无论六耳猕猴如何重新调整方位，她都能轻而易举地拨动，让他永远靠近不了玄奘方圆五里的范围。

天空中，天劫还在轰鸣着。那云层旋涡的正中，已经变成赤红的颜色。

每一个人都明白，真正的灾难，才刚刚开始……

兜率宫中，通天教主紧张地攥紧了拳头。那牙咬得紧紧的，一双眼睛死死地盯着太上老君不放。

玄奘抵达灵山，佛门百世之惑将解，玄奘与如来之间的辩法，也才刚刚开始。虽说无论怎么看，明面上如来的胜算都要多许多，可没到最后一刻，谁也无法百分之百断定谁赢谁输。

不过，只要玄奘抵达灵山，就意味着西行成功了。届时，太上老君的天道“无为”还能恢复吗？

这是每个人心里都明白的事。可明白又如何呢？天劫已经降临，凡间正在战斗的是两个天道修为的修者。这早已不是三清能解决的事情。

通天教主只恨自己没有早出手。

僵持之中，太上老君轻轻放下手中的茶杯，道：“还有机会。”

“还有机会？”通天教主不禁眉头蹙起。

山腰处，地藏王止住了诵经，轻声道：“好像有点不太对头。”

其余的几个佛陀都朝他看了过去，不过并没有停止诵经。

地藏王稍稍犹豫了一下，叹道：“剧痛之中有可能导致七感紊乱，这是没有错的。但是……无论如何，他都应该能感觉到佛光才是啊。这样一来，灵山的方位就不会错，玄奘位置的感知，也不应该偏差那么大才是。”

闻言，其他诸佛也皆是疑惑不解。

正当灵山的诸佛捉摸不定之时，六耳猕猴忽然停止了挣扎。

他颤抖着扶着金箍，一动不动地悬在了半空。

六耳猕猴身上的每一根绒毛都竖起了，咧开的口中獠牙依稀可见。可以肯定，他的疼痛并没有解除，甚至连一丝一毫的缓解也没有。可是，他为什么会忽然停止挣扎呢？

“放弃了吗？”杨婵不禁自语道。

女娲静静地注视着他。一股灵力已经在掌心凝聚，只要六耳猕猴出手，她就按照先前那样，给他来个四两拨千斤，让他永远也摸不到玄奘的衣角。

然而就在此时，六耳猕猴又一次爆发了。他猛地嘶吼出来，手中的金箍棒骤然伸长，直冲天际。紧接着，他拼尽全力将金箍棒朝灵山的方向砸了出去。

“靠灵山的佛光判断玄奘的方位？”女娲连忙一个纵身飞了出去，在金箍棒的轨迹中段撑起一面护盾，准备迎接六耳猕猴的全力一击。

就在此时，诡异的一幕发生了。六耳猕猴凌空发力，金箍棒的轨迹改变了，目标变成了翡翠……

一个声音在女娲的脑海中响起：“我说过，我能适应，只是时间问题罢了。可惜你们不信，哈哈哈哈……”

新纪元

第七百九十五章

太上老君的机会

当着女娲的面，金箍棒重重地砸在了翡翠上。

瞬间，悬空的翡翠剧烈地颤动着，无数的碎屑挥洒而下。

护着玄奘的女娲呆住了。

一道裂痕顺着金箍棒的落点缓缓蔓延，整个翡翠从天空中急坠而下，重重地砸在地面上，荡开了一片如同涟漪一般的沙尘。

金箍棒收回，六耳猕猴悬在半空中笑嘻嘻地注视着女娲，他的双目已经恢复了原本的状态，只是密布着血丝。

包括杨婵在内，在场的所有人都呆住了。

“他已经压制住了……对玄奘法师的杀心？”

莲台上，如来依旧面无表情。

…… ……

山腰处，诸佛停止了诵念经文，一个个都将合十的双手放了下来。

地藏王无奈叹道：“他居然连我们也骗过了。”

“不，他是连自己都骗了。”正法明如来轻声叹道，“或许，贫僧也犯了和玄奘一样的错误啊。这只猴子的分身，无论哪一个，都不是区区一个金箍能控制得了的。想要借助他的力量，就必须要有被反过来利用的觉悟。”

他无奈苦笑。

望着翡翠上不断扩大的裂痕，杨婵咬了咬牙，朝翡翠冲了过去。

“这是要做什么？”鹏魔王一下蒙了。

一旁的多目怪淡淡叹了口气，道："既然圣母大人已经决定了，那就做吧。"

说着，多目怪也朝翡翠飞了过去。

其余的妖将见状，只得一个个跟了上去。

顿时，留在原地的就只剩下鹏魔王和依旧犹豫的清心了。可是，鹏魔王怎么能和清心比？他折腾了这么久，不就是为了一个能在这场战役之后活下去的机会吗？

无奈，他也只得硬着头皮跟了过去。

清心望着众人远去的身影，缓缓回头，望向南天门的方向。

"师父……"

兜率宫中，太上老君的眉头紧紧地蹙着。

"果然是有机会！只要那猴子出来，我们就有谈判的筹码了！我们三个人联手，设法让他避开天劫！"通天教主激动得叫了出来，可是喊完，他却又一愣，道，"不过……六耳猕猴也就算了，我们亲手把女娲送给天劫，是不是有点……"

"女娲于这三界，可是有大功德的。"元始天尊挑了挑眉道，"真这么做，即便佛门消亡，恐怕也轮不到我道家执掌天地了吧？"

"那怎么办？"通天教主愤愤道，"左也不是，右也不是，那所谓的机会究竟在哪里？"

元始天尊笑眯眯地朝太上老君看了过去，轻声道："机会在这里。"

通天教主也一下朝太上老君看了过去，一脸的不解。

太上老君依旧一动不动地坐着，犹豫着，犹豫着。

正当黑熊精依旧背着玄奘朝灵山狂奔，六耳猕猴和女娲对峙着的时候，杨婵带着一众妖将落到了翡翠上。

翡翠之中，浸泡在液体之中的猴子能够清晰地看见杨婵的身影。他猛地摆手，示意她离开。

可惜，杨婵对此视而不见。

“用你们的灵力加持翡翠！别让它裂开！”

“怎，怎么加持？”有妖将支支吾吾地问了一句。

“就是将灵力注入翡翠里面，别问怎么注入！”说罢，杨婵已经撑开双手，道道灵力融入了翡翠壁。

周围的妖将，包括鹏魔王和多目怪在内的众人也都出手了，向翡翠注入灵力。虽说这里面修为最高的也不过就是太乙金仙巅峰，但好在人多，这注入的灵力，也是极为澎湃。

不过，也仅此而已了。

澎湃的灵力之下，翡翠壁并没有一点点愈合的征兆，甚至裂痕的蔓延速度仍旧丝毫未减。

杨婵急得都快要哭了。

只要翡翠壁依旧完整，那么被天劫收走的就只可能是女娲和六耳猕猴，无论如何伤不到猴子。可是一旦裂开，那便是三选二，猴子活下去的概率，只有三分之一……

一壁之隔，猴子猛地挥手，示意杨婵及众妖离开，可那些妖怪见杨婵没动，也都不敢动。他们一个个拼了老命在给翡翠输入灵力。

远处的六耳猕猴淡淡看了这边一眼，笑道：“螳臂当车。”

说罢，他猛地一愣。

远处，牛魔王、吕六拐、猕猴王、红孩儿也带着一众手下赶到了，匆匆加入到朝翡翠注入灵力的行列之中。

渐渐地，翡翠裂痕蔓延的速度开始减缓。

紧接着，九头虫带着自己的部下，也不知道从哪里冒了出来。

那里面还有一个奎木狼，隔着翡翠壁，他比着口型对猴子说道：“大圣爷，我是来报恩的。”

说着，这后到的一票人也加入了注入灵力的行列之中，任翡翠里的猴子如何呼喊，没有人停止。

翡翠开裂彻底停止了。

六耳猕猴咬着牙朝女娲望了过去。女娲眉目带笑地瞧着他道：“看来，你还是输了。”

六耳猕猴攥着金箍棒的手气得抖个不停。

愤怒之中，他一个转身朝翡翠冲了过去。见状，女娲也连忙追了上去。

“你还在犹豫什么？”兜率宫中，通天教主急得跳脚，忍不住拽着太上老君的衣袖道，“都到这时候了，有什么办法赶紧说啊！”

太上老君依旧一动不动地坐着。

一旁的元始天尊捋着长须道：“办法就是，杀了玄奘。”

“杀玄奘？”

“对，杀了玄奘。就在此时，此刻，杀了玄奘。”元始天尊冷冷道，“那猴子被困在翡翠之中，只要我们杀了玄奘，他同意与否，又有什么关系呢？届时，女娲、六耳猕猴皆被天劫收走，翡翠又在我们手里……那翡翠不只隔绝了气息，还隔绝了灵力。翡翠之中，那猴子无法升天道，要突破出来，恐怕没有个数百年，是绝对不可能的。有数百年的光阴在手，我等斡旋的余地就大了许多。”

元始天尊低头抿了一口茶水，接着说道：“再说，只要玄奘一死，西行一败，木已成舟，就算那猴子出来了，又能如何？难道他还有第二条路可选吗？”

闻言，通天教主不由得呆了一下。他缓缓地转过脸看向太上老君：“那为什么不杀？”

太上老君深吸了口气，撑着膝盖缓缓地站了起来。

“你告诉我，你还在犹豫什么？这么好的机会，你还在犹豫什么？”

太上老君没有回答，而是抖了抖拂尘，迈开脚步缓缓朝殿外走去。

通天教主又朝元始天尊看过去。

元始天尊缓缓地摇了摇头，一拍大腿站了起来，道：“走吧，我们也去。”

金箍棒从天空中重重砸下。

女娲手一扬，翡翠连带站在翡翠上的妖怪们一同被平移到了远处，巧妙躲过了攻击。

六耳猕猴又是一段冲刺，可还没等他触碰到翡翠，女娲又依样画葫芦将翡翠远远地挪开了。

事情似乎又回到了六耳猕猴对玄奘出手之前的状态。六耳猕猴一路追，女娲一路躲，任谁也奈何不了谁。唯一不一样的，也就是翡翠上站着大批妖将。

翡翠之中，已经恢复过来的猴子奋力拍打着坚壁。然而，根本就没人理他。

六耳猕猴又狠狠地挣扎了一通，当意识到一切都是徒劳时，他停下了动作。他一动不动地悬在半空，面无表情地瞧着女娲，瞧着翡翠上的妖怪们。

…… ……

山腰处，正法明如来隐隐地有些忐忑。

“你们说他会不会……”

…… ……

“既然你们一定要护着他，行。”六耳猕猴深吸了口气，道，“那，你们就一起去死吧。我不能活，你们谁也别想活。”

第七百九十六章
远　去

女娲略微迟疑了一下。下一刻，六耳猕猴转身朝玄奘冲去。

…… ……

山腰处，诸佛双手合十，再一次诵念经文。

然而，紧箍咒已经阻止不了六耳猕猴。

…… ……

六耳猕猴嘶吼着，忍着金箍带来的剧痛，冲向玄奘的速度越来越快。

女娲睁大了眼睛。

慌乱之中，她只得一掌重重拍在地面上。

顿时，黑熊精的身后毫无征兆地炸开了，沙石翻滚。一面如同山岳一般的巨大石壁凭空竖起。

六耳猕猴不闪不避，径直撞了上去。

轰鸣声中，石墙摧枯拉朽地崩坏，仅仅是延缓了六耳猕猴的攻势而已。

石壁洞穿。

就在这电光火石之间，黑熊精一下将玄奘重重甩了出去，抬手去接六耳猕猴的金箍棒……

“咣——”

一声巨响。

没人看清发生了什么，他们只知道，黑熊精所在的位置炸开了，如同喷泉一般的狂沙涌向了天空，大地在顷刻间龟裂，巨大的沟壑瞬间遍布了每一个角落。

被远远抛出去的玄奘重重摔落在地上，惊恐地看着眼前的一幕，他伸出手去，却连呼喊声都没能发出。

下一刻，女娲已经挡在玄奘身前，撑起了巨大的护盾。

翻滚的沙石之中，六耳猕猴夹带着阵阵烟尘如同一条疾速生长的枝芽般冲天而起，接着拐了个弯，奔向翡翠。

然而，翡翠的那边也有一个女娲。

金箍棒横扫而过，女娲微微一侧身，那翡翠也一并被抬升了一个高度。

六耳猕猴的动作停住了。他看着守护翡翠的女娲，又回头瞅了一眼护住玄奘的女娲，笑了。

“不错，很好，很好。哈哈哈哈，很好！老子倒要看看你能护住多少东西！”

山腰处，正法明如来缓缓放下双手，轻叹道：“终究还是要发生啊。”

四周的诸佛皆沉默不语。

…… ……

莲台上，如来的神情早已淡漠到了极致。

…… ……

长空中，三清已经离开南天门，朝西牛贺洲而去。

“天劫还剩下多久？”

“还剩下，三刻。”

“你能护住山吗？”

金箍棒又一次伸长，重重地砸在一座高山上，顿时，高山崩塌了。

女娲略微怔了一下。

“你能护住地吗？”

金箍棒重重砸落，平地上瞬间被砸出一个深坑，两边隆起高山。

“你能护住河吗？”

闪电的照耀下，金箍棒疯狂地旋转着，如同切豆腐一样在大地上横扫而过，将所有接触到的一切悉数摧毁，甩上天空。

所有人只能呆呆地看着，看着六耳猕猴发狂，无从制止。

“哈哈哈哈——！你能护住太阳吗？”

瞬间，所有人的脑海中都浮现出六百多年前的那一幕。

六百多年前，猴子的那场毁天灭地的复仇大战，正是从击穿金乌开始的……

女娲再也无法坐视不理。她身形一晃，化出一个分身冲了出去。

两颗流星冲破了天劫凝聚的云层，六重天，在太阳的前方重重地撞在了一起。顿时，狂暴的气流炸开，从六重天横扫而下。整个世界全都被波及。

狂风之中，不仅仅是西牛贺洲，整个世界的草木都在颤抖。天空中的天劫只剩下一个巨大的黑洞，再不见乌云。

“嘻嘻嘻，看来，终于找到另一件你在乎的东西了。”六耳猕猴狰狞地笑着，一点一点地提升自己的力量。

金箍棒沿着双方灵力交汇的地方一寸一寸地逼近。

女娲使出全力，依旧节节败退。

挡在玄奘身前的女娲，守住翡翠的女娲，两个身影渐渐暗淡，直至消失无踪。

“无及”对“无极”，正面的角力之下，女娲已经没有余力再分身。

如果是六百多年前，可能还守得住吧。那时候的太阳，是金乌所化，只要女娲能有一刻的抵挡，大可以像守护玄奘、守护翡翠那样守住太阳。可惜，金乌所化的太阳已在六百多年前被猴子杀死了。

如今的太阳，是太上老君与须菩提联手炼制的，一个没有生命的火球，任何人都无法移动。

攻其必守。这一刻，女娲彻底落了下风。

如同狂风暴雨一般的闪电交错而过。

女娲的双眼缓缓眯成了一条缝，死死地盯着六耳猕猴：“你不会赢的，时间不够你耗尽本宫所有的灵力。”

“我知道自己赢不了，但你们谁也别想赢。”六耳猕猴微微张口，一股热气从他口中吐出，在空中瞬间被周围涌动的灵力撕扯着，消失无踪。

“你不会成功的。”

“没试过，怎么知道呢？啊哈哈哈哈！”六耳猕猴狂笑着一个翻转朝玄奘冲了过去。

正当女娲也想朝玄奘冲去的时候，只见他又一个翻转，金箍棒朝太阳横扫而去。无奈之下，女娲只得折返，强行扛住金箍棒的攻击。

远处，三清悬在空中静静地注视着女娲与六耳猕猴之间的角力。

通天教主压低声音道：“他已经对天地造化动手了，不能再等了。”

他回过头，朝太上老君看了过去。

太上老君眨巴着眼睛，犹豫着。

莲台之上，如来依旧静静地端坐着，注意力由始至终都不在六耳猕猴与女娲的身上。

…… ……

灵山脚下，翻滚的沙石之中，玄奘趴在碎石堆上，用他那双早已血肉模糊的手刨开堆积如山的碎石。

“挺住……你要挺住，为师来救你了……你不能死，不能死啊。你千万不能死啊。为师，为师还没到灵山呢……你怎么可以死！”他不断地喃喃自语。

一滴滴眼泪坠落，与已经吸饱了鲜血的土壤混合在一起。

迷梦中的憧憬、信仰，被现实狠狠地击了个粉碎。

已经到了极限的身躯就这样在翻滚的沙尘间苦苦挣扎着，如风中的烛火一般，随时都有熄灭的可能。一如红尘中迷失的游魂，一如他西行的一路。

第七百九十七章

成　佛

六耳猕猴如同一只野兽在天空中来回冲刺，目标一会儿是玄奘，一会儿是太阳，一会儿又变成翡翠。

金箍棒划过高山，将那峰顶抹去；金箍棒砸落海洋，激起了海啸；金箍棒扫过平原，捋出了山谷……

天地不断地改变着模样，轰鸣声、碰撞声，各种声响交杂。狂乱的气流下，沙石、海水、流云在每一个角落不断搅动着。天地如同混沌一般。

整个世界疯狂了，变得如同炼狱一般，莫说寻常生灵，即便是杨婵、清心之类的修士，也如同落叶一般身不由己。他们使出了浑身解数，仅仅是定住身形而已。

翡翠上的裂痕又一点点扩大了。

翡翠之中，猴子不断地拍打着坚壁，尖啸着。然而，外面的世界好像已经跟他失去了联系，没有任何人听得到他的声音。

“哈哈哈哈，你守得住什么？守得住什么？”狂风中，六耳猕猴的声音在天地间不断回荡，如同午夜号哭的魂魄一般让人毛骨悚然。

女娲疲于奔命地抵挡着，已是渐渐力竭。

天空中，天劫低吼，默默凝聚力量，等待着它的这两个猎物耗尽最后一丝气力。

狂风中，须菩提如同一颗明星般闪烁着，默默地注视着下方弥漫的狂沙。

…… ……

沙石飞舞的地面上，玄奘颤抖着，依旧拼尽所有的力量，将一块又一块石头挪开。

鲜血顺着沙石的轮廓一点一点地晕开。

整个世界对他来说，似乎都静默了，只剩下眼前冰冷的石堆。

一颗碎石从他的脸颊划过，鲜血滑落。

“你要度众生，到头来却度不了自己。”一个声音在他的耳边响起。

回应的只有眼泪。

是的，眼泪。

踏出金山寺的时候，他以为自己一生的眼泪早已经流干了。原来没有。

这世间的苦，远比他一开始想象的要多。你以为已经走到了最低谷，却没想到原来往前一步才是真正的深渊。

“放下吧，成佛。成了佛，便不再苦。”

“贫僧……贫僧不能放……不能……”玄奘抹去眼角的泪，哽咽着。

十指已经鲜血淋漓，可除了继续，他还能如何？

“娘娘，”太上老君的声音在女娲的脑海中响起，“事已至此，还是交给老夫吧。”

“滚——！本宫不会再相信你们！”女娲吼了出来。她拖着长长的白光，迎向六耳猕猴。

六耳猕猴又是一棍重重砸下，激起的气流在天地间荡开了涟漪。

太上老君的衣角在风中轻轻拂动着。

“她没同意。”

“还要什么她同意啊！”通天教主咆哮道，“再过一会儿，她自己能不能活都是个问题了！”

“这是游戏的规则。”

“你这是迂腐！”

“老夫迂腐？”太上老君淡淡看了通天教主一眼，道，“所以，成就天道‘无为’的会是老夫，而不是你。”

“你成了又如何？现在不是一样丢了！”

"成就天道，靠的是机缘，更是自身。有些东西，丢了，也不是可以用这种方式捡回来的。"

"你！"通天教主气急了，却也无可奈何。

翡翠沿着中线缓缓地裂开。

坚壁外，杨婵用仅剩的力量努力地维系着。可惜这一点点力量，早已毫无用处。

坚壁中，猴子拿着铁杆兵使出全力一次又一次地冲击着，加速着翡翠的碎裂。

一阵狂风扫过，玄奘猛地一怔。

一张漆黑的脸出现在他面前，已经没了气息。

"悟承……"

刹那间，玄奘的心被撕了个粉碎。

他瞪大了眼睛呆呆地看着，眼泪一滴滴下坠。他颤抖着伸出手去，触碰那冰冷的脸庞，却又在触碰的瞬间，猛地缩了回来。

这一刻，玄奘的整个世界都被撕碎了。

莲台之上，如来开口轻叹道："放下吧。"

…… ……

"放下？"玄奘呆呆地张大了嘴巴，笑了。

泪水漫过眼眶，眼前的世界模糊了。

…… ……

"成佛，方可脱离苦海。"

…… ……

玄奘瞪大了眼睛，沉默着。

天空中的一击重重砸下，女娲的身躯如同陨石一般从天而降，砸在地面上，如同掉入荷塘的石子一般激起巨大的涟漪。翻滚的沙石无边无际地飞扬。

“哈哈哈哈！你要护人家，人家却未必肯被你护！”六耳猕猴挥舞着金箍棒在天空中划出一道弧线，转而朝女娲冲了过去。

正当此时，翡翠裂开了。

猴子从翡翠之中冲了出来，径直朝六耳猕猴冲去。

匪夷所思的一幕出现了。

就在这冲刺的过程中，猴子瞬间将自己的修为提升到天道。天地间的灵气涌动起来，它们疯狂地凝聚着，聚成肉眼可见的水流一般的物体，如同一根巨大的触角一般紧紧地跟在猴子身后，灌入。

天空中，两柄兵器又一次碰撞在一起，金色的光华瞬间照亮了整个世界。震耳欲聋的声响冲击着每一个人的耳膜。

“你终于出来了？哈哈哈哈，我还以为你准备在里面龟缩一辈子呢！”六耳猕猴咧开嘴狂笑。

“老子是出来宰了你的！”猴子同样咧开嘴。

两只猴子的神情竟是如出一辙！

“成佛……”玄奘抬起头，呆呆地望着天空中激战的两只猴子。

…… ……

如来双手合十道：“世人皆苦，只因心怀执念。你若不放下，便只能一直沉沦苦海。证道已败，辩法更是无从谈起。此时此刻，成佛是你唯一的出路。”

…… ……

“成佛……”玄奘低头看向沉睡的黑熊精，缓缓地笑了。那脸上的泪却止不住地滑落。

大地上，女娲捂着受伤的肩缓缓起身，一口鲜血从她的口中溢出。

她侧过脸，看见须菩提就站在自己身旁。

“娘娘……算了吧。”

闻言，女娲不由得笑了。

“不算了，又能如何呢？你教出来的疯徒弟啊。”

两人抬起头，看着天空中反复来回追逐的两只猴子，那激烈的程度比之先前女娲与六耳猕猴更甚。

女娲顿了顿，叹道：“确实是天外来的，这三界经不起他的折腾啊。”

轰鸣声中，天空中那巨大的黑洞缓缓地撕开口子，一根根灵力汇聚而成的触须飞舞着。

天劫，开始显露它的真面目了，那是没有任何人能抵御得住的獠牙。

然而，深陷撕斗之中的两人根本无暇顾及其他，甚至他们当中的任何一方，都没有躲开天劫的打算。

望着在狂风中飘摇的世界，玄奘的脸上渐渐没有了笑容，也没有了忧伤，只剩下越来越浓郁的冷漠。那神情仿佛在以肉眼可见的速度冻结着。

“不如，成佛吧。”

“嗯，佛祖说得极是。”

灰暗混沌的世界中，一道金光从天而降落到玄奘的身上。璀璨的光华穿透了迷雾，缓缓扩散开。

玄奘双手合十，面无表情地诵念起经文。

…………

“玄奘彻底败了。”那灵山山腰处的诸佛也一个个双手合十。

望见这一幕，猴子不由得呆了一下。

“你……你在干什么？”慌乱之中，猴子忙朝玄奘冲过去。

一声刺耳的声响，金光大作。两柄兵器架到了一起。

这一次，变成六耳猕猴阻拦猴子的去路。

六耳猕猴瞪圆了眼睛看着猴子，说道：“你已经输了，彻底地输了！哈哈哈哈！”

第七百九十八章

最后的选择

“锵”的一声重重地碰撞，猴子的身形猛地后挫，悬在半空中，与六耳猕猴隔空对峙着。

天空中的天劫肆虐，狂风从他的耳畔吹过，那一缕缕绒毛微微颤动着。

隔着六耳猕猴，他瞪大了眼睛，看着金光照耀在玄奘的身上，看着缓缓扩散开的佛光。猴子的脑海中一片空白。

这一刻，整个世界都安静了，只剩下六耳猕猴尖厉的笑声在回荡。

每一个人都呆呆地看着玄奘。

或许，这是所有人都没想到过的结局吧。兜兜转转，十万八千里路，最终，却转回了原点，六百多年前的原点，也是八百年前的那个原点。连灵山都没能踏上，更无所谓辩法。

圣光之下，那早已破损不堪的僧袍，变成了如同其他佛陀一般璀璨的金色袈裟。

一点涟漪在那张冰冷的脸上荡漾开来，皮肤上沾染的沙尘、血渍化作微尘散尽，转而换上的是没有生命的金色。

每一个人都呆住了。

猴子惊恐地看着那张俊俏却再没有半点儿情绪的脸庞，看着那如同在瞬间被抽离了灵魂一般的神色。

一点金光浮现在天的尽头，缓缓落下，如同一颗降临凡间的星辰一般，一点一点地朝玄奘靠近。那是佛的“灵韵”。当那灵韵与玄奘结合之时，佛体便彻底成形了。一切归于原点，归于猴子拜入斜月三星洞前夕的那个原点。从此之后，玄奘将与其他佛陀别无二致。

猴子呆呆地张大了嘴，错愕地看着，连呼吸都已经忘却。他的心在剧烈地跳动着，一口气哽在咽喉。此时此刻，他甚至连阻止都忘了。

不过，即便出手阻止，他又能有几成胜算呢？且不说自己能不能过得了六耳猕猴这关，过得了如来、佛门诸佛那关，灵韵与肉体的结合，源自于玄奘的心。玄奘已经选择了那条路，谁又能去阻止呢？

通天教主攥紧了拳头就要上前，却被太上老君拦了下来。

“这是最后的机会。”太上老君的声音在猴子的脑海中响起，“杀了他。他一旦成佛，你所追求的将没有任何回旋的余地了！”

猴子紧紧地攥着铁杆兵，重重地喘息着，那目光在天地间流转。

“杀……杀了他？”猴子缓缓地笑了。

与此同时，太上老君的声音同样在女娲的脑海中响起。

“娘娘，不会是您想要的结果了，就将事情交给老夫处理吧！”

女娲同样呆呆地错愕地望着玄奘，笑了。

此时此刻，在场的能冷静地作出判断的，大概只剩下太上老君了吧。

拼尽了所有西行的猴子，八百年运筹帷幄、赌上了自己所有弟子的须菩提，毁掉女儿国甚至整个西牛贺洲、冒险从翡翠中出来直面天劫的女娲……谁能接受这样的结局？

没有人回答太上老君，每一个人都沉默着，呆呆地看着。时间一点一滴地流逝，天空中的灵韵距离玄奘越来越近。

莲台之上，如来一动不动地坐着，等着。

…… ……

山腰处，诸佛静静地仰头望向那一缕灵韵。

“须菩提，劝劝她！”生死关头，太上老君只得转而望向须菩提，“你们要的已经不复存在了！快劝劝娘娘，这是最后的机会！”

“最后的机会？”须菩提望着玄奘，那张布满皱纹的脸上浮现出的尽是无奈。

这一次，连太上老君也呆住了。

猴子、女娲、须菩提三方，竟没有一个人作出回应。

风徐徐地吹着，每一个人都保持沉默。天地间，仿佛只剩下太上老君一个人在焦虑。

吕六拐缓缓靠到杨婵身旁，低声问道："圣母大人，接下来怎么办？"

"怎么办？"杨婵睁大了眼睛，呆呆地看着，犹豫着，半天说不出一句话来。

吕六拐回过头，看到清心孤零零地悬浮在高空之中，同样是一脸的呆滞。

一声剧烈的轰鸣声从天际传来，那是天劫已经彻底准备好的讯号。时间到了。一道道灵力汇聚而成的触手从虚空之中伸了出来，如同一只巨大的、凌空飞舞的八爪鱼一般。

猴子深吸了口气，怅然望向天劫："娘娘。"

"嗯？"女娲仰头朝他望过去。

"如果说，我们三个里面，必须要被天劫收走两个，只有一个能活下去的话，那一定不应该是我。"

女娲没有回答。

猴子顿了顿，接着说道："我不想杀玄奘，因为，我知道他尽力了，并不是他的错。而且，就算杀了也没用。我们这边有我、你，还有太上老君，但对面，同样有六耳猕猴，有如来，有诸佛。我们没机会阻止灵韵的。六百年前，如来费了那么大心思才破了太上老君的天道。如果不是玄奘的辩法卡着，他绝对不会容忍太上老君修为重塑。"

风拂过脸颊，女娲静静地注视着猴子。

猴子挑了挑眉，道："如果留下来的是我，很多人会死，就像六百多年前那样。因为我阻止不了如来。而这次，想必他不会再给我这样的机会了，很可能会大开杀戒。"

"所以？"

"所以，只有你。现在，能救他们的只有你了。"猴子低下头，看了女娲一眼，又转而望向远处的杨婵、清心，以及吕六怪等一众妖怪，道，"我知道，释迦牟尼是你一手扶起来的，他至少应该是会给你留一线的吧。所以，杨婵、清心，还有我的兄弟们，以及我的师父须菩提，与我有关的所有人，就有劳娘娘费心了。”

女娲静静地注视着猴子。

猴子淡淡笑了笑，面对着女娲接着说道：“不要拒绝我，因为我真的是……别无选择。但凡有一点点选择的余地，谁会想死呢？”

隔着数里的距离，两人就这么默默对视着。

许久，女娲轻声叹道：“我答应你。”

远处，杨婵有些慌乱地望着远处的猴子与女娲。她听不到他们在说什么，但隐隐地有了不祥的预感。

“他……他要做什么？”

没有人回答，也没有人能回答。所有人都只是静静地看着。

天空中的灵韵缓缓降落，距离玄奘已不足百丈。

“你们还在等什么！”太上老君疯狂地咆哮，“再等，再等就没机会了！都没机会了！”

此时此刻，连他也失态了，拼尽全力的咆哮过后是一声声剧烈的咳嗽。

清心静静地望着猴子。这一刻，她仿佛意识到了什么，手不禁握紧了。

…… ……

天空中，猴子落在清心身上的目光缓缓移开，他扭转头望向六耳猕猴，摆出进攻的架势，道：“开始吧，我无论如何不会让你继续活在这个世界上。”

第七百九十九章

结　束

莲台之上，如来面无表情地端坐着。

…… ……

太上老君明显地呆了一下，握着拂尘的手紧紧地攥着。

…… ……

“舍命一搏吗？”六耳猕猴缓缓地笑了出来，目光移到了立在远处的女娲身上，“那就试试吧。”

…… ……

杨婵睁大了眼睛，手微微颤抖。

天空中，灵韵缓缓下落，一点点地接近玄奘。

一声轰鸣，灵力凝聚而成的天劫的触手朝猴子与六耳猕猴猛地抽了过去。

仿佛得到了进攻的号令一般，猴子与六耳猕猴同时爆发出所有的力量，对冲。躲过天劫触手的同时，疯狂的冲击扩散，刺眼的白光瞬间覆盖了所有的一切。

声嘶力竭的嘶吼声在天地间的每一个角落回荡着。

飞沙走石之间，所有人都被后推了一段。还没等他们缓过神来，第二轮的冲击已经到来。

每一个人都咬着牙，在这风雨飘摇的世界里苦苦地支撑着。

战场中央的两人，同样如此。

仅仅是在这疯狂的气流之中，山川、河流，天地间的所有一切仿佛油墨一般被不断扭曲着。

也许，这就是最可怕的结果了吧。“无极”对“无极”，力的极致对力的极致，一场没有结果的战斗是无论如何也逃不过的真正的天地浩劫。

金色光华之中，玄奘双手合十，目光空洞。

璀璨的世界里，一步之遥，便是满目疮痍。

只要头顶的灵韵落下，伴随着心的封闭，外界的一切便与他再没有一丝一毫的关系了。

山腰处，诸佛静静地伫立着。

有灵山法阵的保护，在没有受到正面冲击的情况下，灵山范围内的一切不会受到任何伤害。可是外面呢？

仿佛是完全不同的两个世界。

隔着一面光壁，他们可以清楚地看到所有的一切在绝对的力量之下，疯狂地被撕裂，糅合，再撕裂，再糅合……在他们的身旁，一滴露珠从叶片上缓缓滑落。

“你……你住手——！住手！凭什么！每次都要一个人去扛，你扛得了多少！”

似乎已经读懂了什么的杨婵挣扎着要冲入激战的范围，却被不知道什么时候赶到的杨戬死死地拽住，无论如何也挣不脱。

眼泪被狂风卷着洒向远方。

清心呆呆地看着，飘摇的身形一点一点地朝战场的正中靠近，如同一只缓缓飞向烛火的飞蛾。

太上老君声嘶力竭地嘶吼着：“娘娘——！还等什么！还在等什么！”

女娲呆呆地站着，没有作答。

…… ……

须菩提如同被抽走了最后一丝气力一般，瘫坐着，身下是不断变幻的土壤。

如果不是自身拥有强大的修为，此时此刻，他大概也被这天地间的乱流吞噬了。

又是一声轰鸣传来，天劫如同一只巨兽一般疯狂地咆哮起来，所有触角齐刷刷地呼啸而出，在天地间搅动着。

闪电的乱流几乎遍布了每一个角落，破坏的范围已经不仅仅是西牛贺洲，甚至在向其他各大部洲扩散。所有被触及的，除了有灵力加持的修士之外，全都被烧成了灰烬。

灵霄宝殿中，仙家们露出了恐惧的神情。因为灵霄宝殿也在微微颤动。

不仅仅是灵霄宝殿，准确地说，整个三界都在天劫的疯狂怒轰之中颤动着，南天门的城墙都开裂了。

惊慌失措的天兵四下奔逃。

大殿里的仙家，那些伫立在天庭权力中心的仙人，一个个拱手告退，离开了大殿。

一粒粒微尘从屋顶落下，掉落在玉帝的龙案上。

一位卿家躬身来到玉帝身旁，低声道："陛下要不也避一避吧？"

"避去哪里？还有哪里是安全的吗？"玉帝苦涩地笑道，"朕名义上君临三界，到头来，竟然连一个避祸的地方都找不到……呵呵呵呵。"

一只触手从天而降，重重地砸在猴子的背上。

轰鸣声中，声嘶力竭的惨叫声响彻三界。猴子着了火的身影从天空中猛地坠落。

六耳猕猴紧随而至，手中的金箍棒朝猴子重重扫了过去。可就在这一瞬，猴子那燃着天火的身体从他的眼前消失了。

下一刻，一声闷响，六耳猕猴的后背被重重打了一棍。恍惚之间，一道闪电接踵而至，重重地打在他的身上。

"我要杀了你！杀了你——！"咆哮声中，六耳猕猴一个转身，顶着闪电的余威硬向猴子的方向冲了过去。

"锵——"

重重的撞击之下，两柄兵器又一次交织在一起。两人近距离地搏杀着，任由身躯重重砸向地面，掀起漫天沙尘，又在顷刻间分开。他们分立平原的两端，气喘吁吁地对峙着。

猴子半边脸已经肿得不像话，磕破的额头上鲜血一滴滴流淌而下，渗入眼中，背上被烧得焦黑，握棍的手微微颤抖。

六耳猕猴一个肩膀已经垮了下去，腹部明显凹了一片，那里面的五脏六腑……应该是被打烂了。

然而，他们都还站着。

清心远远地看着，眼眶中泛起了泪光。

她想起了与猴子在花果山的第一次相见，那只从石头里蹦出来、疯疯癫癫地用石头砸自己手的猴子。

想起他举起石头砸向老虎的脑袋。

是啊，他怎么会倒下呢？他从来就不会倒下，没有任何事情能让他倒下。

从花果山到灵台方寸山，十万八千里路，他走过了。

山门口的一个春秋，他跪过了。

恶龙潭，他熬过了。

花果山反天，他做到了。

这一路，他无时无刻不在咬着牙，走过最难的路，咽下最苦的泪。他忍受了所有人无法忍受的，获得了任何人无法比拟的力量。八百年了，可是……什么时候是个头呢？

"吼——！"

几乎同时的两声咆哮，瞬间，天地的灵力又一次注入了看似摇摇欲坠的身躯。力量在这一刻，重新达到了极致。

他是"无极"，他们都是"无极"。不会死，却也没办法停。

下一刻，旷阔的平原之上，两具身体化作两道金光，再一次向对方冲了过去。巨大的金色涟漪荡开了，横扫一切。

灵韵一点一点地下落，直到玄奘的头顶。

他望着远方激战的两只猴子，抬头凝视。

…… ……

莲台之上，如来静静地端坐着。

山腰处的佛陀们，静静地等待着。

…… ……

玄奘缓缓地伸出手去，试图拥抱灵韵。下一刻，就在女娲的面前，就在须菩提的面前，灵韵与玄奘合二为一。

他变成了一尊新的佛陀。

西行，已经完结。

六耳猕猴嘶吼着，挥舞着金箍棒朝猴子砸去。

猴子咬紧了牙，举起铁杆兵稳稳架住。

…… ……

杨婵呆呆地看着。

吕六拐呆呆地看着。

牛魔王呆呆地看着。

猕猴王呆呆地看着。

…… ……

如来缓缓地闭上了眼睛。

正法明如来双手合十，道了一声：“阿弥陀佛。”

…… ……

须菩提瘫坐在地，如同孩童一般恸哭不已。

太上老君如同被抽离了最后一丝气力一般，跪在了山腰上。

女娲面无表情地望着苍茫天地，望着天空中的天劫。

所有的都已经完结了。无论愿意与否，这就是结果了。

狂暴的灵力之中，猴子被天劫的触手死死地卷住了。无论他如何挣扎，都无法挣脱，只是被天劫一点一点地往虚空拖去。

清心望着猴子不断挣扎的身影，不知怎么地，竟笑了。

她催动灵力，朝猴子飞了过去，脸上挂着当初斜月三星洞外与猴子初见之时天真无邪的笑容。

太累了，让一切都结束吧。无论用什么样的方式，结束吧。

猴子惊恐地望着她，竟呆住了，直到被清心紧紧地抱住。

“没事的，不用怕，我陪你。虚空里不会孤独的，我们可以永远在一起……”

第八百章

藏心石

大地上，天空中，每一个人都呆呆地看着，就连杨婵也是如此。

黛眉缓缓地舒展，心在猛烈地跳着，她望着天空中相拥的猴子与清心。

这一刻，杨婵连呼吸都忘记了，脑海中一片空白。

莲台上，如来撑着膝盖起身，面无表情地平视前方，拳头缓缓地攥紧了。

四周仅剩的佛陀仿佛意识到了什么，纷纷退开，却又睁大了眼睛望着如来。

…… ……

六耳猕猴咬着牙，望着猴子与清心，那握着金箍棒的手抖个不停。

…… ……

狂风扬起衣袖，玄奘静静地伫立着，看着，神情冰冷得如同一尊佛像。

…… ……

纷扰的灵力乱流之中，猴子低下头，轻轻抚摩清心的脸庞，看着这个为自己牺牲了两世，第三世又一次飞蛾扑火的傻女孩，这只他降生花果山的时候遇到的小小雀鸟。

“不可以是金丝雀精吗？”

“猴子……如果你修成了……记得来带我回花果山……我不想……离你……太远……”

“最终，贫僧如她所愿，许她一副冠绝三界的皮囊，许她一双会爱上一只猴子的蓝色眼睛。让她投胎，进入斜月三星洞成为清风子的弟子，静候你跨越十万八千里而来。”

“猴子，对不起，我爱你……”

那凌空飘浮的身体一点一点地碎去。

一幅幅画面从猴子的脑海中闪过。

“放弃了，好不好……”清心微微颤抖，抚摩猴子的脸庞，“我不想再看着你受苦了。我们一起……一起放弃，好吗？”

清澈见底的双眸，在交错的闪电光辉下散发出一种让人心悸的光泽。

“对不起，我不能答应你。”猴子轻轻地推开了她，“你要好好活下去，哪怕剩下一个人，也要好好地活下去。我不准……你再为我死。”

天空中，两个身影缓缓地分开了。

清心惊恐地看着猴子，看着面无表情攥紧了铁杆兵的猴子。

紧接着，就在她的眼前，六耳猕猴与猴子重重地撞到了一起。

这一撞，连天劫都为之震动。猛烈的冲击波让整个三界一颤。然而，也仅此而已。

没有任何人再给予任何惊叹。

所有的一切在风雨中飘摇。

狂风卷着沙尘从身旁拂过，杨婵只是呆呆地站着，看着两只猴子在天空中继续生死相搏。

一滴眼泪从她的眼角滑落。

天劫之下，两柄兵器幻化出无数的幻影不断反复撞击着，散发出的冲击一波接着一波，反复肆虐。

“你不要命了吗？天劫的正下方也敢来？”猴子狰狞地笑着，咆哮着。

“我改变主意了，我要亲手杀了你！亲手杀了你！”

“可你杀不了！哈哈哈哈！”

“杀不了，也要杀，也要杀——！”六耳猕猴嘶吼着，挥舞着金箍棒，彻底乱了方寸。

须菩提望着天空中的身影，呆呆地笑着。

下一刻，两柄兵器架在一起，对峙的双方都拼尽了全力，没有人愿意后退一步。

正当此时，就在六耳猕猴的身后，整个灵山微微颤动了一下。

猴子猛地瞪大了眼睛。

那灵山之上原本平静无比的一草一木，忽然间喧哗起来。一尊巨大的佛陀缓缓地坐了起来，那是如同山川一般的身躯！

“佛祖这是要做什么？”灵吉望着头顶上的巨大幻影道。

“该是想让一切了结吧。”地藏王轻声道，“也罢，反正西行已经结束了。”

还没等猴子反应过来，巨大的手掌已经朝他们扑了过来。

“你要做什么——！”察觉了异样的六耳猕猴尖啸出声，“我是佛陀！我也是佛陀！我也是佛陀——！”

没有人回答。

那双如同幻影一般的巨手，就这样将他与猴子紧紧地捏在一起。

六耳猕猴拼命地挣扎、哭喊。然而，无济于事。

追寻而来的天劫的触手，已经连他一并紧紧地捆了起来。

璀璨的金光中，猴子闭上眼睛，解除了所有的防备。铁杆兵缓缓掉落。

“这不是你早就知道的结局吗？你早就知道佛没有心，却依旧愿意跟他们合作。”

“不——！我不要这个结局！”六耳猕猴奋力地挣扎咆哮。然而，天劫已经将他死死地捆住，与猴子捆在一起。

无极，没有极限的力量。然而，天道修为，仅仅是接近天道而已，他们终究不是真正的秩序。无论力量被提到多高的高度，天劫总会比他们更强大！

天劫的触手缓缓地将他们两个一起向旋涡的最中央拖去。

一个早已经放弃了所有的抵抗，一个如同孩童一般哭喊着，挣扎着。

结局似乎已经注定了，可是，这就是最终的结局了吗？

不，一切或许才刚刚开始。

灵山上，如来的双目微微放射着光芒。

下一刻，两只猴子被捆到了一起。璀璨的光华之中，两个身躯竟开始融合了！

"跟天劫联手？他……他这是想做什么？"太上老君一下惊呼出来，错愕地朝灵山的方向望去。

女娲凝视着前方空无一物的地面，惨淡一笑。

"他想要……天劫，收走三个人。"须菩提轻声叹道，"佛门的秘法，能够将六耳猕猴从虚空中引回来，自然也就知道如何让两个灵魂归于一处。"

太上老君微微瞪大了眼睛，朝女娲望去。

女娲淡淡笑了笑，抬起头道："也好。若不是本宫强行介入，将这天地浩劫升级，三界本不至于遭受如此苦难。事已至此，总该有人付出代价。"

互相触碰的躯体像液体一般开始融合。

六耳猕猴苦苦地挣扎、嘶吼。猴子神情呆滞。

金色光华之下，两人的魂魄正一点一点地从驱壳中挣脱出来，交织在一起。

极度的恐惧中，六耳猕猴伸手去抓自己的脸，他用尽了全力，身上的血肉都被撕扯下来，露出森森白骨。然而，根本就无济于事。

身体和灵魂的融合，依旧在继续，就连那被六耳猕猴撕扯下来的血肉也无法逃脱，在半空中转了个弯后，只得乖乖地回去，如同湖泊中的清水被高高抛起，又重新掉落一般。

渐渐地，六耳猕猴不再挣扎，或者说，他已经挣扎不动了。他身上的血肉被撕烂殆尽，灵魂也被强行抽离，与猴子融合在一起。

天空中，所有人看到的仅仅是天劫交错的触手，捆着一个血球。两个人的身体、魂魄都在那里面，或者说，他们现在只剩下一个人了。

又一只巨大的触手朝女娲甩了过去。

女娲没有闪躲。

只一瞬，那触手便将她死死地捆住了。

在天劫的拉扯下，六耳猕猴与猴子混合而成的血球很快被吞入了虚空之中，而女娲，也只是任由天劫牵引着自己的身体朝旋涡的正中飞去。

所有的人都静静地、呆呆地看着。玄奘亦是如此。

就在他与女娲目光交汇的一刹那，玄奘似乎猛然想起了什么。

“孩子，我不后悔。”一个声音在玄奘的脑海中响起，“总要有人去尝试着改变，总要有人去争取。你已经尽力了。”

这一刻，玄奘的手微微一颤。衣袖之中的藏心石，掉落在地，碎裂……

第八百〇一章

倒驾慈航

如来微微一愣。

天空中的劫云依旧肆虐，所有人都抬头仰望。

此时此刻，似乎只有如来注意到玄奘微微躬身，伸手去捡那掉落的藏心石，他的眼睛缓缓地眯成了一条缝。

就在指尖触碰到藏心石的瞬间，无数的灵光从碎裂的藏心石中飞散而出，化作一个个字符，悬浮在半空中。

天空中，被天劫的触手死死捆着的女娲睁大了眼睛，呆呆地看着。

顿时，所有人似乎都注意到了，他们低头朝玄奘望去，就连彻底失了魂的杨婵与清心也是如此。

整个世界仿佛在这一刻转移了焦点。

“藏心石？”太上老君瞪大了眼睛。

“藏心石是什么东西？”一旁的通天教主问道。

“那是女娲的一个游戏之作。”元始天尊微微蹙眉，道，“能够让人回忆起记忆里的一些东西。这东西……应该是没什么用才对吧？玄奘又不是失忆了。”

在所有人的注目下，玄奘就那么呆呆地站着，维持着要捡起藏心石的姿势，眼睛慢慢地睁大。

这一刻，无数的景象在他的脑海中浮现，那是如来先前送给他的……

废墟中，衣衫褴褛的孩童跪在母亲尸体旁嗷嗷大哭。

被坠落的木刺刺穿了腹部的少年躺卧在地，茫然地望着天空。

汪洋之中，几只鸟兽依托着漂浮的树桩苟延残喘。

棕色的麋鹿被滑坡的山体掩埋了半个身躯，已经没有了气息。

萧瑟的风中，整个西牛贺洲的每一个角落，几乎都遍布着死亡，遍布着红尘中逃不脱、剪不断的苦。

玄奘的指尖微微颤抖。有什么东西不断地撕扯着他的灵魂，冲击着本该如同止水一般的心。

他身上的佛光忽明忽暗，好像随时都会消失一般。

…… ……

“好像有点不对头啊。”地藏王的手不自觉地攥紧了。

正法明如来神情整个僵住了，四周的佛陀也是如此。

玄奘的目光微微转动，落到了身旁被黄土与碎石半掩着的黑熊精的尸体上。

“悟承……”

“师父，您一定要撑住！就要到了！就要到了！马上就要到了！”

瞬间，在他的脑海中，仿佛有什么东西炸开。

四周悬浮的字符纷纷放射出璀璨的白色光环，打入玄奘的身体之中。

只一刹那，金色的佛光彻底消失了，转而换上的，是柔和的白色光辉。

…… ……

须菩提呆住了。

“这是……怎么回事？成了佛，还能靠着藏心石……”

被天劫缓缓扯向虚空的女娲呆呆地看着。

“他……彻底接受了……原本的自我。”

这一刻，热泪从她的眼眶中涌出。

玄奘缓缓地直起身子，双手合十，抬头望向天劫，目光如同利刃一般。

这一刻，每个人都能清楚地感觉到玄奘澎湃的气息，那是可以与巅峰状态的猴子相比拟的力量。

“发……发生什么事了？”清心呆呆地瞪大了眼睛，“玄奘法师，不是成佛了吗？”

这一刻，在场的每一个人神态各异，却无一例外的都夹杂了惊叹。

女娲微微张口，笑道：“倒驾慈航。”

灵山，大殿之内如来巨大的金身缓缓地闭起双目，一道微小的裂痕在他光洁的背部开始蔓延。

…… ……

“倒驾慈航？”地藏王的目光眯成了一条缝。

正法明如来缓缓地笑了出来。

…… ……

金身上的裂痕一点一点地扩大，如来再没有一丝一毫的动作。

台阶下，大殿中的其他佛陀全都惊恐地看着，束手无策。

“倒驾慈航？”元始天尊微微一愣，看向太上老君。

“真是没想到的结果啊。”太上老君无奈地叹了口气，道，“倒驾慈航，或许，用我道家的称法更容易理解吧。”

“怎……怎么称法？”

“天道‘无他’。”

“无他，无他……”元始天尊低下头，口中默念着，“众生皆我，世上无他？”

此话一出，通天教主也醒悟过来。

“玄奘的证道……成功了？不是还没辩法吗？”

“对。这是与释迦牟尼截然相反的道啊。”太上老君点了点头，“根本从一开始，就不需要‘辩’。证道，靠的本就是‘行’。玄奘已经证明了，即使不放开对众生的怜悯，靠着慈悲之心，也可以获得无上的法力，登上象征规则的天道。虽然三界未度，可这西行，不就是他胜吗？金蝉子本就是大罗混元大仙级别的佛陀，一步迈进天道，倒也没什么。只是……真是没想到啊，‘无他’竟是要先成佛，再证道。释迦牟尼，这一次真可谓是作茧自缚啊。”

…… ……

裂痕一点一点地蔓延到巨佛的脸上，点点碎石掉落。整个灵山在颤动，仿佛所有的一切都在崩塌。僧人们奔走逃命。

玄奘轻轻往前迈了一步，那白色的如同不沾半点儿凡尘一般的身影冲天而起，化作一道闪电朝女娲疾驰而去。

下一刻，他已经出现在女娲身前，一只手轻轻点在女娲的额头上。

女娲呆呆地看着他，看着他简单地打了几个手势。瞬间，白色的灵光覆盖了女娲的身躯，她自身原本的灵力被彻底驱散了。

那些将女娲死死捆住的天劫触手，一下子全松开了，以极快的速度缩了回去。

还没等在场的所有人，包括女娲反应过来发生了什么事，玄奘抬头望向那虚空的深处，轻声道："娘娘请保重，玄奘还有其他事情没做完。"

"好……好。"女娲呆呆地点了点头。

玄奘的身躯又一次如同闪电般跃起，瞬间冲进虚空之中。

"他、他做了什么？他居然能从天劫的手中救人？"通天教主一脸的错愕。

太上老君无奈苦笑道："都说了是'无他'了。用自己的气息将女娲娘娘彻底同化，天劫还如何会找上她？这件事，也只有'无他'可以做到吧。"

轰鸣声中，大殿内的金身彻底崩塌，碎成了一地的粉末，失去了原本的光泽。

灵山上的佛光消失无踪，庙宇一栋接一栋地崩塌。

这是信仰的破灭。

"他去虚空之中救猴子了？"杨婵呆呆地问道。

没有人回答。

此时此刻发生的一切，已经超出了在场所有人的认知。

天劫的触手猛地缩回虚空之中，那虚空的破口，也在以极快的速度缩小着……

第八百〇二章

新的纪元

虚空中，电闪雷鸣之间，玄奘疾速穿行，身形飘忽不定，便是密布如栏的闪电也无法捕捉到他的轨迹。

只一会儿，前方浮现出那猴子与六耳猕猴融合所化的血球。

玄奘一言不发地调整了方向，朝血球疾驰而去。

“这不关你的事！”

虚空之中响起的一声叱喝，如同雷鸣一般。下一刻，一支巨大的触手凌空朝玄奘拍过来。

丝毫没有慌乱，甚至没有减速闪躲的打算，玄奘微微侧身，隔空一指，又是一捋，巨大的触手瞬间如同表面结了一层冰一般被定住。紧接着，光芒大盛，爆裂。

白光闪过，照亮了如玉的脸庞，不悲不喜。

“天地万物，都关贫僧的事。”

玄奘一甩袖，继续朝血球冲了过去。

虚空之中瞬间爆发出惊天动地的嘶吼声，如同一只猛兽在暗处疯狂地咆哮。

光影交错之间，玄奘的身形在虚空之中绘出灵动的弧线。

原本正在飞速愈合的天劫缺口渐渐停止了。它悬浮在高空中，表层的闪电“吱吱”地跃动着。

大地上的每一个人都屏住了呼吸，静静地注视着这一切。

“他把……天劫拖住了？”

“不，他在直接对抗天道的意志。”正法明如来感叹道，“真正的，逆天而行。”

…… ……

杨婵静静地注视着，一动不动地站着。

空荡荡的大殿之中遍布巨佛身躯的碎石。

疾风凝聚，如来的真身悄然显现，却是一脸的惨白，如同受了重伤一般，目光空洞。

通天教主紧蹙着眉头道：“我还是不懂……”

“你知道，何为普度吗？”太上老君轻声问道。

通天教主略带疑惑地看着太上老君，摇了摇头。

太上老君深吸了口气，道：“世人向善，众生皆以慈悲为怀，极乐可期，便是普度。”

“可是，他分明没做到啊。”通天教主指着眼前残破的天地，道，“这叫极乐可期吗？就这天地，极乐可期！”

“天地毁坏了，可以修复；身死了，可以轮回。这些都不是问题，关键是……他突破了最重要的一环。”

“哪一环？”通天教主急切地问道。

太上老君朝一旁的元始天尊看了一眼，道：“在天道范畴之中，本就不存在美丑善恶，更不存在依此而生的因果。故而，善花一样可以开出恶果。凡间不是有句话吗？‘杀人放火金腰带，修桥补路无尸骸。’也正因此，当初女娲才会无力回天。”

闻言，通天教主的目光不由得微微闪烁。

“想要普度，其实很简单。只要世人向善，普度便可水到渠成。可是世人为何要向善呢？”太上老君顿了顿，接着说道，“因为，有一个强大的意欲普度众生的天道修者存在，他用自己的力量，设定新的天道规则。只要善有善报，恶有恶报，那么……”

“懂了。”通天教主轻声道。

太上老君点了点头，长叹了口气，道："所以，金蝉子已经胜了。"

…… ……

如来扶着肩，迈着沉重的脚步一瘸一拐地往门外走去，抬头仰望天空中那一抹残留的天劫。

整个虚空都像被玄奘激活了一般，数不清的各种形式的攻击呼啸而来。

然而，玄奘却游刃有余地穿梭其间。

每一轮的攻击，都在即将触及玄奘衣角的一刻被悄无声息地化解。

虚空中的猛兽似乎被彻底激怒了，攻势更加迅猛，甚至一节接着一节地攀升。

然而，依旧无济于事。

漫天飞舞的灵力之中，玄奘来回穿梭，一点一点地接近血球的方位。

他并不是突破天道修为的行者道修者，也不是突破天道修为的悟者道修者，而是一个全新的物种，甚至超脱了"天道"的范畴。

在他的面前，天劫是如此无力。

"这个人，贫僧必须带走。"

玄奘身形一晃，已经落到了血球侧边，他撩开衣袖，伸出手便朝血球探去。

"住手——！"

一个声音从四面八方骤然压了过来，伴随而来的还有数十根触手。

然而，玄奘却连手都不曾抽回，只是转身随手一挥。

瞬间，数十根触手凌空便被冻住了。

玄奘用力一扯，从血球中扯出一只毛茸茸的手来。随着玄奘身形的后撤，那手被飞速地往外带。血球消融，凝成了猴子的身影。

孙悟空？六耳猕猴？

没有人知道，连玄奘也不知道。

不过，这重要吗？

玄奘仰头望向虚空的深处。

一声声低吼依旧传来，如同不甘，却也无可奈何，只能渐渐远去。

再没见到任何攻击。

在这新生天道者的面前，天劫也彻底认输了。

虚空中，玄奘双手合十，默默行了一礼。他拉着猴子的手转身朝缺口的方向疾驰而去。

当他的身影出现在众人视野中的时候，没有任何惊叹。每一个人都只是静静地注视着。

这一切，来得如此自然，好像注定的一般。

玄奘怀抱着昏迷的猴子，稳稳地落到与灵山隔空对望的一处山巅之上，将他轻轻地放了下来。

山腰处，诸佛在静静地注视着他。

十里外，众妖在静静地注视着他。

分散的各处，女娲、太上老君、通天教主、元始天尊、须菩提，都在注视着他，连同杨婵与清心，也是如此。

整个世界都安静了。

忽然间，猴子猛地睁开了眼睛，一声剧烈的咳嗽，喉咙中的瘀血被咳了出来。

他一下子坐了起来，捂着胸口，重重地喘息着。

“我……我还活着？”

猴子眼中充满恐惧，朝四周望去。

当他看见站在自己边上的玄奘时，明显愣了一下。

“你……不是……”

微风拂过，扬起衣袖。

灰暗的世界里，玄奘身上那柔和的白光如同一颗星辰，让人移不开眼。

玄奘静静地注视着他，双手合十，躬身行了一礼。

“十万八千里路，贫僧在此替众生谢过大圣爷了。”

猴子呆呆地看着玄奘。

玄奘微微挺直身子，朝灵山望去。他轻声道：“接下来的路，就让贫僧自己走吧。”

玄奘迈开脚步，朝灵山一步步走去。他走过的地方，万物苏醒，绿意盎然。

猴子望着玄奘的背影，呆呆地笑了，接着泪流满面。

“我、我赢了？我赢了？哈哈哈哈！我就知道我会赢！我就知道我会赢！他没有成佛，他变成了菩萨！变成了菩萨啊！哈哈哈哈！”

狂笑声中，猴子如同孩童一般满地打滚，嗑出了鲜血，引来阵阵剧痛。可他还是想笑。

八百年了，整整八百年。

如此漫长的光阴之中，这是他唯一一次彻底的肆无忌惮的笑。所有的危机终于都解除了。

杨婵纵身落到猴子身旁，将他紧紧抱住。

可他还在笑。

清心落到了不远处，静静地注视着他，甜甜地笑了出来。

玄奘一步步从远处走来。

灵山的山门缓缓打开了，无数的僧人、佛陀蜂拥而出，双手合十，跪倒在地。众人齐声喊道：“恭迎尊者！”

…… ……

如来孤零零地站在大殿前的广场上，迷茫地望着天地。

…… ……

玄奘伸出手去，轻轻触碰正法明如来的脸颊。

瞬间，正法明如来身上的佛光消失了，变成了与玄奘一样的柔和白光。

猴子喃喃自语道：“这是……观音菩萨。”

玄奘伸出手去，轻轻触碰地藏王的脸颊。

“这是，地藏王菩萨。”

玄奘轻轻触碰文殊的脸颊。

“文殊菩萨，哈哈哈哈，文殊菩萨！”

玄奘轻轻触碰普贤的脸颊。

“普贤菩萨。”猴子整个瘫倒在地，不断地笑着，“四大菩萨齐了，大乘要兴了。哈哈哈哈，我也终于自由了，自由了……”

猴子伸出手去，轻轻抚摩杨婵的脸颊。

“我们自由了。”

杨婵看着猴子，掩着嘴笑了。那眼泪却止不住一滴滴地往下坠。

须菩提颤颤巍巍地从怀中掏出一块命牌，喜极而泣。

“破而后立啊，哈哈哈哈，破而后立啊……”

…… ……

玉帝如同被抽离了所有的气力一样，颓然坐在龙椅上。

…… ……

众菩萨簇拥着玄奘，沿着灵山的石阶一步步地攀爬。

…… ……

一阵清风拂过。

如来微微颤抖着，身形在清风中一点一点地消散了，如同当日魂飞魄散的风铃一般。

…… ……

女娲目光黯淡地望着凝视的方向，轻声叹道：“修天道‘无我’，是有代价的。本就无我，一旦佛心破，失去的将不仅仅是修为……”

太上老君淡淡瞧了须菩提一眼，笑了笑，道：“果真是后生可畏啊。也好，只要三界别出什么乱子，我这把老骨头也没兴趣成天到处折腾啊。”

说着，太上老君转身就要走，元始天尊和通天教主却还呆呆地望着灵山。

“怎么，还不走？”

“走……走！”

两人连忙快步跟了上去。

“你是跟为师回去，还是留在他身边呢？”一个声音在清心的脑海中响起。

微风拂过，抚弄着她的发梢。

清心犹豫了一下，笑了。

一只雀鸟衔着新芽展翅高飞，俯视眼前千疮百孔的大地。

八百年，走过最难的路，咽下最苦的泪，二十一万六千里的漫长征途，一切终究还是结束了。

新的纪元，开启了。